KRASNAÏA

Homo homini lupus.

PRÉFACE DE L'ÉDITION DE POCHE

LE MONDE D'HIER ?

Imaginez un aquarium où des poissons se saluent gaiement, comme des amis contents de se revoir. Après s'être demandé deux fois comment ils allaient, les piscidés continuent leur chemin… qui ne conduit nulle part, sinon dans l'aquarium où ils se trouvent déjà. Passé la suspension cordiale du désarroi – l'infime sursaut de la salutation où le menu fretin se donne, un instant, l'illusion d'un départ –, les poissons, vérifiant qu'ils n'ont rien d'autre à se dire, se tournent vers la salle du restaurant où l'un des leurs est apprêté pour un client par un serveur empressé. « Ça fait réfléchir », observe l'un d'eux. Effectivement.

Absurde par excellence, la condition de l'animal démocratique (à qui aucun autre monde n'est offert) est impeccablement résumée par les Monty Pythons, au tout début de *The Meaning of Life* : être libre mais dans un aquarium, avec pour seule perspective d'y mourir, violemment ou de vieillesse. L'enjeu n'est plus de briser la paroi du récipient, ni même de changer l'eau, mais, après l'émerveillement fugace (et renouvelable) d'une aube sans horizon, de continuer à vivre et trouver, chaque matin, dans ce lieu sans mystère ni au-delà, la matière d'une surprise, sinon d'une réflexion.

Sous l'air de transposer tel quinquennat de la Cinquième République (de ses extrêmes à son président) en fable animalière, *Krasnaïa* raconte l'histoire d'un monde qui étouffe, sans le savoir, sous la liberté qu'il permet. Ou d'une démocratie qui, après avoir aboli l'Ancien Régime, se voit confrontée à l'adversité la plus redoutable qui soit : l'absence d'adversaire.

Que faire, où aller, contre quel animal se battre dans un univers où tous les droits sont conquis ? Qui donnera la force de se lever ? Comment se construire soi-même quand on n'a plus de murs à abattre ? Ces questions vertigineuses s'imposent à tout animal libre, affranchi des tutelles et contraint de trouver seul une raison de vivre. Car le chameau qui croule sous les diktats est au moins délesté de la tâche de décider lui-même de son existence ; l'esclave est au moins libéré de la liberté. Ce n'est pas rien. Comment faire, que choisir et que penser, quand personne ne vous soulage du devoir d'être vous-même l'origine de vos choix ?

Misère de la liberté acquise. Qui est à elle-même sa propre fin. Dont le bénéficiaire est tenté de confondre l'horizon avec le bout de son groin. Dont les journées, entre labeur et divertissement, se ressemblent toutes et tombent dans l'oubli. Et à qui, pour seule fantaisie, des animaux séduisants promettent à intervalles réguliers, sans y croire eux-mêmes, une sensible amélioration des conditions de vie, dans le seul but de recueillir son suffrage. Contrairement à ce qu'on se plaît à penser, il est moins difficile de recevoir ses commandements d'un autre que d'assumer ses choix. La servitude est moins pesante que la liberté. L'hétéronomie est un soulagement. L'autonomie est une croix. Car être libre impose d'agir sans croire en rien, de savoir que nos entreprises sont fugaces et de remplacer l'au-delà par la banalité d'un but. Vraiment, difficile liberté. Que tant de bêtes réduisent à la jouissance des droits pour lesquels d'autres sont mortes avant elles. L'individualisme, l'égoïsme, le repli sur soi, la peur « d'avoir des ennuis » et le goût de croire qu'on vit encore en dictature sont les marcassins maudits de l'égalité démocratique.

La grandeur des démocraties est de pousser la liberté jusqu'à nous permettre d'être petits et mesquins, pourtant – comme le fugu dont la chair est prisée mais dont le foie, les ovaires et l'intestin contiennent une neurotoxine létale –, en cette grandeur se trouve un péril mortel, qu'on peut résumer simplement : en démocratie, chacun est libre de ne penser qu'à lui-même, mais si tout le monde en fait autant, c'en est fini de cette liberté. *La démocratie garantit la liberté, mais elle dépérit du mauvais usage de la liberté qu'elle garantit.* Il faut des animaux héroïques, pour sa survie, au régime qui permet aux autres bêtes d'être misérables. Il faut des pédagogues pour expliquer que l'inévitable mauvais usage d'une liberté n'est pas un argument contre l'attribution de cette liberté : que le droit d'avorter produise des comportements irresponsables ou que le droit de mourir volontairement facilite des assassinats de cacochymes fortunés, c'est une certitude. Et c'est un problème. Mais pas une objection.

Dans un chapitre sublime de la *Phénoménologie de l'esprit* (« La liberté absolue et la terreur »), Hegel devance les dangers d'une liberté sans adversité, ou, pour le dire dans ses termes, de « la substance indivise de la liberté absolue » qui « s'élève sur le trône du monde sans qu'une puissance quelconque soit en mesure de lui résister ».

De quoi s'agit-il ?

De la mauvaise route qu'emprunte la Révolution française après l'abolition de l'Ancien Régime. En supprimant toutes les différences (les classes, les ordres, la séparation entre le privé et le public, ou entre le ciel et la terre) au lieu de séparer les pouvoirs, de préserver les classes sociales et les corporations au lieu de consentir à s'auto-diviser et de prendre le risque de la contradiction, la liberté acquise a fait le choix de la table rase et de l'unanimisme. Le mouvement qui l'anime est anti-dialectique : elle n'est pas tournée vers l'extérieur, mais purement intérieure, et comme la houle, balaie les récifs au lieu d'infléchir sa trajectoire. Oscillant d'elle à elle-même dans le geste fou d'un pendule sans socle, elle voit dans chaque adversaire un ennemi à abattre. Avide de supprimer ce qui l'entrave, inapte à vivre l'objection autrement que comme un obstacle, elle s'étend en enflant et censure tout ce qui lui paraît moins libre qu'elle.

Là commence la Terreur.

Dans la « conscience de soi abstraite qui détruit toute différence et toute subsistance de la différence ». Dans le régime d'une universalité « dont le seul but est de se maintenir dans sa continuité indivise ». Dans la façon de gouverner d'une volonté qui se prend pour l'univers, exclut ce qui divise, proscrit tout ce qui n'est pas elle, pratique le soupçon et la présomption de culpabilité, remplace la contradiction par l'opposition, et punit l'opposition par la mort. « L'unique œuvre et opération de la liberté universelle est donc la mort, et plus exactement une mort qui n'a aucune portée intérieure, qui n'accomplit rien… C'est la mort la plus froide et la plus plate, sans plus de signification que de trancher une tête de chou ou d'engloutir une gorgée d'eau. » C'est aux Jacobins (et leur « volonté forcenée d'égalité ») que pense Hegel, quand il dénonce l'unanimisme suicidaire de la Révolution française et le choix mortifère d'une liberté hantée par elle-même. Mais en décrivant l'involution révolutionnaire, Hegel fait aussi, sans le savoir, le portrait des poissons dans l'aquarium, c'est-à-dire de l'opinion publique à l'ère des libertés acquises et de l'hyper-démocratie.

Comment ne pas faire un mauvais usage de sa liberté ?

On ne vit pas impunément dans un régime qui ne promet que lui-même, dont l'horizon est un couvercle et où la loi vous autorise, si le cœur vous en dit, à vous conduire en citoyen nihiliste qui trompe un ennui fatal en abusant des distractions que le marché dispense à quiconque peut se les offrir… Quelle raison a-t-on de fuir les divertissements dans un univers qui n'a que cela ? Pourquoi se priver de plaisirs dans un espace sans au-delà ? Pourquoi y penser à autrui avant de penser à soi ? L'égoïsme prospère à l'abri de l'idéologie qui paraît le combattre. La tentation du repli trouve dans la conquête de droits égaux l'occasion paradoxale d'une carapace supplémentaire. Enfin, après avoir épuisé les charmes capiteux de l'égoïsme comme réponse à l'absurde, l'animal démocratique, assoiffé de sens, insatisfait de mourir riche, truffe ordinairement sa vie d'une croyance, religieuse ou politique. Il n'y a rien de surprenant à cela. Ce qui est plus étonnant, c'est le sentiment de changer de vie en le faisant.

L'autre façon qu'ont les poissons de refuser l'aquarium, c'est d'avoir la nostalgie du lac, et de croire que s'ils ne s'y trouvent pas, c'est uniquement que les parois du vivier les en empêchent. Alors ils tentent de briser la vitre. Ils rêvent que l'aquarium est séparé d'une vaste étendue d'eau par la cloison transparente qui les empêche d'aller plus loin ; la démocratie leur paraît une « dictature », ses limites leur semblent des obstacles à l'expression de leur liberté, ses lois s'interposent, à leurs yeux, entre ce qu'ils font et ce qu'ils pourraient faire, et un animat élu est, à leurs yeux, le pantin d'éminents dont l'emprisonnement serait libératoire.

Autrement dit, au lieu de jouir d'une liberté qui n'offre qu'elle-même et de faire le deuil d'un au-delà, ils s'inventent un ennemi suffisamment détestable pour que leur combat s'inscrive dans le sillage de ceux qui luttaient vraiment contre la dictature. En somme, ils mendient un tabouret à la table des damnés de la Terre, et, faute d'une cause assez consistante pour suspendre le désarroi, repeignent le monde aux couleurs de leur colère. On ne dit pas assez le rôle de la neurasthénie dans la fabrique de la haine. Pourtant, si le lit de la fin de l'histoire est fécond en idéologies, cela tient d'abord au fait qu'on s'y emmerde, et sans perspective.

En ce monde où, sous l'effet de l'alliance entre les deux passions grégaires de l'égoïsme et de l'identité, le dialogue tend à s'estomper devant l'invective et où la capacité de se déprendre de soi-même s'efface devant le goût d'affirmer sottement ce qu'on est, la loi du plus fort est sans cesse aux aguets. Et trouve cent façons sournoises de s'imposer à l'insu même de ses contempteurs. Officiellement, les animaux refusent le plus-fortisme comme doctrine d'État. Le souvenir de la Domesticité, la mythification des tragédies anciennes, marque le plus-fortisme d'un sceau d'infamie dont il ne saurait se déparer. Mais qu'on ne s'y trompe pas : la loi du plus fort, comme une première nature, ressuscite constamment à l'abri des institutions qui prétendent l'en avoir bannie.

Dans la persistance, évidemment, d'un vaste clan plus-fortiste qui, sans oser réclamer le retour à l'état de nature, s'attarde sur les inconvénients de son abrogation, mais aussi dans le discours des herbivores qui, fiers d'avoir « introduit de l'égalité dans l'animalité », trouvent aux crimes des explications qui font les affaires du criminel en diluant sa responsabilité…

Dans la résurrection, par une taupe éloquente, d'un animalisme virulent, comme dans la confusion démagogique, par les réfractaires et les démunistes, de la « horde » et de la « masse », qui leur permet, en cas d'objection, de répudier violemment l'objecteur.

Dans le décompte du tri entre assesseurs de taille différente, comme dans l'utilisation du feu pour enflammer la demeure du voisin, prendre son terrier ou, tout simplement, régler un vieux compte.

Dans la représentation de Nebo (que chaque groupe imagine à son effigie), comme dans la mortelle concurrence des croyances…

Dans le sentiment partagé par les réfractaires, les albinistes et les démunistes de vivre sous une tyrannie, et dans le refus de se faire l'objection que, si c'était le cas, aucun d'eux n'aurait la liberté de le dire…

Dans le refus de se couvrir le fondement en période de pandémie (qui confond la liberté et la loi du plus fort), comme dans l'attitude des hirondelles qui censurent sous le vacarme tout discours prétendument haineux.

Dans le décret fantasmatique d'une haine en haut lieu à l'encontre des renards (et des plus-que-blancs), comme dans la convergence d'intérêts entre la liberté de mouvement et la prévalence des animaux les plus vigoureux…

Dans l'invocation de la Nature contre l'égalité de traitements comme dans le sentiment que la faiblesse est une bonté et la force un vice. Dans le fait que les animaux, qui abandonnaient leurs préjugés pour se retrouver place du Cirque, s'y rendent désormais non plus pour penser contre eux-mêmes mais pour s'opposer aux autres en brandissant le droit qu'ils ont d'être fièrement ce qu'ils sont. Dans la façon dont certaines femelles, soumises, consentent à vivre queue baissée, sous la sombre tutelle des mâles… Innombrables sont les chemins qu'emprunte la servitude pour retrouver le pouvoir.

Qu'il le souhaite et qu'il souhaite sincèrement le contraire, sous ce ciel égalitaire, où les bons sentiments ont force de loi, chaque animal est irrésistiblement, quoique à son insu, tenté d'être un loup pour l'autre. Krasnaïa est havre de lumière, d'abondance et de liberté, un monde à la fois énergique et mourant, un monde qui meurt de peur, alors qu'il n'a aucun ennemi.

Un monde traversé par un chat rêveur, pédagogue et soupe au lait, dont le drame est d'avoir tout compris.

Comment protéger la liberté contre l'offensive de ceux qui s'inventent un esclavage au point de tout faire pour qu'il revienne ? Comment s'émanciper de l'envie de croire qu'on nous prive des libertés qu'on n'a pas ? Comment désirer ce qu'on possède ? La liberté dont on jouit ne nous dispense pas de la défendre. Au lieu de croire qu'elle est menacée quand elle ne l'est pas, il faut combattre patte à patte les brebis galeuses qui s'inventent un adversaire et qui, à force d'en rêver la présence, finissent par en faciliter l'avènement. En somme, la démocratie ne survit à elle-même qu'au prix d'une réforme de l'entendement, ou d'une sagesse inouïe qui, prenant acte des libertés qu'elle autorise, prend désormais la réalité pour son désir, et non plus l'inverse. Face au bloc des gens qui s'ennuient, on trouve l'alliance de la défense du dialogue, du conservatisme et du maintien de la liberté.

À Krasnaïa, Sisyphe est un chat géant, pour qui la guerre est perdue mais toutes les batailles méritent d'être menées, et qui trompe son chagrin par la consommation frénétique de champignons. Mechtat a remplacé la transcendance par l'imagination, la vérité par le dialogue et le combat pour la justice par la défense acharnée des acquis d'un tel combat. En lui, le consentement conjure l'ennui et la résignation. Un désespoir actif consent à ne pas changer le monde (car il n'en existe qu'un) mais refuse de baisser les pattes. Le deuil de l'absolu suscite chez le chat le goût de l'action. Et, avec le temps, à force de creuser le sentiment que ses enseignements ne sont que des coups de griffes dans l'eau, l'amour prend la forme de la persévérance, et le souci de trouver un sens à la vie disparaît sous le goût de se demander d'où vient une telle question. Mechtat, c'est un professeur. L'ennemi vincible des imbéciles.

Car la liberté est plus difficile à maintenir qu'à défendre. Une adversité objective, un danger spectaculaire, aurait pour vertu de souder des volontés disparates. Mais quand il n'y a plus d'ennemi, sinon des inimitiés locales, l'exercice de la liberté est aussitôt gangrené par un usage délétère. Si Krasnaïa était une dictature, les hirondelles seraient probablement le cauchemar du tyran. Mais Krasnaïa est une démocratie, et le troupeau des hirondelles, avide de tuer la discussion, en est le plus grand péril. Là est tout le conservatisme du chat : *empêcher*, selon le mot de Camus, *que le monde ne se défasse*.

Les dictatures et les monarchies ont besoin de transcendance, qu'elle soit assumée par Dieu lui-même ou par le tyran dont le culte sert de Ciel. La démocratie en fait l'économie. Pour le pire, elle perd toute destination, mais pour le meilleur – et peut-être est-ce, plus encore que le désir d'être libre, la raison de sa solidité – elle s'offre à la réflexion comme l'équivalent politique d'une ontologie de l'immanence. Qui, à part la démocratie, n'a qu'elle-même à offrir ? Qui, à part le pluralisme démocratique, contient toutes les opinions et tous les discours ? Qui puise en soi-même la source de son existence et de sa légitimité ? Qui n'a pas plus de sens ou de destination qu'un régime de libertés, tout en étant si vaste qu'il est vain de vouloir en sortir ? La réalité. La démocratie, c'est la réalité mise en politique. L'ontologie démocratique est une assomption du réel.

Est-ce la stupeur d'avoir mis la main sur une telle convergence d'intérêts ?

Je n'ai pas imaginé, en décrivant ce monde, qu'il serait si rapidement menacé. À aucun moment de la rédaction de ces chroniques, je n'ai envisagé la possibilité que Krasnaïa fût envahie, *via* son front oriental, par l'étrange armée des Béguémoths, et leur tyran fou. J'ai cru faire le portrait d'un monde livré à lui-même, menacé, comme une grosse bougie, par une longue déliquescence, et que sa gangrène aurait achevé sans qu'il se sût malade. Et voilà que soudain, déboulait une horde dont la sottise et l'agressivité imposaient aux animaux, qu'ils le voulussent ou non, de faire la guerre et de défendre la liberté.

Car autant le dire tout de suite : Krasnaïa (où les morsures sont quotidiennes, où les discussions dégénèrent souvent en combats, où les animaux aiment tant s'entretuer quoiqu'ils croient avoir réglé le problème de la violence en établissant des règles communes) n'est pas du tout équipée pour faire la guerre.

Depuis le jour de la Concorde et la fin de la guerre civile, les seuls ennemis que la communauté ait à redouter sont, comme on sait, les ennemis de l'intérieur : les rhéteurs de mauvaise foi qui pratiquent la censure au nom de la liberté ou qui réduisent tout débat à l'affirmation péremptoire d'une opinion, les renards vindicatifs qui, au nom de la tolérance, imposent le pire à leurs femelles, les albinos qui, prenant la blancheur pour un destin, dénient aux autres le droit d'en parler, les coloristes qui, au nom de l'égalité, réclament des droits spécifiques selon le pelage, les réfractaires inconsolables de n'avoir pas abattu le pouvoir en place, les fraterno-ragistes qui font régner la terreur sur les murets en interdisant qu'on y débatte d'autre chose que de l'« animalisme systémique », les animalistes eux-mêmes qui estiment que certains animaux sont voués à commander et d'autres à obéir, les herminophobes qui nient le martyre des mustélidés tout en affirmant qu'elles ne l'ont pas volé, les flatteurs qui laissent entendre que l'égalité des droits était aussi une équivalence des compétences et qui, au nom d'une démocratie mal comprise, veulent soumettre la vérité elle-même au vote… Mais l'étrange question d'une agression étrangère ne s'est jamais posée aux animaux. Non qu'ils ignorent que, comme disait Zosime, leur premier animat, « le monde s'étend plus loin que ne voit l'œil du faucon » et que, par conséquent, d'autres qu'eux-mêmes peuvent habiter le même espace, mais ils veulent l'ignorer.

Chacun pressent à Krasnaïa qu'il y a quelque chose au-delà de l'horizon, mais, inconsciemment ou délibérément, ils n'y pensent pas. C'est la raison pour laquelle, jusqu'à présent, Krasnaïa n'a pas, à proprement parler, de frontières. À l'est, la Vodka, où s'abreuvent les animaux et où Ganna puise l'eau de ses récoltes, eût fait office de bordure si les bêtes ne s'aventuraient régulièrement au-delà avec le sentiment d'être encore chez elles. Plus loin s'étend la toundra, une étendue désolée dont les habitants, des orignaux pour l'essentiel, font pitié aux autres, et dont les bêtes qui parviennent à se hisser au sommet du demi-cercle ont seules une idée de l'immensité. Le quartier des Blindés est, à son sud, prolongé par un terrain vague à peine souillé d'antiques maisons humaines, et qui n'inspire ni crainte ni curiosité. À l'ouest, enfin, passé les ultimes datchas, une forêt sans pépiements dissuade promeneurs et prédateurs de s'y rendre. De tous côtés, la distance fait office de rempart. Pourtant, les bêtes ont déjà entendu parler des Béguémoths. Mais le récit qu'on en faisait tenait davantage de la légende que du péril objectif. « Couche-toi, sinon le Béguémoth viendra te manger ! » disaient les parents qui, sans crainte de se contredire, estimaient, par ailleurs, que les Béguémoths étaient herbivores. La vérité est qu'ils n'en savaient rien, et que leur ignorance les aidait à penser, malgré maintes descriptions de leur gueule si dentue qui s'ouvrait si largement, que les béguémoths n'existaient qu'en rêve. Autrement dit, depuis sa fondation, faute d'adversaire ou de contrepoint, pour des raisons qui tenaient tant à la géographie qu'à la décision d'introduire de la légalité dans l'animalité, Krasnaïa tourne sur elle-même et offre le spectacle d'une liberté malmenée par sa propre victoire, laissant aux discuteurs le soin de la faire vivre en donnant, autant que possible, aux opinions la force d'un argument ; en tous lieux, la liberté, qui paraît acquise, est à elle-même son meilleur ennemi.

Que faire d'une attaque venue de l'extérieur ? Avec elle, tout change ou tout recommence : et si, de nouveau, la question n'était plus de savoir comment user d'une liberté sans adversaire, mais comment la sauver d'une menace objective ? Et si le salut de la cité se trouvait dans ce péril inédit ?

Feu !

Le feu gagnait du terrain.

Nourries de bois mort et d'herbes sèches, portées par un vent fou, les flammes bondissaient d'un arbre à l'autre et léchaient le sol en coulées rouges, au rythme des rafales.

Les bêtes restées sous terre étaient asphyxiées.

Celles qui sortaient de leur terrier étaient prises par la fournaise et mouraient en glapissant.

Une laie faisait de son corps massif un rempart dérisoire et adressait des grognements furieux aux boules de pins incandescentes qui pleuvaient sur elle et ses marcassins. Des hiboux, des chauves-souris indécises, voletaient à tâtons jusqu'au vaste hangar qui jouxtait le Bois Rouge. Un couple de tortues dont les pattes avaient fondu sur un tapis de braises, résignées, ne sortaient plus de leur carapace. Les orignaux, les bisons, les ours, les loups, les chevreuils, les daims et les lynx avaient atteint depuis longtemps la lisière de la forêt. Les oiselles qui avaient cru planer entre les résineux flambants recevaient des branches ou perdaient une aile sous un éclat, tombaient en toupies et s'écrasaient sur un sol calciné. Une jument, dont telle hermine avait carbonisé le garrot en lui sautant dessus pour échapper à sa propre queue enflammée, marchait en boitant sous la blessure comme si elle portait un fardeau invisible sur le flanc droit. On l'éloigna rapidement. Un homme jeta un seau d'eau sur sa plaie, qu'elle accueillit d'une ruade. Les petits rongeurs enfin, et les porcs-épics, qu'on voyait rarement se mêler à la meute, étaient secourus – disons-le – presque autant que les autres.

Sous l'œil des dogues, une brigade de caniches, de teckels, de bichons et d'oursons entre lesquels circulaient de grands serpents ratiers, s'activaient auprès des blessés, leur présentaient des onguents, des cataplasmes, des pommades et, au besoin, s'offraient à lécher leurs plaies. Des hommes à quatre pattes, dont la barbe traînait au sol et faisait, à l'occasion, office de serviette, portaient sur leur dos cambré des vulnéraires froissées dont Ganna avait appris aux bêtes comment les répandre sur les plaies béantes et les bubons. Malgré l'effervescence et le danger, une seule question revenait, insistante, chez les blessés et leurs soignants : où est Vladimir ?

Quand les flammes, à peine ralenties par la prairie, atteignirent le rempart de conifères qui se trouvaient à l'orée du bois, menaçant directement les camphriers du Praspect, les parois du hangar et les murs de la Doma, une libellule géante fit enfin son apparition dans un vrombissement familier et déversa la pluie d'eau rouge que le ciel offrait aux animaux chaque fois qu'un feu embrasait l'une des forêts – avant de repartir comme elle était venue sous les bénédictions de la horde. Les bêtes – dont certaines, tout à leur cataplasme, n'avaient pas même levé les yeux – étaient reconnaissantes sans être surprises, tant elles avaient l'habitude de ces interventions providentielles. Des voleurs aux rampants, des blessés aux sauveurs, des hennisseurs aux feulants en passant par les abeilles, les sifflants et les rongeurs dont la petite voix se perdait dans le concert, tous chantèrent en canon « Vive Nebo ! Grand merci ! » sous l'azur rougeoyant, devant le bois fumant.

Une fois de plus, le ciel les avait sauvés.

Et toujours pas de Vladimir.

Vladimir

Vladimir était un vieux cheval pusillanime et complaisant qui avait, contre toute attente, conquis l'animat à la dernière éclipse.

Il arriva des Écuries, quelques instants plus tard, sur les lieux de l'incendie, d'un pas dont il faisait passer la lenteur pour de la sérénité alors que – peu en étaient dupes – c'était l'âge et la paresse qui le ralentissaient, ainsi qu'un penchant pour les saillies à l'emporte-pièce qui, disait-on, saisissait l'éminent à toute mauvaise nouvelle, et qu'il satisfaisait le plus souvent au bénéfice de Sonietchka, la première jument de sa cour, à qui nul n'avait dit qu'il n'était pas obligatoire, dans l'exercice de ses fonctions, de prêter sa croupe au divertissement du souverain. On raconte même que le vigoureux Vladimir avait, un jour, dans un moment d'égarement, abusé de son aide de camp qui, croyant à une initiation, s'était complaisamment soumis aux fantaisies de son chef, avant d'être sermonné par ce dernier pour s'être laissé faire au lieu d'avoir excipé, librement, de son droit au refus.

L'encolure puissante de Vladimir et sa grosse tête contrastaient avec l'étonnante candeur de son regard ; s'il est vrai que les yeux sont le reflet de l'intériorité, on eût dit que l'âme d'un rongeur craintif s'était logée dans le corps massif d'un équidé. À toute critique, à tout dilemme, à toute alternative, il répondait par un large sourire qui écartelait ses naseaux et découvrait une montagne de gencives serties, en leur extrémité, de vastes dents jaune citron. Puis il opérait un mouvement latéral de la mâchoire qui, à l'époque dite de la « Domesticité », provoquait l'hilarité des outilleurs (ainsi qu'on désignait les humains avant la Table Rase), et passait pour un signe d'intelligence ; enfin le cheval se fendait d'une réponse qui, voulant ne mécontenter aucune des parties, ne convenait à personne. Il avait pris l'habitude, pour cette raison, de mâcher les derniers mots de sa phrase, en pariant sur le fait que son éminence et sa fonction décourageraient ses interlocuteurs de lui demander de se répéter. De fait. Habituée aux modulations du cheval fuyant, la cour de Vladimir (essentiellement constituée de quadrupèdes indolents et de rongeurs vénaux) avait longtemps refusé de voir dans ses extinctions de voix la preuve que l'Animat, pourtant incontestable vainqueur à la dernière éclipse, était inapte à les gouverner. Jusqu'au jour où…

Une hermine furieuse qu'un renard eût profité de son absence pour dévorer ses quatre petits hors délai, et qui présentait ses doléances à Vladimir, se vit répondre, *verbatim* :

« Même si le renard a eu tort de céder à la faim au-delà des limites prévues par la loi, il est important, essentiel pour le salut de Krasnaïa, le bien de tous (et même de l'hermine) de comprendre, malgré son chagrin, les raisons qui ont poussé le renard à se nourrir de vivants au lieu de se rendre au hangar comme il aurait dû le faire (c'était l'hiver, et le froid suspendait le droit, pour les carnivores, de s'alimenter d'un vivant). »

Ce dernier morceau de phrase, dit par l'Animat dans un souffle, fut presque inaudible.

« Pourquoi baisses-tu la voix ? demanda l'insolente mustélidé. Je n'entends rien ! Tu me demandes de comprendre le renard qui a mangé mes petits, encore aveugles, alors qu'il n'en avait plus le droit ? C'est bien ça que tu demandes ? »

La stupeur fut totale, tant la couardise est contagieuse et le consensus exige de pudeur. Tout est dicible à condition de n'être pas trop dit, se disait Vladimir qui, jusqu'à présent, s'en était tiré à bon compte.

Pris au dépourvu par l'irrévérence, cueilli par une plainte qui exigeait de sa part plus qu'un rappel à la loi, terrifié à l'idée de sanctionner les renards dont il s'exagérait la violence, contraint de rompre de toute urgence un silence dont chaque seconde augmentait la certitude qu'il n'était pas à la hauteur de sa tâche, Vladimir s'était un peu cabré d'abord, dans la tentative d'attirer l'attention de sa cour sur les mauvaises manières de l'hermine plutôt que sa propre indécision. Mais, bien qu'il donnât à sa grosse gueule un air soudain tout à fait courroucé, l'esquive ne prit pas. La nullité de l'Animat n'eut aucune posture à sa disposition et parut à tous, à jamais, spectaculaire, inoubliable.

Comme on s'enfonce, Vladimir tint à s'expliquer :

« Je ne voulais pas dire que tu *devais* le comprendre, mais t'inviter juste à comprendre les raisons qui portent un animal à priver, hors délai, son voisin, son frère en somme, de sa propre descendance ! »

Soudain grisé, reprenant la confiance, l'hippocampe entrevit l'occasion d'une de ces tirades d'où lui-même sortait étourdi de formules, et il continua sur sa lancée, truffant son propos d'approbations qui semblaient lui échapper sous l'effet de l'enthousiasme :

« Je dis "frère", vois-tu, car oui, depuis le jour de la Concorde, les animaux sont frères ! Différends et différences ne sauraient nous séparer ! »

Puis, ivre d'allitération et se rengorgeant tout à fait :

« Nous, les animaux, formons une famille diverse, mais unie, dont moi, l'humble souverain, moi, Vladimir, suis garant de l'unité. Un renard a mangé les enfants d'une hermine ? (À cet instant, il se fit presque truculent) Qu'à cela ne tienne ! L'hermine, demain, mangera les enfants du renard, consciente elle-même de participer ainsi au délicat équilibre de notre Communauté ! Et je forme ici le rêve – oui le rêve ! – qu'hermines et renards, loups et bisons, lynx et sangliers, hirondelles, loutres, fourmis et chiens parlent d'une seule voix, dans le sens d'une compréhension mutuelle sans laquelle la paix n'est qu'un songe ! Je dis la paix, oui, et non la trêve. Ne vous y trompez pas, mes amis, artisans de bonté ! Nul ici n'entend se contenter d'une trêve. Notre tâche, notre principe et notre horizon, notre héritage, notre espoir commun, ce que nous devons accomplir ensemble et renouveler inlassablement, patte à patte, c'est la concorde et la paix ! C'est pourquoi ! Et je le dis avec force, nous devons comprendre l'autre avant de le juger ! C'est le seul chemin ! Sans compréhension, nul avenir. Toutes les autres voies, oui, sont des impasses ! »

Vladimir s'interrompit, le temps d'un regard inquiet sur sa cour. De maigres hochements de gueule, des piaillements désordonnés et quelques bêlements de circonstance accompagnèrent la péroraison du calife équin, dont la plaignante était partie depuis longtemps. Tout était dit. Le cheval était fait. Nul ne savait qui serait son successeur, mais à n'en pas douter, alors qu'on approchait de la seconde éclipse après l'animat (et, donc, de l'élection) ses jours de chef étaient comptés ; les rats et les taupes, qui brandissaient le lyrisme de Vladimir pour masquer sa mollesse, redoutèrent qu'un tel subterfuge ne les desservît à l'avenir et, sentant que le vent tournait, furent les premiers à quitter la compagnie de celui qui gouvernait en dissertant, pour répandre dans les tunnels la nouvelle de sa disgrâce.

Vouloir plaire à tout le monde et déplaire à chacun

Quelques jours plus tard donc, l'Animat en péril supervisait, malgré son retard sur zone, les opérations de sauvetage et, tandis qu'un détachement d'humains dressait l'estrade où il allait prendre la parole, adressait tantôt de larges sourires dentus, tantôt de sombres hochements, à tous les animaux qui sortaient éprouvés de la forêt – selon qu'ils étaient, ou non, en mesure de trotter seuls.

Nul ne répondait à ses témoignages de sollicitude. Depuis qu'une hermine avait osé le chapitrer, il n'était plus permis de douter que Vladimir n'avait pas l'étoffe d'un souverain, que ses hésitations prouvaient moins sa prudence que sa peur, et que ses mines étaient moins dictées par les circonstances que par l'idée qu'il se faisait du comportement qu'un régent doit avoir en telles circonstances. Entre les animaux et leur chef, qui n'avait hérité du pouvoir que par rejet de son prédécesseur – Avtoran, un puissant lynx dont les hirondelles avaient organisé le discrédit à coups de rumeurs – le pacte était rompu. Aussi le mépris avait-il gagné la Communauté au point de toucher les autres chevaux dont la docilité prévoyante cherchait discrètement, déjà, un nouveau maître à qui présenter la croupe. Nul n'hésitait plus à imputer ouvertement son retard à la paresse et aux saillies, et les oiselles qui faisaient nuage au-dessus du cheval pour recueillir sa parole et transmettre la substance de sa pensée à l'ensemble de la Sobchtchestva piaillaient et ricanaient (tandis qu'il présentait ses condoléances et tentait des sourires) en songeant à la jument débourrée qui, respectueusement, se tenait en retrait.

Vladimir fit comme si de rien n'était et, bombant le poitrail, durcissant les ganaches, monta sur l'estrade, accomplit deux tours complets de mâchoire et s'adressa en ces termes à la meute narquoise et meurtrie :

« Frères !

Frères et sœurs !

Que de feu ! Que de feu !

Je sens votre douleur.

Je le dis gravement.

Je songe à cette heure à nos frères partis dans les flammes, je songe, oui, aux familles d*é*cimées, dés*es*pérées, ab*an*données (Vladimir enchaînait volontiers les adjectifs sur un ton vaillant, mais las, en insistant chaque fois, à fin de pathétique, sur l'antépénultième), je songe aux animaux de toutes tailles, de toutes fonctions qui tous, oui tous, ont leur place dans notre Sobchtchestva (la tristesse de circonstance s'estompa devant le lyrisme qui venait au cheval comme un prurit)... Tous sont les bienvenus, tous ont un rôle à jouer, une place à tenir ! Les mangeurs d'herbe, naturellement, dont mon cœur est si proche, mais aussi – oui je le dis avec tolérance – nos frères carnivores qui, (baissant la voix) malgré tant de désaccords, ont naturellement toute leur place ici... »

Comme si l'incendie obéissait à l'animal soporifique, une pluie fine se mit à tomber sur Krasnaïa et les derniers îlots de flammes s'éteignirent en pétant sous un ciel carmin.

« Mes frères ! Mes sœurs ! Reprenons-nous ! Trop longtemps, disons-le, certains de nous ont été r*e*légués, *ou*bliés, m*é*prisés... C'est pourquoi ! (l'expression valait pour elle-même plus qu'elle ne commençait une phrase) Artisans, l'heure est grave ! Et j'ai décidé de me rendre, quoi qu'il en coûte, dans TOUS les raïoni de Krasnaïa, et de rencontrer, chez eux, l'ensemble de vos représentants ! Nos amis les renards, mais aussi les loups solitaires et solidaires, les pétillantes hirondelles, bien sûr – et je veux saluer la présence de Douraka dont je sais l'ardeur à combattre les ign*o*minies dont encore aujourd'hui – je le dis gravement – ses pareilles sont victimes ! J'adresse également mon salut aux rampants, aux batraciens, aux rongeurs, aux blaireaux et aux capybaras et aux taupes, fouisseuses inépuisables, vaillantes guerrières souterraines, architectes des ombres, aveugles et clairvoyantes, dont l'avis paraît si précieux à celui sur qui, dans la solitude de l'écurie, pèse le fardeau des décisions capitales… Et je salue nos inordinaires, si nombreux, dont les deux têtes ou les cinq pattes embellissent (oui, je le dis avec ouverture d'esprit) notre Communauté… C'est pourquoi ! De nos discussions jaillira la solution ! Ayez confiance ! Mon prédécesseur se croyait supérieur à vous (comme parfois, nos frères dévoreurs, je le dis avec amitié), alors que moi, je suis un animal avant d'être un animat ! Avec vous, oui, tous ensemble, nous l'emporterons sur la peine. Comme disait Zosime l'Ancien : *L'adversité renforce celui qui la surmonte* ! »

Vladimir prêtait volontiers à Zosime l'Ancien – premier Animat de la Communauté, cheval lui aussi, un temps carnivore, sous le gouvernement de qui le régent avait trouvé sa vocation – les citations qu'il improvisait lui-même. L'Animat s'était souvent fait le reproche de ne pas s'attribuer des sentences dont il était seul inventeur, mais sa vanité dépitée faisait aussitôt le calcul qu'en prêtant à Zosime ses propres apophtegmes il inscrivait son discours dans la grande Histoire de Krasnaïa, et se donnait secrètement l'onction des glorieux ancêtres de la Communauté. Quoi de mieux ?

Le tonnerre

Après avoir constaté l'inefficacité de son lyrisme sur un troupeau meurtri, et comme on fuit en avant, Vladimir continua :

« Le malheur nous a frappés, mes frères, et je le sais, chacun de vous se sent un peu la victime de cette catastrophe, mais collectivement, tous ensemble, mangeurs d'herbe ou de chair, géants et dérisoires, inordinaires et albinos, abondants ou stériles…

— Mais tais-toi donc, dadais ! Tout le monde te connaît ! Pas une jument n'ignore la taille de ta queue ! Qu'est-ce que tu veux que ça nous fasse, de te ren-con-trer ? "Tous ensemble", tu parles ! Quel malheur ? NOUS souffrons ! Et ce qui nous choque, c'est que TU t'en moques. Ce qui nous blesse, c'est ta faiblesse ! Ce qui nous accable, c'est que tu es un incapable ! La vraie calamité, c'est ta nullité ! », interrompit soudain Bagato, un ânon éloquent et bourru, féru d'allitérations lui aussi, qui avait cessé de grandir au lendemain de la Table Rase et qui, après avoir longtemps fréquenté la cour des régents, promenait sa mauvaise humeur entre le parc des hirondelles, l'ancien chemin de fer et la grande roue, où il se présentait auprès de congénères déshérités comme le futur Animat qui saurait, à la place de Vladimir, rétablir un semblant d'égalité dans une Communauté rongée par l'injustice.

« C'est quand même honteux, poursuivit le petit âne, que lorsqu'un incendie dévaste notre Communauté, notre chef, notre guide, à qui nous avons un jour imprudemment remis notre liberté, nous arrive en retard et, au lieu de nous indiquer la marche à suivre, se contente de répéter les mêmes formules vides ! Nous sommes ravagés, nous pleurons nos morts, nous pansons nos plaies, nous souffrons corps et âme, et toi, tu cites un autre mort ! Tu prétends nous parler franchement, mais même les anguilles d'Ozero sont moins sournoises que toi ! Hi-han ! »

Ozero était l'étang gigantesque autour duquel, depuis les jours qui avaient suivi la Table Rase, les chefs prenaient leurs quartiers, tantôt dans la bâtisse qui, du temps de la Domesticité, servait de cantine aux ouvriers de la Montagne, tantôt dans les anciennes écuries qui retrouvèrent leur fonction quand les outilleurs partirent précipitamment et qu'un cheval, Zosime, s'y installa pour concevoir les premières lois.

Bagato était souvent de mauvaise foi, mais, en la circonstance, son portrait de Vladimir sonnait juste tant l'Animat était falot, pusillanime et aussi soucieux de lui-même qu'incapable de se défendre. Craignant, à la seule évocation des anguilles de l'eau stagnante (dont l'Animat raffolait en secret), que le sujet de ses privilèges ne jaillît de la discussion et, avec leur remise en cause, la question-même de sa destitution, Vladimir éclata d'un rire gingival – signe aigu d'embarras – et s'apprêtait à donner tort (tout en lui donnant un peu raison) à son opposant, quand Mechtat, le chat discuteur qui n'avait, lui, jamais cessé de grandir au point d'atteindre, à l'heure où ce récit commence, la taille d'un lion, et à qui un étonnant talent pour poser des questions embarrassantes valait une vénération goguenarde, miaula depuis son muret : « Ce qui est étrange, c'est qu'il n'y a pas eu d'éclairs. »

Et le tonnerre gronda pour la première fois de la journée.

Tout le monde se tut. Vladimir eut un hoquet.

C'était vrai.

Les incendies consécutifs aux orages étaient courants à Krasnaïa et ponctuaient la vie des animaux qui en profitaient pour se réchauffer ou pour manger de la viande cuite. Mais en la circonstance, aucune foudre ne s'était abattue. Et aucun animal, jamais – du moins jusqu'à présent – n'était parvenu à créer des flammes. Mais alors, si ce n'était du ciel, d'où venait le feu ?

Le jour de la Concorde

Les questions du crime et de l'assassinat avaient toujours été au centre des discussions de la Communauté, au point de précipiter parfois la chute d'un Animat auquel on reprochait (comme à Vladimir, depuis l'hermine insolente) d'avoir manqué à la tâche de maintenir l'équilibre entre dévoreurs et dévorés – tantôt (parce qu'il était lui-même carnivore) au profit des carnivores dont il servait les intérêts, tantôt, parce qu'il était herbivore, au profit des carnivores dont il redoutait les crocs.

Néanmoins (hormis la distribution de champignons qui était, en théorie, passible du pire, et la tentative de se soustraire au Don qui, deux fois par animat, imposait à tous les animaux de déposer une partie de leurs biens – dont les quantités et les proportions dépendaient des ressources, allant d'une simple feuille pour les plus démunis, jusqu'au contenu d'un camphrier pour les éminents – à l'intention de la Communauté tout entière dans la vaste fosse utilisée à cet effet) le fait du crime en lui-même était plus ou moins noyé dans la loi depuis qu'à l'initiative de Zosime l'Ancien, à qui son passé de cheval carnivore avait permis de jouer les bons offices auprès des deux groupes, la paix avait été conclue entre herbivores et carnivores, et que chacun des camps avait accepté la prévalence de règles communes.

Après plus d'une année de guerre civile, à la troisième éclipse qui suivit la Table Rase et le départ des humains, les animaux adoptèrent une série de déclarations communes dont le texte, consigné par Ganna, se trouvait à la Ferme, et disait en substance que l'intérêt général devant l'emporter sur son propre intérêt, il faudrait, pour les carnivores, consentir à la disette en cas d'incendie, d'hiver ou de faible natalité, et pour les herbivores, ne pas venger la dévoration d'un enfant que des parents insoucieux auraient laissé sans surveillance. Pour illustrer la chose, on mit en scène la dévoration volontaire d'un sanglier mélancolique par une horde de loups sous les hourras d'une meute acquise à la paix.

Depuis ce jour de « la Concorde », les meurtres étaient toujours nombreux dans la Sobchtchestva, mais la plupart d'entre eux, croyaient les herbivores, étaient prévus par la loi, imputables à la dissymétrie entre les protagonistes (que les herbivores déploraient et à laquelle ils se proposaient de remédier en introduisant toujours plus d'explications dans l'évaluation d'une faute) et, à ce titre, ne devaient être tenus pour des crimes qu'en de rarissimes circonstances.

On discutait régulièrement (aux Écuries, dans la Doma et jusque dans les vastes plaines où se terraient les rongeurs et gambadaient les orignaux) des proportions dans lesquelles la dévoration (où les carnivores avaient le droit de tuer pour manger, qui durait environ les deux tiers de l'année et dont les limites étaient indiquées par Ganna) pouvait être autorisée, et de l'issue de ces discussions dépendait souvent la détention de l'animat. Mais même sous l'animat des carnivores, les juges de Krasnaïa avaient toujours répugné à condamner l'animal qui transgressait la loi. En un mot, Krasnaïa redoutait la culpabilité plus encore que le crime.

Quand les punitions sont rares, les lynchages sont fréquents

Vladimir lui-même était persuadé de combattre la violence en montrant combien elle était rare, presque introuvable, chez les animaux.

Or une telle conviction était deux fois fausse : non seulement la mansuétude de la loi pour les meurtriers offrait de tous temps un blanc-seing aux animaux qui avaient faim en hiver ou qui convoitaient la demeure du voisin, mais encore, du temps de Vladimir, les sentences étaient si rares, ou si rarement à la hauteur du forfait, que la meute se chargeait à sa manière de suppléer aux défaillances de la loi qu'elle secondait (en la contredisant) par le dépeçage des meurtriers à l'instant même où ils sortaient de leur procès avec le sentiment d'avoir échappé au pire… La haine de la violence prenait, chez les herbivores, la forme de son déni – c'est-à-dire de l'examen de ses causes. Ce qui convenait aux carnivores eux-mêmes dont les exactions n'étaient pas reconnues comme telles, comme aux herbivores, que la cécité volontaire dispensait d'avoir à se battre. La loi du plus fort trouvait ainsi une excuse idéale dans le discours de ses adversaires les plus acharnés, qui se flattaient d'avoir en toute chose vaincu l'ordre naturel, brisé la « fatalité animale » qui porte les uns à se conduire en proies et les autres en prédateurs, et, par ce geste, introduit de l'égalité dans l'animalité… À Krasnaïa, sous l'animat de Vladimir, en vertu de l'éternelle alliance entre la haine et les bons sentiments, les punitions étaient rares et, pour cette raison, les lynchages fréquents.

Quand une poule se gavait de fourmis rouges à s'en péter le ventre, ou quand un renard tuait trois lapins pour n'en dévorer qu'un seul, les douze juges, nommés à vie par le premier Animat, condamnaient l'excès, dénonçaient l'abus, parfois avec sévérité. Mais aucun d'eux ne parlait de crime et la sentence excédait rarement le ramassage des baies ou, pour les plus forts, le transport du bois. Dans cet univers hypocrite, on laissait tacitement aux familles le soin – si elles le pouvaient – de se faire elles-mêmes justice (la vengeance étant, aux yeux de la loi, une circonstance atténuante). Tout comme chaque saillie imposée (qu'on attribuait à la saison des amours, même quand la saison était passée), tout égorgement était indexé sur une nécessité qui en diluait la gravité sans la nier complètement puisque, à défaut de réprimer le meurtre alimentaire des herbivores, un amendement que Vladimir était fier d'avoir introduit dans la loi affirmait leur droit souverain de se soustraire en toute saison, dans la mesure du possible, aux griffes de leur frère prédateur, si affamé que fût ce dernier.

De rares animaux, comme Mechtat et son fils Zamitchatel, faisaient valoir que si les mangeurs de viande étaient régulièrement soupçonnés de tuer plus qu'il n'était nécessaire, et si l'on avait trouvé certains herbivores égorgés sans être dévorés ni même dépecés, c'est que nous étions face à de véritables meurtres, des meurtres sans raison, où le plaisir de sentir qu'un animal mourait sous ses griffes ou ses dents l'emportait sur l'alibi de la nourriture. Ils allaient même jusqu'à dire que, depuis que Vladimir était animat, chaque fois que la Communauté avait eu affaire à un crime, on s'était arrangé pour l'inscrire dans l'ordre des choses – ce qui entrait en contradiction directe avec le sentiment, fièrement partagé par les herbivores, d'avoir, grâce à la loi, soumis la nature animale et prévenu ses méfaits. Étrange manière de vaincre la nature que de l'invoquer chaque fois qu'un crime endeuille la Communauté, se disaient-ils, d'autant que la nature animale est plus contrariée par des carnivores qui tuent sans avoir faim que par des herbivores qui les excusent au nom de la loi !

Pour en revenir à l'incendie, s'il était avéré, songeaient ces penseurs, qu'un animal l'eût déclenché sans qu'on parvînt à expliquer son geste (et comment expliquer ça ?), le cataclysme serait inédit moins par l'ampleur des destructions que par la révolution qu'il imposerait aux consciences… Si nos frères n'avaient aucun moyen de dissoudre ce crime dans la longue série de ses causes, si le déni se trouvait impuissant, si l'animal était tout simplement, et unanimement, tenu pour coupable de son geste, la Communauté changerait de monde… car au péril de l'indulgence excessive succèderait peut-être celui, non moins grand, de l'extrême sévérité ? Ou bien du procès permanent ?

Coupable ou responsable ?

Vladimir chercha spontanément refuge dans la décision qui ajournait l'évidence tout en donnant l'impression qu'il se saisissait du problème :

« L'urgence est d'être certain que l'un des nôtres a pu commettre cet acte indigne : il faut faire une enquête ! »

Sa proposition fut accueillie par un concert narquois.

« À quoi bon une enquête ? railla Bagato. Qui doute encore que l'auteur de ce crime soit l'un des nôtres ? Le feu n'est pas tombé du ciel ! Les hirondelles, nos sentinelles infaillibles, nous l'auraient dit, et chacun l'aurait vu, si un éclair avait frappé le sol ! Le coupable est parmi nous ! Je dirais mieux : le coupable est ici ! »

Une rumeur mêlée d'épouvante et d'extrême curiosité traversa la horde. Les blessés eux-mêmes hissèrent la gueule un instant pour écouter l'ânon qui, sentant qu'il avait l'attention collective et voulant éviter de décevoir ceux qui espéraient une révélation (comme de contenter ceux qui lui feraient aussitôt le procès d'accuser sans preuves) dressa son corps minuscule sur ses pattes arrière et, de son sabot droit, désigna Vladimir :

« Le coupable, c'est toi !

— Ah, c'est pour ça qu'il était en retard, crut bon d'ajouter finement Douraka, l'hirondelle albinos.

— Non, je ne veux pas dire qu'il a lui-même déclenché l'incendie, répondit Bagato avec la douceur compréhensive qu'il témoignait en toutes circonstances à Douraka (et aux hirondelles) depuis qu'il avait annoncé son intention de succéder à Vladimir à la prochaine éclipse. Je veux dire (et Bagato, reprenant sa voix de stentor, se tourna de nouveau vers le roi fainéant) que si l'un de nous se voit contraint par la colère et la nécessité de franchir cette ligne sacrée, de tuer pour tuer et non pas seulement pour se nourrir, si l'un de nous est capable de mettre le feu au Bois Rouge dans l'espoir insensé que ses frères y périssent, c'est que notre chef n'a pas su nous rassembler, ni nous offrir un destin commun ! Faut-il que l'Animat soit sourd à nos plaintes pour qu'un feu soit la seule manière d'attirer son attention ! Faut-il avoir (et combien l'avons-nous !) un régent lamentable pour en être réduit à une telle extrémité ! Oui, le coupable, c'est toi ! Toi, ta mollesse, ton indécision, ton esprit de courtisan, tes saillies et tes anguilles ! »

La meute riait, pétait et pestait à l'envi.

Asphyxié, pétrifié, terrifié par l'éloquence de son opposant, Vladimir, qu'aucune esquive ne pouvait sauver, hésita, balbutia, bégaya, hennit et ria, fit tourner sa mâchoire plusieurs fois et chercha du regard, derrière lui, la croupe de Sonietchka comme un souvenir de force.

Alors, Mechtat qui, tout en prenant la pose d'un sphinx, étalait son corps infini de félin velu au sommet d'un muret tiède à bonne distance, tourna la gueule vers Bagato et prit la parole :

« Tu dis, Bagato, que Vladimir est coupable du crime d'un des nôtres ?

— Oui !

— Sans avoir lui-même commis le crime ?

— J'ai dit “responsable”, pas “coupable”. Tu as trop de poils dans les oreilles, Mechtat ! »

La petite troupe des partisans de l'ânon, composée d'hirondelles, de ratons laveurs et d'un orignal dont les cornes lui entraient dans la tête, éclata, comme un seul animal, d'un rire un peu forcé. Mais il en fallait davantage au vénérable félin, dont les oreilles effectivement touffues entendaient parfaitement, pour l'interrompre dans ses interrogatoires impromptus. D'autant que Bagato avait bien dit « coupable » et non « responsable ».

« Autrement dit, poursuivit le chat, la violence dont nous sommes tous victimes est la preuve que l'Animat est un incapable et qu'il faut le remplacer sans attendre la prochaine éclipse ?

— Absolument.

— Mais si c'était le cas, s'il suffisait d'être violent pour qu'on déclarât l'Animat responsable de la violence, alors quiconque voudrait remplacer notre chef n'aurait besoin, pour ça, que de provoquer un incendie ! »

Mechtat aurait voulu dire les choses plus clairement, et souffrit de sentir que son raisonnement avait perdu tout le monde, à commencer par les hirondelles, évidemment.

« N'essaie pas de m'enfermer dans des mots, sale mangeur de souris ! »

Mechtat bâilla longuement pour seule réponse, ce que les bagatistes ne manquèrent pas d'interpréter comme un signe de mépris.

« Je dois être un peu bête, enchaîna Gavariat, l'orignal bagatiste intra-cornu, mais je n'ai pas compris. »

Mechtat, familier de ces méthodes, frémit d'indignation face au procédé dont Gavariat était coutumier, qui consistait à se donner l'air modeste pour disqualifier la parole de l'autre : « je dois être un peu bête… » entendez « moi qui ne suis pas bête du tout, je ne comprends rien à ce que tu racontes, c'est donc que tu dis des sottises »… Mais le chat ne voulut pas perdre son auditoire une seconde fois et poursuivit son raisonnement :

« Ce que je veux dire, c'est qu'il est trop facile de faire à Vladimir le procès de l'incendie. Un animal qui choisit de tuer pour tuer n'est pas seulement la victime d'un mauvais régent. C'est aussi un assassin. Et c'est d'abord lui qu'il faut juger. Car c'est lui, le "coupable" ! Pas notre chef, si mauvais soit-il. Il ne suffit pas d'être irresponsable pour être criminel. »

Mechtat

Mechtat exerçait, nous l'avons dit, la fonction de discuteur à Krasnaïa. Une fonction ordinairement dévolue aux chats (plus rarement aux hermines, aux renards, aux belettes et même à de rares tortues) qui exigeait de pouvoir passer des journées entières allongé sur un muret, à interpeller des inconnus, à se mêler de leur discussion, ou bien à répondre à une question par une autre question.

Le rôle de discuteur était apparu au lendemain de la Guerre civile, quand tout était à construire et qu'il fallait, pour le faire, unir les animaux sans nier leurs différences.

Zosime avait alors eu l'intuition que la paix serait acquise et durable si chaque opinion animale était non pas combattue mais contredite (et donc acceptée) dans la mesure où elle-même se plierait aux règles d'un échange sans violence. « Ce qui s'oppose peut se compléter, disait-il. Fais en sorte que les animaux discutent au lieu de se battre, débattent au lieu de combattre. Leurs désaccords sont des richesses, mais ils ne le savent pas. Ton rôle, Mechtat, sera de le leur apprendre, de leur en donner l'habitude, et de maintenir l'intranquillité pour garantir la paix... » Dont acte.

Zosime abhorrait l'animalisme (selon lequel certains animaux étaient essentiellement voués à commander et d'autres à obéir) et, tout en admettant son existence, il combattait le « plus-fortisme » (qui, sans éterniser l'intrinsèque supériorité d'un groupe sur un autre, réclamait qu'on fît plus de place à la loi du plus fort dans l'attribution des rôles). Mais le vieux cheval savait aussi qu'une récusation strictement morale de ces façons de voir n'aurait aucun effet sur l'opinion et galvaniserait les animalistes et les plus-fortistes en leur donnant le beau rôle de martyrs. Comment bannir ces idées détestables sans être soi-même l'ennemi de la liberté ? La solution que trouva Zosime fut d'évaluer les discours non pas à leur contenu, mais selon leur capacité à tolérer d'autres discours. Or, comme par hasard, à l'époque, les idées les plus agressives étaient également défendues par les porte-parole les moins tolérants (les choses seront bien différentes plus tard, nous le verrons). De sorte qu'il fut facile d'exclure l'animalisme de la place publique en faisant valoir que ses partisans ne savaient tout simplement pas discuter...

C'est donc sur les discuteurs, nommés par l'Animat, que tomba la charge de distinguer les animaux aptes au dialogue, et de faire vivre la controverse au sein de la Communauté et, par là-même, quoique cela ne fût pas dit, de combattre l'animalisme, le plus-fortisme excessif, la sédition, la haine, et tout ce qui désunit les bêtes.

Les discuteurs n'avaient pas de murets attitrés ; ils en changeaient au gré des animaux croisés et des discussions qui s'enflammaient ou non. Seul Mechtat, le chat géant, premier discuteur de Krasnaïa, s'était approprié, par l'usage, la place du Cirque pour y animer de vastes débats où même les humains étaient admis (sous réserve de garder le silence).

au dialogue et de faire vivre la controverse au sein de la Communauté et par là même, quoique cela ne fût pas dit, de combattre l'autoritarisme, le plus-fortisme [illegible], la sédition, la haine – et tout ce qui désunit les bêtes.

Les discuteurs n'avaient pas de endroits attitrés ; ils en changeaient au gré des enjeux cruciaux et des discussions qui s'enflammaient ou non. Scat Mèchtal, le chat géant, premier discuteur de Kerasnaïe, s'était approprié, par l'usage, la place du Cirque pour y animer de vastes débats où même les humains étaient admis (sous réserve de garder le silence).

La fortune des éminents

D'un braiement de mauvaise foi, Bagato récusa l'objection de Mechtat :

« Mechtat, je suis certainement moins instruit que toi, mais je ne comprends rien à ce que tu racontes et je crois bien que je ne suis pas le seul…

— Ce que je dis, tête d'hirondelle, reprit Mechtat en plantant ses griffes dans la mousse du muret, c'est que ce crime t'arrange !

— Es-tu en train de m'accuser d'avoir mis le feu ? D'avoir souhaité la mort d'un seul de mes frères ? Moi, Bagato, le mangeur de chardons ! Moi, l'ami de la horde et le réconfort des malheureux ! Moi qui m'use la santé à défendre les animaux que tu accables ! Moi que tu connais depuis l'époque des hommes, où, malgré moi, je tirais la brouette où tu somnolais déjà, vilaine carpette !

— Je ne t'accuse que d'une chose, et c'est de profiter d'un crime pour humilier celui dont tu voudrais la place.

— Toi, le chat DOMESTIQUE, tu es toujours du côté des chefs ! Tout ce que tu sais, tu l'emploies à défendre les éminents. Tu devrais avoir honte ! Hi-han, hi-han ! Bla-bla-bla. »

Les éminents devaient leur fortune à la détention (depuis la fin de la Guerre civile) des hangars gigantesques, des préaux, des anciennes usines et des caves qui permettaient de conserver la nourriture (selon des procédés révélés par Ganna) et de la distribuer quand la dévoration était suspendue en période de grand froid, soit quatre mois par animat (à l'exception des insectes qu'on pouvait manger en toute saison, ce qui arrangeait les grenouilles, dont l'hibernation durait moins longtemps que celle des ours).

La nourriture ne manquait pas à Krasnaïa ; seulement les animaux, surtout les carnivores, étaient impécunieux et, à l'exception des fourmis, des écureuils, des tortues et des rongeurs avisés (dont certains se vengeaient des mauvais traitements qu'ils subissaient pendant la dévoration en humiliant les grands fauves qui, le tiers d'un animat, devaient réclamer leur pitance), ils songeaient rarement à prendre soin de se constituer, en été, une réserve qui leur permît de traverser l'hiver. Aussi nombre d'entre eux qui eussent dû ne manquer de rien se trouvaient-ils contraints de devenir, tout le temps que la dévoration était suspendue, les domestiques des éminents qui les rémunéraient en rations quotidiennes, et dont l'évergétisme variait selon les convictions.

Comme la loi défendait la liberté avant le principe d'égalité, il n'y avait rien d'illégal dans de telles disparités, mais nombre d'animaux démunis – dont Bagato, Douraka, Gavariat et d'autres se voulaient les porte-cri – avaient tendance à voir dans la légalité et dans ses gardiens les alliés objectifs des affameurs qui, de leur côté, à l'abri de la loi, depuis leurs immeubles ou leurs terriers spacieux, s'étonnaient qu'on leur reprochât de profiter librement de l'incurie des autres.

Les noms d'oiseaux

« Chat domestique » n'était pas une insulte banale. De toutes les passions qui soudaient les volontés, aucune n'égalait la haine de la « Domesticité », c'est-à-dire de l'époque qui avait précédé la Table Rase, où, au nom de la loi du plus fort (dont l'impopularité venait de là), les animaux sinanthropes avaient obéi aux hommes, les avaient suivis, attendus, aidés au besoin, les avaient nourris de leur chair et comblés de leurs attitudes, et sans se plaindre encore. De fait, des plaines à l'étang, du Praspect à la Montagne ou au raïon des Blindés, et hormis les rares animaux qui revendiquaient explicitement ce titre, aucune injure n'était plus grave et nulle situation ne paraissait plus infamante que celle de l'animal « domestique ».

De façon générale, les noms d'oiseaux que les animaux s'envoyaient à la gueule depuis la Table Rase et le départ des hommes portaient souvent, par métonymie, la trace de leur statut dans l'ancien régime : tout cheval était un « tireur » (de charrue) ou un « harnais », les renards étaient des « voleurs », les chats étaient des « carpettes », les hirondelles des « parasites » et les chauves-souris des « vampires »… Il arrivait même parfois que, sous l'influence d'un représentant plus charismatique, un groupe d'animaux parvînt à transformer une vieille insulte en revendication. C'est fièrement, par exemple, que les taupes avaient repris l'épithète de « sans-yeux » pour se désigner elles-mêmes, et montrer à tous les animaux, en truffant Krasnaïa de tunnels toujours plus vastes, qu'il n'était pas nécessaire de voir pour s'orienter.

Les plus-que-blancs

Le cas des albinos, ou plus-que-blancs, était différent pour trois raisons.

La première est qu'à Krasnaïa l'albinisme touchait toutes les espèces, des taupes aux lynx, en passant par les bisons, les poissons-chats de l'étang et les carpes lumineuses qu'on nourrissait de déchets et, à l'occasion, de quelques rongeurs dispensables.

La deuxième est que tous les albinos (ou presque) étaient apparus après la Table Rase. Les rares qui existaient déjà faisaient figure d'exception sous la Domesticité et – soit qu'on les jugeât trop laids, soit qu'on redoutât de les voir s'accoupler avec des animaux ordinaires – y avaient été chassés comme les autres ou tout simplement massacrés. Ils composaient désormais (à supposer qu'une telle particularité suffît à en faire un groupe) l'ensemble le plus abondant de Krasnaïa, soit près d'un cinquième de la population.

La troisième raison enfin est que, nés trop tard dans un monde trop juste, les plus-que-blancs mécontents n'avaient aucun souvenir de la Domesticité (comme les orignaux, d'ailleurs, qui étaient moins forts que les chevaux et moins intelligents que les chiens, et que, pour ces raisons, les outilleurs avaient de longue date renoncé à dompter). Les rares albinos qui avaient côtoyé les humains n'avaient pas suffisamment vécu pour qu'on eût le récit détaillé de leurs conditions de vie ; de leurs existences brèves et pathétiques ne restaient que quelques on-dit, anecdotes poignantes que leurs descendants transformèrent en légendes pour se présenter comme les légats d'une histoire tragique.

Je dis « leurs descendants », je ne devrais pas, et il serait plus juste de parler d'héritiers volontaires, car – autre particularité des plus-que-blancs – peu d'entre eux parvenaient à se reproduire et leurs rejetons ne vivaient pas longtemps. La population albinos, pourtant, ne diminuait pas, puisqu'un enfant sur quatre naissait albinos à Krasnaïa (que ses parents le soient ou non), secourable mutation qui assurait à l'albinisme comme tel, si répandu dans la Communauté, un grand avenir, et garantissait une audience croissante aux ambitieux qui voyaient en la défense de l'albinisme un sujet porteur ainsi qu'à ceux qui, comme Douraka, cédaient au goût de tenir leur propre mutation pour un destin. Les albinos constituaient une très large minorité de Krasnaïa, mais l'universalité de leurs souffrances donnait à leurs porte-voix charismatiques le sentiment d'incarner la horde tout entière. Et, quand les suffrages ou les juges leur donnaient tort, d'être spoliés par une manœuvre des éminents.

La Domesticité

Quoique les animaux reprissent donc volontiers la terminologie des hommes pour s'apostropher, « domestique » restait particulièrement blessant, car le mot portait en lui une dimension volontaire qui faisait de l'offensé le complice de ses bourreaux. Un « tireur » pouvait l'avoir été malgré lui, mais un « tireur domestique » avait prêté son concours à l'infamie qui en avait fait le vassal des hommes.

Par extension, « domestique » en vint à désigner toute forme de conservatisme animalier. Était jugé « domestique » (qu'il l'eût été ou non) tout animal qui accueillait avec scepticisme, par exemple, « l'équivalence des capacités et des droits » dont Gavariat l'orignal faisait, si j'ose dire, son cheval de bataille (et dont l'un des exemples était la suggestion, comme on le verra, de désigner par un vote à patte levée l'auteur de l'incendie).

Puis, sous l'influence des albinos – qui ne manquaient pas une occasion de passer pour les premières sinon les seules victimes de toute injustice –, « domestique » en vint à désigner plus particulièrement toute agressivité envers les animaux de couleur blanche – que l'agressivité fût justifiable ou non par la faim, et que la blancheur fût ou non la preuve de l'albinisme. Car une telle agressivité, disaient-ils, porte la trace de la Domesticité dont, à les croire, la caractéristique primordiale était la plus-que-blancophobie.

Nul ne doutait que la Domesticité eût été une période lugubre pour les animaux, et la liste des exactions humaines, des tortures subtiles, des réductions en esclavage et des crimes de masse dans les abattoirs à côté desquels la Doma siégeait désormais, composait une légende éternellement renouvelée par le témoignage inédit d'un chien castré, d'une hirondelle amputée ou d'un cheval crevé ; reste qu'en raison de leur très faible nombre à l'époque, quoi qu'en disent les nouveaux mythes qui avaient prospéré à Krasnaïa sous le règne indolent de Vladimir et à cause de l'activisme de Douraka, les rares albinos n'avaient guère fait de la part des humains l'objet d'une ambition exterminatrice qui eût peut-être saisi les outilleurs si, outre leur étrange couleur, les albinos avaient été moins dociles que les autres animaux.

Douraka l'hirondelle, qui se voulait discutrice et s'indignait que nul ne l'eût nommée à ce poste, animait des classes parallèles depuis le vaste nid qu'on lui avait construit au creux d'un camphrier du Praspect. C'est là que, s'improvisant historienne, elle avait raconté, par exemple, aux renardeaux exclus pour insolence de la place du Cirque, que les brebis, longtemps massacrées par les hommes, étaient elles-mêmes plus-que-blanches puisque, comme tous les albinos, elles étaient blanches et elles avaient été exterminées.

C'est dire si l'albinisme ne s'arrêtait pas aux détails.

Peu importait aux albinos qu'à la demande de Zosime la blancheur du pelage eût été rayée de la carte des symptômes au lendemain de la Guerre civile, et que les plus-que-blancs eussent été nantis des mêmes droits que les autres. Peu comptait que l'albinophobie fût mal vue à Krasnaïa où, chaque jour, on vantait les exploits d'animaux qui, à leurs dépens, étaient venus en aide à un frère blanc. Quelle que fût la sollicitude qu'on leur témoignait, les émissaires albinos avaient préempté le rôle de martyrs et s'étaient eux-mêmes désignés comme « les premiers mangés », appellation dont la contestation était déniée à tout autre animal qu'un albinos, au motif qu'il « parlerait sans savoir ». Or, c'était d'autant plus faux que, de l'avis des connaisseurs, les plus-que-blancs consommables n'avaient pas meilleur goût que les autres bêtes.

Élire le coupable ?

Vladimir avait suivi le duel Mechtat-Bagato en silence, trop heureux que le matou discuteur, dont il subissait si souvent l'ironie, lui donnât un coup de patte providentiel et servît de cible à l'ânon, tandis que lui-même recouvrait ses esprits.

« Apaisons-nous, artisans ! s'exclama soudain l'Animat, en père de la nation, uniquement soucieux de reprendre pied dans la discussion, et à qui l'altitude parut la seule porte d'entrée. Ne nous disputons pas, allons ! Tentons de nous comprendre ! Bagato n'a pas tort de dire que tout n'a pas été bien fait. Je le dis honnêtement (Vladimir mettait un soin extrême à renseigner d'un adverbe les différentes phases de son propre discours, ce qui, croyait-il, lui donnait "de la présence"). Trop longtemps, nous avons négligé le sud de l'étang, le raïon des Blindés, le terre-plein, la plaine des orignaux, les douves de la Montagne !

Trop longtemps, nous avons concentré nos efforts et nos soins sur le Praspect et la Doma où vivent les plus puissants d'entre nous, comme si la Communauté n'existait que par son centre et ses éminents ! C'est pourquoi !

— Pourquoi, quoi ?

— Quoi, pourquoi, quoi ?

— Tu dis toujours "c'est pourquoi !", puis tu n'ajoutes rien.

— Mais enfin, Mechtat, pourquoi… (le cerveau stratégique de Vladimir était incapable de penser qu'une opinion n'était pas une allégeance, de sorte qu'il avait beau être rompu à toutes les bassesses, il ne comprenait pas, mais alors pas du tout, comment le chat qui, un instant plus tôt, lui apportait un soutien providentiel, était devenu l'instant d'après le premier à lui faire un croc-en-jambe. Ses yeux oscillaient de gauche à droite dans un mouvement latéral de panique et son sourire figé lui donnait une allure de statue folle) je croyais que tu avais…

— Et si on votait à patte levée pour désigner le coupable ? suggéra Gavariat. Qui est plus compétent, après tout, que l'ensemble des animaux pour choisir le criminel ?

— Ah oui ! firent les soutiens de Bagato.

— Excellente idée ! », ajouta Douraka qui, prenant en toute occasion ses désirs pour des réalités, ne voyait aucune contradiction dans le fait qu'un troupeau élût un criminel sans plus de preuves que sa conviction.

Mechtat perdit patience et, dressant son immense silhouette, feula aux animaux :

« Vous êtes des bêtes ! Ce que vous dites n'a aucun sens ! Il suffit d'avoir participé à mes discussions pour le savoir. La vérité n'est pas une affaire d'élection ! Comment le peuple des animaux saurait-il qui est le criminel ? En quoi la masse de ceux qui n'ont pas vu l'assassin est-elle qualifiée pour savoir qui a commis ce crime ?

— Écoutez-le parler de "la masse" avec tant de mépris ! », lâcha Gavariat.

Mechtat n'avait pas parlé de « la masse » comme d'une entité homogène et dangereuse, à la façon dont certains éminents décrivaient, depuis leur balcon, tout animal vivant ailleurs qu'au Praspect, même s'il est vrai que le chat voyait dans cette captation du « peuple » par la « masse » un retour paradoxal de la loi du plus fort.

« Nous ne sommes pas dupes de tes méthodes de discuteur, Mechtat, continua Gavariat. La vérité n'est pas une affaire d'élection, dis-tu ? Veux-tu dire que les animaux sont menteurs quand ils élisent leur chef ? Veux-tu priver les animaux de leur liberté de voter ? On sait bien que c'est le rêve des puissants qui s'essuient les pattes sur tes poils ! Et chacun sait que tes leçons au Cirque relèvent du mensonge organisé ! »

Les innombrables hirondelles, qui de leur vol en essaim couvraient toute la scène, ponctuaient la dispute de piaillements approbateurs et désordonnés chaque fois que Gavariat ou Bagato prenait la parole.

« Comment le saurais-tu ? Tu n'y as jamais assisté !

— Peu importe ! répliqua l'orignal. Écoutez les éminents trembler devant la volonté du peuple animal ! Entendez-les redouter que vous vous exprimiez dans cette affaire qui, pourtant, nous concerne tous ! Oses-tu croire que nous soyons moins capables que toi de trouver le coupable ? Amis, frères, camarades, combien de temps allons-nous laisser cette carpette dicter la loi du Praspect à l'ensemble de la Communauté ? », interrogea Gavariat dont la faveur publique provoqua de nouveau la jalousie de Bagato qui se sentait dépouillé d'un effet de manche chaque fois qu'un autre animal recevait l'approbation de la horde, mais plus encore quand il était acclamé pour des propos que lui-même aurait pu tenir.

De façon générale, Bagato se méfiait de Gavariat qui le débordait souvent sur le terrain de la colère et des revendications. Mais il avait besoin de lui et de ses troupes, surtout des orignaux puissants qui lui obéissaient en tout, et dont Bagato avait obtenu qu'ils portassent le pavois sur lequel il battrait la campagne avant les dragatiques. Reste que celui qu'il avait commis l'erreur de prendre pour un lieutenant avait le charisme d'un successeur, d'un rival en diatribes, et travaillait ostensiblement à faire croître sa propre influence.

Istcheïka

Comme souvent, Vladimir était partagé.

D'une part, il voyait dans ce vote une occasion providentielle d'échapper à la vindicte de ses opposants ; de l'autre, il avait trop souvent lui-même suivi les leçons de Mechtat pour ne pas savoir qu'il n'y avait aucune logique à élire un coupable, dans la mesure où, la réalité ne se souciant pas de nos préférences, le coupable élu (et puni) ne serait pas le véritable auteur de l'incendie.

« Est-ce qu'une enquête… osa-t-il, timidement, de nouveau.

— Une enquête ne sert à rien ! éructa aussitôt Bagato, avide de reprendre le crachoir. Chacun sait qu'un animal s'est rendu coupable de l'impardonnable ! Et tous voient que tu refuses de l'admettre !

— Cher Bagato, mon ancien camarade, je ne proposais pas une enquête sur la question de savoir *si* un animal avait causé le feu, mais sur la question de savoir *quel* animal avait causé le feu !

— Mais qu'est-ce que tu en sais ? Pourquoi veux-tu empêcher les animaux de donner leur avis à ce sujet ? s'enquit Gavariat, qui voulait empêcher Bagato de reprendre du poil de la bête.

— Je ne veux rien empêcher. Juste m'assurer, avant de le condamner, de l'identité du coupable…

— Et à qui vas-tu confier l'enquête ? à Istcheïka ? »

Istcheïka était une jeune molosse dont la petite taille masquait une force étonnante, et à qui un flair remarquable avait valu de se voir attribuer la double fonction d'enquêtrice et de commissaire.

C'est elle dont les aboiements précis avaient coordonné les secours durant l'incendie. Son jugement était infaillible. Elle avait maintes fois confondu le coupable d'un vol ou d'un infanticide en période de disette, mais comme ces fautes n'étaient, sous le régime de Vladimir, assorties d'aucune sanction véritable (sinon quelques rappels à la loi que l'Animat effectuait à l'intention du fautif et devant l'animal lésé, au cours de cérémonies où son lyrisme donnait le meilleur de lui-même et qui s'achevaient en embrassades contraintes entre les deux animaux et, si la physiologie l'autorisait, en étreintes publiques), les talents d'Istcheïka servaient uniquement à confondre quelques donneurs de champignons ou quelques tueurs d'humains (ce qui était aussi grave que de casser un outil), à satisfaire la curiosité de la Sobchtchestva en mettant une gueule sur une faute, à incarcérer quelques nuits dans les caves de la Doma le criminel que les juges absolvaient ensuite et livraient au lynchage, et ça n'allait pas plus loin. Or, pour la première fois depuis longtemps, les résultats de son investigation auraient des effets concrets puisque l'auteur de l'incendie, s'il était identifié, serait peut-être, légalement, mis à mort.

« Nous n'avons pas confiance en Istcheïka ! poursuivit Bagato. Comment pourrait-on se fier à ses conclusions, puisqu'elle agit sur les ordres de Vladimir ? Qui nous dit qu'elle ne va pas désigner un faux coupable ? »

À cette supposition, comme à l'indigne accusation d'agir sous les recommandations d'un cheval, les chiens (qui étaient sous le commandement de la molosse), d'habitude si calmes, se mirent à montrer les crocs. Car ce n'était pas Vladimir que servaient les dogues, mais tout Animat, quel qu'il fût.

« Et toi, comment peux-tu dire que le jugement d'un troupeau qui n'a aucune information permettra de désigner le coupable sans se tromper ? répliqua Mechtat, qui cédait rarement.

— Au fond, tu ne veux pas de coupable ! Ce n'est pas si étrange, pour un esclave du pouvoir !

— Au fond, tu ne veux pas d'enquête ! Ce n'est pas étonnant pour un opposant de mauvaise foi.

— Sale félin, braya Bagato qui paraissait regretter à cet instant de ne pas rugir et dont les insultes furent accompagnées de clameurs sombres, que des rats te transforment en tapis ! »

Mechtat eut envie, malgré lui, de répondre à Bagato qu'il était étrange qu'au temps de la Domesticité, un bourri miniature comme lui n'eût pas été pendu à un bonsaï ou terminé en morceaux chez un équarisseur. Mais il se retint et, pour seule réponse, tourna sur lui-même et feignit de s'étirer en cambrant le bassin, de manière à offrir, sous les huées, le plus large spectacle de son anus à l'imprécateur et sa cour de partisans vindicatifs.

Douraka

C'est alors que Douraka l'hirondelle, impatiente devant ces débats, qui voyait dans les arguties du chat-discuteur une manœuvre dilatoire uniquement destinée à priver les animaux du droit de décider pour eux-mêmes de l'identité du criminel, s'élevant au-dessus des comparses qui voletaient en essaim à quelques mètres de la scène, en bordure de la forêt fumante, d'où elles contemplaient à la fois les restes calcinés du Bois Rouge et la meute des animaux, piailla, péremptoire :

« Moi je dis que le coupable est une hermine ! Oui ! Le coupable est une hermine !

— Mais comment le sais-tu ? s'enquit Vladimir, qui connaissait trop Douraka pour ne pas douter de ce qu'elle disait, d'autant qu'elle-même était partisane, quelques instants plus tôt, de désigner le coupable par un vote (à patte levée, pour plus de transparence).

— Tu le demandes ? vraiment ? Qui vole assez haut pour tout voir ? Qui d'autre que nous peut avoir vu les hermines porter le feu jusqu'aux premiers bosquets du Bois Rouge ?

— Les hirondelles, c'est certain, mais…

— Notre Animat ne te demande pas si les hirondelles savent voler, mais si les hirondelles ont bien vu une hermine déclencher délibérément l'incendie, précisa Mechtat, qui détestait Douraka.

— En somme, vous doutez de ce qu'on dit ? Vous qui ne voyez rien, vous qui rampez tandis qu'on tutoie les nuages, vous, les discuteurs et les puissants, qui dormez sur des murets tandis qu'on se fatigue les ailes à tisser des liens entre les animaux en leur disant tout ce que vous ne faites pas pour eux, vous osez remettre en cause ce que nous, les hirondelles, sommes capables de voir ? »

Rangées en phalange derrière Douraka, les hirondelles formaient une gigantesque ombre bicolore où, chose étrange, les albinos ne se mêlaient pas aux hirondelles ordinaires.

« Pour rien au monde ! implora Vladimir, qui redoutait de s'aliéner les hirondelles plus encore que les partisans de Bagato, je vous demandais juste si vous l'aviez vraiment vue ?

— Qui ?

— Mais l'hermine !

— Encore une fois, dit Douraka, qui d'autre que nous peut l'avoir vue ?

— Personne, c'est entendu !

— Alors ?

— Alors, surgit Mechtat, le poil tendu, Vladimir te demandait juste – compte tenu de votre intelligence cent fois supérieure à la nôtre et de vos yeux exceptionnels – dans quelles circonstances, comment, sous quel angle, par combien de témoins, l'hermine incendiaire avait été aperçue en train de commettre son crime ! »

L'ombre bicolore qui semblait épouser les pensées de sa cheffe éclata soudain, comme frappée d'un coup de griffe en son cœur et Douraka, dans un soupir, répondit posément :

« Ton ironie est scandaleuse.

— Et pourquoi ?

— Toi qui passes la journée sur ton muret à contempler les chattes, tu doutes de la parole des hirondelles, et tu te moques de celles qui, tous les jours, affrontent les vents de Krasnaïa pour informer les nôtres !

— Mais…

— Je ne veux plus rien entendre ! Cette offense est inqualifiable ! Jamais, depuis la Domesticité, des paroles aussi odieuses n'avaient retenti au sein de notre Communauté !

— Tu préférerais qu'une de nos sœurs hermines soit condamnée sans preuves ?

— Je n'ai pas dit ça ! Quand ai-je dit que je ne voulais pas de preuves ? Jamais ! C'est honteux, de me prêter des paroles que je n'ai pas tenues ! D'ailleurs, c'en est trop, les hirondelles et les albinos (Douraka les distinguait toujours) n'ont pas à subir tes insultes, on s'en va !

— Ne partez pas ! hennit, suppliant, Vladimir, en laissant échapper un crottin nerveux, précédé d'une irrépressible pétarade. Jamais je ne laisserai remettre en cause la parole des hirondelles ! Je vous respecte, je vous aime ! Je vous en supplie, posez-vous ! Restez ! »

Les hirondelles ne se posèrent pas, mais attendirent, stationnaires, les prochains mots du cheval aux abois (et un signe de Douraka) pour savoir si elles devaient obtenir la destitution de l'Animat en répandant sur lui de légitimes calomnies aux vingt coins de Krasnaïa, ou bien obtenir satisfaction en faisant séance tenante condamner l'hermine de leur choix pour un crime sans précédent.

L'étrange statut des hermines

Le lecteur s'étonnera peut-être que les hermines fussent restées silencieuses durant ces échanges, alors que l'une d'elles (mais laquelle ?) faisait l'objet d'une accusation si grave.

Cela tient au fait qu'à la différence des hirondelles (et surtout, des plus-que-blanches), les hermines se sentaient ordinairement peu concernées, en qualité d'hermines, par le forfait ou la bonne action d'une congénère. Chacun sa vie, chacun son herminat. Non qu'elles y fussent indifférentes ou qu'elles n'eussent pas le sentiment d'appartenir à un groupe. Au contraire. En vérité, les hermines étaient contraintes à la solidarité par l'inexplicable et antique tendance collective à leur attribuer *a priori* l'essentiel des problèmes que rencontrait la Communauté (pillages de garde-manger, dévorations hors délai, fornications sous la contrainte, etc). À force d'accusations gratuites, toutes les hermines – et même celles dont l'herminat n'était pas une fierté – en vinrent à partager le double fardeau des fautes (imaginaires) dont elles étaient accusées et des tortures dont il fallait perpétuer la mémoire. Car, comble d'infortune, les hermines avaient été, à n'en pas douter, les plus torturés et martyrisés des animaux à l'époque de la Domesticité. Ce qui éveillait bien des jalousies. D'autant que leur fourrure étant plus prisée que leur chair, les hermines n'avaient pas été décimées pour être mangées, mais pour être dépecées. À la différence des sangliers, des moutons et même de certains chiens, leur massacre n'était pas justifié par la faim ; l'excuse de dévoration (qui, en elle-même, de façon générale, ne s'appliquait guère aux humains) était parfaitement inopérante dans le cas des hermines. Or, ce qui est incausé est insoutenable et la douleur irrationnelle dont la meute des hermines était, malgré elle, collectivement légataire suscita l'envie de tous les animaux qui cédaient volontiers à la tentation de faire un lien entre cette infortune ancienne et la détention de privilèges indus. D'aucuns allaient jusqu'à dire que les hermines avaient forgé de toutes pièces le mythe de leur martyre pour acquérir aux dépens d'honnêtes bêtes des passe-droits spectaculaires. Les hermines n'avaient pourtant aucun passe-droit ni privilège spécifique, mais, contrairement aux autres animaux (dont le destin était séparable du groupe), on avait pris l'étrange habitude d'additionner leurs possessions, comme si ce que possédait une hermine était, d'une manière ou d'une autre, ajoutable à ce que possédait sa voisine. Toute propriété de leur part, qu'elle fût ou non considérable, était ainsi vécue par les autres bêtes comme une prédation, une ponction de l'herminat à ce qui, sans elles, eût certainement appartenu à tous. Et tout crime était immédiatement inscriptible dans la longue série des forfaits commis par des hermines – lesquelles n'avaient entre elles aucun autre point commun. Chaque délit était l'œuvre d'un clan dont les autres n'avaient que trop subi la présence. En somme, pour être tolérées, les hermines eussent dû ne rien posséder du tout, ou ne jamais transgresser la loi.

Restait le mythe de leurs souffrances. Comment dissoudre cela ? Comment haïr des animaux qui ont tellement souffert ? Comment fendre le bouclier de leur décimation pour les clouer, de nouveau, au pilori ? Encombrés par ce martyre, les animaux qui tenaient tant à les détester affirmèrent simultanément, sans crainte de se contredire, que non seulement les hermines avaient moins souffert qu'elles ne le disaient, mais que, surtout, elles méritaient leurs souffrances. Double minoration, quantitative et morale, qui, d'une injustice absolue, faisait une sorte d'acceptable châtiment, lequel était aussitôt triplé d'une accusation : si les hermines avaient moins souffert qu'on ne dit, comment pouvaient-elles, sinon par calcul, revendiquer tant de souffrances ? La vérité veut que, pour des raisons évidentes, la plupart des hermines ne revendiquaient rien du tout. « La douleur n'est pas une fierté », disaient-elles. Qu'importe. Une telle modestie était suspecte. Les hermines n'étaient pas assez nombreuses ni fortes pour commettre un dixième des infractions qu'on leur imputait, mais – était-ce l'effet d'un pelage dont la douceur faisait l'envie de tous, d'une étonnante capacité (héritée des prédations) à prévoir une réserve en cas de danger, ou du souvenir qu'au temps des domestiques certaines hermines vivaient avec des hommes ? – toute accusation à leur encontre trouvait toujours quantité d'oreilles compréhensives. Pour cette raison, de nombreux candidats sans scrupule à la fonction suprême d'Animat crurent bon de feindre la haine des hermines pour gagner des suffrages, surtout chez les renards et autour des Blindés, c'est-à-dire parmi les plus démunis, si nombreux, dont la colère alimentait le sentiment que ceux qui possédaient au-delà du besoin avaient dépouillé ceux qui n'y subvenaient pas. Bref, c'était la haine de l'autre et non la fierté d'être elles-mêmes qui solidarisait les hermines. L'herminophobie les unissait, et les définissait, davantage que l'herminat.

Contraintes pour certaines, pendant la Guerre civile, de déserter les prairies abondantes du Bois Rouge pour s'exiler soit dans le raïon des Blindés, soit dans les anciennes terres arables (dites « plaine des orignaux ») où elles vivaient au contact d'animaux moins instruits, les hermines veillaient à suivre scrupuleusement les règles de la Sobchtchestva et nul plus qu'elles ne défendait la loi. Au point qu'on en vint, à l'inverse, tout en continuant à leur reprocher tous les méfaits de la terre, à les accuser d'être, par esprit servile, de fidèles soutiens de tout pouvoir en place, voire les conseillers du pire, qui, en secret, parlaient aux oreilles des Animats les plus répressifs.

Accusées partout, tantôt de crimes, tantôt de flatterie, les hermines se faisaient discrètes. Aucun groupe ne souhaitait mieux participer à la Communauté et ne pas y créer d'ennuis, et pourtant on voyait irrésistiblement en elles un amas sournois qui manipulait les chefs à son profit et inspirait les décrets les plus injustes – comme ce jour où Avtoran, le prédécesseur de Vladimir, avait imposé, sur la suggestion d'une hermine de sa cour, qu'à la mort d'un animal, ses enfants jouissent du fruit de ses efforts, au lieu d'être expropriés comme c'était auparavant le cas. Une décision scélérate aux yeux de Bagato, qui estimait (à juste titre, d'ailleurs) qu'en héritant certains animaux étaient injustement favorisés et qu'il était essentiel à l'équilibre de Krasnaïa que ses animaux partissent, autant que possible, du même terrier. Mais la loi était passée tout de même, quand Mechtat avait fait observer à l'ânon qu'il serait lui-même le premier bénéficiaire de cette initiative, dans la mesure où ses parents, deux anciens tireurs dociles, avaient reçu de leurs maîtres en fuite une confortable écurie sise au pied d'une datcha cossue où l'onagre avait depuis l'enfance établi ses quartiers.

Quoi qu'il en fût, tout animal dont les parents n'avaient accumulé, au cours d'une vie de digne labeur, qu'un maigre terrier, un nid fragile ou un lit de paille, était tenté d'envier les hermines et de penser qu'elles avaient, d'une certaine manière, avec l'aide de la loi, volé ce qu'elles possédaient. Quand l'une d'elles prospérait, on l'attribuait à une stratégie, jamais à son mérite, et la loi, si compréhensive en matière de crimes, l'était encore davantage lorsqu'une hermine était dépecée (un crime que les juges imputaient au froid, à la rage ou bien, s'il avait lieu en été, à la « prévoyance des agresseurs »).

Enfin, le pelage des hermines (celles qui n'étaient pas albinos) blanchissait en hiver, ce qui posait des tas de problèmes. Car selon la logique de l'influente Douraka, qui n'hésitait guère, on l'a vu, à présenter toute blancheur comme la preuve de l'albinisme, les hermines devaient être plus-que-blanches autant que les moutons et les grues – en tout cas six mois par an. Or, les hermines étaient trop impopulaires pour que l'hirondelle fît cause commune avec celles qui avaient si mauvaise réputation, qui n'étaient pas blanches toute l'année, et dont l'albinisme était, à cet égard, sujet à caution.

Un jeune et puissant renard domiste, Podzemlya (qui régnait sur un immeuble entier et vraisemblablement – Istcheïka en était convaincue – sur le vaste souterrain qui reliait les alentours de l'étang à la plaine des orignaux, et qui, détestant les hermines, veillait à répandre sur elles, en mandatant ses congénères d'un bout à l'autre de Krasnaïa, par la voie du sol ou des airs, d'intenses calomnies) trouva la solution qui, pour cette raison, serait la vérité : le changement biannuel de pelage des hermines, qui endossaient la moitié du temps une blancheur éclatante, était une preuve supplémentaire de leur duplicité. Car le blanc et le sombre ne sont pas équivalents. Il n'existe qu'une seule blancheur alors qu'il y a cent nuances, cent dégradés de sombre. Et pour cause : le blanc est une couleur absolue, une couleur sans mélange, une couleur immaculée, qui les contient toutes et (à l'image de la Montagne) les annule sous son éclat. Dès lors, la blancheur temporaire des hermines était incurablement souillée par le retour estival aux couleurs mêlées. En vérité, c'était une fausse blancheur, une blancheur d'apparence, une blancheur comme un vêtement (insulte majeure, puisque les vêtements étaient le propre des humains, et que, hormis Ganna, on en avait dépouillé les hommes qui avaient choisi de rester à Krasnaïa après la Table Rase pour adopter les mœurs de leurs anciens esclaves), une blancheur trompeuse, une usurpation de blancheur dont la sournoiserie était avérée par la queue (qui restait noire) et par le fait que la blancheur, comme par hasard, surgissait en hiver et permettait, en plus, aux hermines d'être mieux cachées par la neige et de chasser plus commodément les herbivores… une blancheur dont Krasnaïa ne devait pas être dupe ! Si tout animal blanc pouvait légitimement prétendre à l'albinisme, les hermines n'étant blanches qu'à moitié, il fallait doublement s'en méfier, et, pour affermir ce sentiment, leur faire porter, dans le doute et *a priori*, le poids de toutes les calamités, des vols et des meurtres jusqu'aux incendies.

Est-il utile de préciser qu'aucune hermine n'avait jamais revendiqué le moindre titre à l'albinisme et que ces considérations tatillones sur l'absolutisme de la blancheur était uniquement le problème de Douraka, de Podzemlya et de leurs affidés. L'herminat paraissait un privilège à tous les animaux sauf aux hermines elles-mêmes, à qui ça ne valait que remontrances, soupçons constants et prédations ratifiées après coup par la loi.

Une horde indécise

D'une voix défaillante, Vladimir tenta d'apaiser les hirondelles sans vexer les hermines (qui, après tout, n'avaient rien fait de mal) :

« Il est vrai que nos sœurs hermines ont trop souvent, par le passé, comme nombre d'entre nous – je le dis avec sincérité – commis des choses répréhensibles… et ont déjà, maintes fois, tué nos frères herbivores plus que de raison… Or, je le dis sans colère, mais avec sévérité : *Il faut manger pour vivre et non pas vivre pour manger…* »

Le cheval était content (et fier) d'avoir réussi à caser d'entrée son aphorisme favori. Mais était-ce que les animaux l'avaient trop entendu ? Aucun ne le releva, et l'apophtegme où l'auteur avait pris soin d'élever la voix avant de se taire pour qu'il résonnât dans chaque oreille, fut d'abord accueilli par un silence de mort.

Soudain, les hermines, qui avaient perdu des familles entières dans l'incendie, dont les autres membres léchaient encore leurs plaies ou pleuraient un proche, qu'on accusait du pire sans preuves, dont les plus fortunées avaient donné sans compter des monceaux de vulnéraires et autres anthyllides, unies par tant d'infortunes, s'étonnèrent qu'au lieu de les disculper, l'Animat commençât par rappeler d'anciens forfaits, comme si la quantité (imaginaire) d'erreurs passées était une information sur l'auteur du crime sans précédent auquel la Communauté était confrontée. Lasses, enfin, d'être publiquement traitées comme une entité malfaisante, les hermines se mirent à pousser d'une seule gorge un sifflement assourdissant.

Devancées, prises au dépourvu, les hirondelles tentèrent vainement de couvrir le vacarme des mustélidés, ce qui augmenta la cacophonie. Au sifflement continu, uniforme, strident, contagieux (accru par le renfort des belettes, qui ressemblaient tant aux hermines) s'ajoutèrent les piaillements et bêlements désordonnés, eux-mêmes soutenus par la cohorte des mécontents qui, sous l'influence conjuguée de Gavariat et Bagato, s'approchait dangereusement de l'Animat en vociférant : « À bas les domestiques ! Votons ! Votons ! Le pouvoir aux démunis ! », sans plus savoir ce qu'il était question d'élire.

On eût dit, à première vue, que la horde galvanisée des rats, des hirondelles, des hermines, des moutons, des orignaux et des bisons furieux, dont la fureur était attisée par l'âne et l'orignal, allait se jeter sur le pauvre Vladimir dont la panique avait dessoudé les yeux et la mâchoire, et qui, ne sachant qui flatter, donnait du rire aux uns tout en adressant un regard tendre aux autres et se perdait en suppliques au milieu du chaos… « S'il vous plaît ! De grâce, mes amis ! Artisans de bonté !… » Rien n'y faisait. La meute était, littéralement, sur des charbons ardents, et les blessés eux-mêmes, qu'on achevait de soigner, venaient cahin-caha en grossir les rangs.

Mechtat, qui contemplait le désordre depuis son muret, trouvait contradictoire d'appeler à voter sur toute chose au point de mettre la vérité elle-même en scrutin, tout en souhaitant manifestement prendre le pouvoir par la force. Mais il n'était pas inquiet, car il pressentait qu'en réalité les choses étaient plus compliquées. La meute ne voulait pas *vraiment* prendre le pouvoir. Les animaux hennissaient, protestaient, grognaient, hullulaient, bêlaient, vitupéraient et s'approchaient du chef… mais lentement, et presque à reculons. Comme s'ils voulaient uniquement lui montrer qu'ils étaient en colère et que leur colère était son péril. Ce n'était pas à proprement parler une sédition, mais un troupeau ivre de lui-même, qui s'écoutait crier et voulait en découdre avec son maître sans endosser pour autant les soucis de sa fonction, ni même la responsabilité de sa destitution avant l'éclipse. Plus qu'une demande dont l'obtention eût apaisé les animaux, on avait affaire à une meute qui se servait d'une demande pour obtenir l'embarras de son chef et se convaincre, en le faisant, qu'elle était allée dans le bon sens. Une jubilation confuse émanait du vacarme, où le plaisir de protester débordait toute réclamation précise. Une colère longtemps retenue n'attendait qu'un prétexte pour s'exprimer. Mais des bêtes au souverain, qui n'était pas moins bête, tous étaient indécis. L'envie de chaos l'emportait sur le désir de quelque chose.

L'orange autophage

Les dogues – qui protégeaient Vladimir comme ils eussent protégé tout Animat – s'étaient interposés depuis longtemps, en ligne, sous la discrète direction d'Istcheïka, entre la horde et le souverain, et montraient les crocs, ce qui n'apaisait rien. La meute ne voulait pas du pouvoir, mais elle eût été enchantée, en revanche, d'en découdre avec ses gardiens qui, sans plaisir et froidement, se tenaient prêts. Entre les chiens qui n'attendaient qu'un ordre pour mater les mécontents, et la horde qui n'attendait qu'un prétexte pour attaquer les dogues et s'offrir ensuite en victime à la bienveillance de tous, l'affrontement paraissait inéluctable.

C'est une autre bagarre qui interrompit celle qui couvait.

Au milieu de la horde, au cœur du chaos, on vit soudain une dizaine de renards, à la surprise générale, s'entre-déchirer avec une violence jamais atteinte. Certains se prenaient à la gorge, d'autres se mordaient l'arrière-train et tous, de morsures en griffures, de jappements en glapissements haineux, semblaient vouloir en finir avec le congénère le plus proche. Le tout formait une sorte de boule. Les daims, les orignaux, les moutons, les sangliers et tous ceux que terrifiait une rixe entre mangeurs de viandes s'écartèrent, émus et chevrotants, devant cette orange autophage qui vivait en s'entre-dévorant. L'irruption providentielle d'une rixe dont il pouvait (et devait, aux yeux des autres) imposer le terme rendit son courage à Vladimir, et son allure de chef. D'un ton martial, il ordonna aux dogues de faire cesser le grabuge. Au lieu de se jeter dans la mêlée, les chiens (qui étaient formés depuis la Table Rase à des situations de cette nature) s'en approchèrent lentement et, d'un coup de mandibule, exfiltrèrent, un à un, les protagonistes, les expédiant à distance où les attendait un autre dogue qui, sous réserve de soumission immédiate, leur maintenait par le cou la truffe au sol.

Les dogues

La Guerre civile qui avait suivi la Table Rase (où les animaux, moins nombreux, se disputaient âprement la maîtrise d'un territoire assez vaste pour les abriter cent fois) avait vu, au dam des pronostics, la victoire des herbivores, à l'issue du siège de la Montagne, après le ralliement inattendu d'un couple de faucons et des quelques dogues qui avaient survécu à leur abattage par les humains. Cette victoire avait permis, on l'a dit, l'élection de Zosime comme premier Animat de Krasnaïa, l'instauration de la Concorde et la naissance de la Communauté proprement dite.

C'est en signe de reconnaissance – et en contrepartie d'un serment d'allégeance au terme duquel ils s'engageaient à ne jamais briguer le poste d'Animat (et à toujours veiller sur son détenteur et sa cour) – que les premières lois de Krasnaïa accordèrent aux dogues le titre de « violents légaux ».

Sous réserve qu'ils n'en usent pas à leur profit, les dogues pouvaient mordre, griffer et interrompre un vol ou une prédation (qu'elle soit, ou non, hors délai). En résumé, les animaux n'avaient pas le droit de tuer sinon pour se nourrir, ce dont ils ne se privaient pas, hormis les chiens, qui usaient avec parcimonie du droit de tuer, à l'exception de ceux que la faim tenaillait ou dont le caractère n'était pas à la hauteur de la fonction. Il arrivait ainsi qu'à l'abri d'une bagarre l'un des dogues se laissât aller à mordre (volontairement ou non) un animal dont le seul tort était de se trouver au mauvais endroit, et l'on vit, quoi qu'en dît la loi, mourir des innocents sous les crocs de leurs gardiens. Bref, il y avait de mauvais dogues. Comme partout.

Un coupable inattendu

Quand la rixe fut interrompue et que, de l'échauffourée, ne restaient que quelques renards la truffe dans la mousse et lardés de plaies, séparés des autres et sous bonne garde :

« Podzemlya, qu'est-ce que ça veut dire ? s'enquit Vladimir auprès du représentant des renards.

— C'est à cause de cette domestique, cette graine d'hermine ! », déclara Podzemlya en désignant une congénère, tandis qu'un ourson, qui ne ménageait pas ses soins, lui léchait délicatement le fondement sanguinolent.

Au lieu de s'indigner, ce qu'il aurait dû faire, qu'un membre de la Communauté se servît d'un autre groupe comme d'une insulte, Vladimir tourna sa grosse tête vers la renarde, qui s'appelait Irena, dont une plaie superficielle rougissait l'omoplate et qui avait encore entre les dents les restes d'une queue orange et blanche, et crut pouvoir s'adresser à elle avec paternalisme. Toutes les réactions de Vladimir, de la condescendance à la sévérité, étaient dictées par le souci, calculé, d'éviter l'affrontement.

« Allons, bon, fit-il en souriant ! Encore notre Irena ! Pourquoi tant de colère, Irena ? Pourquoi une telle fureur ? (puis, s'adressant à tous) Attention ! Chaque animal est libre de ses émotions, je le dis fermement. Mais, chère Irena, toi qui, comme renarde, as déjà tant souffert de la réputation injuste – et je le dis de tout mon cœur – qu'on a faite à tes semblables, comment peux-tu te battre avec les tiens ? La paix n'est-elle pas meilleure que la violence ? Entre victimes, ne faut-il pas tenter de se comprendre ? À quoi bon tant de rage ? »

La rumeur approbatrice qui parcourut l'assistance, notamment les hirondelles et ceux qui, l'instant d'avant, paraissaient vouloir lyncher leur souverain, lui donna, pour un temps, le sentiment d'avoir contenu le danger.

« Ô Animat (Irena méprisait Vladimir, mais honorait sa fonction et répétait souvent à sa fille, Zviezda, que s'il n'était pas nécessaire de respecter les régents, il l'était de les saluer), t'es-tu soucié de savoir pourquoi nous nous battions, avant de me reprocher mon attitude sur la foi de ce rat de Podzemlya ? »

Vladimir redoutait, en répondant, de valider l'insulte, et garda un silence de marbre.

« Figure-toi, figurez-vous, qu'au terme de l'enquête que j'ai menée moi-même avec d'autres renards, nous sommes en mesure de vous dire que l'auteur de l'incendie est un renard ! Un renard enragé ! Et que Podzemlya, dont j'ai arraché la queue – et dont j'arracherai l'autre à la première occasion – voulait m'empêcher de nommer le coupable ! Voilà la raison de la rixe !

— Et qu'en sais-tu vraiment ? Qui te prouve que ce n'est pas une hermine déguisée en renard ? demanda Douraka, suspicieuse, avant d'ajouter : Il ne serait pas étonnant qu'une renarde domestique comme toi invente la culpabilité d'un de ses congénères !

— Ce qui le prouve, demi-tête, c'est que le coupable en est fier, qu'il s'est désigné lui-même et qu'il a reconnu son crime !

— Mais qui est-ce ?

— Xenos.

— Qui est Xenos ?

— Fais-toi connaître ! ordonna Irena, en montrant un renard albinos, fraîchement sorti de l'enfance, qui gigotait dans la gueule d'un dogue.

— Oui, c'est moi qui ai mis le feu ! glapit le renard furieux dont l'extrémité d'une patte entière paraissait avoir été mâchée. Et je recommencerai si vous me laissez faire ! Et si j'ai attendu que vous soyez au fond de vos terriers pour embraser la prairie, c'est pour faire plus de morts parmi vous et pour que vos enfants eux-mêmes soient brûlés vivants ! »

Sidération.

Le renardeau bavait en hurlant, et tant de mousse (comme à tous les enragés) lui sortait de la gueule qu'il était difficile de savoir si c'était la fureur ou la maladie qui lui mettait l'écume aux lèvres. À vrai dire, nul ne savait, à Krasnaïa, si la rage (c'est ainsi qu'on l'appelait) relevait d'une pathologie objective dont la victime était, en ce sens, innocente, ou bien désignait tout simplement l'irascibilité d'un animal et les manifestations irrationnelles dont il fallait le tenir pour responsable. Une telle indécision n'était pas sans conséquence, puisque si la rage était reconnue comme une maladie, alors le renard, malgré la gravité de ses actes, serait déclaré irresponsable. Si, en revanche, « rage » n'était, aux yeux de la Communauté, que l'autre nom d'une passion animicide, alors le renard serait (peut-être) tenu pour coupable de son crime. Il faut reconnaître aussi que tenir le renardeau pour malade aurait eu pour effet d'empêcher qu'on le défendît et, de cette façon, qu'on entreprît d'expliquer son geste.

Mais nous n'en étions pas là.

Qu'on offrît soudain à la meute un criminel authentique, et qu'un renardeau, un enfant, pût commettre un tel crime et s'en vanter, tout cela était si improbable, si inimaginable que la horde prête, juste avant, à se jeter sur un chef trop faible ou à s'inventer un coupable se tut soudain, des fourmis aux hirondelles.

Et c'est dans un silence complet, à peine rompu par les glapissements du renard meurtrier, que Vladimir (lui-même si surpris que son étonnement prenait le dessus sur le soulagement de ne plus être l'objet de la colère) déclara, d'une voix ferme, comme il lui appartenait de le faire :

« C'est donc demain, à l'heure de l'ombre la plus courte, sous l'œil de Svetavoï, que Xenos sera jugé. Qui souhaite assurer sa défense ?

— Douraka ! piaillèrent les hirondelles.

— Dont acte. C'est Mechtat, notre discuteur, qui, s'il en est d'accord, se chargera de l'accusation. Et, concomitamment, s'empressa d'ajouter le cheval, sous mon autorité, Istcheïka, tentera de découvrir comment le renardeau a mis la patte sur du feu. »

Pour des raisons évidentes, le troupeau n'avait pas à savoir qu'une enquête serait en cours, mais Vladimir, grisé par la fermeté de sa voix et soucieux de montrer qu'il était à la manœuvre, n'avait pas hésité à partager collectivement cette décision, quoi qu'il en pût coûter à l'enquêtrice.

Enfin, la nuit tout à fait tombée, changeant la qualité du silence, fit insensiblement passer les animaux de la stupeur à l'apaisement. Chacun rentra chez soi, bâillant déjà, au son des grillons, à l'exception des enfants gâtés du Praspect, que leurs parents n'arrivaient pas à empêcher de sortir sous les étoiles malgré le danger. Et à l'exception des chats aussi, Mechtat le premier, qui aimaient somnoler le jour et refaire le monde, de nuit, en compagnie de sages hiboux, autour d'un champignon ou d'une juteuse petite souris à qui, par dérision, le chat s'amusait à démontrer l'immortalité de l'âme avant de la gober vivante.

Krasnaïa

L'incendie avait dévasté la Loug, une prairie de bosquets, de broussailles et d'arbustes, où les herbivores adoraient se nourrir de graminées délicieuses, et où les carnivores adoraient se nourrir des herbivores. Le feu avait atteint, nous l'avons vu, la bordure de conifères qui circonscrivaient le Bois Rouge dont le nom venait de la couleur des bouleaux, rouges au tronc. Le bois de bouleaux était la membrane qui préservait, de sa pulpe fragile, les vastes écuries mitoyennes où, depuis Zosime, pour des raisons de luxe et de discrétion, les Animats, qu'ils fussent ou non chevaux, établissaient leurs quartiers, ainsi que l'étang Ozero peuplé de brochets, de paisibles poissons-chats et de cygnes légendaires, à la fois cimetière majeur et garde-manger, où les animaux avaient coutume de se réunir pour l'immersion d'un éminent.

À la lisière septentrionale du Bois Rouge, qui avait été entamée par l'incendie avant que Nebo n'intervînt, se trouvait un terre-plein jonché de petits toboggans, de balançoires, d'une grande roue (dont les baquets supérieurs offraient une belle perspective à ceux qui avaient eu la sagesse d'y élire domicile pendant la Guerre civile et à qui leur habitat avait été ensuite attribué de droit), d'anciennes fontaines dont les margelles défoncées laissaient éclore des monceaux d'asphodèles et d'aubépines, de murets chauds que prisaient les discuteurs, de manèges rouillés, soulevés de terre par d'immenses racines, avec, en son centre, une ancienne piste d'autos tamponneuses que les animaux avaient baptisée le Cirque, et où ils se donnaient rendez-vous, pour se battre, débattre ou forniquer. C'est là, sur la piste et autour d'elle, que Mechtat organisait les discussions, et qu'avaient eu lieu les événements étonnants par lesquels cette chronique a débuté.

Au-delà du terre-plein s'élevait la Doma, l'ancien hôtel de police des outilleurs, qui servait à la fois de prison, de maison commune (où chacun pouvait, en cas de malheur, trouver refuge pour un temps indéfini) et de lieu pour les grandes délibérations publiques, comme l'élection d'un Animat ou le procès d'un congénère.

Afin que les animaux n'eussent pas le sentiment d'être sournoisement dépossédés en ne votant qu'une fois toutes les deux éclipses, Zosime avait souhaité, lors de la fondation de la Sobchtchestva, que chacun des raïoni (ou districts) disposât de plusieurs représentants attitrés, localement élus, qui prendraient la parole à la Doma, au nom de leurs semblables et de leurs voisins. Les domistes se réunissaient au rez-de-chaussée de la bâtisse à l'occasion d'un problème ou d'une initiative qui incluait toute la Communauté, mais prenait des formes différentes selon les lieux.

De nombreux animaux s'étaient étonnés de l'idée qu'ils seraient mieux représentés par l'un des leurs, mais leurs voix furent recouvertes par ceux qui, moins nombreux et plus actifs, voyaient dans cette initiative l'occasion de gagner quelques droits spécifiques et, dans ce but, battaient la campagne pour se faire investir par leurs congénères. La désignation des domistes, qui comblait le besoin de représentativité des faubourgs de Krasnaïa, obéit à des règles trop complexes pour qu'on entre ici dans leur détail (grâces soient rendues aux valeureux historiens qui nous dispensent d'un tel effort). Contentons-nous de dire qu'à la pesée des voix s'ajoutaient, dans des proportions finement établies, le sexe de l'animal (mâle, femelle ou changeant) et l'appartenance (ou non) à la minorité qui était la mieux représentée. De tels critères étaient d'ailleurs la seule entaille au principe universel d'égalité devant la loi, mais Zosime y avait consenti, après la Guerre civile, sous la pression des femellistes de son entourage qui lui présentaient ces conditions comme les outils (appelés à disparaître) d'une société en quête de justice. C'est peut-être la seule erreur qu'il fit. Introduire de la différence au sein de l'égalité, fût-ce avec les meilleures intentions du monde, c'est faire entrer le loup dans l'écurie, l'avait averti Mechtat. Mais la paix civile a ses raisons que la raison ne connaît pas. Et c'est ainsi, quoi qu'il en fût, que l'immeuble des canidés n'eut et n'aura jamais, par exemple, d'autres représentants que des renards mâles – qui n'en sont pourtant pas les seuls habitants.

Derrière la Doma se trouvait le Praspect, c'est-à-dire le raïon des éminents, où les mieux lotis et les plus forts avaient élu domicile, au rez-de-chaussée des vastes hangars pour les chevaux, les rares ours, les bisons, les moutons, les daims, et à l'étage pour ceux qui, renards, hermines et chats, savaient monter les marches et raffolaient des couloirs en surplomb, au mur desquels de larges familles d'hirondelles persistaient à nidifier et faisaient office de garde-manger.

Les arbres géants qui peuplaient les cours d'immeubles servaient d'habitats aux rongeurs, aux vers, aux oiseaux, et de nourriture à tous, et nul habitant des arbres ne s'indignait qu'on dévorât un peu sa maison tant il y avait d'arbres et tant l'égoïsme des animaux était soluble dans l'abondance.

Bagato habitait la pointe septentrionale du Praspect, dans une sublime datcha qui, du temps de la Domesticité, appartenait au chef local du parti des outilleurs (dont il était l'animal de trait). L'ânon qui, à l'ère de son installation, avait fièrement revendiqué la propriété d'une des plus belles maisons de Krasnaïa, se faisait plus discret depuis qu'il briguait l'animat, et prêtait volontiers sa mare aux grenouilles déshéritées, ses murs aux hirondelles, et ses chambres aux rats égarés ou aux renards convaincus d'antinebisme. Sa datcha donnait sur la toundra largement inexplorée où vivaient lynx et loups, qui s'étendait jusqu'en contrebas d'Ozero où des véhicules humains – blindés, grues, libellules et voitures – offraient un habitat rudimentaire et diversifié aux animaux moins chanceux (dits « les blindistes ») qui vivaient parfois les uns sur les autres, dans des bulles insalubres. La légende du tank où une famille partiellement plus-que-blanche aurait vécu à huis clos et en bonne harmonie avec les rares mésanges de Krasnaïa figurait en bonne place dans les récits iréniques dont Vladimir était friand et qu'il truffait de détails imaginaires au gré de son lyrisme.

Au-delà du Bois Rouge, au nord-ouest du Praspect, se dressait la Montagne, demi-cercle scintillant, cerné de douves et de tubes enchevêtrés, qui couvrait de son rempart tutélaire l'ensemble de Krasnaïa. Et qui était si haute dans sa robe blanche que seules quelques hirondelles sédentaires en connaissaient la cime – d'où le regard allait, dit-on, aux frontières de toute chose.

Si le Bois Rouge et l'étang étaient le ventre et la tête de la Sobchtchestva, la Montagne, quoique excentrée, en était le cœur battant. Et bien que, hormis quelques bâtisses inconfortables où vivaient essentiellement des rongeurs et des fourmis rouges, la Montagne n'offrît guère de gîtes aux animaux et fût entourée d'un terrain vague dont le sol de béton n'autorisait aucun terrier, les bêtes s'y pressaient à longueur de journée, s'y battaient, s'y embrassaient, s'y reproduisaient, ou partageaient amicalement, le temps d'une discussion, la douceur d'une aube, d'un après-midi, ou la froideur interlope des nuits. Toutes les espèces, tous les raïoni, tous les genres et toutes les classes se croisaient à la Montagne (le nom, par extension, désignait aussi les alentours de la colline) dont les limites, fixées alors par les humains, consistaient dans de gigantesques sentiers de goudron que la chaleur faisait fondre – au péril des tortues trop lentes, dont les pattes cuisaient.

C'est à la Montagne que tout avait commencé, une nuit de la préhistoire, avec Vzryv, l'explosion providentielle qui avait provoqué la fuite des humains et livré à eux-mêmes des animaux soudain nantis de capacités singulières et qui, pour certains, ne vieillissaient plus.

C'est aussi là, qu'à l'abri des travées géométriques qui sortaient miraculeusement de terre à intervalles réguliers et servaient à toute heure de lieu de rendez-vous, les parias insomniaques de la Communauté ourdissaient un piège, ou préparaient un vol. C'est là que des herbivores décents recrutaient les services de sicaires dentus pour se débarrasser, sous prétexte de dévoration, d'un voisin indiscret ou plus fortuné. C'est là qu'on échangeait discrètement les meilleurs champignons et que les enfants du Praspect venaient s'encanailler auprès de congénères moins chanceux, dits « les animaux de la Belle Étoile », qui offraient leur croupe dans une casbah contre quelques baies, quelques champignons ou quelques lambeaux, selon le genre. C'est là, enfin, que les animaux sans-abri venaient dormir (ou non) car, miracle supplémentaire qui témoignait de la bonté de Nebo, depuis Vzryv le sol de la Montagne était toujours chaud.

La Montagne ne dormait jamais.

Et, de mémoire d'animal, elle n'avait suspendu sa frénésie que durant quelques lunes, le temps que Nebo déposât, à grand renfort de libellules, une épaisse couverture de métal sur l'ancien cube qui couvrait son palpitant, et lui donnât l'oblongue forme blanche que chacun bénissait et qui paraissait bénir chacun.

À l'extrême nord, entre les frontières goudronnées de la Montagne à l'ouest, la banlieue du Praspect au sud, et la plaine des orignaux qui, passée la Vodka, s'étendait à l'est au-delà du monde connu, était « l'immeuble des canidés » où les renards régnaient en maîtres sur les habitants d'une ancienne école humaine et de ses environs, et imposaient, disait-on, des lois parallèles à une population consentante.

Les renards étaient innombrables à Krasnaïa, et avaient, pour l'essentiel, fait le choix, depuis la Table Rase, de vivre et croître au milieu de tous ; mais une large minorité avait entrepris, à l'inverse, de se replier sur elle-même, autour de l'immeuble, à l'abri des regards et à distance des lois communes. Ces renards-là avaient également, de longue date, pactisé avec les hirondelles pour qu'elles répandissent dans Krasnaïa tantôt l'idée que les lois étaient parfaitement respectées dans l'immeuble, et tantôt l'idée contradictoire que si elles ne l'étaient pas, c'est que les lois ordinaires étaient injustes envers les renards et que les renards préparaient l'avènement d'un monde meilleur en tournant le dos à la règle commune.

Au-dessus de tous, enfin, illimité, mobile et bigarré, s'étendait Nebo qui, d'un coin de Lui-même, mandatait Ses libellules en cas d'incendie.

Au cœur de Nebo brillait Svetavoï, dont les rayons filtrés par les nuages ou rougis par le soir faisaient, à toute heure, scintiller la Montagne et Ozero.

La moitié du temps environ, pour la joie des chauves-souris, des chouettes, des renards et des serpents, Svetavoï disparaissait, Nebo passait des couleurs au noir complet, et Draga, l'astre albinos, faisait son entrée, tantôt étique et tendue comme un fil, tantôt grasse, basse et orangée.

Ces nuits-là, la Montagne frémissait d'une agitation plus intense, car les nocturnes y étaient rejoints par les noctambules qui, sous la douce lumière de Draga, se sentaient moins menacés et rompaient avec leurs habitudes, défiaient leurs cycles pour venir refaire le monde et manger des champignons, les pattes au chaud et – pour ceux qui le pouvaient – les yeux dans les étoiles.

Deux fois par an, Draga disparaissait quelques instants, partiellement ou dans sa totalité, avant de réapparaître. Zosime l'Ancien – qu'une longue domesticité avait habitué aux calendriers et aux transpositions – voyait dans ces éclipses la métaphore d'un pouvoir qui se renouvelle, et avait à jamais décrété, dans la foulée de la Concorde, que les élections auraient lieu à cette occasion, une fois sur deux.

Tel était Nebo, le souverain bienfaisant, éternel pourvoyeur de chaleur et d'eau, extincteur des feux qui naissaient de Ses éclairs.

Les animaux sentaient bien que, d'orages en éclaircies, de feux en libellules, les décisions de Nebo ne se souciaient guère de leurs propres choix, mais quelle importance ? Quoi que fît Nebo, hormis les feux de forêt, ils en étaient bénéficiaires, et c'est eux qui, spontanément, s'adaptèrent à Ses fantaisies.

Nebo n'avait pas de visage et, Son existence n'étant ni douteuse ni même questionnée (sinon par quelques excentriques), Nebo ne faisait à proprement parler l'objet d'aucun culte. Les religions naissent du doute, d'une croyance incertaine qui a besoin d'être affermie par des rites, des légendes et par un décor dont la pompe divertisse l'incrédulité naissante. Rien de tout cela n'était nécessaire sous le ciel de Krasnaïa, et l'on eût, à cette époque – à l'exception du rituel « Vive Nebo ! Grand merci ! » qui saluait l'arrivée d'une libellule en cas d'incendie – accueilli avec stupeur toute tentative de rendre hommage à Nebo ou d'obtenir des faveurs de Sa part. Quelle idée ? Pourquoi mendier ce qu'on nous donne déjà ? Les animaux n'imploraient jamais Nebo, dont la prodigalité les comblait, et n'avaient pas songé à Le remercier autrement qu'en saluant l'arrivée d'une libellule ou bien les pluies immenses qui, à l'automne, transformaient la Vodka en fleuve et alourdissaient l'étang. Nebo ne parlait pas. Mais Nebo tonnait. Nebo pleuvait. Nebo brillait. Et Nebo envoyait, au besoin, Ses libellules éteindre les incendies qu'Il avait lui-même déclenchés. Tout était bien.

Sur ces terres bénies, la nourriture ne manquait jamais. Seulement la Guerre civile, en s'achevant au bénéfice des herbivores, avait eu pour effet de remplacer l'adage « *à chacun selon sa force* », qui prévalait chez les animaux avant l'invention des lois, par le plus moralement acceptable « *à chacun selon son mérite* », qui tempérait le premier précepte sans l'abolir tout à fait dans la mesure où le « mérite » était aussi mesuré à la quantité de travail abattu, c'est-à-dire... à la force (ou à la richesse). Le nouveau précepte eut tout de même pour effet de répartir la nourriture selon une autre logique que la puissance des animaux, d'affamer par conséquent nombre de carnivores qui, auparavant, ne manquaient de rien, et, de cette façon, d'éveiller en eux des volontés animicides qui excédaient le calcul d'un besoin contrarié.

On remplit des hangars ou des caves, qui étaient parfois la propriété d'un seul éminent, et qui regorgeaient de vivres tandis qu'aux Blindés ou dans les plaines, des familles entières devaient se contenter d'un maigre rongeur ou d'un bosquet. Gaspillage et outrance étaient abondamment rapportés aux plus démunis par les hirondelles et les chauves-souris qui les relayaient de nuit. On organisait au Praspect, disait-on, de grandes réunions somptuaires au sommet d'immeubles à peine ombragés par les camphriers, où carnivores et herbivores se battaient à mort sans que leur cadavre servît ensuite à l'alimentation de tous, alors qu'à l'autre bout de Krasnaïa, des carnivores en sous-nombre, inaptes à la chasse, mangeaient leurs propres enfants. La colère grondait chez les animaux de la Belle Étoile, les sans-toit de la Montagne et au cœur du quartier des Blindés où, au fil des ans, passé l'euphorie de la Concorde et les tentatives de mélange, des groupes homogènes et hostiles s'étaient, comme on le verra, progressivement constitués.

Le procès

Ceint d'une pelisse mauve qui faisait penser à une selle et rappelait le temps de la Domesticité où il était tireur de charrette et, au besoin, porteur d'humains, Vladimir fit son entrée sous le préau de la Doma, devant des animaux répartis en familles, sous bonne garde des dogues.

Au-dehors, la bâtisse devant laquelle un attroupement mélangé attendait le verdict était discrètement gardée par un détachement de félins qui, depuis les murets, surveillaient les entrées, les alentours et les mouvements erratiques.

Vladimir présidait aux débats comme il revient à tout Animat, et le jury, dont les douze membres indéposables avaient tous été désignés par Zosime, était composé de représentants de chaque grande famille d'animaux à l'exception des renards et des hermines, dont la mauvaise réputation eût fait peser sur toute sentence un soupçon de partialité.

Le verdict lui-même faisait si peu de doutes que les animaux étaient là, surtout, pour assister au combat entre Mechtat et Douraka. Qui donc, de l'activiste ou du discuteur, parlerait le mieux ? Douraka plaiderait-elle la rage ? Oserait-elle dire que le renard n'avait pas tort de mettre le feu à la Loug ? Qui toucherait le plus de cœurs ?

« Artisans, frères, sœurs, semblables et différents, l'heure est grave et la justice de Krasnaïa se voit saisie, comme nul ne l'ignore, d'un procès historique.

Pour la première fois, le feu n'est pas tombé du ciel.

Pour la première fois depuis la Guerre civile, l'un de nous a souhaité, délibérément, la mort des nôtres.

Comment en sommes-nous arrivés là ?

Je pose la question avec gravité.

Et c'est aussi à cela qu'il nous faudra répondre aujourd'hui.

Le procès peut s'ouvrir !

La parole est à l'accusation. »

Le cheval céda l'estrade.

L'accusation

Mechtat s'avança, s'étira longuement, chercha Irena du regard, et parla ainsi :

« Frères ! Camarades !

Vladimir a tort et il le sait. »

L'Animat qui était en train de descendre les deux marches de l'estrade en trébucha de stupeur et manqua de se trouver les quatre fers en l'air. L'irrépressible pétarade qui s'ensuivit détendit un peu l'atmosphère.

« Les faits qu'on vous demande de juger n'ont rien d'exceptionnel.

Ce qui est exceptionnel, c'est qu'il est impossible de les nier. Contrairement à la légende dorée que votre Animat vous raconte, le crime existe depuis toujours en abondance à Krasnaïa ; les animaux ne sont pas nés amicaux les uns avec les autres !

Le crime existe et sévit dans notre communauté, tantôt maquillé par la "nécessité", tantôt masqué par l'alibi du rut. Mais ne soyez pas dupes ! Le crime existe, oui ! Comme existe son déni. N'ayons pas peur de cette idée : seule la peur est dangereuse ! La loi nous donne trop souvent les moyens d'esquiver le crime et d'y voir autre chose. Et cela nous arrange tant ! Il est tellement plus facile de nier la chose que d'y faire face…

Ce n'est pas parce qu'il n'y a pas de violence qu'il n'y a pas de sanction ! C'est parce qu'il n'y a pas de sanction qu'on se persuade que la violence n'existe pas !

Disons la vérité : maintes fois, depuis que Vladimir a succédé à Avtoran, la Sobchtchestva a été endeuillée par des morts superflues. Maintes fois, nos sœurs se sont trouvées enceintes sans l'avoir souhaité, d'un congénère dont elles ne voulaient pas porter la petite hermine, le petit renard ou (tourrnant un visage mécontent vers Vladimir qui, aussitôt, détourna le regard) le petit poulain.

Et chaque fois, au lieu de venir en aide aux victimes, nous leur avons expliqué pour quelle raison elles avaient tort de se plaindre.

Chacun connaît la douloureuse histoire du clapier… »

Un frisson parcourut l'assemblée, tant la tragédie dite « du clapier » – où deux hermines, un rat et un renard albinos avaient, hors délai, dévoré une dizaine de lapins sans défense qui aimaient vivre dans l'habitat que les humains avaient créé pour eux et qui, par définition, ne pouvaient pas crier – était, avant l'incendie, l'épisode le plus traumatique de la Communauté depuis sa constitution. Vladimir avait eu toutes les peines du monde alors à disculper les assassins en célébrant « l'appétit magnifique de la jeunesse et le drame d'une famille dont la nécessité nous privait de la présence… »

« Allons, mes camarades ! Les hermines et les renards animicides avaient-ils besoin d'achever tous les lapins du clapier ? Non ! D'ailleurs, ils n'en ont mangé que la moitié. Et ce sont les fourmis qui ont profité du reste ! Les fourmis ! Les tueurs engraissent des fourmis. Voici la vérité : les lapins ont été assassinés ! Comme l'ont été les victimes de l'incendie volontaire qui nous a fait tant de mal.

Cessons de croire qu'il est rare qu'un animal tue un autre animal pour le plaisir de le faire ! Ce qui est rare, c'est que nous devions affronter cette vérité. Et en l'occurrence, dans cette histoire, aucune échappatoire n'est possible. Il faut admettre que nous puissions avoir des assassins parmi nous. Des assassins protégés par nos intelligences qui, sous prétexte de les comprendre, excusent leurs actes !

L'heure est venue, pour notre communauté, de sortir du déni. Et du pardon ! Car le pardon est un masque. Ce qui se pardonne n'est pas si grave, or voilà un crime dont nous ne pouvons pas nous masquer la gravité. J'entends d'ici certains de nous considérer que le renard était malade, atteint de la rage, et, par conséquent, irresponsable. Mais nul n'a jamais démontré que la rage était incausée et que l'animal qui en souffre ne pouvait être jugé pour son état. Ne soyez pas dupes de cette autre manœuvre ! Xenos est bien coupable du crime dont il se vante ! Et en reconnaissant Xenos coupable d'avoir souhaité, sans y trouver son intérêt, la mort de ses frères animaux, vous ferez sortir notre communauté du mensonge où elle fermente. Vous lui ouvrirez les yeux sur ce qu'elle ne veut pas voir et dont elle connaît l'existence. Et enfin, et surtout, vous rendrez justice aux victimes.

Frères, ne vous y trompez pas !

Xenos est-il un monstre ? Non !

Xenos est un animal. Et Xenos est un criminel.

Xenos est comme nous. Rien de ce qu'il est ne nous est étranger.

Mais Xenos n'est-il qu'un renard ? Non plus !

Ce n'est pas un renard que vous allez condamner aujourd'hui. C'est plus que ça !

C'est l'un des nôtres. Nous sommes animaux avant d'être renards, lynx, sangliers, ours ou bisons, grues, hirondelles, hermines et chats ! Nous sommes animaux avant toute chose. Notre animalité dépasse nos particularités de mangeurs d'herbe ou de viande, comme l'histoire de nos familles ! Xenos n'est pas un renard qui, comme la nécessité l'impose parfois, a dévoré un mangeur d'herbe hors délai. C'est un animal dont le geste fatal engage la coexistence au sein de toute la Communauté !

Oubliez l'identité de Xenos et souvenez-vous de ce qu'il a fait. Oubliez son nom, retenez son geste.

Contrairement à ce que certains ont envie de penser, Xenos n'est ni fou ni enragé. Ou alors, s'il l'est, il ne l'est pas suffisamment pour qu'on l'absolve.

Xenos est un assassin, qui a souhaité, de sang-froid, que ses frères animaux périssent dans d'intenses douleurs.

Reconnaître son crime, ce n'est pas l'accepter, c'est le combattre. Il faut refuser le crime au lieu d'en refuser l'existence ! Et combattre le crime avec de meilleures armes que des incantations : les crimes existent, leurs auteurs sont responsables de leurs actes, et ils n'ont pas leur place parmi nous. Voilà ce que vous avez à dire, et voilà ce qu'à la suite de votre verdict, la loi aura le devoir de reconnaître. À vous de juger ! »

Les animaux braillèrent, hennirent, piaillèrent et grognèrent cordialement.

On sortait toujours des plaidoiries, comme des leçons, de Mechtat, avec le sentiment d'être plus intelligent, quoi qu'on fût incapable de répéter ce qu'il avait dit, hormis, en la circonstance, la phrase « les tueurs engraissent des fourmis » qui frappa les consciences et que la mémoire sélective des hirondelles s'empressa d'extraire de l'ensemble pour en faire le résumé obscur de sa plaidoirie et la colporter sous cette forme.

Le chat rejoignit un muret adjacent.

La parole était maintenant à la défense.

C'est-à-dire à Douraka.

La défense

L'hirondelle ne se rendit pas sur l'estrade comme son contradicteur, mais voleta à bonne altitude de manière que sa petite taille fût compensée par l'obligation de regarder en haut pour la voir. Et ses piaillements étaient repris en canon par certains albinos répartis dans l'assemblée qui répétaient ses paroles en marmonnant.

« Sœurs et frères, comme toujours, Mechtat vous ment, vous diffame et insulte votre intelligence ! » ("*Mechtat vous ment…*", fit le chœur.)

« "Ce n'est pas un renard, dit-elle, que vous allez condamner aujourd'hui" : premier mensonge !

Qui doute que le jeune Xenos soit un renard ?

Xenos n'a-t-il pas, comme tous les renards, un crâne étroit et allongé, de courtes pattes dont il peut partiellement replier les griffes, et une longue queue douce où il s'emmitouffle pour dormir ? Quelle différence entre Xenos et un renard ? Aucune ! Et pourquoi ? Parce que Xenos est un renard, évidemment ! Un beau renard dont la couleur trop blanche déplaît à ce vieux chat domestique…

Pour lui, une souris plus-que-blanche n'est pas une souris, un renard albinos n'est pas un renard, et, de façon générale, un albinos n'est pas un animal ! C'est scandaleux ! Voilà la réalité ! La réalité, c'est le mépris du chat pour les albinos ! ("*Le mépris du chat pour les albinos !*")

D'ailleurs ! » (Douraka se servait de "d'ailleurs" comme Vladimir de "c'est pourquoi" : non pour annoncer quelque chose, mais pour clore une annonce.)

« Après vous avoir dit que Xenos n'était pas un renard, Mechtat vous dit que Xenos est un animal ! Mais comment un renard peut-il être un animal sans être un renard ? Connaissez-vous un seul renard qui ne soit pas un animal ? On se moque de vous, mes sœurs ! Quand Mechtat ne nous méprise pas, il veut nous manipuler. Ne nous laissons pas faire ! ("*Ne nous laissons pas faire, non, non, non…*")

La meilleure preuve de son mépris, c'est qu'il ne doute pas un instant que vous condamniez Xenos : "Vous allez condamner", dit-il. Mais, que je sache, les douze juges de la Communauté sont libres de leur décision.

Qui vous dit qu'ils ne choisiront pas d'innocenter Xenos ?

Attention ! Je ne nie pas le rôle du renard dans cet incendie terrible, mais je nie sa responsabilité. Oui, je l'affirme ici : Xenos n'est pas responsable de son "crime", Xenos n'est pas un criminel ! Oh, je ne dis pas que Xenos est innocent, bien sûr. Et ne croyez pas ceux qui tenteront de résumer ce que je dis à ce que je n'ai pas dit ! Je dis juste que Xenos n'est pas responsable.

Pourquoi ne l'est-il pas ?

Je vais vous le dire.

Parce que Xenos est un renard, précisément.

Et que, depuis toujours, comme dit notre Animat, les renards de la Sobchtchestva sont torturés, martyrisés, massacrés… Savez-vous que plus de la moitié des morsures de dogues touchent des renards ? Savez-vous qu'à l'exception de ceux qui ont le droit de s'y rendre, les enfants des renards sont systématiquement exclus des discussions publiques ? Aucune communauté n'est davantage frappée par la violence que la famille des renards ! Et c'est dans ce contexte que Xenos a grandi.

Alors qu'il était encore un enfant, Xenos assista au massacre de son propre père par Istcheïka qui, sous le prétexte d'appliquer la loi, le mordit au cou au point de le faire presque saigner ! Qui n'en aurait pas la rage ?

Oui, la rage !

Certains de vous disent qu'elle est une maladie, c'est possible ! Mais alors, si Xenos est malade, de quoi est-il coupable ?

D'autres disent que la rage n'est qu'une colère extrême qui ressemble à une maladie, c'est possible aussi ! Mais alors, comment ne pas comprendre cette colère ? Lequel – ou laquelle – d'entre vous n'aurait pas la rage devant autant d'injustices ?

Choqué par cette violence légale, et témoin chaque jour des nouvelles agressions dont ses semblables faisaient l'objet, accablé par la disproportion entre les forfaits véniels que commettaient les renards et la violence de la répression qui s'abattait déjà sur eux, Xenos n'a eu d'autre choix que de chercher refuge parmi les siens, chez les déshérités de la Montagne d'abord, où il apprit la solidarité, puis chez les renards les plus engagés dans la défense des renards. Et figurez-vous qu'un tel choix lui a été dicté par l'injustice dont il avait fait l'objet de la part de son accusateur lui-même qui (et je suis certaine qu'il ne s'en souvient pas) avait exclu Xenos d'une discussion au Cirque, sous le faux prétexte d'une insolence que personne n'a jamais prouvée !

Oui, Mechtat !

Non seulement tu mens aux animaux, tu hais les plus-que-blancs, mais surtout, si Xenos n'a pas reçu d'enseignement, c'est de TA faute ! À cause de ta détestation des renards et de ton goût pour l'exclusion ! Xenos était ton élève et – sous le faux prétexte qu'il t'avait interrompu – tu l'as renvoyé !

Et c'est ainsi, sœurs et frères, que tout se tient : un renardeau, élevé dans la violence et le mépris, contraint d'y répondre par la haine, spectateur des atrocités dont les siens font l'objet, privé d'apprentissage par un professeur violent et exclu des leçons communes, n'a plus eu d'autre choix, pour se défendre, que de tuer. Et qui a-t-il tué ? le tout-venant ? Le premier d'entre nous ? Les animaux normaux ? Ceux qui vivent en contrebas d'Ozero, dans de vieilles chenilles ou des libellules percées ? Pas du tout ! Xenos n'est pas fou ! Enfin… »

Ici, Douraka eut un doute, hésita un instant, avant de balayer son hésitation et de reprendre :

« Xenos savait bien que son malheureux sort n'était pas la faute des animaux les moins puissants, et que les coupables – les vrais coupables – ne se trouvaient pas dans la horde des anonymes dont la détresse lui est si familière, mais dans le cercle des bêtes qui décident, ou qui appuient de leur influence les décisions qu'on prend en haut lieu !

Je ne nie pas que l'incendie ait aussi fait des victimes parmi les animaux innocents (en particulier des renards, malheureusement), mais il y avait peu d'innocents dans ce cortège de tortues égoïstes, d'hermines éminentes, de sangliers gavés de baies et de chevaux dociles. Tous étaient le bras armé d'un pouvoir répressif qui, depuis l'écurie confortable du chef, décrète et ordonne, sans jamais se soucier des conséquences de ses décrets ! Krasnaïa est rongée par le souvenir de la Domesticité. Ceux qui en furent les victimes sont devenus les maîtres et se conduisent désormais comme leurs bourreaux ! »

Quelques cris de joie laissaient présager la clameur qui suivrait la péroraison de l'hirondelle.

« Que sait Xenos ? Que nous dit Xenos ? poursuivit Douraka. Qu'être faible, c'est être bon. Et être fort, c'est être méchant ! C'est de cela que nous devrions débattre, et de l'injustice qui gangrène la Communauté, au lieu de sacrifier l'un des nôtres à la fureur des puissants ! ("*Être faible, c'est être bon ; être fort, c'est être méchant*", se mirent à scander ses soutiens en canon, d'abord imperceptiblement, puis à voix de plus en plus haute à mesure que l'oratrice s'approchait de la conclusion.) Allez-vous ajouter une victime supplémentaire à la si longue liste de nos morts ? Acquittez Xenos ! Le seul crime, c'est l'injustice, la haine et la pauvreté ! »

Effectivement, les acclamations furent inouïes, et la conclusion de l'avocate ailée – « le seul crime, c'est l'injustice, la haine et la pauvreté ! » – à laquelle les hirondelles s'empressèrent de résumer son propos, fut avantageusement répandue par des émissaires zélés, en quelques minutes, dans l'ensemble de Krasnaïa.

Les jurés se retirèrent dans la grange voisine.

Le verdict allait être prononcé en fin de journée.

La sentence, immédiate.

Les crocs de l'ingrat

Quand les douze juges revinrent et murmurèrent à l'oreille de Vladimir le fruit de leurs délibérations, ce dernier hocha gravement la tête et fit quelques pas vers le centre de l'estrade.

Aux juges le verdict, à l'Animat la sentence.

« Frères et sœurs, à l'unanimité moins cinq voix, le renard Xenos a été jugé coupable d'avoir déclenché l'incendie du Bois Rouge et causé, peut-être malgré lui, la mort de tant d'animaux.

C'est pourquoi !

Comme je n'oublie pas que les renards ont trop longtemps été m*é*prisés, *in*sultés, h*u*miliés par leurs frères de la Sobchtchestva, et que toute sentence doit prendre la mesure des circonstances…, Xenos est reconnu coupable, mais avec des circonstances atténuantes. Et au lieu d'être mis à mort et privé, de cette manière, de se rendre utile à la communauté qu'il a meurtrie (chacun sait, qui plus est, que la chair des renards n'est pas comestible), j'ai décidé que Xenos serait enfermé durant tout l'animat suivant dans les cages de la Doma, et qu'il aurait ensuite l'occasion de réparer ses torts en contribuant activement au ramassage des baies.

C'est pourquoi ! (Vladimir se fit presque tendre, comme un bon père retrouve sa douceur après une dispute.) Je le dis avec pondération : la raison d'être de la justice n'est pas de punir. À quoi bon, la punition ? La raison d'être de la justice est de garantir la bonne entente des animaux. Et – je vous le demande avec insistance – qui peut dire que mettre à mort un renard soit de nature à apaiser les relations dans une communauté comme la nôtre, dont la diversité fait la richesse ? Ne cédez pas à l'appétit de vengeance, mes frères ! N'ajoutons pas la mort à la mort ! Rappelons la loi avec fermeté à ceux qui la transgressent, mais n'oublions pas d'accueillir et d'encourager ceux d'entre nous qui, par leurs efforts, mais aussi – et je le dis avec tristesse – par leurs fautes, témoignent d'abord de leur désir de faire partie de notre famille. »

Douraka exultait.

On lisait le fond de son cœur dans la danse des hirondelles qui piaillaient de bonheur : « *Hourra ! Salut ! Merci ! Vive la Sobchtchestva ! Le crime légal ne passera pas !* »

Enfin, l'hirondelle, qui avait le triomphe modeste, prit calmement son envol sous les acclamations et alla, pour l'image, se poser sur la truffe de l'innocent Xenos, qu'elle avait sauvé de l'exécution avec tant de talent.

Mais loin de la remercier et de nouer avec elle, dans la foulée, l'une de ces belles amitiés inter-espèces dont Vladimir se gargarisait du récit – ou peut-être était-ce qu'un bec d'hirondelle à proximité de ses yeux eut pour effet de l'énerver un peu ? –, le renardeau albinos ne sut bizarrement aucun gré de son éloquence à Douraka, ouvrit soudain la gueule et, d'un claquement de dents, tenta d'en faire son repas.

L'hirondelle s'envola juste à temps pour éviter d'être dévorée, mais l'une de ses petites pattes resta coincée dans les incisives du renard, et sans l'intervention providentielle d'Istcheïka qui, d'un coup de crocs, brisa le cou de Xenos, Douraka eût terminé sa carrière de tribun dans l'estomac de l'ingrat.

Sa patte était brisée.

Les animaux ne savaient que penser de cette ultime péripétie. L'inquiétude, heureusement, les dispensa de réfléchir. Et tous ceux qui, comme Vladimir, hésitaient à admettre que le verdict avait, peut-être, été trop clément et qu'aucune faim, si impérieuse, ne justifiait la dévoration d'une hirondelle par un renard à l'issue de son propre procès, virent dans la blessure de Douraka la diversion qui leur permettait d'agir sans se remettre en cause.

« À l'aide ! Aux soignants ! », hennit Vladimir qui ne ratait jamais une occasion de parler fort. Les ratiers glissèrent jusqu'à la blessée, l'onguent au bout de la queue, et chacun se pencha, plein de sollicitude, sur l'hirondelle qui gémissait à la cantonnade : « C'est un scandale ! C'est un scandale ! Êtes-vous fiers de vous ? »

Un casse-tête

L'agression de Douraka par le renard dont elle venait de sauver la vie troubla les esprits animaux.

Comment ? Pourquoi ? Au nom de quoi ? Les plus habiles eux-mêmes ne savaient que faire d'un geste qui défiait tant la logique. Mieux valait se taire. Quelques renards, quelques hirondelles, tentèrent l'hypothèse selon laquelle Xenos était affamé (ce qui témoignait des mauvais traitements qu'il avait dû subir lors de sa détention provisoire d'une nuit dans une cage souterraine de la Doma), qu'il fallait indexer sur son appétit d'adolescent le désir impérieux de dévorer l'hirondelle, et que Xenos avait été assassiné par les dogues, en somme, pour avoir obéi à l'ordre des choses. Argument étrange qui, chez ces démunistes, ressemblait, à s'y méprendre, aux discours des plus-fortistes, voire des animalistes qui n'eussent rien trouvé de répréhensible, en vertu de la répartition des forces, dans la dévoration d'une hirondelle par un renard.

À dire vrai, l'enjeu des excuses qu'on voulait trouver à Xenos n'était pas d'absoudre un renard mort (et, de l'avis général, plutôt antipathique), mais d'en profiter pour criminaliser les dogues qui, en l'abattant, avaient pourtant seulement appliqué la loi. Un tel discours ne prit pas dans l'opinion, car ses porte-parole eux-mêmes en doutaient. Les animaux avaient beau tenter de comprendre avant de juger, la violence de Xenos les laissait impuissants. En particulier les hirondelles qui, même si Douraka en personne, tout en prenant un air de martyr avec sa patte cassée, était la première à trouver des excuses au renard, hésitaient à répandre une version des faits qui fût à l'avantage de celui dont les crocs avaient tout de même failli les priver de leur diva.

Ceux qui tenaient la violence commise pour une mesure de celle subie déduisirent du geste de Xenos que les renards étaient décidément maltraités, et proposèrent en conséquence de leur accorder des droits spécifiques. Vladimir n'y croyait pas un instant, mais voulait ardemment qu'ils eussent raison.

Les animalistes qui, à l'inverse, refusaient de trouver la moindre excuse au récidiviste virent dans cette proposition l'indice d'une manœuvre destinée à faciliter l'accès des renards au pouvoir (qu'ils n'avaient guère exercé jusqu'à présent) et le grand remplacement, à terme, des règles de la Communauté par les usages délétères qu'on croyait en vigueur dans l'immeuble des canidés.

Entre les deux, en enclume, se trouvaient les minoritaires comme Mechtat, qui, sans excuser le renard animicide, n'en étaient pas moins préoccupés par la façon dont les renards seraient perçus dans leur ensemble, et le péril que constituait la tentation de les mettre tous dans le même terrier.

Comme personne, hormis les hirondelles, les rongeurs et, depuis peu, les albinos de toute espèce, n'était le bienvenu dans l'immeuble des renards (ou raïon des Canidés), les rumeurs les plus folles couraient sur ce qu'on y pratiquait. On racontait par exemple que les renardelles étaient dispensées de discussion et devaient toujours garder la queue basse pour cacher leur fondement, afin de ne pas tenter les mâles hors de la saison du rut (ce qui, admettant la possibilité d'une contrainte sexuelle hors saison des amours, entrait en contradiction frontale avec l'idée commode selon laquelle un animal sexuellement agressif n'avait tout simplement pas le choix).

Vladimir ayant renoncé à s'y rendre (car son prédécesseur, Avtoran, avait été accueilli par des glapissements et des jets d'urine, après avoir déclaré, devant d'éminents renards, que « la loi devait être la même pour tous à Krasnaïa »), nul n'était allé vérifier ces racontars, et les hirondelles retournaient chacune de ces rumeurs en les présentant comme la preuve d'une haine persistante à l'endroit des renards. De cette haine on trouvait, disaient-elles, un équivalent dans le sort que les outilleurs réservaient autrefois aux hermines dont, sous la Domesticité, ils prisaient tant le pelage. Et certaines hermines, que leurs ancêtres eussent ou non subi cette infamie, étaient sensibles à ce discours, tant il est délicieux de se sentir victime ou, à défaut, descendant de victime.

Pourtant, les hirondelles n'avaient pas tort.

Il existait à Krasnaïa des animaux qui haïssaient effectivement les renards et, prenant eux aussi pour alibi la défense de la loi, les déclarait incompatibles, dans leur ensemble, avec les usages en vigueur au sein de la Sobchtchestva. Car une chose est de dire que tous les enragés (ou presque) sont des renards. Tout autre est d'affirmer – comme le faisait l'ourse animaliste Lavka, elle-même sérieuse candidate à l'animature – que tous les renards sont des enragés.

En réalité, entre ceux qui disaient, comme Lavka, que les renards étaient tous coupables et ceux qui disaient, comme Douraka, qu'ils étaient fautifs malgré eux, il n'y avait pas grande différence, mieux : les deux discours existaient l'un par l'autre.

Ceux qui tenaient l'être renard pour inacceptable en tant que tel à Krasnaïa s'appuyaient sur ceux qui disculpaient tout renard par principe. Les animaux qui se cherchaient un bouc émissaire prenaient pour contrepoint les animaux qui se donnaient un martyr. Entre les bêtes pour qui les renards étaient tous innocents mais détestés par le pouvoir, et celles qui les tenaient pour intrinsèquement coupables, mais protégés en haut lieu, la différence n'était qu'apparence. Douraka et Lavka paraissaient s'opposer frontalement alors qu'elles parlaient la même langue. D'un côté les animalistes conchiaient toute cohabitation, de l'autre les renards, forts de cette haine, se constituaient lentement en empire dans un empire.

Et tout empirait.

Quand il fallut disposer de son cadavre, la plupart des animaux s'opposèrent à l'immersion de Xenos dans l'étang et proposèrent – compte tenu, également, du vilain goût de la chair des renards – d'offrir sa dépouille aux fourmis. D'autres firent valoir que punir encore, après sa mort, un membre fautif de la Sobchtchestva aurait pour effet d'exaspérer ses semblables et d'augmenter leur sentiment d'être mis au ban de la Communauté.

Bagato lui-même, que la concurrence de Gavariat paniquait un peu et qui était à l'affût de toute faiblesse du pouvoir, ne savait à quel discours se rendre.

Tantôt, afin de séduire les inquiets qui en pinçaient pour l'animalisme de Lavka et la loi du plus fort, il condamnait les crimes de Xenos dans les termes les plus violents et reprochait à Vladimir, par sa mollesse, de servir les intérêts des assassins, tantôt il reprenait à son compte l'idée, chère à Douraka, selon laquelle les renards faisaient l'objet d'une vindicte systématique en haut lieu – qui se cachait derrière l'application de la loi –, et s'offrait discrètement à rendre lui-même un hommage funéraire à Xenos, exercice où, de l'avis général, Bagato excellait. Quiconque lui faisait observer qu'il était constamment opposable à lui-même recevait une ruade de l'ânon teigneux, dont les sabots, durcis par des années de servitude et qui étaient la seule partie de son corps à avoir continué de grandir, étaient lourds et tranchants.

Pour finir, on feignit de perdre le cadavre de Xenos entre la banlieue du Praspect et le début de la toundra, dans un espace connu pour abriter d'immenses quantités de fourmis rouges.

Et l'on parla d'autre chose.

L'immeuble des renards

Tandis que Krasnaïa peinait à se débarrasser de son coupable, Istcheïka, mandatée par Vladimir, tentait de découvrir comment l'incendiaire avait mis la patte sur du feu.

L'enquête, naturellement, devait conduire la molosse trapue à l'immeuble des renards où elle se rendit sous la garde d'un dogue bicéphale.

Nous avons dit déjà que même si la loi, en principe, s'appliquait indifféremment dans toutes les zones de Krasnaïa, cette universalité théorique souffrait en secret de nombreuses exceptions, comme à la Montagne – où le trafic de champignons se faisait à ciel ouvert –, au raïon des Blindés – où l'exiguïté de l'habitat et la proximité entre herbivores et carnivores étaient source de mille conflits et (donc) accommodements –, ou encore dans l'immeuble des renards – où, sous le prétexte d'un labeur harassant,

Vladimir avait toujours manqué de temps pour se rendre.

Afin de ne pas être devancé par les hirondelles qui, depuis les airs, observaient chaque mouvement de la Communauté et avertissaient les renards de l'immeuble quand un animal s'approchait un peu trop, Istcheïka emprunta l'un des immenses tunnels qui, reliant à l'abri des regards chaque région de Krasnaïa, faisaient concurrence aux oiselles en matière de transmission des débats qui agitaient la Doma. C'est à l'insu de tous, donc, et sans que ses habitants s'y fussent préparés, que la robuste petite boxer, flanquée du garde à deux mâchoires, fit irruption dans l'ancien parc où quantité de renards, de rats, de souris, et quelques hermines, avaient progressivement élu domicile depuis l'animat de Zosime.

La surprise fut totale, de part et d'autre.

Stupéfaits de voir débarquer une étrangère, que les plus âgés reconnurent aussitôt, les renardeaux se cachèrent à toute vitesse et leurs grands frères coururent vers l'immeuble pour avertir Podzemlya de l'événement qu'on leur avait appris à tenir pour une invasion. Leurs petites queues touffues laissaient des traces affolées dans la poussière.

Du côté des chiens, à l'instant où ils franchirent la lisière du parc, un parfum d'urine fraîche, de soufre ferrugineux et d'excrément mêlés supprima leur flair. Et le vacarme de cailloux entrechoqués derrière le mur de façade couvrait tout autre bruit de son battement irrégulier. La molosse se dandina jusqu'à l'entrée du bâtiment où elle attendit qu'on vînt l'accueillir. L'instant d'après, Podzemlya en personne l'invita, en criant de loin, à franchir les arcades et à le rejoindre dans la cour intérieure.

La cour était luxuriante. Et si touffue que la chienne elle-même, petite au garrot, et son gigantesque garde du corps à double gueule, durent s'accroupir pour y pénétrer. Aussi est-ce en rampant qu'ils se présentèrent au renard qui les regardait d'en haut, depuis la branche du camphrier où il était allongé, devant un mur mêlé de lierre, de caroubiers, de glycines et d'hortensias. Entre l'odeur persistante des fleurs endémiques, le tintamarre des cailloux et le parfum d'urine fraîche qui augmentait à mesure qu'on approchait du chef, les chiens ne sentaient plus rien et n'entendaient pas grand-chose, ce qui les rendait hautement vulnérables.

« Istcheïka en personne ! Que nous vaut le déplaisir de ta visite ?

— Descends, si tu veux l'apprendre, aboya la molosse, suffisamment fort pour que l'autre n'eût pas à feindre de n'avoir pas entendu.

— Allons, ne sois pas susceptible ! Toi et tes semblables avez l'habitude qu'on vous regarde de haut, non ?

— Si tu ne descends pas, je m'en vais. »

Le renard feignit d'hésiter un instant, avant de sauter à regret sur le sol de pavés moussus devant trois renardes à la queue basse manifestement préposées à l'arrachage des amadouviers, qui s'interrompirent pour faire triangle autour de lui.

« Pourquoi es-tu là ?

— Je vais où je veux. Tout animal de Krasnaïa est libre de se rendre dans le quartier de son choix. D'ailleurs, je note qu'on ne te voit guère à la Doma. Sais-tu que les représentants sont astreints…

— C'est pour me réciter la loi que tu es venue interrompre ma sieste ?

— Non. C'est pour comprendre ce qui s'est passé. Xenos a grandi dans l'immeuble des renards, n'est-ce pas ?

— Oui, comme la plupart de nos enfants. En quoi est-ce illégal ?

— Si j'en crois mes limiers, il a cessé d'assister aux leçons de Mechtat dès le premier cours, renvoyé pour insolence, vrai ?

— Si tu le dis.

— Mais alors, qui s'est chargé de son enseignement ?

— Tu veux dire : qui a recueilli ce pauvre renard, une fois que ce traître de chat l'a exclu de ses discussions, comme tant de ses congénères ? Et qui lui a appris tout ce qu'il devait savoir, quand les discuteurs de la Sobchtchestva manquaient à leur mission ? Nous, figure-toi ! Qui d'autre ? Nous aussi, nous avons nos discussions !

— Et qui anime ces discussions ?

— C'est moi.

— Et pourquoi ne le fais-tu pas en ce moment ?

— Parce que nos enfants ont mieux à faire qu'à apprendre de vieux récits où leurs ancêtres ont été maltraités. À l'heure où je te parle, nos renardeaux brisent des pierres pour construire des murets. Ça, c'est utile ! Et chez moi, les enfants sont libres !

— Chez toi ?

— Oui, chez moi.

— Chez toi, c'est aussi chez moi.

— Ici, tu es chez toi ?

— Autant que toi.

— Si ça te fait plaisir.

— Ni plaisir, ni peine, mais ça me donne le droit de m'y rendre où je veux, et de fouiller ce bâtiment, de la cave au grenier.

— Disons que tu iras *où tu peux*.

— Que veux-tu dire ?

— Rien de plus que ce que je dis. »

Leur discussion fut interrompue par un glapissement rapidement étouffé, qui semblait venir du camphrier, derrière Podzemlya.

« Qu'est-ce que c'est ?

— Quoi donc ? Je n'entends rien ! », répondit Podzemlya, furieux.

Mais le dogue, qui était déjà de l'autre côté de l'arbre, se mit à aboyer de ses deux gueules avec une férocité qu'il n'employait que pour les dernières sommations. Istcheïka le rejoignit à toutes pattes, renversant Podzemlya sur son passage, et les renardes qui s'interposaient vainement entre la chienne et le tronc.

Ce que vit la molosse passait l'imagination d'un chien.

Dans une humide cavité de l'arbre géant qui prospérait sur une canalisation éventrée, un groupe de cinq renardeaux, juchés sur une racine apparente, s'amusaient à laisser tomber de petites souris affamées sur une grosse renarde suppliante et effrayée, dont la queue touffue était attachée aux pattes arrière, et qui tentait, dans un espace exigu, d'échapper aux rongeurs. D'une tête, le dogue fit tomber les renardeaux et, de l'autre, il détacha la queue de la renarde, qui se dressa aussitôt et dont la propriétaire, honteuse, se colla au tronc. Istcheïka, qui s'énervait rarement, contint à peine son émotion.

« Et comment expliques-tu ça, espèce de rat domestique ? »

Podzemlya restait silencieux.

« Réponds, ou je t'égorge !

— Tu n'en as pas le droit !

— Je m'en moque !

— Toi, Istcheïka, tu te moques de la loi ? Faut-il que vous, les éminents et leurs acolytes, haïssiez les renards, pour que toi, la représentante de la loi, qui es censée tous nous protéger, tu suspendes les règles pour donner libre cours à tes envies de meurtre ! »

Les cris du renard avaient battu le rappel, le bruit de cailloux avait cessé, tous les habitants de l'immeuble se pressaient désormais autour de la scène : rats, hermines et renards aux fenêtres ou levant les feuilles derrière lesquelles ils étaient cachés, hirondelles en noria, comme un nuage sombre, effaçant les rayons du soleil ; limaces, enfin, escargots et vermines, si rares à Krasnaïa, grouillaient en si grand nombre que le sol lui-même semblait se mouvoir. Mais il en fallait davantage pour décourager la canidée pugnace qui, d'un coup de croc, saisit le renard par la nuque et lui écrasa la truffe dans la mousse à limaces.

« Écoute-moi bien, fiente d'hirondelle, je te brise le cou si tu ne me dis pas immédiatement pour quelle raison notre sœur renarde était torturée.

— Notre sœur ? Mais pour qui te prends-tu ? C'est MA sœur ! Pas la t… »

Istcheïka serra les mâchoires, malgré la bronca de sifflements qui émanait du sol et de tous les étages.

Podzemlya étouffait.

« D'accord ! D'accord ! »

La chienne relâcha l'étreinte.

« Cette stupide domestique, ce sac à giclance, dit le renard en désignant la femelle torturée, reçoit le juste châtiment de son impudeur, car elle s'est promenée dans l'immeuble sans garder la queue basse.

— Aucune loi ne l'oblige à avoir la queue basse !

— Comme aucune loi n'oblige à se saluer, rétorqua Podzemlya qui retrouvait ses tours de rhéteur avec la respiration. C'est juste un usage qui permet de mieux vivre ensemble. Vous qui vous vantez, au Praspect, d'avoir vaincu la loi de la nature et imposé des lois qui empêchent les animaux de s'entretuer, les renards sont plus forts que vous ! Nous avons poussé l'héritage de la Guerre civile jusqu'au domptage des femelles et l'obligation de pudeur !

— Tu parles comme les humains ! Tu dis domptage et j'entends domestication ! Ce sont les humains qui maltraitaient leurs femelles ! Nous, les animaux, ne faisons aucune différence entre les sexes !

— Nous ? Vous, oui ! Nous, les renards, considérons qu'un monde est plus juste quand chacun est à sa place, et la place des femelles est d'être auprès de leur compagnon, qui est seul à pouvoir en contempler le fondement.

— Ceci n'est pas la loi ! Nul ne peut instaurer une loi parallèle à Krasnaïa ! Tu es un menteur et un traître. Je t'emmène à la Doma.

— Tu ne peux pas m'emmener. Je n'ai commis aucun abus. Et aucun animal ne peut être enfermé pour un forfait dont il n'est pas l'auteur ! Ce sont les renardeaux qui embêtaient notre sœur, et nous les punirons. Mais vas-tu emmener cinq renardeaux à la Doma ? Vas-tu enfermer nos enfants ?

— Voilà que tu récites la loi, maintenant ? »

Podzemlya se tut, laissant à ses comparses le soin de protester d'un grognement sombre, et de piaillements stridents.

« J'emmène ta victime. Elle, au moins, nous dira ce qu'il en est.

— Et si je refuse ? dit la renarde.

— Comment ?

— Ai-je le droit de refuser de vous suivre ?

— Oui, tu en as le droit puisque tu n'est coupable de rien, dit Istcheïka, mais ce n'est pas la raison…

— Alors, je refuse ! Je veux rester ici. Je n'ai rien à vous dire.

— Mais comment peux-tu dire que tu n'as rien à dire, imbécile domestique, alors qu'on vient de te sauver la vie ?

— Qu'est-que j'entends ? Imbécile domestique ! N'as-tu pas honte ? Tu n'as pas le droit d'insulter notre sœur ! hurla Podzemlya, derrière qui sa propre victime alla se terrer. Nul animal, si fort soit-il, si autoritaire ou haineux soit-il, ne traite nos sœurs ainsi ! »

Istcheïka, qui n'agissait que dans le cadre des lois, était impuissante et dut se rendre à l'évidence. En toute conscience, librement, de son plein gré et sans qu'on lui parlât à l'oreille, la renarde avait refusé de suivre la détective. Il fallait repartir. Les deux chiens durent s'extraire de l'arrière-cour, en rampant de nouveau, sous les quolibets, les couinements et les jets d'urine. Les renardeaux, qui avaient pris la fuite en apercevant Istcheïka quelques instants plus tôt, ricanaient désormais sans vergogne au passage de l'émissaire et de son double garde du corps. L'un d'eux tenta même de mordiller la patte du dogue qui ne tourna que la tête, le renversa d'un souffle et accéléra le pas.

Ganna

Au lieu de se rendre aux Écuries pour faire à Vladimir l'inquiétant rapport de sa visite aux renards, Istcheïka poursuivit son enquête avec, à l'esprit, une seule question, qu'on pouvait poser de plusieurs manières : d'où venait le feu ? Qui avait mis le feu entre les pattes du renardeau ? Est-ce qu'un humain… ? Comment Xenos avait-il réussi, sans flamber lui-même, à enflammer la vaste prairie du Bois Rouge ? Sans oser la soupçonner, Istcheïka se rendit à la Ferme, chez Ganna.

Le statut des humains n'était pas en débat sous ce ciel égalitaire. D'un consensus à peu près unanime, seulement rompu par de rares fraternistes – auxquels, étonnamment, se joignit Mechtat et, à sa suite, d'autres discuteurs moins charismatiques –, les animaux convinrent, à l'issue de la Guerre civile, que les humains qui avaient choisi de rester à Krasnaïa après la Table Rase seraient leurs esclaves comme eux-mêmes l'avaient été, et que leurs étonnantes capacités de soumission et de fabrication seraient mises au service de la Communauté. Aussi – vertu collatérale de l'injustice instituée – Zosime avait-il (vainement) interdit, en toute saison, qu'on les tuât. Les esclaves sont peu de chose, mais ils sont inestimables.

À l'exception de ceux qui étaient devenus la propriété des éminents (qu'on récompensait ainsi pour avoir mis une partie de leurs ressources au service de la Communauté), les humains étaient un bien public. Chacun pouvait leur demander quoi que ce fût. Privilège banal dont abusaient les animaux maltraités qui se conduisaient en propriétaires et trouvaient dans l'abus des humains une sorte de consolation. Selon la loi, aucun d'eux n'appartenait en propre à un animal. Ils vivaient les uns sur les autres, parqués dans différents hangars, près de la Doma, au sud du Bois Rouge et dans la banlieue du Praspect. Ils avaient dans la journée le droit de se promener à quatre pattes, sous réserve de vivre sans vêtements et de se rendre disponibles à tout animal qui aurait besoin de leurs talents d'outilleurs ou, pour les mâles, de leur barbe en chiffon.

Seule Ganna n'avait pas été contrainte d'adopter les mœurs des animaux, ni de se mettre à leur service, de devenir outilleuse, de vivre nue, de ramper. Quand la Concorde fut instaurée, comprenant d'instinct que les animaux seraient apaisés de faire une seule entorse à la haine légitime qu'ils portaient à leurs anciens oppresseurs, Zosime n'eut aucun mal à imposer le principe de « l'exception faite à Ganna », car l'humaine, dont la douceur avait forgé la première communauté pacifique d'animaux, était, disait l'Animat, une éternelle source d'inspiration. Elle était l'humaine dont les animaux avait définitivement accepté qu'elle vécût comme elle avait toujours vécu : en fermière, dans une isba perdue, au milieu de la plaine des orignaux, à proximité d'un affluent de la Vodka. La seule condition était qu'elle se nourrît uniquement des ressources de la rivière, de la ruche du jardin et du vaste potager qui entourait sa datcha de bois vert. Seule toute sa vie, et à distance des humains, elle avait, au temps de la Domesticité, pacifiquement hébergé quantité de chats, de chiens, de poulains, de chevreaux, de renards, d'hermines et même de rats, à tel point que, quand la Guerre civile éclata, herbivores et carnivores s'entendirent spontanément pour épargner la jeune paysanne dont le jardinet devint, d'un accord unanime, une zone de trêve où les belligérants pouvaient, à proximité les uns des autres, se reposer un peu, se réchauffer les pattes au foyer de la cheminée, contempler les nuages, craquer un champignon ou même discuter avec l'ennemi que, l'instant d'après, ils tenteraient d'égorger.

Sous les Animats qui suivirent la Concorde, Ganna ne modifia en rien son mode de vie, et celle qui avait été préservée des turpitudes humaines fut maintenue, sans peine, à l'abri des infamies animales.

Qu'on changeât de régent, qu'un orage effondrât un camphrier, que des libellules géantes privassent temporairement la jeunesse d'aller perdre son innocence sous les arcades de la Montagne, la Ferme demeurait un havre où chacun, de Mechtat à Bagato, de Vladimir aux renards, des éminents aux démunis, adorait se rendre et déposer à l'entrée le fardeau de ses soucis pour redevenir, quelques instants, un animal docile qu'on appâte et dont on peut flatter le museau. Les renards bondissaient sur sa jupe de vieille laine, les chats se frottaient à ses chevilles, les chevaux lui mangeaient dans la main ; à toute heure, une corolle d'oiselles lui faisait une auréole.

Ganna était instruite.

Elle savait lire, écrire, compter ; elle connaissait l'histoire des hommes et des animaux ; elle parlait toutes les langues et c'est elle qui, consignant les lois et possédant les calendriers, annonçait à la Communauté la date des éclipses, et donc, des élections.

Elle avait fui la banlieue de Pripiat à l'âge de douze ans, après l'assassinat de ses parents (tous deux employés de la Centrale) pour espionnage présumé, et s'était terrée dans une cabane à bonne distance de la ville, le temps, pensait-elle, que le KGB abandonnât sa traque.

Contrainte de survivre, elle avait intelligemment mis en œuvre les leçons reçues lors des colonies où elle apprenait à faire du feu et à construire des cabanes en compagnie d'autres enfants des salariés de Tchernobyl. En quelques semaines, sa propre isba était devenue un palais conçu avec les animaux eux-mêmes dont, depuis toujours, elle consolait les plaintes et enchantait les journées en leur contant des histoires.

Les animaux lui posaient des questions et apprenaient à son contact que tous les humains n'étaient pas si mauvais. Les récits de Ganna tempéraient l'envie de haïr leurs bourreaux en distillant le miel des sentiments réciproques. Elle avait tout vu. Tout connu. Tout compris. Et seuls quelques albinos la détestaient, surtout quand elle riait éperdument de leur prétention à être les premières victimes de la Domesticité.

La nuit de Vzryv, l'explosion native, quelques dizaines d'animaux avaient écouté Ganna leur raconter la légende du chat qui aimait tellement son maître qu'il avait refusé de le dévorer après avoir constaté son décès et qu'il avait attendu plusieurs jours que la concierge ouvrît la porte, pour s'échapper et se jeter enfin sur toutes les souris du couloir. De la discussion qui suivit ce récit, les animaux tirèrent deux principes, qui auront des fortunes différentes à Krasnaïa : *primo* certains humains (qui n'étaient pas seulement Ganna) étaient aimables au point qu'on pouvait arriver à s'abstenir de les manger même après leur mort, et *secundo* il était possible, pour un animal, de changer ses habitudes et de ne pas manger tout de suite, même avec la nourriture sous ses yeux.

Cette fameuse nuit, nous en étions au moment du débat où, hormis les hiboux, les chauves-souris et quelques renards, tout le monde s'était à peu près endormi… quand une prodigieuse détonation assortie d'un gigantesque champignon bleu nous sortit du sommeil et marqua, en quelques jours, dans la panique des outilleurs, le début de l'ère nouvelle.

Après l'évacuation, quelques nuits plus tard, des dizaines d'humains furent chargés d'éliminer les animaux qui restaient sur place. Pendant des journées entières, on vit (et on entendit) des hommes abattre tout être vivant dans les rues de Pripiat. Les chiens, surtout, innombrables et dociles, sevrés de caresses, se précipitaient vers leur bourreau dans l'espoir d'une douceur… Si les dogues de Krasnaïa sont encore si peu nombreux (et si jeunes) à l'heure de cette chronique, c'est en raison de l'antique hécatombe qui faillit tous les supprimer.

Auprès de Ganna, à l'abri de vastes peupliers, dans une zone (alors) forestière et largement inexplorée, les animaux de la ville fuirent le carnage. Leur massacre achevé, les derniers humains quittèrent définitivement les lieux et, sur les décombres des anciens maîtres, la Guerre civile put commencer. Mais jamais, encore une fois, sous aucun conflit, en aucune façon, Ganna ne fut mise en danger. Ni par les humains, ni, ensuite, par les animaux. On la consultait à livre ouvert, elle nourrissait les corps et les esprits, elle était l'amie de tous et de chacun, l'inspiratrice et la douairière, et la grande maîtresse du temps. D'ailleurs, plus animale qu'humaine, elle non plus ne vieillissait guère.

La guerre du feu

« Je t'attendais, dit Ganna à Istcheïka, en venant à sa rencontre, dans un joli fichu de laine mauve.

— Comment pouvais-tu m'attendre ?

— C'est à toi que Vladimir confierait l'enquête après l'incendie, et ton enquête, inévitablement, te mènerait ici… Et puis j'ai entendu grincer la porte du jardin », ajouta-t-elle dans un sourire.

Rompant avec la froideur réglementaire qu'elle affectait devant les autres, Istcheïka redevint un instant le chiot de cirque qu'elle était à l'époque de la Domesticité, se hissa sur ses pattes arrière et tendit à Ganna son gros museau dans l'espoir d'un baiser sur la truffe, qui ne se fit pas attendre. Puis Ganna brandit un juteux morceau de viande cuite qu'elle agita quelques instants devant le limier. Istcheïka bondit en aboyant devant le fanal goûteux que Ganna lança à l'autre bout du jardin et qui fut attrapé en vol par les deux gueules de son garde du corps bicéphale, qui se le disputèrent âprement…

« Siamski, assez ! », ordonna la molosse.

Les têtes cessèrent aussitôt de se battre et posèrent à regret le morceau de viande qu'elles contemplèrent en mêlant larmes, salive et gémissements.

Puis se tournant vers Ganna, avec respect :

« Puis-je te poser une question ?

— Tu veux savoir d'où vient le feu ? répondit-elle en décrochant les morceaux de gelée royale que les abeilles déposaient régulièrement dans ses longs cheveux blancs.

— Comment le sais-tu ?

— Un incendie sans orage n'est pas si courant à Krasnaïa, n'est-ce pas ?

— C'est la première fois.

— Tu veux dire : c'est la première fois que vous l'admettez.

— Pourquoi dis-tu cela ? De mémoire d'animal, c'est bien la première fois qu'un feu se déclenche sans qu'un éclair ait frappé un arbre, crois-moi !

— Je te crois ! Mais tu te trompes. Veux-tu la vérité ? C'est la première fois qu'un incendiaire ne prend pas la peine d'attendre un orage pour commettre son crime, à l'abri des éclairs.

— Comment ?

— Mechtat a raison. Les incendies volontaires existent depuis toujours à Krasnaïa. Autant que les meurtres gratuits. Le changement n'est pas là. Ce qui est différent dans cette affaire, c'est que nous sommes, vous êtes, contraints de le reconnaître.

— Mais comment peut-il y avoir un incendie volontaire ? demanda Istcheïka avec une sincère inquiétude dans la voix. Le feu n'existe et ne se conserve que de deux façons : soit Nebo nous l'adresse sous la forme d'un éclair, soit c'est toi qui allumes ta cheminée en frottant des tiges. Alors, si ce n'est pas Nebo…

— C'est moi ? Tu me soupçonnes ?

— Jamais ! Seulement, je ne comprends pas…

— Tu ne comprends pas… parce que tu limites le monde à ce que tu crois en savoir et à ce qu'on t'en a dit… Entre, ma bouboule ! Et vous deux, aussi ! », dit-elle à l'intention du bicéphale qui larmoyait devant le morceau de viande interdit.

Ganna assortit ce mot d'une caresse que la chienne adorait entre toutes (et que nul animal n'osait ni ne pouvait lui faire) : elle lui attrapait les bajoues et, tout en lui embrassant la truffe, les secouait vigoureusement, ce qui avait pour effet d'en répandre la salive accumulée et, par ce déluge, d'en soulager la molosse.

Istcheïka suivit Ganna dans sa chaumière (qui lui rappela l'époque où, avant d'embrasser la carrière d'enquêtrice, elle partageait son temps entre les cours de Mechtat, la formation des dogues et les nuits à la Montagne où elle était seule à ne pas manger de champignons). La pièce était identique à son souvenir, quoique plus petite. De vastes coussins rembourrés de paille faisaient un cercle autour du vieux fauteuil où la maîtresse des lieux racontait des histoires. Derrière le siège se trouvait, dans la cheminée, une gigantesque marmite autour de laquelle s'affairaient les ratiers, où plantes et cire d'abeille macéraient dans de l'huile d'olive. Istcheïka jeta un œil reconnaissant sur les longs serpents malingres qui rampaient parfois plusieurs jours, du Praspect à la plaine et inversement, pour distribuer la pâte salvatrice, quand aucune charrue n'était disponible.

« Te souviens-tu des longues soirées que tu passais dans cette pièce, avec Irena et Zamitchatel, à écouter des histoires à la chaleur du feu ?

— Comment oublier ça ?

— D'où croyais-tu que venait le feu ?

— Des tiges enduites que, dans ta fuite, tu avais dérobées aux humains afin de te réchauffer lors des premières nuits que tu passerais dans la forêt ? »

Ganna éclata d'un rire bienveillant.

« Enfant ! Voilà des années que j'ai épuisé le stock d'allumettes. Pour allumer le feu, je frappe deux pierres entre elles.

— Comment ça ?

— Regarde. »

Ganna se saisit alors d'un caillou gris qui sentait le soufre, arracha un amadouvier de la poutre principale, en effrita l'intérieur, qu'elle répandit sur un tas d'herbes sèches, de mousse et de paille avant de frapper, au-dessus, le caillou contre une pierre tranchante. Chaque coup faisait pleuvoir des étincelles d'or vif sur le monticule. Soudain, l'une d'elles parut s'accrocher à la poussière de champignons. Ganna souffla délicatement sur la braise, qu'elle couvrit d'une poudre d'herbes et de feuilles mortes, souffla encore et, quelques instants plus tard, comme un feu follet, une première flamme jaillit de l'épaisse fumée. Istcheïka était terrifiée. Ce que Ganna venait de faire était à la portée, ou presque, du premier animal venu. Si le secret de sa fabrication était éventé, tout animal disposerait d'un moyen rapide de répandre la terreur. L'enquêtrice reprit le dessus.

« As-tu révélé ce savoir-faire à quelqu'un ?

— J'ignorais que c'était un secret. Depuis toujours, les animaux savent faire du feu.

— Comment ça ? As-tu révélé cette recette à quelqu'un ?

— Ce n'est pas une recette. »

De colère, Istcheïka claqua les mâchoires :

« À qui as-tu expliqué comment on créait du feu ?

— Je n'ai jamais cru mal faire en le faisant.

— Et les incendies volontaires, ce n'est pas un mal ?

— C'est la conséquence, inévitable, de la maîtrise du feu.

— Pourquoi ne me l'as-tu pas dit ?

— Parce que tu ne me l'as jamais demandé.

— Son nom ! exigea la molosse, dans un aboiement qui n'avait plus rien de tendre.

— Le nom de qui ?

— Du dernier animal venu te demander comment faire du feu !

— Podzemlya.

— Mais il ne vient jamais chez toi ! Podzemlya te déteste. Il t'accuse d'être aussi fourbe que les autres humains, de raconter des sornettes et de nourrir en secret le projet de supprimer les animaux !

— Je sais bien. J'étais d'autant plus surprise de sa visite.

— Que voulait-il ?

— Il avait entendu dire que je savais faire du feu et il voulait que je le lui enseigne.

— T'a-t-il dit dans quel but ?

— Cuire la viande, disait-il, autrement qu'au hasard d'un incendie. Je ne me souvenais pas qu'il eût assisté à mes histoires de nuit, mais je l'avais peut-être oublié. Bref, je lui ai montré, comme aux autres, ce qu'il fallait faire… »

Istcheïka songea que depuis des années peut-être, quantité d'animaux avaient pu faire du feu sans qu'elle s'en aperçût, puis ses pensées se tournèrent avec effroi vers le bruit régulier de cailloux frappés qui l'avait saisie lors de son arrivée dans l'immeuble des renards, et les trois femelles dociles qui arrachaient les amadouviers du camphrier où s'étendait Podzemlya…

« Aux renards ! Vite !

— Tu ne veux pas te réchauffer un peu, d'abord, ma bouboule ? »

Mais Istcheïka et Siamski étaient déjà partis, ventre à terre, en direction de l'immeuble où ils avaient été si mal reçus le matin-même.

Le piège

Les dogues n'allèrent pas loin.

Pour parvenir aux alentours du raïon des renards sans être aperçus tout en venant de la Ferme, il fallait éviter la toundra et emprunter l'ancien sentier des mineurs, un souterrain dangereux, étroit en son entrée, truffé d'issues qui, faisant le lien entre l'étang et la plaine des orignaux, décrivait une boucle dont la trajectoire croisait exactement l'immeuble. Or, ce chemin était autrement plus friable et mal fréquenté que la portion de tunnel (bétonnée par les outilleurs) qui les y avaient conduits depuis le Praspect. Et surtout, Podzemlya avait depuis longtemps disposé des sentinelles qui, relayées par les hirondelles, lui permettaient d'en connaître tous les mouvements.

L'entrée la plus proche du souterrain était dissimulée par des ronces en buisson, où étaient postées deux tortues qui, pour ne pas attirer l'attention, forniquaient à toute heure, mais dont la tâche réelle était de faire savoir, par un sifflement qui avait bon dos, que quelqu'un y pénétrait. Istcheïka n'était pas dupe et glaça leur étreinte d'un grognement furieux.

Quelques mètres plus loin, dans une obscurité que rompaient à distance des rayons venus d'une échappatoire, une famille de rats dépeçait le cadavre d'un bison. Les chiens passèrent leur chemin, bientôt suivis par les rongeurs qui avaient interrompu leur repas. Le flair des canidés n'était pas dupe de ces ombres charnues et, d'un aboiement sombre, les chiens éparpillèrent les charognards lorsqu'une forte fumée de soufre et de champignon les saisit aux narines.

« Dehors ! », hurla la molosse, juste avant qu'une flamme gigantesque ne les entoure et, consumant un reste de poutre, n'effondre le tunnel sur leurs têtes.

Istcheïka, corpulente mais de petite taille, avait été projetée par la chute du bois en direction de l'entrée du tunnel, alors que Siamski, son volumineux garde du corps, qui d'instinct avait protégé le passage de la molosse, avait reçu sur la tête gauche l'une des bûches qui étayaient la paroi, et gisait, le corps partiellement recouvert par les gravats, hurlant à la mort de sa tête vivante et jetant des regards éplorés sur sa siamoise. Istcheïka, charitablement, lui brisa le cou, avant de sortir du tunnel et de courir aussi vite que ses petites jambes le lui permettaient en direction de l'étang et des Écuries, où Vladimir, qui passait de mauvaises journées, faisait probablement la sieste.

Échec et Animat

Vladimir ne dormait pas du tout.

Il hennissait de dépit et secouait vivement sa grosse tête tandis que des hermines lui lissaient la crinière, qu'un humain lui massait l'encolure, que son ordonnance, un jeune loup silencieux qui ne perdait pas une miette de la discussion, attendait ses instructions et que Mechtat, étendu sur un muret tiède et fleuri, le sermonnait sans pitié.

« Je suis le seul rempart contre les ours et leur discours sectaire, s'indignait l'Animat. Et le seul à calmer ces crétines d'hirondelles ! Pourquoi ne me soutiens-tu pas ?

— D'abord, je ne soutiens personne. Et ce n'est pas parce qu'il y a pire que toi que je vais t'approuver.

— Il y a bien pire que moi !

— Mon métier n'est pas de garantir le succès du moins pire, mais de critiquer ce qui mérite de l'être.

Et toi... tu es un âne ! disait le chat. Un bourricot inapte à gouverner qui que ce soit ! C'est Bagato qui te décrit le mieux ! Tout ce qui ne marche pas est le résultat de ta mollesse ! Gouverner, ce n'est pas tenter de plaire ni fuir l'affrontement en toutes situations, c'est aussi défendre nos lois !

— Mais je défends nos lois ! »

Le chat géant feula si fort qu'on eût dit un lynx.

Vladimir trembla.

« La seule chose que tu défendes, c'est toi-même ! Si tu avais un peu de courage... »

Mechtat ne finit pas sa phrase. Istcheïka déboula, épuisée, sanguinolente et furieuse.

« D'où viens-tu ? s'enquit le cheval.

— Tu dois arrêter Podzemlya !

— Mais d'où viens-tu ?

— Du sentier des mineurs, peu importe. Tu dois immédiatement ordonner l'arrestation de Podzemlya !

— Mais pourquoi ferais-je une chose pareille ? éructa Vladimir tout en lâchant une volumineuse pétarade (Vladimir tournait toujours un peu sur lui-même au moment de péter, comme s'il cherchait le sens du vent). Tu ne trouves pas que j'ai assez d'ennuis comme ça ?

— On se fiche de tes soucis ! Tu dois arrêter Podzemlya et le maintenir enfermé jusqu'à la fin de mon enquête.

— Mais sous quel motif ?

— C'est lui qui prépare les incendies.

— Quoi ? Comment le sais-tu ? Et comment peut-il faire ça ?

— Parce qu'il sait créer du feu.

— Impossible.

— Si. Ganna le lui a appris.

— Ganna est complice ?

— Jamais de la vie ! Elle n'a pas cru mal faire en le lui apprenant.

— Elle lui a donné des tiges ?

— Non ! Les tiges ont disparu depuis longtemps. Mais elle sait faire du feu en choquant des pierres !

— Comment le sais-tu ?

— Parce que je l'ai vue faire ! Cesse de me demander comment je sais ce que je sais et écoute ce que j'ai à te dire ! »

Au récit qu'Istcheïka fit de ses découvertes, l'abattement de Vladimir succéda à son agitation, et quand la molosse eut fini de parler…

« Il faut une belle cérémonie d'hommage à Siamski.

— Certes, mais ce n'est pas…

— C'est essentiel de rendre hommage ! insista Vladimir comme si la reconnaissance de la Communauté à l'un de ses serviteurs était le seul sujet du moment.

— Bien sûr, mais il y a plus urgent…

— Nous ne devons pas oublier ceux d'entre nous qui se sacrifient ! hennit le cheval, persistant dans le déni.

— Tais-toi ! ordonna le chat. Ou alors, parle vraiment, pour une fois ! Et ordonne l'arrestation de Podzemlya !

— Je ne peux pas arrêter un renard sans autre motif que la suspicion ! Il faut un crime pour que l'Animat sévisse ! répondit le cheval, d'une mâchoire tremblotante. »

La molosse et le chat en convinrent. Mais…

« Si tu ne le fais pas, je n'arriverai pas à découvrir ce qu'il trame. Ni s'il faut qu'à notre tour nous sachions produire du feu !

— Et si tu ne le fais pas, c'est toi-même que tu mets en danger ! ajouta Mechtat, avisé que Vladimir était encore plus peureux qu'ambitieux.

— Pourquoi moi-même ?

— Parce qu'à coup sûr, le prochain incendie visera l'Animat… Prends une décision, pour une fois !

— Alors je sais ce que je dois faire, dit le cheval, avec une tristesse infinie dans la voix.

— Et ?

— Je ne me représenterai pas. Ce serait trop dangereux. Les dragatiques se dérouleront sans moi. »

La dogue et le chat étaient accablés.

Vladimir tenta un crottin, mais rien ne vint.

Le jeune loup détala, ventre à terre.

Les dragatiques

Les élections (« les dragatiques ») avaient lieu, nous l'avons dit, toutes les deux éclipses (totale ou partielle) de Draga, soit environ une fois par an, à une date dont Ganna, détentrice des calendriers, informait l'Animat (comme elle l'informait des dates hivernales où il convenait de suspendre la dévoration pour vivre sur les réserves).

Hormis les humains et les dogues qui n'avaient pas le droit de voter – ni, pour les premiers, d'être candidats –, chacun pouvait y concourir sous réserve d'obtenir le soutien, dans chaque raïon – du Praspect aux Blindés – d'un canidé, d'un rongeur, d'un reptile et d'une oiselle – ce qui n'était pas difficile.

Puis tous battaient la campagne, en cortège, d'un raïon à l'autre, selon ses moyens et le nombre de ses partisans. Injustice en vertu de laquelle Bagato, qui était fortuné, pouvait intensément se produire en spectacle devant les démunis auprès desquels il professait le mépris de la propriété.

Le jour de l'éclipse, on passait au scrutin.

Les animaux adultes (dont l'âge de la majorité variait selon les groupes) se rendaient tour à tour dans la grande pièce adjacente pour y prendre, à l'abri des regards, le symbole qui représentait leur candidat et le déposer dans la vaste cavité moussue dont Ganna se souvenait comme d'une piscine. Cette seconde étape durait plusieurs jours, tant il y avait d'âmes à Krasnaïa – bien que, le vote étant facultatif, de nombreux animaux, surtout les jeunes adultes, eussent pris la regrettable habitude de s'en dispenser.

Le comptage des symboles – dit le Tri – qui étaient ensuite répartis en monticules autour de la piscine était encore plus long que le vote lui-même, car chacun des candidats, comme c'était son droit, exigeait qu'un de ses représentants assistât à l'ensemble des décomptes. Or il n'était pas rare que – triche ou soupçon – un décompte dégénérât en dispute inégale entre des assesseurs de taille et de force très différentes.

Mais le processus électoral n'était qu'une étape dans la désignation de l'Animat, car le scrutin ne visait à élire que les finalistes auxquels on demandait ensuite de s'affronter dans la piscine, jusqu'à ce que l'un des deux reconnût sa défaite.

Certains dénonçaient de longue date l'inéquité d'un tel rite qui excluait, de fait, les animaux trop faibles (auxquels on accordait généreusement le droit de se doter d'une arme). Zosime avait pourtant institué la chose (et nul n'était revenu dessus) afin, disait-il, que les animaux se souvinssent qu'ils viennent de la Guerre civile et qu'au principe de l'institution des règles il y a toujours une violence.

Ce faisant, Zosime montrait également qu'il fallait, pour être élu, montrer des qualités (ou des défauts) qu'en lui-même l'exercice du pouvoir n'exigeait pas du tout. En tout cas, c'est de cette manière que, défiant toute probabilité, Vladimir (qu'on avait probablement dopé aux champignons) avait remporté l'Animat en assommant son adversaire, Avtoran, d'une ruade fatale, à l'instant où le lynx, qui avait mal démarré son combat, reprenait des forces et s'apprêtait à éborgner le cheval de Przewalski.Enfin, le vainqueur était nommé au terme d'une brève cérémonie où il prêtait serment sur Nebo, Svetavoï et Draga, avant de recevoir les insignes du pouvoir : un sceptre s'il avait des pattes préhensiles, une pelisse mauve (qu'on a déjà vue sur le dos de Vladimir) s'il était quadrupède.

Le néant laisse-t-il un vide en disparaissant ?

La défection de Vladimir avait éveillé quantité de vocations. Pour cause : il n'était pas courant qu'un Animat s'abstînt de concourir à sa propre succession et laissât orphelins ceux qui, une année plus tôt, lui avaient accordé leur confiance.

Mais dans le cas de Vladimir, que le souci de ne déplaire à personne avait privé de plaire à qui que ce soit, la déception était si palpable et les animaux si conscients d'avoir confié le pouvoir à un incompétent, que son départ, hautement prévisible, fut un non-événement. Il est des néants qui, disparaissant, ne laissent aucun vide. Personne ne regretta son choix et nul, pourtant, ne l'applaudit. Vladimir n'étant pas à sa place depuis le commencement, son absence ne changea rien. Aucun rassemblement d'animaux déçus (ou ravis) ne tempéra l'annonce de sa retraite anticipée. Le cheval avait disparu des consciences avant de disparaître du paysage. Comme une branche qu'on retire de l'eau, Vladimir n'était ni aimé ni détesté. Juste indifféré par ceux qui avaient voté pour lui lors de l'élection précédente, comme ils auraient voté, par réflexe, pour n'importe quel représentant des herbivores.

Le non-événement de sa non-candidature à sa propre succession fut néanmoins vécu comme une humiliation par celui qui ne pouvait s'empêcher (sans le leur dire) de tenir pour des ingrats les animaux qu'il avait tellement tenté de séduire. Puis l'amertume disparut, car elle témoignait d'un échec que nul moins que lui n'était prêt à admettre. Les animaux politiques sont ainsi faits qu'une défaite ne les abat jamais complètement.

Comme de rien quelque chose jaillit, l'absence de Vladimir aiguisa les appétits.

Ce qui convainquait les candidats les plus improbables de tenter leur chance n'était pas la vacance du régent (qui, n'ayant plus d'avenir, était devenu le vice-président de lui-même et l'expéditeur des affaires courantes jusqu'à la nouvelle élection), mais, paradoxalement, sa nullité.

En s'emparant de l'animat, Vladimir s'était aussi imposé comme l'espoir des ordinaires, ou la preuve qu'on pouvait être faible et devenir gouvernant.

Tous les ratés de Krasnaïa, les déçus, les sans-grade, les petitespattes, les mutants, les plus-que-blancs qui imputaient l'échec de leur existence à la couleur de leurs écailles, de leurs plumes, de leurs poils, voyaient en lui l'espoir que des animaux comme eux puissent un jour exercer de hautes fonctions. Personne, hormis les serviles chevaux, ne souhaitait que Vladimir conservât son poste, mais nombreux étaient ceux qui s'identifiaient à sa défaite et voyaient en lui un alter ego décoré. Était-ce la conséquence vertueuse d'une promesse du candidat Vladimir qui s'était engagé, s'il était désigné, à être un « Animat comme les autres », un « Animat normal » qui, à la différence de son prédécesseur, ne se laisserait pas griser par la fonction et n'oublierait ni d'où il vient ni ce qu'il est, par-delà les médailles et les titres ? Peut-être. L'honnêteté commande de dire que c'était plus sûrement le fait de sa seule allure, et que la normalité n'était pas, pour Vladimir, un rôle de composition.

Seulement les animaux – qui n'étaient pas à une contradiction près – voulaient également d'un chef qui fût à la fois comme eux et au-dessus d'eux, auquel ils pussent s'identifier tout en l'admirant. Or, en faisant de sa propre banalité un argument de vote, Vladimir avait manqué cette seconde injonction : celle d'incarner la hauteur de vue et d'être hyper-équin, royal, supérieur, céleste presque, dans sa démarche. Quand le cheval comprit, trop tard, que les animaux avaient besoin de vénérer leur Animat autant que de se reconnaître en sa figure, Vladimir tenta de retourner l'opinion et multiplia vainement les tentatives de se donner une contenance et une altitude. Mais plus il se déguisait en roi, moins il ressemblait à un souverain. Le souvenir de ses crottins nerveux, de son lyrisme pathétique, de ses irrépressibles pétarades et les galéjades sur ses saillies augmentaient son ridicule. Plus il empruntait les sentences de Zosime, moins on l'écoutait. Plus il était pompeux, moins il était impressionnant.

Son prédécesseur, Avtoran, avait aussi fait les frais des exigences antinomiques du corps électoral animalier, mais différemment. Non parce qu'il était veule et indécis comme Vladimir, mais parce qu'il était à l'inverse plutôt arrogant et que, tenant pour des incompétents tous les animaux moins rapides que lui, il s'était flatté de régler en personne l'ensemble des problèmes de la Communauté. Le résultat avait été, contre toute attente, qu'à la moindre grogne, au premier bêlement, Avtoran s'était vu contraint de donner satisfaction aux mécontents, dans la mesure où, se saisissant du problème (alors qu'un Animat ne doit intervenir qu'en dernier recours et déléguer aux suivants de sa cour la tâche de négocier à cette altitude) il avait privé, en cas de refus, les plaignants de tout espoir. Une chose est d'être à la fois banal et altier – et l'Animat qui, comme Zosime, y parvient naturellement, se voit sans difficulté reconduit dans ses fonctions ; tout autre est de gouverner à la fois la base et le sommet, et l'Animat qui y prétend tombe aussitôt sous le coup de reproches antagonistes. Pour avoir cru qu'il pouvait être partout, Avtoran s'était vu reprocher de n'être nulle part, ou simultanément indifférent comme un roi et agité comme un chaton. Mais, à l'heure de ce récit, c'était déjà de l'histoire ancienne. Peut-être la racontera-t-on une autre fois.

Cent candidats sans intérêt

« Si Vladimir y est arrivé, alors j'en suis capable, moi aussi », murmurait-on dans les terriers, sans voir qu'il avait fallu un invraisemblable concours de circonstances (de la disgrâce de son prédécesseur à celle de ses rivaux mangeurs d'herbe) pour que le cheval préemptât le vote des herbivores et fût mathématiquement assuré de se trouver en finale. N'importe ! Chacun crut possible d'en faire autant, et, comme cent fleurs, on vit apparaître cent candidats :

— un ornithorynque suspicieux, Îaïtska, dont l'unique proposition (qui lui paraissait à la fois l'urgence et l'idéal) était le morcellement de Krasnaïa et la transformation des six raïoni en entités autonomes. On le voyait souvent, sur les berges de la Vodka, professer l'indépendance de la plaine des orignaux à des limaces dont, faute de les convaincre, il faisait ensuite son repas. Ironiquement, son symbole était une coquille d'escargot ;

— une tortue sans carapace, dont le symbole était une feuille fendue, qui présentait son infirmité comme un diplôme et assurait qu'avec elle la condition des animaux inordinaires (qui étaient aussi nombreux que les albinos, quand ils n'étaient pas l'un et l'autre) serait enfin, et constamment, incluse dans les grandes décisions de la Sobchtchestva. « Il faut faire de l'inordinaire une chance, et l'origine de toutes nos règles », disait cette belle âme, qui refusait, par ailleurs, toutes les litotes de la bienveillance (notamment cette manie, que Vladimir avait faite sienne, de parler de « situation d'inordinariat » pour désigner les inordinaires qui, pourtant, n'étaient pas temporairement, mais à jamais, différents des autres) ;

— un ragondin, symbolisé par des branches de bois rougi, légataire d'une tradition en déshérence dont Bagato se réclamait aussi, qui avait connu son heure de gloire à Krasnaïa au lendemain de la Guerre civile, et qu'on appelait le fraternisme. Les fraternistes étaient des herbivores ardents qui s'étaient illustrés par leur bravoure au combat pendant la Guerre civile, après être longtemps restés neutres. Leur engagement, leur sens du sacrifice et l'ardeur de leur foi forçaient le respect des animaux qui n'en partageaient pas les opinions. Et Zosime, pour rendre hommage à ceux dont il reconnaissait le courage, les avait invités à rejoindre sa cour au lendemain de la Concorde. Les historiens de Krasnaïa s'accordent aussi à voir une stratégie dans une invitation qui les mettait en porte-à-faux avec leurs partisans. De fait : comment les fraternistes pourraient-ils encore dénoncer la structure-même du pouvoir, l'inégale répartition de la nourriture (il y avait assez de nourriture pour tous les animaux de Krasnaïa et pourtant, depuis qu'à la demande des fraternistes entre autres on avait aboli la loi du plus fort, de nombreux animaux ne mangeaient pas à leur faim) et le fait que les institutions de Krasnaïa étaient, comme c'était leur conviction, l'outil de l'écrasement de certains animaux par d'autres… tout en appartenant eux-mêmes à la cour ? Comment rester fraternistes quand ceux qui avaient participé à l'élaboration des lois venaient grossir le troupeau des mécontents dès que l'éclipse approchait ? Pris entre deux feux, cédant aux délices du pouvoir et à ses privilèges tout en vociférant d'autant plus contre eux, incapables de se défaire d'une telle contradiction, les fraternistes disparaissaient incurablement de la horde, et de l'élan qui leur avait donné le jour au lendemain de la Table Rase ne restait qu'un candidat minuscule, ragondin sans queue, dont le programme se cantonnait à la critique consensuelle de toutes les injustices imaginables – à commencer par le montant du Don qui n'était, à leurs yeux, jamais assez élevé.

Encore d'autres impétrants, parmi lesquels on comptait une limace dont le seul credo était de réduire aux végétaux la consommation de tous les animaux, une hermine antinebiste qui prônait l'attribution gratuite et universelle d'un paquet de graines à tout animal quelles que fussent ses forces ou son alimentation, un renard sans toit qui vivait près de la Montagne et se présentait comme le porte-voix des humains, une taupe versée dans l'occultisme qui se présentait sous le slogan « Un nouveau regard », et d'autres pattes cassées dont le sort et le projet n'intéressaient qu'eux-mêmes et ne méritent pas qu'on s'y attarde.

Enfin, il y avait de ces candidats herbivores à la candidature, qui croyaient naïvement que l'herbivorat leur vaudrait à coup sûr de se trouver en finale, comme c'était à peu près le cas depuis l'instauration de la Concorde et la substitution du bipartisme à la Guerre civile.

Quelques éclipses plus tard, pour ces herbivores du pouvoir dans une Communauté exténuée par l'indulgence, le règne de Vladimir, entamé sur un malentendu et compromis par un incendie volontaire, s'offrait comme la dernière chance, l'ultime occasion donnée de mettre en accord les discours et les actes, dans un sens ou dans l'autre. Seulement, nous l'avons dit, les qualités nécessaires à la conquête du pouvoir ne sont pas les qualités indispensables à son exercice, au contraire ; et Vladimir étant de ces ambitieux qui, de courbette en courbette, excellent à se hisser, mais qui, parvenus au sommet, se cherchent encore un maître, nul moins que l'équidé pusillanime n'était capable d'un tel courage. Aussi, au lieu d'être le chef que les herbivores n'avaient plus connu depuis Zosime, Vladimir fut-il, à force de faiblesse et de tâtonnements, le fossoyeur de l'herbivorat, réduit après lui au rôle de parasite. Mais, de même que certains animaux n'ayant aucune conscience de leur taille défiaient parfois des congénères plus volumineux, les braves candidats herbivores, grandis à l'ombre d'un maître veule et qui voyaient leur heure venue avec la défection de ce dernier, n'avaient pas compris que Krasnaïa avait changé d'époque, que c'en était fini de l'alternance herbivore-carnivore, et qu'en somme ils se disputaient la cinquième place. C'est une petite jument représentée par un gland qui hérita, pour finir, de la tâche d'accompagner le groupe vers son crépuscule électoral. Elle le fit sous le slogan « *Pas d'animosité dans l'animalité !* » et s'en acquitta avec si peu de talent que son nom lui-même est tombé dans l'oubli, dès le lendemain du vote.

Les bassesses d'Outka

Les carnivores étaient à peine mieux lotis, qui bénéficiaient, dans l'opinion, du fait qu'ils n'avaient pas exercé le pouvoir depuis l'animat d'Avtoran. En réalité, leur sort était également scellé, mais aucun d'eux ne voulut s'en apercevoir, et c'est avec la même âpreté qu'ils se disputèrent le titre de candidat.

Avtoran n'avait pas digéré sa défaite contre Vladimir, rêvait d'une revanche, et croyait, en vertu de son statut d'ancien Animat et fort des émeutes que déclenchaient ses nombreuses visites au quartier des Blindés, recevoir aisément l'onction d'une majorité des siens.

Il déchanterait bientôt, et serait battu sur le fil par Outka, une fouine qui avait longtemps régné sur la cour d'Avtoran avant de le trahir sans scrupule en confiant à Istcheïka que l'Animat soudoyait les dogues à coup de viande fraîche pour obtenir d'eux qu'ils lui vinssent en aide dans des affaires qui n'avaient rien de public. Mais, malgré le flair de la molosse qui avait aussitôt diligenté une enquête approfondie, on n'avait rien prouvé. Déçue dans son entreprise, furieuse que la loi ne punisse pas son adversaire, Outka s'était alors tournée vers les hirondelles, dans l'espoir qu'elles répandissent les rumeurs les plus infamantes sur son ancien chef, ce qui fonctionna parfaitement. Les tribunaux de Krasnaïa sont une chose, la rumeur en est une autre, et mieux vaut compter sur cette dernière pour abattre un concurrent. Malheureusement pour Outka, les hirondelles, qui répandirent complaisamment des sanies sur Avtoran, l'avaient elle-même observée, en compagnie de trois putois, en train de chasser, à coup d'odeurs méphitiques, une famille de renards hors de la grange qu'elle convoitait. Après de longues dénégations contradictoires (où la pauvre Outka faisait simultanément valoir qu'elle ne convoitait pas du tout la grange en question, mais que, si elle en avait chassé le renard, c'était pour offrir un abri décent au père de ses enfants qui, généreusement, avait renoncé à toute ambition pour élever leur progéniture dans la crainte de Nebo), la fouine fut contrainte, sous les huées, de se retirer de l'élection à laquelle, pour finir, aucun carnivore ne put concourir en cette qualité.

Restaient trois candidats consistants.

L'ânon sur son pavois

Hormis l'immeuble des renards, Bagato écumait la totalité des raïoni depuis longtemps (sous le symbole d'un caillou) avec enthousiasme, cynisme et obstination, en compagnie d'une impressionnante cohorte d'orignaux, de biches, d'élans et de rennes dociles qui n'obéissaient, en vérité, qu'à Gavariat. Modestement hissé sur une planche bancale que soutenaient les bois aplatis des cervidés, l'ânon se présentait à tous comme le porte-parole de leurs souffrances et celui qui, à force de courage et de volonté, viendrait à bout des injustices. « La Sobchtchestva, c'est moi ! », pérorait-il dans l'espoir qu'un jour ce fût la vérité.

À vrai dire, il était difficile de comprendre si, en disant cela, Bagato souhaitait concentrer la totalité du pouvoir et l'exercer vigoureusement – comme il en donnait l'impression chaque fois qu'il promettait de supprimer les prédations, de doubler le Don ou d'interdire toute forme de rassemblement qui, lui étant hostile, serait déclaré séditieux –, ou s'il affirmait au contraire que tout pouvoir serait désormais détenu, à travers lui, par les plus démunis de la Sobchtchestva – comme on en avait le sentiment chaque fois qu'il promettait d'abolir toute sanction envers un animal sans toit, de limer les dents des dogues ou de lutter contre « l'albinophobie collective » dont, comme Douraka l'en avait convaincu, Krasnaïa souffrait « depuis toujours ».

Une telle confusion était augmentée par le fait que Bagato disait « je » pour parler de lui, mais aussi pour parler des autres. Les « je vous l'ai toujours dit » ou bien « je m'use la santé à vous défendre » ou encore « j'ai toujours été de votre côté », où il parlait de lui-même, voisinaient avec les « si j'ai trahi les miens, je dois payer ! » ou encore « si je suis un éminent, je dois m'interroger sur le sort de ceux qui ont moins que moi », où il parlait des autres. Bagato voulait-il *prendre* le pouvoir, ou *rendre* le pouvoir ? Ses qualités d'orateur et la virulence des attaques qu'il réservait à ses adversaires permettaient au tribun démuniste d'aligner les contradictions sans qu'elles parussent contradictoires, et si elles sautaient aux oreilles, elles étaient de toute façon aussitôt balayées comme des broutilles par des spectateurs hypnotisés – au milieu desquels on trouvait Zamitchatel, le fils de Mechtat, qui entamait son chemin vers l'indépendance d'esprit par une adhésion sincère aux fantaisies du tribun que son père combattait régulièrement.

Chacune des réunions qu'il présidait (et où il était seul à parler) se terminait par l'invitation faite à chacun d'uriner ou de déféquer sur place, de manière, disait-il, à montrer « qui nous sommes » et « la limite au-delà de laquelle le Praspect ne peut rien nous faire ».

Bagato persuadait souvent (plus qu'il ne les convainquait) de nouveaux auditeurs, mais il manquait d'alliés.

Il eût voulu s'entendre avec la jument sans intérêt qui remplaçait Vladimir comme avec le ragondin fraterniste dont les convictions ressemblaient tant aux siennes, mais il les avait tellement insultés, tellement vilipendés, que ces derniers pouvaient, à bon droit, refuser toute discussion en invoquant ses mauvaises manières. La vérité est que, du côté de la jument comme du ragondin, ne pas concourir à l'animat eût signifié la disparition corps et biens du groupe en voie d'extinction qu'ils représentaient respectivement, et que, si l'intérêt supérieur de l'herbivorat commandait qu'ils se soumissent au virulent démuniste (dont la popularité excédait l'addition de leurs deux clans), la survie de leur propre camp exigeait qu'aux dépens de l'intérêt général ils maintinssent leur candidature. « Vous êtes la mort et le néant », éructait Bagato à leur sujet, sous des bêlements ravis et des grognements indignés.

Mirko

Le lecteur se souvient peut-être du jeune loup qui servait d'ordonnance à Vladimir et qui n'avait rien perdu de la discussion entre le cheval, son professeur et son enquêtrice, au terme de laquelle l'Animat renonça à briguer le renouvellement de son mandat. Il s'appelait Mirko. C'était un loupiot d'extraction modeste, né aux Blindés, élève de Mechtat, qui avait gravi tous les échelons de la reconnaissance publique en s'occupant, au début de l'animat de Vladimir, de la répartition du Don, avant de prendre soudain ses distances et de quitter l'univers feutré des Écuries, sans faire mystère d'une candidature qu'il mit sous le sceau nourricier d'une feuille de bruyère.

Vladimir avait d'abord encouragé son poulain à tenter sa chance, pour qu'il comprît, se disait-il, que l'animat ne se conquiert pas comme ça, et qu'il faut « un groupe soudé au service, oui, d'une ambition claire » pour parvenir au sommet. Le paternalisme animalier se plaît à favoriser ses rivaux, dans la mesure où il n'imagine pas qu'ils puissent le menacer. Mais à la seconde où il comprend que son élève est meilleur que lui, le parrain change de sentiments. Et plus Mirko séduisait différents auditoires tandis que Vladimir s'empêtrait dans sa veulerie, plus l'Animat se mit à dire du mal du « petit ambitieux » dont l'audace prouvait l'inexpérience et qui s'était servi de lui pour tenter *in fine* de lui dérober le poste auquel lui-même ne prétendait plus.

Il est vrai qu'au départ on donnait peu cher de la candidature du loup, que nul ne connaissait et dont on peinait à savoir s'il parlait au nom des herbivores ou des carnivores, car tout en lui semblait taillé pour la chasse et la dévoration alors que son discours était plein de bons sentiments.

Puis, quand on s'aperçut que sa popularité croissante menaçait directement les habitudes de l'élite de Krasnaïa, celle-ci, par un réflexe héréditaire, des fraternistes aux carnivores, fit bloc contre l'intrus pourtant issu de ses rangs. Les fraternistes s'empressèrent de voir en Mirko la gueule du démuniste qui vend du rêve tout en prônant l'asservissement de l'animal par l'animal. Les animalistes l'assimilèrent à la jeunesse dégénérée de Krasnaïa qui, élevée aux champignons dans le sentiment que les blessures étaient des compétences, remplaçait l'autorité par la compassion. Les carnivores virent en lui un disciple de Vladimir, les herbivores un prédateur maquillé en louveteau ; et Bagato, qui n'avait pas vu venir un rival sur le terrain de l'éloquence, se mit à présenter celui qu'il ignorait encore la veille comme un « monstre », une « horreur » et une « usurpation » – ce qui était étrange, dans la mesure où Mirko ne faisait qu'exercer son droit en briguant les suffrages, mais Bagato, dont l'intérêt était le seul horizon, voyait en tout obstacle une sorte d'abus.

Mirko était d'ailleurs un peu le jumeau lumineux (et rajeuni) de Bagato. Quand l'âne bourru promettait sans vergogne une chose et son contraire (dans l'espoir que chacun ne retînt que ce qui lui plaisait), le loup réclamait le droit de souscrire indifféremment, selon la situation, aux suggestions des herbivores ou des carnivores, car, disait-il, « nous sommes faits des deux ». Mirko ne disait pas tout à fait une chose et son contraire, mais deux choses en même temps, considérant (dans le sillage des discussions de Mechtat dont il avait été le participant assidu) que des idées qui s'opposent sont d'abord des idées qui se complètent. Ainsi convenait-il, à ses yeux, d'assurer, hors des casbahs, un abri et deux repas quotidiens aux animaux de la Belle Étoile (une vieille proposition des herbivores, fort coûteuse, qu'ils avaient toujours défendue sans jamais la mettre en œuvre malgré plusieurs animats) tout en réduisant dans de grandes proportions la part de dons que les plus dotés de Krasnaïa devaient légalement, deux fois par animat – nous l'avons vu –, déposer dans la piscine à l'intention de la Communauté, qui représentaient environ le quart de leurs ressources, et que la plupart des donateurs vivaient comme une prédation légalisée.

Chaque animal, à Krasnaïa, était d'abord tenté d'adopter les opinions de sa physiologie (et de trouver plus pertinent le discours qui était adapté à ses besoins). C'est ainsi que les herbivores étaient spontanément généreux et soucieux d'égalité légale, tandis que les carnivores, dont la survie dépendait de la voracité, avaient tendance à sacrifier la justice à la défense d'une liberté qui était à leur avantage. Enfin, confirmant la règle par leur petit nombre, les herbivores plus-fortistes étaient aussi rares que les carnivores égalitaires.

Zosime avait eu, dès la Concorde, l'intuition que la Sobchtchestva ne serait une véritable communauté que si les plus chanceux payaient un peu le prix de leur bonne fortune. Non que l'Animat les tînt pour coupables d'être puissants (son alliance avec les fraternistes ne reposait en rien sur une convergence de vues), mais le vieux cheval malin, sans estimer lui-même que les fortunés dérobaient aux démunis ce qu'ils possédaient, connaissait suffisamment les animaux pour savoir qu'ils se contenteraient de peu si ceux qui avaient beaucoup se dépouillaient d'eux-mêmes, et si l'Animat répartissait ensuite les dons reçus au bénéfice des sans-toit, des affamés, des rongeurs – ces pitances qu'on oubliait de nourrir à force de les dévorer…

Mirko connaissait l'histoire de la Communauté, et savait combien les animaux étaient majoritairement attachés au principe du Don. Mais il savait aussi qu'à moins d'abolir toute liberté à Krasnaïa (et encore) on ne supprimerait jamais les injustices. Les animaux étaient trop différents pour cela. Et s'il fallait tempérer la liberté par des lois qui régulassent la dévoration ou contraignissent au Don, la tempérance elle-même était à tempérer par le constat que chaque animal devait pouvoir, autant que possible, faire ce qu'il voulait, ou devenir ce qu'il était – ce qui impliquait qu'un ours devînt un ours, et un loup un loup, n'en déplût aux herbivores.

Qui était Mirko ? Que voulait Mirko ?

Qui aimer, qui haïr, entre le loup qui, formé au combat, défendait l'idée d'une dévoration élargie et le renforcement des vastes hangars du Praspect (dont il lui paraissait incompréhensible que le pillage fût couvert par l'excuse de la faim), et le loup qui, délicat comme un agneau et attentif à toutes les modes, élevait des lapins dans sa tanière, recevait sans ciller le soutien de l'ensemble (ou presque) des albinos et prenait garde, en s'adressant aux animaux, de dire « chacune » avant « chacun » ?

Lavka

L'ourse Lavka concourait pour la troisième fois, sous le signe de la pomme de pin. Ses deux premiers échecs aux portes du combat final ne l'avaient pas découragée, et le contexte avait changé, comme on sait, depuis la défection de Vladimir.

Sous l'animat d'Avtoran, Lavka peinait encore à marquer son territoire. Les animalistes étaient écrasés entre la rhétorique des herbivores (qui voyaient en eux un ennemi absolu, dont l'invocation rassemblait les volontés et leur donnait l'occasion d'être unanimes, au moins, sur un sujet) et celle des plus-fortistes (qui mettaient leur point d'honneur à distinguer le droit naturel, pour chaque animal, d'agir conformément à sa nature, de l'idée chère aux animalistes selon laquelle certains animaux étaient plus que d'autres prédestinés à exercer le rôle de chefs). Mais la disgrâce des deux camps traditionnels de

Krasnaïa (dont l'alternance avait fini par lasser, dont les gueules étaient devenues trop familières, et qui fut scellée par l'impression croissante dans l'opinion que les délégués carnivores et herbivores étaient en réalité « du même monde » avant d'être antagonistes), la mollesse admise de l'Animat Vladimir, les on-dit sur la tenue de châtiments corporels qui se tenaient à l'abri des regards dans l'immeuble des renards (accablée par l'indécision de Vladimir, et défiante envers toute hirondelle, Istcheïka avait abondamment raconté son histoire aux sans-yeux et aux rats pour qu'ils fissent circuler son récit, et que la rumeur enflammât l'opinion avant d'être démentie par les oiselles), la mort du dogue bicéphale Siamski dans l'exercice de ses fonctions, le projet affiché d'interdire l'échange de champignons, l'écho favorable que trouvait chez les animaux l'intention de Lavka d'envoyer des dogues jour et nuit espionner la Montagne, l'activisme albinolâtre de Douraka qui suscitait la haine des albinos à force de la voir partout, et enfin, le premier incendie officiellement criminel de Krasnaïa suivi de la quasi-relaxe de son auteur, tout cela accrut considérablement l'audience de Lavka qui, de surcroît, faisait passer avec succès le fait de n'avoir jamais exercé de responsabilités pour une source de jouvence, un noviciat perpétuel qui, malgré des années de vie publique, l'autorisait à se présenter encore comme une gueule inédite.

Sous les conseils du boa Guérassim qui vivait sur les épaules de Lavka, l'ourse eut l'intelligence de rompre avec les outrances de son camp (nul ne l'avait entendu dire, comme il était courant de le faire chez les animalistes, que la loi du plus fort devait partout s'imposer tout le temps, que les renards étaient tous à abattre et que les hermines manipulaient les dirigeants en secret) pour adopter un slogan plus sobre : « L'instinct est un destin. » Elle teinta l'apologie de la force par des propos étonnamment protecteurs à l'intention des moins bien logés, en particulier les blindistes, dont l'habitat était rarement rénové, au soin desquels, à rebours de la loi du plus fort, elle promettait d'employer l'essentiel du Don.

On avait parfois l'impression que Lavka parlait comme Bagato. Ce n'était pas faux, en particulier quand elle s'indignait que les animaux du Praspect vécussent à l'abri et au chaud, en toute saison, tandis que les animaux de la Belle Étoile, qui n'avaient pas de paillasses dans les casbahs, dormaient autour de la Montagne et se trouvaient, à l'exception des chauves-souris, contraints de se retourner pendant la nuit pour chauffer l'autre moitié de leur corps.

Puis Lavka bénéficia des nombreux suffrages de carnivores qui voyaient dans les diatribes de Douraka une menace directe pour leur mode de vie et, au-delà, pour l'ensemble de la Communauté. La manie de considérer que la justice devait traiter différemment certains animaux en vertu des souffrances qu'ils avaient connues leur parut si dangereuse qu'ils passèrent du carnivorat à l'animalisme, moins cependant par adhésion aux discours de Lavka que par le soupçon d'une complaisance en haut lieu pour des propositions aberrantes.

Heureuse et forte d'un tel soutien, l'ourse eut alors la finesse de leur donner des gages en pestant contre la suspension légale de la dévoration, dont Ganna fixait les limites, et qui couvrait exactement les quatre mois les plus froids de l'année – au motif que les carnivores n'avaient pas à « faire les frais du froid ». Les ours, pourtant, qui hibernaient le ventre plein, n'étaient guère concernés par la chose. La proposition de suspendre l'une des règles cardinales de la Sobchtchestva, obtenue à l'issue de la Guerre civile, n'avait aucune chance de devenir un jour réalité, mais les animaux qui adhéraient à Lavka avaient tendance à voter pour ce qu'ils souhaitaient, plus que pour ce qui était possible.

C'est ainsi que, la veille des dragatiques, devenue porte-parole de quantité d'animaux qui ne l'aimaient guère, Lavka avait toutes les chances d'arriver en finale sans que nul ne s'en émût – hormis les chevaux et quelques herbivores de cour dont les œillères dataient de la Guerre civile et qui persistaient à voir dans l'audience de Lavka l'inexplicable résurgence d'un discours haineux, alors qu'à l'image de leur chef et de la façon dont il avait réagi à l'incendie, un tel phénomène était d'abord l'effet de leur propre inaptitude à se saisir des problèmes pour les traiter avec justice et fermeté.

Tout animal est la mesure de toute chose

Les résultats du vote – qui étaient proclamés par Ganna depuis la première investiture de Zosime – furent sans appel.

Ou presque.

À l'issue du Tri, quelques jours plus tard, le monticule des bruyères et celui des pommes de pin dépassaient les autres de loin.

Mirko et Lavka l'avaient emporté.

Mais Bagato ne l'entendait pas de cette oreille.

Après un long silence inhabituel, alors que les candidats avaient tous admis leur défaite et apporté leur soutien, pour la plupart, à Mirko, l'ânon prit enfin la parole pour réclamer qu'on suspendît la proclamation des résultats au nouveau comptage des cailloux dont le monticule, il est vrai, était le seul autre à faire bonne figure – sans qu'il y eût pour autant le moindre doute quant à l'issue du scrutin.

Les règles de Krasnaïa lui en donnaient le droit. « *Tout animal est la mesure de toute chose* », répétaient les animaux, des plaines aux immeubles, pour auto-tempérer le naturel belliqueux de leur condition, mais cet aphorisme (dont Mechtat avait maintes fois manifesté les limites au cours de discussions orageuses) devait être lu de bien des manières, et l'une d'elles était de considérer qu'on pouvait, quand on le jugeait bon – sous réserve de présenter ses arguments – contester l'évidence au nom d'une intime conviction. Fort de ce droit, l'ânon bourru entendait bien retarder la validation du scrutin qui, incontestablement, le donnait perdant.

Plusieurs raisons à cela, disait-il : d'abord, les cailloux sont en moyenne moins volumineux que les bruyères géantes et les pommes de pin – ce qui ne changeait rien aux quantités ; Bagato fit valoir également que des désaccords avaient opposé, lors du comptage, des animaux de tailles différentes, mais on lui répondit que ces désaccords avaient tourné le plus souvent à l'avantage de ses partisans, connus pour leur force (et leur agressivité) ; bredouille, l'ânon revint à la charge en invoquant l'impossibilité de se rendre à la piscine depuis la plaine des orignaux en raison du bouchage d'un tunnel, mais là encore, il fut aisé de lui démontrer que chacun avait pâti de cet inconvénient. « Qu'importe, il faut recompter ! affirmait-il, têtu comme une mule. Si nous avons perdu, c'est qu'il y a eu fraude ! Prouvez-moi le contraire ! »

L'ânon n'avait pas tort : il y avait bien des fraudeurs, mais on les trouvait dans son propre camp.

Quand il fallut de nouveau réunir les décompteurs (alors qu'encore une fois il était manifeste qu'il y avait moins de cailloux que de bruyères et de pommes de pin), ou bien, quand les décompteurs n'étaient plus disponibles, créer de nouvelles brigades, Istcheïka, qui allait d'une brigade à l'autre, surprit des humains en train de casser des cailloux sous les ordres d'une belette bagatiste, afin d'en multiplier le nombre. Le scandale public dont elle menaça l'éternel ânon dissuada ce dernier d'insister davantage.

Bagato avait perdu.

Perdu deux fois.

Et devait l'admettre sans pouvoir l'admettre.

À lui qui s'était voué depuis toujours à la conquête de l'animat, qui s'était usé la santé à séduire tant de malheureux… l'idée de l'échec n'était pas acceptable. Pour finir, d'amertume, au lieu d'annoncer, à l'unisson des autres vaincus, qu'il soutiendrait, lors du combat final, l'adversaire de l'animalisme « malgré de profonds désaccords », l'ânon se mura dans un silence complet et partit dans sa datcha méditer – les hirondelles l'assuraient – sur l'injustice de son sort, tandis que, sous les acclamations, depuis le bout du plongeoir, belle dans son fichu de laine bleue, Ganna proclamait enfin le nom des combattants qui devaient s'affronter à l'issue du premier croissant de lune (soit une semaine plus tard) – avant que le vainqueur, comme c'était l'usage, ne célébrât sa victoire à la Montagne, en compagnie de ses partisans, et de tous ceux qui, ce jour-là, voudraient se joindre à eux.

Le jeu de miroirs

L'ultime combat était depuis toujours une attraction très populaire à Krasnaïa – et le point d'orgue des mandatures.

Les animaux venaient de tous les raïoni pour y assister en famille dans une atmosphère bon enfant, avant d'arpenter pour une journée, comme un rite, les larges avenues du Praspect où les locataires des Blindés, les ermites de la plaine et les sans-logis de la Montagne n'avaient guère l'occasion de s'aventurer. Les pauvres pavanaient impunément devant les fils d'éminents qui, pour certains, les regardaient avec effroi depuis leurs vastes fenêtres et, pour les plus audacieux, se mêlaient au troupeau et adoptaient leur langage en riant.

La horde était si nombreuse le jour du combat que les alentours de la piscine n'en contenaient pas le centième. D'autant que, hormis l'Animat, sa cour et sa garde rapprochée, les premières places étaient réservées aux inordinaires, aux bicéphales, aux cinq-pattes de toutes espèces et aux plus-que-blancs qui, serrés autour du bassin vide, formaient un cadre cotonneux, une masse bancale, monocolore et bruyante.

Au-dessus d'eux, au premier étage, autour de Ganna se trouvaient les puissants d'entre les éminents, ceux dont la fortune était telle que des dizaines de familles entières, nourries et éduquées par eux, étaient à leur dévotion.

Si l'Animat se tenait en bas, au milieu des albinos plutôt qu'au premier étage aux côtés des éminents, c'était – disait Zosime – qu'« *un chef doit être proche de son peuple et loin de ses proches* ». En vérité, les chevaux détestaient monter les escaliers qui conduisaient au premier étage, et faisant d'une inavouable infirmité l'occasion d'un principe, ils avaient érigé en règle de vertu le comportement qui convenait à leur mieux-être.

Pendant bien des animats, les animaux qui ne pouvaient assister au combat devaient se résoudre au compte rendu des plus chanceux ou bien, s'ils n'en connaissaient pas, au récit des hirondelles, puis Ganna s'emparait de l'affrontement pour lui donner, autour du feu, les contours d'une légende qui serait transmise ensuite au Cirque et ailleurs, dans tous les lieux de discussion.

Mais comme la horde croissait à chaque combat, et laissait pantois des clans entiers qui s'étaient déplacés en grand équipage, on eut l'idée de nommer des relais de toutes espèces, juchés sur des murets, dont la tâche était de transmettre en temps réel les péripéties de la bagarre aux animaux qui se trouvaient derrière eux, afin qu'ils s'en fissent l'écho à leur tour et ainsi de suite…

L'inconvénient était qu'avant de parvenir à l'animal qui se trouvait le plus loin de la Doma, l'information était maintes fois filtrée : quand un candidat portait un coup, ses partisans exagéraient, sans rien en savoir, la portée du coup donné, que ses adversaires minoraient aussitôt, de sorte que, d'emphases en euphémismes, le récit n'avait rapidement plus aucun rapport avec le fait en question. Et il n'était pas rare qu'on sentît, de temps en temps, à l'autre bout du troupeau, une vibration enthousiaste ou apeurée qui, parce qu'elle venait à contretemps et qu'elle était dictée par une fausse nouvelle, n'était en rien l'écho des péripéties auxquelles une poignée de chanceux assistaient au même moment.

Pour pallier ce souci – et parce qu'il redoutait que les bêtes, humiliées de réagir à mauvais escient, n'en vinssent à décréter que leurs émotions étaient plus véridiques que les faits eux-mêmes –, Mechtat (dont l'ancien maître était versé dans la géométrie) avait conçu un dispositif ingénieux : un jeu de miroirs inclinés qui, maintenus par des poulies à des hauteurs successives, culminaient au sommet de la Doma en une gigantesque planche réfléchissante qui permettait aux animaux les plus éloignés d'entrevoir quelques images de l'affrontement.

La confection du mécanisme avait demandé plusieurs semaines d'un travail acharné et tué quelques humains sitôt remplacés par des porcs-épics et des ratiers.

Le chat géant était inquiet. C'était la première fois que son invention allait servir. Mais quand la vaste toile qui couvrait l'édifice fut soulevée par mille oiselles, que, de la lisière du Bois Rouge, les derniers animaux aperçurent soudain, comme par enchantement, le sol moussu de la piscine où les candidats allaient s'affronter, et que des clameurs émues accueillirent ce miracle, Mechtat qui était venu avec Zamitchatel, assister au combat depuis le premier étage, songea, la gorge serrée, aux trois hommes qui avaient payé de leur vie l'invention qui faisait sa gloire.

Préparatifs

L'affrontement final avait longtemps été un combat à mort et, quand c'était le cas, le perdant s'honorait, avec son cadavre, d'alimenter la cantine des fauves. Mais ce genre d'abnégation n'était plus en vogue à Krasnaïa où les animaux expérimentaient, avec l'égalitarisme, le droit de continuer à vivre même quand leur mort était utile. Depuis maints animats, le vaincu demandait grâce et le vainqueur s'exécutait. Mais toujours un doute subsistait sur les intentions de ce dernier qui pouvait parfaitement, s'il le souhaitait, surseoir aux supplications de son adversaire et lui briser le cou.

Mirko s'était fait aiguiser les dents et tailler les griffes la veille. Il s'était entraîné depuis plusieurs jours, d'abord sur des lapins complaisants, puis sur la carcasse mobile d'un orignal qu'on avait suspendue aux branches d'un camphrier et que des humains avaient hissé à intervalles réguliers pour exercer le loup à atteindre la gorge de l'ourse quand elle se croirait à l'abri, en hauteur, dressée sur ses pattes arrière. Enfin, le loup n'avait, délibérément, pas mangé depuis deux jours afin de voir, le temps de l'affrontement, en son adversaire, un repas.

De son côté, Lavka s'était laissée convaincre par Guérassim (qui lui sifflait à l'oreille depuis son dernier échec) de ne manger que de la viande pendant plusieurs jours, sous le prétexte de forcir. Ce qui n'était pas malin. Car l'estomac de l'ourse tolérait la viande mais elle n'en était pas friande, et c'est en grimaçant qu'elle rouziguait les os du vieux mouton dont ses congénères avaient tranché la gorge. Malgré les louches de miel dont elle couvrait les lambeaux, Lavka bouffait à contrecœur et évacuait en diarrhées douloureuses le produit de ses efforts.

Comme elle redoutait d'être déconcentrée pendant le combat par les huées des plus-que-blancs du premier rang qui, naturellement, détestait l'animalisme, Lavka avait épuisé ses forces à tenter de convaincre les blindistes et les habitants de quelques terriers de la plaine, d'être présents le jour dit pour lui apporter un soutien bruyant.

Puis une cohorte d'orignaux et de bisons qu'on récompensait en feuilles abondantes vinrent sans discontinuer lui affirmer à l'oreille, successivement, qu'elle allait écraser ce chiot et qu'ils fêteraient ensemble bientôt la renaissance de Krasnaïa et le remplacement de l'égalitarisme par le droit (pour chacun) d'obéir à sa nature et d'exercer pleinement sa force. Les encouragements stipendiés de ces gros herbivores hypocrites ne suffisaient pas à rassurer l'ourse qui redoutait non seulement de perdre, mais bien de mourir en public, contre un adversaire dix fois moins lourd.

Pour finir, prise en tenaille entre l'envie de fuir et l'obligation de se battre, Lavka se rendit, de nuit, Guérassim en bandoulière, quérir discrètement auprès d'une taupe albinos assez peu regardante quelques juteux entolomes, réputés pour leurs pouvoirs simultanément antalgiques, hallucinatoires et euphorisants, que l'apothicaire lui recommanda, pour éviter que l'hallucination ne prenne le dessus sur l'euphorie, d'avaler le matin du combat.

L'affrontement

Entre l'étique loup, affamé et affûté, et la grizzli bedonnante, lourde comme un tank, l'écart était considérable, mais on eût été bien en peine de dire à quel profit. Mirko contre Lavka, c'était la vitesse contre la pesanteur.

L'affrontement était inédit. L'issue, incertaine.

L'ourse avait gagné le tirage au sort et put entrer dans la piscine par le petit bain, ce qui donnait l'avantage du terrain sur l'adversaire qui, arrivant de l'autre côté, se trouvait en contrebas. Un tel avantage était accru par la dissymétrie spectaculaire des combattants.

Sous une rumeur admirative, d'un bond prodigieux, Mirko sauta du premier plongeoir jusque dans le grand bassin, et fut bientôt rejoint dans l'arène par l'ourse, qui descendit pesamment la margelle du bassin pour enfants.

Les combattants commencèrent par s'observer.

Mirko avait les oreilles tendues, le poil hérissé, les babines légèrement retroussées, et marchait lentement sur la mousse, comme s'il en testait l'adhérence.

Après avoir cherché du regard les rares plus-que-blancs que son groupe avait soudoyés pour qu'ils soutinssent l'ourse depuis le bord de la piscine, Lavka se dressa sur ses pattes arrière, grogna « L'instinct est un destin ! » avant de se laisser retomber dans un bruit sourd et de foncer vers le loup.

Elle eut tort d'attaquer la première car, venant de loin, elle perdit à la fois l'effet de surprise et la position de surplomb que le hasard lui avait accordé. Mirko, d'abord, ne bougea pas, et quand Lavka dévala la pente de la piscine et se trouva tout près de lui, esquiva d'un coup de reins le plantigrade velu qui, pressé d'en finir, avait entamé le combat par une manœuvre d'écrasement, certes fatale mais lente, plus adaptée aux fins de match, et qu'elle aurait dû garder sous le coude. Au lieu d'écrabouiller le loup, Lavka s'étala dans un grognement douloureux.

Une vive clameur humilia l'ourse, qui enfonça la truffe dans la mousse, le temps de contenir un cri de rage. Mais Mirko ne lui laissa pas le temps de se redresser. Alors que Lavka plantait solidement ses griffes dans la mousse et s'élevait avec une lenteur théâtrale, le loup lui sauta sur le dos et planta ses dents à la base de la nuque, si fermement qu'il pouvait en même temps, agrippé par sa seule mâchoire, lui labourer le dos de ses griffes taillées en triangle. Sous la douleur, l'ourse eut d'abord le réflexe de se cambrer, ce qui permit au loup, qui cherchait la gorge, d'affermir sa prise ; mais recouvrant ses esprits, Lavka se renversa sur le dos et Mirko dut à une cabriole d'échapper à un second écrasement.

La meute était ravie.

Dirigées de loin par Douraka (qui avait tenu à rester au premier étage, en compagnie des éminents, comme l'émissaire, disait-elle, des animaux du besoin) les hirondelles chantaient en canon un air connu d'elles seules, cochons et moutons grognaient et bêlaient en pétant de joie, les abeilles vrombissaient et, par dérision, faisaient tomber de généreux quartiers de gelée royale sur les premiers spectateurs et dans l'arène où les belligérants se contemplaient haineusement.

Le loup boitait un peu : en esquivant son adversaire, il avait trébuché sur l'une de ces racines traîtresses qui fendaient l'ancien carrelage tout en restant couvertes de mousse. Pour rassurer ses partisans et dérouler ses muscles endoloris, il se mit à trotter autour de l'ourse si rapidement que celle-ci, saignant du cou, peinait à suivre l'ample cercle qu'il traçait d'un pas léger, devant une meute hilare. Après deux ou trois tours complets sur elle-même, l'ourse sentit qu'elle perdait l'équilibre. Renonçant à suivre son adversaire du regard, elle se campa sur ses quatre pattes et balança la tête comme son père le faisait avant elle, en prélude aux grandes bagarres. Mais là encore, profitant de sa lenteur et lui laissant le soin d'être plus menaçante que dangereuse, Mirko se jeta sur son dos et, tandis qu'elle grognait, la mordit de l'autre côté du cou, avant, en un éclair, de gagner le bassin pour enfants d'où il pourrait plus aisément fondre sur l'ennemie. Le sang coulant de part et d'autre du cou faisait un collier à l'ourse qui, se dressant de nouveau, battit l'air de ses pattes avant. Mirko échappa à la gifle (qui eût été fatale) en sautant sur la grosse tête du plantigrade, et lui arracha la moitié de l'oreille gauche. Après un cri, Lavka se mit alors, bizarrement, à éclater de rire. Était-ce de colère ? de douleur ? pour montrer qu'elle était encore vaillante ? pour susciter la sympathie ? ou pour déconcentrer son adversaire ? ou – plus vraisemblablement – parce que les champignons faisaient leur effet ? Lavka, toujours hilare, leva les pattes avant et, dans un silence de mort, devant les animaux consternés, se mit à sautiller en battant l'air.

Mirko ne bougeait pas. Son adversaire (qu'on lui avait présentée comme redoutable) n'était périlleuse que pour elle-même. La victoire était acquise. Il retroussa ses babines et adressa à Mechtat un sourire confiant. Mais il ne faut pas vendre la peau de l'ourse avant de l'avoir tuée : en une fraction de seconde, portée par de vigoureuses pattes arrière, Lavka fondit sur Mirko avec la souplesse d'un chat et accula le loup dans un coin de la piscine. Mirko, sur la défensive, tentait vainement de saisir, de ses crocs sanglants, les pattes de l'ourse. La situation était délicate pour le canidé qui, si habile fût-il, n'eût pas réussi, dans cette position, à se soustraire à un troisième écrasement. Heureusement, Lavka, soudain certaine de sa victoire, voulut humilier son adversaire et l'étouffer d'une de ses flatulences venimeuses dont elle avait le secret depuis que Guérassim avait carné son régime. L'intestin du plantigrade était un tel chaos que, si Lavka était parvenue à ses fins, Mirko eût certainement péri asphyxié.

Mais le loup vit venir le rectum létal et, tandis qu'elle tournait le dos, rampant à la vitesse d'un serpent, se glissa entre les pattes velues, fit volte-face et, alors que l'ourse enflait encore le ventre, la mordit au cou une troisième fois, en atteignant, cette fois-ci, la base de la gorge. L'ourse s'effondra sur elle-même. Mirko parvint à conserver son étreinte. Le sang de Lavka bouillonnait autour de sa truffe, prêt à sortir en cascade.

La seule question, désormais, était de savoir si Mirko tuerait son adversaire (pour ne pas étouffer lui-même) ou si celle-ci implorerait sa clémence. Pendant un court instant, la meute attendit, dans un silence parfait, de savoir si l'ourse mourrait vaillamment ou bien mendierait sa vie. Malgré le sang qui lui entrait dans les bronches, Mirko maintenait son étreinte, non pour achever Lavka, mais parce qu'il sentait bien que, s'il ôtait ses dents de la blessure avant que les serpents n'intervinssent, l'ourse était condamnée.

Soudain, de l'autre côté du mur, des brames, des bêlements et de violents aboiements se firent entendre dans l'escalier qui menait au premier étage, suivis d'un vacarme de sabots sur les marches. Un petit troupeau d'élans, d'orignaux, de cerfs et de bisons bagatistes, furieux que l'ânon ne fût pas, lui, dans l'arène, convaincus par leur propre champion que les dragatiques étaient frauduleuses, se précipitèrent sur les éminents, lynx, hermines, loups, renards, rares moutons et tortues spacieuses, dont ils firent tomber, sous les yeux de Ganna, quelques membres dans la piscine.

Mechtat et Zamitchatel se jetèrent aussitôt dans la mêlée. Le père éborgna un orignal tandis que le fils s'acharnait avec les lynx sur les flancs des bestiaux qu'ils agrippaient comme des araignées. Les loups visaient les pattes, et les tortues, recroquevillées, faisaient trébucher les assaillants. Irena – dont le compagnon était un éminent, et dont les convictions avaient basculé depuis la tragédie du clapier car elle comptait nombre d'amis parmi les lapins – émasculait rageusement les équidés et les bovins les plus vigoureux, et Mirko, de son côté, depuis la piscine, ne savait s'il devait lâcher son étreinte et condamner son adversaire, ou prendre lui-même le risque de recevoir une carapace sur la tête.

Les serpents, Guérassim en tête, glissèrent jusqu'à la blessée, tandis que des humains se précipitaient vers les animaux qui s'étaient cassé une patte en tombant, et leur passaient un onguent.

La meute des albinos sortait affolée de la Doma, brisant les vitres et écrasant les plus petits ; Vladimir, exfiltré depuis longtemps, que sa garde rapprochée avait abandonné pour prêter patte forte aux éminents, hennissait de peur, tandis que les dogues, dont la surveillance avait été trompée par un pan du troupeau, avaient rejoint les insurgés et se battaient à pleines dents, aux côtés des victimes.

En peu de temps, l'insurrection fut matée, Mirko proclamé vainqueur par Ganna, les insurgés mis au frais dans des cages, les blessés soignés, et Bagato convoqué par Istcheïka.

La cérémonie

Nebo rosissait à peine.

Les animaux étaient silencieux. De fatigue et d'attention.

Les petits renards, les jeunes tortues, les hermines et les lynx cuvaient une nuit d'orgies aux champignons soit à la Montagne, soit dans l'un des hangars inemployés où ils avaient coutume de se réunir par dizaines pour y entonner en canon des chants sans paroles. Les chauves-souris et les hiboux ne tenaient plus debout. Les uns rêvaient de se mettre la tête en bas, les autres de s'enfoncer dans leurs propres plumes jusqu'au soir ; mais chacun attendait ce que tous étaient venus voir.

Précédé d'une cohorte d'animaux inconnus du grand public (un percheron qui hennissait avec un accent humain, une belette et un renard albinos, une bisonne souriante, une biche dont la petite queue dressée échauffa les esprits, et d'autres encore), Mirko fit son apparition, franchit les portes de la Doma (dont les dégâts avaient été effacés par une brigade d'humains), traversa lentement la première salle où étaient réunis les éminents, puis la salle des votes où les représentants de toutes les communautés s'inclinèrent devant le nouveau régent, avant d'arriver dans la piscine dont il grimpa le premier plongeoir, au bout duquel l'attendait Ganna qui tenait la pelisse mauve.

Le loup poussa un long hurlement, auquel la horde répondit avec la gaieté des grands jours, puis il prononça ses vœux : « Moi, Mirko, jure, par Nebo, Svetavoï et Draga, de défendre, quoi qu'il en coûte et en même temps, la justice, la liberté de chacun et l'égalité de tous ! » Enfin, Ganna le ceignit de la pelisse sous les vivats d'animaux enchantés d'être tous désormais, grâce à Mechtat, en mesure d'assister à la cérémonie. Une fois de plus, la journée, puis la nuit, seraient longues.

Le projet de Mirko

Le Cirque était plein et, au-delà, les animaux s'agglutinaient en cercle pour entendre leur nouvel Animat leur parler, pour la première fois, en cette qualité.

Mirko se jucha sur la cabane d'où Mechtat avait coutume d'animer les discussions. Les animaux saluèrent son arrivée en cris chaleureux, et il prit la parole en ces termes :

« Sœurs et frères !

Tous ensemble, nous avons rejeté l'animalisme !

Tous ensemble, nous l'avons dit : "Les discours de haine n'ont pas leur place à Krasnaïa !" » (Vive clameur.)

Tous ensemble, nous avons animé d'un souffle nouveau l'immense conquête des animaux, qui nous a permis de vivre pacifiquement au même endroit : le rejet de la loi du plus fort ! (Hourras et lazzis joyeux.)

Et ce souffle ne retombera pas !

Car si nous devons veiller à maintenir cette exigence, c'est dans le seul but que chacune et chacun, dans la mesure de ses moyens, puisse aussi devenir ce qu'il est ! Voilà notre projet ! » (Bêlements plus mous.)

Mirko était bon orateur, mais comme tout orateur, il avait ses trucs. Le premier d'entre eux, et le plus repérable, était de dire fermement des choses douces et doucement des choses difficiles à entendre. Ainsi est-ce d'une voix de stentor qu'il avait affirmé l'abandon de la loi du plus fort, et c'est tout en modulations qu'il avait plaidé, contradictoirement, pour que chaque animal devînt ce qu'il était.

L'Animat reprit, un ton plus bas :

« Notre Communauté, récemment, a été meurtrie par un crime inqualifiable. Qui blesse, en son cœur, sinon en sa chair, chacune et chacun de nous.

Avec ce crime et son auteur, nous aurions dû être impitoyables ! (Hourras goguenards, du côté des animalistes contraints, comme c'était l'usage, d'écouter le vainqueur aux côtés de Lavka, à qui le cou bandé donnait un peu de tenue.)

Mais face aux causes de ce crime, nous aurions dû être plus compréhensifs, plus vigilants, plus solidaires. Comment expliquer qu'à Krasnaïa, à l'ombre de nos lois, croisse un tel désarroi que ses victimes en viennent à commettre l'irréparable ? (Hochements satisfaits du côté des herbivores et des bagatistes.)

Comment comprendre que celles et ceux qui ont choisi une telle voie ne soient pas aussitôt remis dans le droit chemin ? Et comment excuser de tels crimes ? Mais comment ne pas tenter de les comprendre ? Comment dire aux victimes que les coupables sont eux-mêmes victimes de la vie ? Mais comment dire aux coupables qu'ils sont seuls responsables d'un acte qui est aussi la conséquence de notre incurie ?

Sœurs et frères ! Je vous en fais le serment. La désespérance et la pauvreté seront mes ennemies, autant que la violence. Sévère avec le crime. Sévère avec les causes du crime. Voilà, aussi, notre projet ! » (Hourras polis. De façon générale, tout le monde était un peu déçu par ce discours balancé, mais l'Animat changea de sujet.)

« Mes sœurs ! Mes frères ! Mes camarades !

Le drame qui nous a fait tant de peine a aussi révélé que, contrairement à ce que nous croyions, le feu ne vient pas seulement du ciel, le feu n'est pas seulement un don de Nebo, mais il est possible, comme les humaines et les humains autrefois en avaient acquis la capacité, de créer du feu !

Faut-il tourner le dos à un tel savoir ?

Faut-il se priver de ses bénéfices ?

Non !

Faut-il se méfier de ses dangers, et conserver à jamais le souvenir de celles et ceux qu'il a tués ?

Oui !

Là est la vérité, là est notre défi !

Là est, aussi, notre projet !

Le feu qui nous tue peut aussi réchauffer.

Dois-je vous rappeler que le grand froid arrive ?

Imaginez que le froid soit chaud !

Le feu qui menace nos habitations peut aussi transformer chacune d'elles en un havre de douceur comparable à la Ferme.

C'est la raison pour laquelle, en vertu des pouvoirs que vous m'avez conférés, j'ai officiellement demandé à Ganna d'enseigner aux serpents ratiers, aux chats et aux dogues l'art de produire et de conserver du feu.

Les dogues, d'abord. Puisque ceux qui ont menacé notre Communauté disposent d'une telle arme, il est essentiel, pour la sécurité de tous, que nos gardiens légitimes en fassent autant.

Les discuteurs, ensuite. Car depuis la Concorde, ce sont eux qui transmettent nos connaissances et notre histoire, et les passeurs de savoir ne doivent pas rester dans l'ignorance.

Les ratiers, enfin, dont le travail est si précieux, et qui doivent pouvoir fabriquer eux-mêmes les onguents dont ils nous soignent, au lieu de ramper plusieurs jours pour utiliser la marmite de Ganna.

J'entends les sceptiques et les antiques parmi vous qui s'inquiètent d'un tel progrès, et redoutent que, dotés du feu, nous ne nous déchaînions les uns contre les autres, mais il faut regarder la réalité en face : certains de nous produisent aujourd'hui du feu dans le but de nous détruire. Nous devons produire du feu pour nous défendre ! Et pour éviter qu'un tel savoir ne tombe entre de mauvaises pattes, celles et ceux qui en disposeront devront d'abord avoir fait leurs preuves et Istcheïka veillera à ce que chacun adopte un comportement exemplaire en toute circonstance. »

Pour le coup, malgré la mention des « antiques » qui visaient directement les chevaux de la cour de Vladimir, les acclamations furent sincères : Mirko – qui voyait dans l'ambivalence du feu l'équivalent de sa propre tendance à flatter les deux camps qu'il avait vaincus – avait emporté la partie sur cette question.

Restait à conclure.

L'heure était aux platitudes :

« Sœurs, frères, amis, compagnons, les épreuves que nous avons traversées doivent nous rapprocher davantage au lieu de nous opposer. Je serai l'artisan, avec vous, de cette immense réconciliation ! Je serai l'Animat de tous les animaux, même et d'abord de celles et ceux qui n'ont pas voté pour moi ! Vive la Sobchtchestva ! Vive Krasnaïa ! »

C'est paisiblement, pour une fois, que les animaux quittèrent la grand-place du Cirque, résignés et curieux de savoir si les choses allaient, comme on se plaît à le croire en ces instants, véritablement changer.

Dénégations du séditieux

Quelques instants plus tard, le même matin, dans une petite pièce de la Doma, Istcheïka soumettait l'amer Bagato à un interrogatoire sans violence, mais impitoyable :

« As-tu suggéré à tes partisans, oui ou non, d'envahir la Doma le jour du combat ?

— Je dis ce que je veux ! J'ai encore le droit, non ?

— Ce n'est pas ce que je demande.

— Mais moi, c'est ce que je demande ! Ai-je encore le droit, oui ou non, de dire ce que je veux ?

— Absolument.

— Ah !

— Ça ne change rien à la question que je vais te poser : qu'as-tu dit à tes partisans ? Leur as-tu suggéré d'envahir la Doma ? Les as-tu incités à le faire ? As-tu, d'une manière ou d'une autre, participé à cette attaque par tes paroles ?

— Ça fait beaucoup de questions !

— Non, ça ne fait qu'une seule question : as-tu recommandé, oui ou non, à tes partisans d'envahir la Doma à l'issue du combat final ?

— Rien ne m'oblige à te répondre.

— Si. Le fait que je t'interroge. Si tu ne réponds pas, je te garde encagé pour obstruction à la justice. Qu'as-tu dit à tes partisans ? As-tu suggéré d'envahir la Doma ?

— Qu'est-ce que ça peut faire ?

— On dit qu'on t'a vu au Cirque, à l'aube, en train d'exhorter des orignaux à perturber le combat et à monter les escaliers de la piscine…

— Mensonges ! Et de toute façon, j'en ai parfaitement le droit !

— Te trouvais-tu au Cirque, à l'aube ?

— Peut-être pas.

— As-tu exhorté les orignaux à perturber le combat ?

— La parole est libre et aucun animal n'est responsable du crime qu'il ne commet pas ! »

Les explications de l'ânon, candidat déchu devenu suspect, ne valaient pas un caillou, mais il s'en fichait. Aux yeux de la loi, Bagato ne risquait rien et le savait parfaitement.

Même s'il était aisé de démontrer qu'au lieu de s'exiler dans sa datcha, Bagato avait arpenté les tanks et le Cirque pour en convaincre les habitants qu'ils avaient été floués par le vote et qu'il fallait, pour montrer qu'on n'en était pas dupe, prendre d'assaut la

Doma le jour du combat final, Istcheïka devait, en maugréant, une fois encore, s'incliner devant une loi qui ne jugeait que les actes et jamais leurs instigateurs.

La loi protégeait les filous et les séditieux.

Bagato s'en tirerait.

Sans jamais, pour autant, s'en remettre tout à fait.

La fin de l'impunité (ou comment on meurt de son vivant)

Il en irait autrement de Vladimir.

Après avoir réuni tous les cadeaux qu'il avait reçus, et discrètement ordonné, en pesant de toute son ancienne autorité, qu'on enfournât quelques anguilles dans un grand sac de jute, l'ancien Animat jeta un ultime regard navré sur les cygnes et l'étang, le divin Ozero, cimetière des animaux et inépuisable pourvoyeur de gymnotes fameuses… puis – comme aucun orignal n'était disponible et que les quatre humains mandatés à son service étaient incapables de le faire – tira tristement lui-même la charrette qui contenait ses effets jusqu'à la banlieue du Praspect où sa famille avait de longue date élu domicile dans un agréable rez-de-chaussée auquel la proximité d'un hangar et la hauteur de plafond donnaient toute sa valeur, mais qui, hélas, n'était pas une écurie. C'est le cœur lourd que le régent, oublié de son vivant, battu sans avoir été vaincu, retrouva la demeure de son adolescence et, avec elle, les souvenirs du temps où, activiste herbivore, il ferraillait (en groupe, de loin) contre les dévoreurs et les partisans de l'instinct.

Les premiers jours de sa retraite, Vladimir les passa à attendre fébrilement qu'on lui rapportât toute décision de l'Animat, qu'il contestait doctement devant un public de limaces et de rongeurs indociles, qui regardaient le discoureur dans l'espoir qu'il eût soudain, sous le coup de l'émotion, l'une de ces érections légendaires dont Krasnaïa se gaussait, et aussi de tortues que les avis d'un ancien régent n'intéressaient pas, mais qui marchaient si lentement qu'elles étaient contraintes d'en avaler la substance avant d'avoir pu échapper aux sanglots didactiques et aux hennissements amers.

Vladimir n'avait guère à se soucier de son alimentation. Selon la loi, comme tout ancien Animat, il devait recevoir, sans effort, une ration quotidienne de fourrage qu'il pouvait assortir à sa fantaisie. Son prédécesseur, Avtoran, que l'inactivité rendait fou et qui refusa longtemps de se résoudre à l'état d'ancien, fit prospérer le bien (en ce qui le concerne, c'étaient trois rongeurs quotidiens) que Krasnaïa lui allouait de droit en le prêtant à intérêt à des renards flattés d'avoir un créditeur si prestigieux, et en consacrant l'essentiel de ses journées à discourir dans les maisons cossues du Praspect en échange de viande fraîche. Vladimir n'avait pas tant d'imagination, ni d'énergie. Et quand l'ancien chef eut solitairement dévoré sa dernière anguille, plus rien ne distingua sa petite vie de l'existence ordinaire d'un vieux cheval de trait, et son désespoir fut complet.

On le voyait, en milieu de journée, gratter en pleurant le sol de son sabot, manger comme un âne les chardons du voisin, viser soudain d'une ruade un humain inoffensif, ou bien tenter une saillie en pleine rue.

Ce qui, pour finir, lui coûta sa liberté.

Un matin que Vladimir traînait sa mélancolie dans les vastes allées du Praspect en adressant des œillades concupiscentes aux pouliches, aux juments, et même, parfois, à leurs conjoints, le cheval (qui s'était manifestement procuré des champignons) tenta de prendre de force une mulassière qui faisait la queue devant un hangar. L'haquenée répondit par une ruade à son assaillant, qui en eut les dents jaunes brisées, mais choisit d'en rire et de se présenter à elle :

« Je suis Vladimir ! dit-il, comme on dissipe un malentendu.

— Je t'ai parfaitement reconnu ! Et ma croupe ne t'appartient pas !

— Mais…

— Tu n'as aucun droit sur moi. Mon corps est à moi ! Tes assauts sont ignobles ! »

Tous les animaux qui attendaient devant le hangar firent cercle autour du souverain déchu et l'accablèrent de grognements furieux. Stupéfait, ne sachant comment accueillir ce nouveau coup du sort, Vladimir continuait désespérément de se présenter (« Je suis Vladimir ! »), comme si c'était une explication – alors que ça aggravait son cas –, aux animaux qui l'avaient depuis longtemps identifié. Attirée par le vacarme, une hirondelle en fit aussitôt le rapport à Douraka. Cette dernière – bien que la victime ne fût pas plus-que-blanche – voulut y voir la preuve que l'agression sexuelle était aussi une haine de classe, et déclencha une campagne de rumeurs qui prit comme le feu sur du bois sec. La réputation de Vladimir était détruite avant même que la scène, si embarrassante pour lui, fût complètement achevée.

Circonstance aggravante : alors qu'il était encore leur Animat quelques semaines plus tôt, le seul souvenir tangible de Vladimir était celui de ses saillies. Qui ne faisaient plus rire personne. Fort de son pouvoir et ivre de sa passion, le régent ne s'était pas aperçu que, durant son exercice, la Communauté avait changé de regard sur ce drôle d'usage, et que l'animat n'ouvrait plus aucun droit de cuissage à celui que son peuple avait temporairement doté de moyens exceptionnels sous réserve qu'il en usât dans l'intérêt de tous – et de toutes.

Quand la notion de crime refit son entrée dans la Communauté, avec le renard incendiaire et le changement d'Animat, et que la parole, en somme, fut libérée par le sentiment que le crime n'était pas soluble dans son explication, les témoignages affluèrent, de familles égorgées sans raison et hors des délais dévoratoires, de hangars à neige pillés par des carnivores sans honte, et surtout de saillies en bataille sous l'alibi du rut.

Hormis quelques donneurs de champignons dont ils examinaient longtemps le cas pour se donner du travail, les juges de Krasnaïa, qui n'avaient quasi eu à condamner que Xenos durant l'animat précédent (l'incendie étant, avec l'histoire du clapier, le seul crime qui, par son ampleur et la clarté de ses intentions, n'arrivait pas à passer pour nécessaire), étaient désormais débordés et croulaient sous les doléances quotidiennes d'animaux dont les proches avaient été injustifiablement assassinés, ou qui avaient été contraints de subir des assauts indésirés, parfois de frères venus d'une autre espèce – ce qui avérait la gratuité du geste, et donc son caractère criminel.

On s'aperçut même, à cette occasion, que les agressions inter-espèces étaient le quotidien de certains animaux (et souvent même au sein des familles). On ne comptait plus les renardes abusées par des chiens, les hermines abusées par des loups, les loups abusés par des ours, les ours abusés par des orignaux, etc.

Parmi les plaignants se trouvait l'ancien aide de camp de Vladimir, que sa famille avait convaincu de raconter son agression par l'Animat (et le sermon qui s'en était suivi).

Son récit fit sourire une partie des juges qui, comme tous les animaux du Praspect, se délectaient depuis longtemps de cette histoire. Mais l'un d'eux fit observer que l'aide de camp était un mâle et que, par conséquent, comme dans les cas d'abus entre animaux d'espèces différentes, il n'y avait aucune autre explication que son bon plaisir au fait que Vladimir pénétrât son aide de camp sans son consentement. La violence de l'agresseur était avérée par la gratuité de son geste, et rejaillit ensuite sur l'ensemble des plaintes dont Vladimir fit l'objet. Il avait suffi qu'une requête fût admissible pour que toutes les autres fussent entendues.

Fortes de ce fait nouveau, les innombrables juments qui se plaignaient d'avoir été honorées, contre leur gré, par le régent, et auxquelles les juges répondaient immanquablement qu'ayant été (pour la plupart) engrossées par Vladimir, ses actes (répréhensibles, mais non condamnables) étaient couverts par l'excuse de reproduction, revinrent à la charge en faisant valoir que, tout comme l'aide de camp, elles avaient, elles aussi, subi des assauts indésirés qui avaient été couverts *après coup* par l'alibi du rut, et qu'au lieu de valider son acte au nom de la reproduction, l'enfant qu'elles avaient eu de Vladimir prouvait que l'Animat s'était servi de la reproduction pour assouvir indifféremment ses envies. D'ailleurs, ajoutaient-elles, mesquines : l'herbivore n'était même pas un herbivore puisqu'il raffolait des anguilles – ce que, là encore, nul n'ignorait, mais que, pour la première fois, on racontait à ses dépens.

Chaque fois que le coupable était un ordinaire et la victime un albinos – ce qui arrivait aussi souvent qu'autre chose – Douraka voyait un crime animaliste. Chaque fois que le coupable était un albinos et la victime un ordinaire, l'hirondelle s'indignait que « comme par hasard » ce fût le premier qu'on jugeât.

De son côté, tout en saluant le fait qu'au lieu de consentir à la violence, les langues se déliaient, Mechtat s'étonnait que des actes connus de tous devinssent soudain des crimes, alors qu'ils avaient si longtemps prêté à sourire. Que Vladimir fût condamné pour toutes les fois où il avait abusé d'un cheval ou d'une jument, rien de plus juste. Mais que ses abus n'eussent été ignorés de personne et eussent attendu un changement de mentalités pour être enfin punissables, il ne parvenait pas à s'y résoudre. Là résidait peut-être son conservatisme : dans le scepticisme que lui inspirait la rapidité avec laquelle ses semblables changeaient de vérité. D'une certaine manière, la sévérité nouvelle de Krasnaïa pour une pratique longtemps admise lui paraissait témoigner du fait que – comme il l'avait appelé de ses vœux lors de sa propre plaidoirie – le crime était enfin reconnu dans la Sobchtchestva, et Mechtat comprenait mieux qu'un autre qu'à l'image de ces violences anciennement tolérées, il n'était pas suffisant de dire les choses, encore fallait-il faire en sorte d'être écouté… Mais inversement, dans la nouvelle indulgence qu'on témoignait aux plaignants, et dans le fait de traiter en criminel du jour au lendemain celui dont les crimes passés étaient connus de tous, le chat entrevoyait une dangereuse tentative de réinventer l'histoire, de croire à tort qu'on lutte contre la haine en effaçant les traces de son passage, et d'instruire au nom du présent le procès du passé.

Au grand dam des femellistes qui s'étaient organisées en horde pour obtenir le jugement de l'ancien Animat, les juges convinrent aisément que Vladimir ne pouvait être condamné aujourd'hui pour des crimes commis sous d'autres lois, et ce fait couvrait l'ensemble de ses turpitudes… hormis… l'ultime tentative d'attraper la mulassière, que rien n'expliquait et dont l'insistance de l'auteur était une circonstance aggravante.

Ce dernier admit, pour sa défense, qu'il était sous l'emprise de champignons, mais cette excuse acheva d'écorner l'image de Vladimir que tous les animaux, désormais, moquaient ouvertement, et que tous les poulains – soit par dérision soit parce que c'était vrai – appelaient *atiets* (« papa »).

Pour finir, il fut jugé qu'au terme d'une lune en prison, « l'herbivore prédateur » (comme on le surnommait désormais), coupable d'avoir tâté du cul de la mulassière, serait astreint, après ablation des couilles, au ramassage des baies jusqu'à la fin des temps. Vladimir eut beau protester, rouler des yeux affolés, faire tourner sa mâchoire de façon spectaculaire, et se perdre en suppliques pétaradantes, rien n'y fit. L'ancien chef fut condamné par la cour de castration à finir sa vie dans la peau d'un hongre.

La libération de la plainte

L'importance de l'affaire Vladimir excédait largement le cas d'un vieux canasson priapique.

Non qu'elle fût la cause d'un vaste mouvement, mais elle en fut le déclencheur. Depuis tant d'Animats, à l'abri de la loi et sous prétexte de rut, des animaux sans vergogne abusaient de leurs semblables, et les dénonciations (calomnieuses ou non) devenaient si nombreuses qu'Istcheïka ne dormait plus tant elle avait d'enquêtes à mener, et que Mirko lui-même, dont la cour n'avait pas fini de transformer l'écurie en tanière, fut sommé d'agir.

Hélas, il n'y avait, légalement, rien à faire.

Aucune loi n'affirmait à Krasnaïa la supériorité d'un sexe ou d'un groupe sur un autre, ni le droit concomitant de trousser les juments dans la rue.

On l'a dit : sans verser dans l'équivalence des droits et des compétences (dont Gavariat était le maître à croire), la Sobchtchestva avait banni depuis longtemps toute injustice de ses règles. Le temps était loin où, en amont des lois, abandonnés à leur sort, pris dans une guerre civile dont l'enjeu était éthique et territorial, les animaux donnaient libre cours à la totalité de leurs penchants.

Jamais les animalistes, par exemple, n'étaient parvenus, depuis le jour de la Concorde, à imposer le principe selon lequel, en vertu de la loi du plus fort, des espèces entières étaient à jamais fondées à gouverner et d'autres à obéir.

Jamais non plus, contrairement à ce que laissaient entendre certaines femellistes enragées, la loi n'avait interdit qu'on se cachât le fondement. Chacune, chacun, pouvait tranquillement, dans la mesure de ses moyens, si ça lui faisait plaisir, se couvrir l'anus. Une telle fantaisie n'était pas prohibée, pourquoi l'eût-elle été ? Son impopularité chez les autres animaux n'en faisait un crime qu'aux yeux des animalistes.

Il est vrai qu'en d'innombrables occasions, ici et là, à l'abri des regards et loin des lois, tel mâle dominant exerçait une emprise glaçante sur une famille entière, ou bien tel groupe entreprenait de décimer ses voisins en invoquant l'excuse de dévoration. Mais si, dans la communauté pléthorique de Krasnaïa – où les naissances n'étaient pas nombreuses et où, les animaux ne vieillissant pas, les morts naturelles étaient encore plus rares –, la loi devait régler des problèmes de cette taille, alors c'en était fini de la liberté.

Jusqu'où le pouvoir devait-il aller trop loin dans la gestion de son peuple ? Le Don tout entier n'eût pas suffi à rémunérer l'ensemble des animaux nécessaires à une vigilance aussi étendue. Pourquoi ne pas laisser la loi, tout simplement, s'exercer dans toute sa rigueur – depuis qu'elle l'avait retrouvée, et malgré ses limites ?

Fallait-il tenir l'Animat pour responsable des crimes dont, sous son règne, on avait enfin reconnu l'existence ?

Et à l'inverse, comment ne rien faire, comment ne rien dire, sans donner le sentiment qu'on approuvait les crimes sur lesquels chacun ouvrait enfin les yeux ?

La querelle des femellismes

Le femellisme ne datait pas de la veille à Krasnaïa ; il remontait au soutien étonnant que les herbivores avaient reçu d'un couple de faucons lors de la Guerre civile.

Comment des animaux sans adversaires, nichés au sommet de la chaîne alimentaire, pouvaient-ils épouser la cause des herbivores dont le goût pour l'égalité venait essentiellement du fait que leurs ennemis voyaient en eux de la nourriture ? (« *Il faut traiter l'autre en animal, et pas en aliment* », disait Zosime. Ce que certains carnivores reprenaient à leur compte puisque, somme toute, un tel principe n'excluait pas, concrètement, qu'on se bouffât.) C'était évident : le dimorphisme des faucons étant, une fois n'est pas coutume, à l'avantage de la femelle, entre la loi de la plus forte et les bons sentiments une alliance, au moins temporaire, était possible. Ou plutôt : les faucons, qui tutoyaient Nebo, avaient un plaisir évident à prendre le contre-pied des carnivores qui, pour la plupart, tendaient à inscrire dans la nature, comme une loi d'airain, l'éminence du mâle sur la femelle. La nature ne faisant jamais d'exceptions, la simple existence des faucons était un démenti cinglant à la naturalisation d'un préjugé. C'est donc par dérision des rampants – plus que par adhésion à l'égalitarisme qui leur paraissait aussi absurde qu'à tout carnivore – que le couple de faucons soutint les herbivores lors du siège du bâtiment qui, plus tard, s'appellerait la Doma, et les aidèrent de leurs griffes en maints combats cruciaux.

Après la Concorde, la femelle faucon – Svetlana – fut émerveillée de constater que sa propre liberté (une évidence à ses yeux) parût un idéal aux yeux des sans-ailes. Flattée, heureuse et solidaire, Svetlana mit la puissance de ses serres au service de l'égalité mâle-femelle. Fortes d'un tel soutien, les femellistes de l'époque, qui ne réclamaient aucun privilège spécifique, mais seulement les mêmes droits et les mêmes égards que leurs congénères, eurent aisément gain de cause et imposèrent à Zosime, dès la Concorde, qu'aucune loi ne privilégiât les mâles et, au-delà, de façon générale, que l'égalité concurrençât la liberté.

Il en allait différemment du femellisme nouveau qui avait trouvé dans la condamnation de Vladimir une formidable occasion d'apparaître.

À l'objection selon laquelle la loi imposait désormais – et tant mieux – l'égalité des animales, les nouvelles femellistes, dites « les arracheuses », répondaient que les injustices perduraient au sein de la Communauté malgré la loi – ce qui était incontestable. Et elles ajoutaient que la loi, censée protéger les animales, les exposait en réalité à subir des prédations dont elles étaient privées de se plaindre – ce qui n'était pas faux.

Jusque-là, les deux femellismes pouvaient s'entendre.

Mais certaines arracheuses s'aventurèrent à dire que tous les mâles étaient violents puisque tous, ou presque, étaient plus forts que les femelles. Or, une telle explication du dimorphisme et de l'injustice à laquelle la Communauté acceptait enfin de se confronter convenait parfaitement aux animalistes eux-mêmes qui ne disaient pas autre chose, mais en tiraient la conclusion inverse. Tout comme Lavka et Douraka tenaient, à leur insu, le même discours pendant la campagne électorale, animalistes et nouvelles femellistes communiaient dans le sentiment que le mâle était fondé à se conduire en dominateur – les premiers, pour assurer cette domination, les secondes pour disqualifier à l'avance toute critique (voire tout éloge) venue de l'autre sexe. Contrairement au soupçon de prédations couvertes par une loi faussement égalitaire, un tel discours, cette fois-ci, ne convenait pas du tout aux femellistes primitives, qui souhaitaient l'indifférence des animaux et non la différence entre eux, et dont le travail gagnait à être amendé, certes, mais pas désavoué, disaient-elles, en ses principes par des pimbêches sous champignons et des hirondelles albinos ! Non mais.

L'Union totale

Autre problème : les injustices, les abus, les prédations, les inéquités étaient à peu près également réparties dans tous les raïoni selon des spécificités qui tenaient au statut des coupables – or, à en croire Gavariat, toute injustice était à Krasnaïa le seul fait des éminents, non qu'il n'y eût pas de crimes au quartier des Blindés ou dans la plaine, mais ce n'étaient pas vraiment des crimes car, comme Douraka l'avait rappelé dans sa plaidoirie, leurs auteurs avaient eu la malchance de naître au mauvais endroit, d'être enragés ou bien issus d'une espèce historiquement maudite.

C'est de cette manière, du moins, que les hirondelles racontaient l'histoire de Xenos et, à sa suite, de tout criminel albinos ou bien issu des zones les moins humides et habitables, en insistant sur les difficultés de son enfance, la violence et les humiliations qu'il avait subies et qui, pour tout animal doté d'un cœur, devaient suffire à remplacer le jugement par la compréhension. Oui, mais voilà : aux yeux de la loi, désormais, un crime était un crime, quel que fût le statut de son auteur. Et les excuses que les hirondelles trouvaient aux criminels qui ne venaient pas du Praspect servaient, au mieux, de circonstances atténuantes.

Dans la nouvelle sévérité des juges envers les assassins nécessiteux (dont la faim expliquait et atténuait le crime sans plus le supprimer), dans le refus de tenir pour disculpatoires les circonstances qui avaient conduit tel animal à commettre telle agression, Douraka et Gavariat (qui s'étaient alliés depuis la disgrâce de Bagato) voyaient la preuve que, comme ils ne cessaient de le dire, les lois de Krasnaïa n'étaient justes qu'en apparence, et témoignaient, en réalité, de la mainmise des animaux les plus puissants sur toute décision concernant la Communauté, ainsi que (une telle concession était le fruit de leur bonne entente) de la haine primitive des animaux ordinaires envers les albinos. D'où la nécessité, théorisée par Douraka qui l'appelait « union totale », de joindre les forces de tous ceux qui faisaient l'objet du mépris, des femelles aux plus-que-blancs, en passant par les changeants et les inordinaires. Malheureusement pour ces « unionistes » (dont certains voulaient qu'on les appelât « totalistes » sous peine de scission), la reconnaissance du crime (dont ils se réjouissaient) allait de pair avec la responsabilité du criminel dont ils se désolaient chaque fois que celui-ci relevait d'une de ses catégories – ou s'il était un renard.

Car, et de tous les paradoxes du femellisme, celui-là fut le plus abondamment exploité par ses adversaires : ceux des renards qui avaient élu domicile dans l'immeuble et choisi de vivre sous la férule de Podzemlya étaient connus pour être particulièrement injustes envers les femelles de leur espèce, qu'ils obligeaient, nous l'avons vu, à couvrir leur fondement, sous peine d'être livrées aux souris.

Peu importait aux totalistes.

Toute critique de la façon dont certains renards traitaient les femelles était immédiatement indexée par Douraka et Podzemlya sur une hostilité de principe envers les renards eux-mêmes. À tel point qu'au bout d'un moment, pour avoir tant voulu qu'elles convergeassent, la défense des femelles passa après la défense des renards – alors que, rappelons-le, à hauteur de lois, femelles et renards étaient les citoyens à part entière d'une Communauté fière de son égalité devant la règle.

C'est ainsi que des arracheuses, dans le sillage de la punition de Vladimir, exigèrent à bon droit la castration d'un bison de la cour qui était en charge des hangars, coupable d'avoir abusé de son influence pour obtenir les faveurs d'une congénère, tout en réclamant, inexplicablement, la relaxe d'un renard qui avait éborgné deux de ses trois compagnes pour exhibition intempestive d'anus.

Ces polémiques alimentèrent la haine des renards, tout en donnant le jour, à l'inverse, à un troisième femellisme qui, à la différence des deux premiers, ne tentait ni de condamner ni d'excuser le mode de vie des canidés de l'immeuble, mais (à l'image de la renarde torturée qui refusa d'accompagner Istcheïka) le revendiquait, au contraire, avec fierté, et allait même jusqu'à en faire une source d'inspiration pour un femellisme véritablement ouvert à toutes les animales, qui ne redouterait pas d'accueillir en son sein celles qui, maîtresses de leur destin, créatrices de leurs récits, auraient choisi d'adopter en libres féales les mœurs de mâles violents. L'étonnement, même le dégoût, qu'un tel comportement pouvait inspirer à d'autres animaux qui, pour certains, n'hésitaient guère à y voir le signe d'un esclavage délibéré, n'avait en aucun cas force de loi. Qu'importe. Avisées qu'il fallait, pour qu'une cause progressât dans l'opinion, se présenter d'abord en victimes, ces femellistes ultimes réclamèrent à cor et à cri le droit (que la loi leur accordait déjà) de se couvrir le fondement en toutes circonstances, et interprétèrent chacune des critiques qu'on leur adressa comme la tentative de nier leur liberté. Elles reçurent aussitôt le soutien des chevaux et des femellistes du deuxième genre qui, pour ne pas avoir à évaluer le fait, objectivement servile, de se cacher le fondement, communièrent dans le constat que, décidément, les mâles voulaient toujours décider en lieu et place des femelles.

Nul n'est responsable de ce qui lui arrive, mais chacun est responsable de ce qu'il en fait

C'est dire qu'on ne libère pas les animaux malgré eux. D'ailleurs, on l'a vu, Podzemlya ne forçait personne à se soumettre ; c'était toujours en son âme et conscience (disait-il) qu'une femelle faisait allégeance à l'obligation de cacher son fondement et d'être, en toute chose, à la dévotion d'un compagnon qui, de son côté, avait la liberté de forniquer avec les femelles de son choix, qui avaient elles-mêmes la liberté d'y consentir ou – d'y consentir…

Sans verser dans la culture de l'excuse qui était si répandue à Krasnaïa, il faut bien admettre que la décision en elle-même de subir ces infamies semblait dictée aux femelles par le statut inférieur au sein duquel elles n'avaient pas choisi de naître et par l'inéquité qui les touchait à tout âge dans le groupe.

Est-ce librement qu'on choisit de vivre la queue basse quand on ne vous a jamais laissé le choix ? Est-ce librement qu'on se soumet quand c'est la seule condition à laquelle on a accès ?

Une longue pratique de l'écrasement de la femelle par le mâle ne tord pas seulement les corps, mais aussi les esprits. Faut-il ici parler de tyrannie ? Probablement. Mais alors de ces tyrannies qui, comme certaines fleurs poussent sur des rochers, prospèrent à l'ombre des lois, à l'abri de la liberté collective, sous la forme de l'influence, de la persuasion et de toutes les armes dont usent des intelligences aiguës (comme celle de Podzemlya) pour tordre une volonté sans jamais la contraindre.

Dire cela ne revient pas à nier la responsabilité de celle qui choisit, tant il est vrai que, comme disait Mechtat à ses élèves, « nul n'est responsable de ce qui lui arrive, mais chacun est responsable de ce qu'il en fait » ; et certaines renardes, comme Irena, avaient bien fui leur condition et conquis un meilleur usage de leur liberté. Mais, à coup sûr, un observateur impartial se fût étonné que Douraka, si prompte à invoquer les conditions d'existence chaque fois qu'un renard était soupçonné d'un crime, devînt la plus ardente partisane du libre arbitre et du principe de responsabilité individuelle à l'instant où une renarde affirmait se soumettre et vivre la queue basse en son âme et conscience.

L'inique situation qui était faite aux femelles des renards enragés, à l'abri des murs de l'immeuble, heurtait en tout cas les femellistes natives au point que certaines, dont l'hostilité viscérale à tout animalisme avait déterminé l'engagement dans la Guerre civile, allaient jusqu'à adopter des considérations de Lavka sur la rage qui, disait la grande ourse, touchait (presque) tous les renards. Les femellistes du second et du troisième genres virent dans ces convergences inédites le signe que l'animalisme rongeait les esprits. Elles n'avaient pas tort. Non parce que d'antiques femellistes s'opposaient de toute leur force à la servitude volontaire d'une large meute, mais parce que la meute en question, faisant de la servitude l'objet de son choix et de sa critique la preuve de toute haine, jetait en retour, quotidiennement, des animaux pacifiques, mais effrayés, dans les bras de Lavka dont la violence des thèses passait aisément pour une adéquate fermeté.

Svetlana, l'antique fauconne femelliste dont le ralliement avait eu tant d'importance sur l'issue de la Guerre civile, et à qui une considérable fortune (dont elle avait délégué la gestion aux meilleures belettes) laissait le temps de planer toute la journée, fit un jour l'objet d'une rumeur ourdie par les hirondelles, qui l'accusaient de double langage, au motif qu'elle devait ses biens, ses hangars pleins et ses serviteurs, aux échanges passés avec des renards éminents dont certains étaient notoirement enragés. Comment pouvait-elle, en femelliste, critiquer le mode de vie des renards les plus virulents, tout en faisant affaire avec eux ? Douraka fut enchantée de cette trouvaille, qui lui paraissait porter un coup fatal à la réputation de cette prédatrice d'oiselles. Malheureusement pour l'hirondelle, Svetlana n'eut aucune peine à démontrer qu'un tel comportement de la part d'une éminente témoignait non pas de son hypocrisie, mais, à l'inverse, du fait que, indifférente aux biens qu'elle possédait, elle n'hésitait pas à tenir le discours qui n'allait pas dans le sens de son intérêt.

C'était raté.

Jusqu'où la loi peut-elle aller trop loin ?

Natalia, la petite biche que tous avaient identifiée sans la connaître le jour de l'intronisation de Mirko, mandatée par l'Animat pour apaiser la Communauté sur ces questions, prenant à cœur le combat pour l'égalité femelle-mâle et peu sensible aux raisonnements de Douraka, se dit que, pour mettre d'accord les animaux, il fallait agir en amont des agressions elles-mêmes, sur les comportements qui les précèdent. Et qu'il était aisé de repérer de tels comportements. Les sifflements et les grognements intempestifs (sous prétexte de rut) lui parurent ainsi des délits propices à des agressions plus graves et elle souhaita, en conséquence, qu'on légiférât sur ce sujet.

La biche ne doutait pas, en étendant si loin le champ de la loi, de recevoir l'unanime soutien des trois types de femellismes, or il n'en fut rien. Au contraire. Tout en prenant acte d'une volonté de lutter contre les atrocités dont leurs sœurs étaient victimes, les femellistes du deuxième et du troisième genres expliquèrent qu'une telle loi relèverait en réalité de l'animalisme sournois puisqu'elle aurait pour effet d'exposer les renards et les albinos à la vindicte des dogues qui les haïssaient depuis toujours – c'était bien connu.

Douraka en voulait pour preuve que la majorité des coups de dents légitimes étaient destinés à ces deux groupes. Ce qui, une fois de plus, était vrai. Comme il était vrai qu'il fallait, dans certains cas, imputer à l'albinophobie d'un dogue la morsure qu'il n'aurait pas dû infliger. Mais il était aussi vrai que les dogues étaient plus souvent appelés à intervenir dans les zones de Krasnaïa où, parmi les animaux les plus démunis, on trouvait une forte proportion de renards et d'albinos. Et l'argument de Douraka eût été recevable si les dogues avaient hésité à mordre un animal au motif qu'il n'était pas plus-que-blanc, ce qui, jusqu'à nouvel ordre, n'était jamais arrivé.

Bref, il fut aisé de montrer aux arracheuses qu'on pouvait difficilement souhaiter la castration de tout animal priapique tout en exigeant la relaxe des renards qui mordaient leurs femelles et les obligeaient à vivre queue baissée. La loi fut adoptée, malgré les cris d'orfraie de celles qu'elle prétendait défendre. Mais tout cela donnait le sentiment confus d'une immense protestation que rien, jamais, ne pourrait satisfaire.

Crime et châtiment collectif

Un dogue, dont les convictions animalistes avaient discrètement fermenté à l'épreuve de maintes interventions au quartier des Blindés, égorgea publiquement un sanglier albinos qui n'avait, sur le moment, commis aucun crime, sinon celui d'être plus-que-blanc et d'avoir, comme on l'apprit plus tard, dans sa lointaine jeunesse, participé au saccage d'un hangar.

La mise à mort publique de l'innocent fut insupportable à ses spectateurs. Des animaux de toutes tailles et de toutes teintes firent cercle autour du dogue, que son comparse protégeait en montrant les crocs (à l'exception des retours à la Niche, les dogues se déplaçaient toujours par deux), mais aucun animal, pas même les cerfs, n'osa s'interposer. Alors que tous imploraient le dogue de relâcher sa prise, ce dernier, impitoyable, jubilant, pétri de haine et couvert par la loi, buvait à grandes goulées le sang chaud de sa victime qui grognait en mourant. Puis, pour finir, il lui brisa le cou en jappant de plaisir.

Du temps de Vladimir – où les bons sentiments faisaient la fortune des plus forts – un tel crime eût peut-être passé, malgré ses témoins, pour la stricte application de la règle. Ou bien le dogue eût été innocenté au nom du droit à l'erreur, de la bonne foi du meurtrier, voire, en cas d'intention avérée, de la faim qui devait le tenailler et dont la responsabilité était imputable à ses supérieurs.

Mais les temps, nous l'avons vu, avaient changé.

L'existence du crime était universellement admise et, avec elle, donc, pour le meilleur et pour le pire, le principe de responsabilité. Que le dogue fût dogue et qu'il intervînt à ce titre n'atténuait en rien la gravité de son acte. L'ourse Lavka et Dinia la taupe animaliste s'aventurèrent à expliquer (sans le justifier) l'égorgement d'un animal qui ne transgressait aucune loi en invoquant les anciens délits du sanglier qui tous, à l'époque, avaient été couverts par l'excuse de faim. Ces essais furent balayés par l'opinion, le duo de l'ourse et de la taupe n'insista pas, et les juges laissèrent au dogue le choix de servir les humains (suprême dégradation) ou de se faire arracher les dents, avant d'être à jamais préposé au ramassage des baies.

La sentence ne suffit guère à apaiser les esprits attisés par Douraka, dont les oiselles répandaient quantité de rumeurs invérifiables sur les exactions systématiques dont tous les dogues, disaient-elles, se rendaient coupables envers les albinos.

En réponse, les dogues, qui n'exprimaient ordinairement aucune opinion, décidèrent ensemble, sans que l'Animat en donnât l'ordre, de se coucher, place du Cirque, devant tous les animaux de la Communauté, en signe d'allégeance aux principes de Krasnaïa que l'un des leurs avait honteusement bafoués. Et ce fut un spectacle inédit, que l'ensemble des limiers et des gardiens de Krasnaïa, soudain tête basse, devant une Communauté émue.

Prenant acte de cette démarche, et sentant que l'humeur était à la contrition, Douraka (dont l'influence était telle qu'on voyait des éminents lui donner tous leurs biens en échange de sa protection, et vivre l'existence nouvelle de démunis qui, faute de manger à leur faim, savent qui adorer) exigea alors que tous les chiens – et pas seulement ceux qui occupaient la même fonction que le tueur – se couchassent devant les autres animaux. Mechtat lui répondit qu'un teckel ou un chihuahua pouvait difficilement se sentir responsable du crime commis par un bulldog. Craignant le ridicule, Douraka avait battu en retraite, avant de suggérer, à grand renfort d'oiselle, que les animaux ordinaires « qui le voudraient » s'applatissent devant un groupe d'albinos, afin de leur signifier, de cette façon, qu'ils se désolidarisaient du crime d'un des leurs. Par « ordinaires », Douraka désignait tout animal qui n'était pas plus-que-blanc. La manœuvre était fine : profitant de l'indignation générale, pariant sur la volonté collective de dire qu'une telle chose n'arriverait jamais plus, dans le tourbillon des initiatives pacifiques qui accompagnèrent cet assassinat, dans la confusion accrue par les animalistes qui soutenaient le dogue au motif que sa victime n'était pas exactement un marcassin mais s'était plusieurs fois rendu coupable de forfaits pour lesquels il aurait dû être condamné, n'était, disaient-ils, l'inexcusable mansuétude des juges vladimiristes, l'hirondelle obtint – ce fut un autre de ses triomphes – qu'une invraisemblable quantité d'animaux dont le seul tort était de ne pas être albinos s'inclinassent pour cette raison devant des animaux dont le seul mérite était de l'être.

Or, une chose est de s'indigner, comme les dogues, de ce qu'un des leurs a fait, tout autre est de tenir les animaux de même espèce pour coupables dans leur ensemble. Mais l'heure n'était pas à la nuance – qui eût pourtant préservé Krasnaïa d'un retour de l'animalisme par le chemin des bons sentiments. Les chevaux, surtout, condamnés au parasitisme depuis l'abandon de Vladimir, soucieux de marquer leur différence dans l'espoir vain de revenir aux affaires, et qui mettaient leur point d'honneur à fustiger le pouvoir en place tout en s'apprêtant à voter pour lui (au nom du moindre mal) le jour des dragatiques, faisaient de la surenchère larmoyante, voyaient dans leur propre indignation une occasion rêvée d'élever la voix sans prendre de risques et de critiquer l'Animat pour des motifs si nobles que lui-même ne saurait leur en tenir rigueur. Partout, l'indignation dispensait de réfléchir.

Les cérémonies de Douraka furent très prisées.

Les ordinaires y traînaient leurs enfants, en particulier les anciens de la Guerre civile, qui avaient le sentiment de revivre leurs vieilles luttes et de transmettre l'essentiel à leurs mômes en leur imposant de s'écraser devant des pelages blancs. « Pourquoi sommes-nous là, maman ? — Parce qu'on est coupables. — Mais coupables de quoi ? — Coupables de détester les albinos depuis toujours. — Mais je ne les déteste pas ! Certains sont mes amis ! — Idiote ! Si ce n'est toi, c'est donc ton frère ! Ceux qui sont tes amis sont des traîtres à leur groupe et tu n'es qu'une belette gâtée ! Je t'interdis d'avoir des amis plus-que-blancs, tu m'entends ? Nous ne méritons pas leur affection. — Mais, maman, qu'est-ce que j'ai dit ? Qu'est-ce que j'ai fait ? — Tais-toi, et rampe ! »

Dans le concert des bêlements douloureux, une grosse voix de chat miaulait vainement qu'il n'était pas pareil d'endosser un crime en qualité de dogue et de le faire en tant que non-albinos, et que si la première attitude était noble, la seconde faisait entrer dans la Communauté le poison d'un traitement différencié entre tous les groupes… Mais c'était inaudible.

Bien que le triomphe de la proposition de Douraka renseignât davantage sur la tristesse des animaux et leur envie de bien faire que sur leur propension à s'évaluer respectivement selon la couleur du pelage, l'hirondelle s'en attribua tout le crédit et, après avoir remercié les pénitents, se demanda, dans un discours empli de trémolos, si les plus-que-blancs sauraient trouver en eux la force d'accorder le pardon que mendiaient sincèrement tant d'ordinaires, et si, malgré le geste de s'incliner devant leurs victimes, les non-blancs étaient seulement responsables du crime commis ou bien coupables – à jamais, par définition –, quoi qu'ils s'agenouillassent.

Le mal était fait.

Le tango des antipodes

Au bout de quelques jours, l'indignation des animaux de Krasnaïa, qui unissait pour une fois herbivores et carnivores dans la réprobation unanime d'un assassinat, fut définitivement gâchée par l'exploitation qu'en fit Douraka et la confusion qu'elle entretenait entre la responsabilité d'un acte (qu'il fallait admettre, comme les dogues l'avaient fait) et la culpabilité d'un groupe (qui n'avait aucun sens). Et bon nombre d'animaux qui, contre leurs habitudes, avaient prévu, cette fois-ci, de montrer leur tristesse en se rendant au Cirque, à la Doma, ou à toute autre manifestation spontanée, furent découragés d'y rester par le spectacle de leurs semblables qui arboraient des fleurs blanches sous les yeux sévères et larmoyants des albinos. Nonobstant l'indécent culpabilisme de certains, la plupart des ordinaires que navrait cette tragédie étaient venus dire qu'ils étaient tristes, non qu'ils étaient coupables.

L'élan retomba.

Entre les ordinaires qui demandaient pardon d'être ce qu'ils étaient, les albinos qui hésitaient à leur accorder ce pardon, les dogues qui endossaient la responsabilité d'un crime, et les flatteurs qui voyaient dans toute cette affaire une occasion rêvée de faire prospérer leur vision du monde, l'assassinat d'un sanglier plus-que-blanc par un dogue animaliste finit, à moyenne échéance, par augmenter paradoxalement l'animalisme.

L'outrance de celle qui voyait dans ce crime un fait courant parmi les dogues éveilla une vague de sympathie pour ces derniers, de la part des légalistes comme des animalistes qui, puisqu'une albinos assimilait tous les dogues à des tueurs, n'hésitaient plus en retour à assimiler ouvertement tous les albinos à des délinquants, et dont le discours haineux passa dans l'opinion de la même manière que le discours accusatoire de Douraka s'était servi du chagrin général pour répandre son venin.

L'hirondelle, d'ailleurs, n'en était pas mécontente, qui voyait dans l'expansion de l'animalisme la justification de ses propres combats. Comme un bouton dont les démangeaisons augmentent quand on le gratte, Douraka tisonnait l'animalisme en feignant de le voir partout à l'œuvre, et l'animalisme invoquait Douraka pour se donner raison.

Elle était l'ennemie providentielle des animaux qui, n'ayant pas renoncé à ce que la force l'emportât sur la loi, voyaient une cible rêvée dans celle aux yeux de qui la couleur l'emportait sur la force. Douraka elle-même n'espérait rien d'autre qu'un tel ciblage, puisque tout son propos était de dire que l'animalisme gouvernait en secret chacune des décisions de l'Animat depuis la fondation de la Communauté.

C'est ainsi qu'à l'ombre d'un meurtre, la haine s'accrut au lieu de décroître, et que des animaux devenus fous appelaient au châtiment des plus-que-blancs, tandis que ces derniers réclamaient à cor et à cri des droits que la loi leur donnait déjà.

Dinia

L'autre bénéficiaire de ces instrumentalisations objectives et de ces récusations emphatiques fut une petite taupe noirâtre, déjà entrevue, appelée Dinia, dont, contrairement à celui de l'ourse qui avait tamisé son discours, l'animalisme virulent s'affirmait à gueule découverte. Tandis que Lavka déployait des trésors de diplomatie pour convaincre qu'elle n'était, en vérité, hostile à personne, Dinia n'hésitait guère à essentialiser l'albinos et le renard en ennemis héréditaires de Krasnaïa, dont le salut passerait par la guerre ouverte et l'éradication des « corps malins ».

Au commencement, Dinia était une légaliste qui vivait et travaillait, comme nombre de ses congénères, dans l'immense tunnel bétonné qu'Istcheïka avait emprunté, le lecteur s'en souvient, pour rejoindre discrètement l'immeuble des renards, et où les taupes crêchaient depuis toujours. Puis elle avait, par curiosité, quitté le luxe d'un habitat hermétique pour les poutres branlantes, les odeurs de soufre et les feux follets de l'ancien sentier des mineurs, humide, sombre et fragile, où, tout en creusant son trou, elle avait assisté, jour après jour, au remplacement progressif des taupes par des mustélidés albinos, des fouines bicolores et des tortues géantes, tous mandatés par Podzemlya pour en surveiller les entrées, les sorties et, si le besoin s'en faisait sentir, rançonner les passants.

Stupéfaite par la rapidité du phénomène, Dinia était passée d'un légalisme bon teint à un animalisme vociférant qui valut l'attention de tous à celle qui, jusque-là, n'était qu'une petite taupe comme les autres. Elle avait pris la tête d'un groupe de congénères qui considéraient que les tunnels n'étaient pas creusés assez vite, et que c'était la raison pour laquelle les hirondelles, qui colportaient des mensonges, règnaient sur l'opinion générale. Organisés en phalanges, stipendiés par des éminents qui trouvaient leur intérêt dans la loi du plus fort, les « diniarques » se mirent à creuser avec une ardeur et une efficacité sans égales, truffant le sol de Krasnaïa de passages inédits qu'elles étaient seules à connaître, ce qui leur permettait, sinon de concurrencer les oiselles, au moins de faire passer notamment aux Blindés une information contradictoire et, dans la foulée, la discrète promotion d'un animalisme sans fard.

Dinia n'était pas inculte, contrairement à la plupart des bêtes qui pensaient comme elle. Elle était cultivée, connaissait des rudiments humains et conservait de sa jeunesse ordinaire la maîtrise du lexique légaliste. Sa franchise, ses stridulations éloquentes, l'impudeur avec laquelle elle affirmait des sottises dont les tenants, jusque-là, les gardaient pour eux, enfin l'indifférence aux semaines de ramassage de baies que ses propos lui valurent, eussent suffi, en elles-mêmes, à garantir son succès. Ce n'est pourtant pas à ses qualités que la taupe dut d'accroître son audience, mais, d'une part, au contrepoint gémellaire qu'elle offrait aux discours de Douraka, à qui elle s'opposait comme le noir au blanc, et d'autre part, depuis l'épisode des animaux repentants, à la bienveillance que lui témoignaient de nombreux plus-fortistes ordinaires, qui, sans oser approuver ses paroles, étaient horrifiés par l'animalisme à front renversé de Douraka et célébraient en Dinia son verbe clair, reconnaissaient son autorité de savante et se dressaient, au nom de la liberté, contre toute entreprise de la sanctionner ou de la faire taire.

Reste que, sous le prétexte de « dire tout haut ce que la majorité pense tout bas », Dinia disait exactement n'importe quoi. Certains prénoms, disait-elle, par exemple, conviennent mieux que d'autres, en particulier ceux (majoritaires) dont les consonnances rappellent l'époque de la Domesticité. Et puis, tout en prisant la controverse, Dinia ne débattait jamais vraiment. Elle antéposait une théorie invraisemblable (« Tous les albinos et tous les renards sont des donneurs »), puisait dans le réel les faits qui allaient dans son sens, présentaient les contre-exemples comme autant d'exceptions et passait à autre chose en déclarant la question réglée. Quant aux femellismes, dont nous avons vu combien ils étaient différents les uns des autres, Dinia les confondait allègrement dans une même haine du mâle et de sa supériorité naturelle. Maline, la taupe tenait le dimorphisme inversé des faucons pour l'exception qui confirmait la règle selon laquelle, les choses étant ce qu'elles sont et souhaitant le rester, la supériorité du mâle sur la femelle devait être la loi puisqu'elle était la norme. Aux yeux de la creuseuse, Svetlana avait cédé à la tentation de penser que l'égalité était possible dans la mesure où le dimorphisme était réversible. Or, en cessant d'indexer la règle sur la nature, la fauconne avait, disait la taupe, « frayé le chemin des arracheuses vitupérantes » aux yeux de qui être un mâle devenait une décision et non plus un fait. De temps en temps, quand elle était prise en défaut, Dinia prenait de l'altitude et se mettait à citer d'obscurs historiens de Krasnaïa (dont elle inventait les travaux) avant de passer à autre chose. Fallait-il s'en réjouir ? Dinia donnait confiance à quantité d'animaux qui n'hésitaient plus, en songeant à elle, à crier haut et fort les imbécillités qui leur brûlaient la langue. En un mot, Dinia la taupe se vivait comme un mouton noir, sans voir qu'un mouton noir est encore un mouton, et que la multitude des bêtes qui l'approuvaient n'était pas moins grégaire qu'une autre. Bien que l'échéance fût encore lointaine, d'aucuns, que Dinia ne contredisait pas, lui prêtaient l'ambition de devenir Animat, ce que les mirkaliens (partisans de Mirko) voyaient d'un bon œil, dans la mesure où Dinia n'eût pris de suffrages qu'à Lavka, et suffisamment pour que l'ourse échouât à revenir dans la piscine affronter leur champion.

Mechtat ne redoutait pas Dinia, qu'il connaissait depuis la Guerre civile. Et il aimait se battre avec elle. Car, si éloquente fût-elle, les arguments de la taupe, comme ses coups, étaient prévisibles, et son dogmatisme aisément réfutable ; la célébration de l'ordinarité comme une vertu en soi était aussi sotte que l'apologie de l'albinisme, la défense de la Domesticité était aussi absurde que le fait de traiter d'animal « domestique » quiconque était d'un autre avis que soi ; en un mot, Dinia renseignait en toute chose sur ce que pensent les bêtes quand elles ne pensent plus… Ainsi, le discuteur se sentait-il le devoir de la contredire régulièrement et avait plaisir à le faire, même si c'était inutile. Car Dinia était populaire. Quantité d'animaux étaient émerveillés de l'entendre dire ce qu'eux-mêmes n'osaient pas croire. Surtout, le grand chat savait que l'influence de Dinia s'étendait à Zamitchatel, dont la passion pour le courage lui faisait voir de la lâcheté dans toute forme d'accommodement, et dont l'amour de Krasnaïa culminait dans le sentiment que le fait d'y appartenir se mérite. En celui que son père voyait encore comme un chaton alors qu'il était aussi grand que lui et que ses griffes, qui avaient moins servi, étaient plus aiguisées, le goût de la liberté et l'envie paradoxale d'en priver les bêtes les plus bêtes se livraient un combat singulier. Alors,

Mechtat et Dinia se disputaient souvent, sous l'œil du fils tenté. Tantôt sur la place du Cirque, où la taupe faisait irruption soit pour poser une fausse question (« Jusqu'à quand accepterons-nous d'être envahis par ceux qui nous haïssent ? »), soit pour se lancer dans une diatribe ouvertement animaliste, à laquelle Mechtat, suspendant les discussions, n'hésitait jamais à répondre. D'aucuns gardaient le souvenir ému du jour où Dinia s'était aventurée à défendre la mémoire de Xenos (dont nul n'avait plus reparlé depuis la livraison de son corps aux fourmis rouges) au nom du fait que son geste témoignait d'une « ardeur à mourir » qui faisait défaut aux bouffeurs de champignons que nous étions devenus, ce que Mechtat, tout en léchouillant une russule, avait eu beau jeu de réfuter.

Tantôt les discussions mutaient en pancrace dans les caves sombres du Praspect où les taupes interlopes organisaient des joutes publiques à la lumière des torches, auxquelles, quand il y participait, Mechtat invitait son fils. Entre la taupe et le félin géant, le combat était inégal, mais Dinia, soudain présentée comme « plus faible » et qui avait de longues mains préhensiles, était toujours dotée d'un instrument, pelle ou faucille, dont elle se servait comme d'une arme, de sorte que le chat, qui eût aisément pris le dessus, risquait aussi, sur un faux mouvement, de se briser un membre. Mechtat l'emportait tout de même, et les combats s'achevaient systématiquement sur la reddition du petit mammifère animaliste, au grand dépit des partisans de Dinia, qui étaient pris à leur propre discours, puisque c'était la loi du plus fort qui les privait de victoire.

De ces combats, bizarrement, on ne parlait guère à Krasnaïa. Certes, ils avaient tout pour plaire au plus grand nombre, mais ils avaient lieu à huis clos, et surtout, nul (ou presque) ne connaissait leur existence. Car le fait que Mechtat et Dinia s'affrontassent n'était pas pour plaire aux hirondelles, dont le manichéisme avait une fois pour toutes rangé la taupe et le chat dans le même panier. Les rares échos qu'elles en colportaient disaient uniquement qu'on les avait vus, patte dessus, patte dessous, rire comme de vieux camarades. Et le récit des défaites à répétition de Dinia n'étaient guère diffusé par les taupes qui n'allaient pas, contrairement aux oiselles, jusqu'à contrôler l'information ; seulement, en laissant passer quelques spectateurs accidentels et sincères, elles permettaient par leur négligence qu'on entendît un peu parler de ces affrontements clandestins entre deux éminences.

Enfin, il arrivait que Mechtat et Dinia se trouvassent, temporairement, et pour des raisons différentes, dans la même tranchée. En particulier quand Douraka exigeait des animaux qu'ils s'inclinassent comme une seule bête devant d'autres bêtes, pour la seule raison que leur pelage n'était pas blanc. Mais si Dinia s'opposait à l'activiste au nom des ordinaires eux-mêmes qu'elle présentait, à son tour, comme les victimes d'un « ordre albinique », Mechtat le faisait au nom de l'absurdité, commune à Dinia et Douraka, de présenter la couleur du pelage comme une vertu en soi. Ce genre de nuance, malheureusement, sautait d'autant moins aux yeux animaux que Douraka veillait à les effacer, en faisant savoir, *via* les hirondelles, que la rumeur des combats interlopes ne servait en vérité qu'à cacher des fornications inter-espèces.

C'est dire combien, à moyen terme, l'hirondelle était plus dangereuse que la taupe.

L'anti-victime

Malgré l'influence de Douraka – et l'antique détestation que, Dinia la première, nombre d'ordinaires portaient effectivement aux plus-que-blancs – beaucoup d'albinos, majoritaires mais silencieux, refusaient absolument d'être représentés par l'hirondelle qui leur voulait tant de bien. Pire (ou mieux) : considérant que les lois de Krasnaïa ne contenaient aucun article qui leur fût directement défavorable, et quoiqu'ils eussent eux-mêmes déjà subi, physiquement ou non, la violence et l'animalisme, les albinos en question étaient d'ardents légalistes, qui préféraient cent fois la rigueur des lois égalitaires à la légalisation d'un traitement différencié dont ils eussent été bénéficiaires.

Prise au dépourvu par des animaux dont l'identité ne dictait pas le discours et qui refusaient, comme un danger, que Douraka fût l'émissaire de leurs désirs, l'hirondelle maudissait ceux qu'elle appelait des traîtres et dont le légalisme, contredisant la couleur, la mettait ouvertement en porte-à-faux.

Deux d'entre eux, particulièrement, excitaient l'ire de l'hirondelle.

En premier lieu, Dreyfus, une géante papillone blanc cassé dont les ailes étaient aussi larges, sinon résistantes, que celles d'un oiseau de proie, et qui, tout en stipendiant des animaux de la Belle Étoile, célébrait les vertus de Krasnaïa et la justesse de ses lois en planant à des hauteurs qui faisaient trembler les hirondelles, et que Douraka n'atteignait jamais.

En second lieu Champollia, une vieille femelle carcajou albinos, dont l'heure de gloire remontait à l'animat du sanglier Sémionoff, quand elle secondait un discuteur dans l'exercice délicat qui consistait à attribuer la parole à chacun sans tenir pour cela toutes les opinions pour équivalentes. D'anciens membres de la même cour avaient raconté à Douraka qu'on avait maintes fois raillé l'albinisme de Champollia, qu'on l'avait même comparée à une grue, voire à de la giclance de sanglier. L'hirondelle s'était empressée d'y voir la preuve d'une albinophobie vieille comme la Sobchtchestva et avait déclenché, sans avertir l'intéressée, une campagne de rumeurs sur les sévices dont la malheureuse avait dû faire l'objet dans le cadre de sa fonction. Malheureusement pour l'oiselle, Champollia conservait le meilleur souvenir de son rôle d'assistante-discutrice et interdisait formellement qu'on dît du mal des animaux qui l'entouraient à l'époque. Les légalistes étaient enchantés qu'une albinos reconnût enfin que l'albinisme ne faisait l'objet d'aucune vindicte spécifique. Douraka haussait le bec et leur répondait que le désaveu de Champollia était une preuve supplémentaire de son aliénation.

« Non seulement Champollia a été traitée en esclave, mais on lui a mis dans la tête que ce n'était pas le cas, car les ordinaires, précisa ce jour-là l'hirondelle, ont accompli le suprême enfermement qui consiste à faire croire que la prison n'existe pas ! Ainsi fonctionne l'injustice : quand elle écrase un animal, elle le façonne et le convainc qu'elle l'élève. Champollia refuse de se plaindre ? Il faut la plaindre d'autant plus ! Car plus douloureux que le sort des albinos, il y a le sort des albinos qui consentent à l'iniquité dont ils sont victimes !

— Mais n'est-ce pas toi, lui objecta Mechtat, qui disais que le sentiment d'injustice est le premier des critères ? Et que, si tout animal est la mesure de toute chose, l'impression d'être victime suffit à justifier qu'on s'en plaigne ?

— Bien sûr !

— Pourtant, Champollia n'a pas cette impression ! Comment peux-tu affirmer, sur fond d'un sentiment, qu'elle est victime… alors qu'elle-même ne partage pas ce sentiment ?

— C'est scandaleux, ce que tu dis.

— Certes. Mais pourquoi ?

— Parce que tu te sers d'une victime dont on a détruit la volonté pour asseoir la tutelle des ordinaires !

— N'est-ce pas toi qui contournes une objection en faisant comme si Champollia ne pouvait pas être sincère ?

— Je n'ai pas dit qu'elle mentait ! C'est scandaleux, ce que tu fais ! J'ai dit qu'on lui avait façonné les pensées !

— Donc, elle n'a pas le droit de penser ce qu'elle veut ?

— Elle aurait le droit de penser ce qu'elle veut, si elle voulait ce qu'elle veut ! Mais on s'est arrangé pour qu'elle désire ce qu'elle ne veut pas !

— Qui s'est arrangé pour ça ?

— Des animaux comme toi, fourbes et rationnels, qui font passer la suprématie des ordinaires pour une œuvre d'égalité.

— Mais qui, plus que toi, enferme Champollia ? Quoi de plus contraignant que ta bienveillance ? Quelle meilleure prison que de lui dénier le droit de penser librement, et de l'obliger à se plaindre même quand elle n'en éprouve pas le besoin ?

— Veux-tu dire qu'il n'est pas intolérable de comparer une animale à de la giclance de sanglier ?

— Bien sûr que si.

— Ah !

— Mais ce n'est pas la question. La question n'est pas de savoir s'il est insultant d'insulter une animale, quand bien même l'animale ne se sentirait pas insultée. La question est de savoir si tu permets à une plus-que-blanche d'avoir, à tort ou à raison, une autre opinion que la tienne sur sa propre condition ! »

Douraka s'était déjà envolée. Laissant à ses camarades le soin de railler (à bonne distance) les objections du chat.

L'arme de la rumeur

Chaque fois qu'un crime était commis par un albinos, l'hirondelle et ses ouailles diligentaient une enquête à charge sur la victime, et (même s'il était rare qu'on ne trouvât rien tant chacun a quelque chose à se reprocher) inventaient au besoin quelques abjections telles que sa réputation en fût définitivement altérée.

Ainsi, la sœur d'un autre sanglier albinos, lui aussi mort durant son arrestation, avait vainement tenté, dans le sillage du premier, de faire passer son décès pour un assassinat. Mais n'est pas victime qui veut et, à la différence du premier assassinat par un dogue, dont nul ne doutait, le second (si crime il y eut) avait eu lieu sans témoins, et aucune preuve tangible ne vint étayer la thèse de la parente éplorée.

Bien au contraire, on découvrit que, lors d'un ancien séjour dans les caves de la Doma où il s'était retrouvé pour un vol de glands, le sanglier avait, de son vivant, contraint son compagnon de cage, un mouton ordinaire, à manger ses excréments sous la menace de lui briser le cou. Un tel fait, sous les cieux nouveaux de la Communauté, n'eût pas excusé l'assassinat du sanglier (s'il y avait eu assassinat), mais, craignant que ce fût le cas, Douraka lança une gigantesque campagne de calomnies à l'encontre de la victime elle-même (qu'elle accusa de crimes atroces, sans voir qu'en agissant ainsi, elle faisait exactement la même chose que Dinia, qui prétendait excuser l'assassinat du premier sanglier en brandissant son passif de délinquant) tandis que la sœur du sanglier, préférant les actes aux mots, organisa discrètement le lynchage préventif de la victime de son frère pour dissuader le mouton (laissé plus mort que vif) de raconter un jour son histoire. Après avoir été contraint de manger des crottes, l'infortuné ruminant fut donc successivement déshonoré et battu par des animaux qui voyaient en lui un obstacle à l'irrésistible marche de la Communauté vers davantage de justice et d'égalité.

Pour contrer l'indignation que suscita cette agression (dont la commanditaire, la sœur, ne faisait guère de doutes puisque c'est son cousin qu'on avait enfermé pour ça), Douraka répandit, avec l'aide de Podzemlya, un charivari de rumeurs plus atroces les unes que les autres sur la propre mère du mouton qui, disait-elle, préemptait le trafic de champignons dans le raïon où le fils de cette irresponsable avait grandi.

Hypocrites et champignons

Officiellement, et à l'exception de ceux que seuls les ratiers étaient fondés à prescrire pour des motifs médicinaux, la détention, le trafic et la consommation de champignons étaient absolument interdits à Krasnaïa, passibles de plusieurs animats d'enfermement et d'une amende qui pouvait aller jusqu'au tiers des biens. Une telle interdiction était même, à vrai dire, (hormis le saccage du Don) la seule pour laquelle, en son temps, Vladimir, dont les réactions étaient dictées par l'opinion publique, n'eut montré aucune indulgence.

Le pillage d'un hangar, la dévoration d'un clapier, l'invasion d'une grange et le coup de dents d'un dogue étaient couverts par l'excuse de faim. L'intempestive saillie était couverte par le rut (ce qui arrangeait, on s'en doute, l'Animat impulsif). Seule la distribution de champignons échappait aux circonstances atténuantes. L'animal qui, parce qu'il avait un bon flair, ou parce qu'il connaissait les animaux qui en avaient un, trouvait son bénéfice dans l'échange et l'approvisionnement des champignons qui n'étaient pas prescrits, était tenu (même par ceux qui remunéraient ses services) pour l'empoisonneur de la horde, et nul n'avait de mots assez sévères pour qualifier son infâme occupation. D'où qu'il vînt, quoi qu'il pensât, quelle que fût sa couleur, le pourvoyeur d'eucaryotes était impardonnable aux yeux de la plupart des autres – qu'ils fussent herbivores, carnivores, coloristes, unionistes, totalo-unionistes, coloro-totalo-unionistes, fraternistes inordinaires, animalistes, albinos ou mirkaliens.

Seulement voilà.

La détestation de la chose était à la mesure de l'engouement qu'elle suscitait. Et l'honnêteté commande de dire qu'au moins la moitié des animaux de Krasnaïa en consommait régulièrement. La quasi-totalité d'entre eux (à l'exception, peut-être, des cygnes austères et des poissons de l'étang qui s'en régalaient par procuration) en avait déjà pris au moins une fois.

De la plaine au terre-plein, on ne comptait plus les étals (officiellement interdits, mais tolérés en pratique) où l'on écoulait des champignons. Les « donneurs » (on a vu que c'est ainsi qu'on les appelait) présentaient, comme à la pêche, des cortinaires dorés ou purpurescents que les cochons dénichaient aux pieds des conifères (et qu'inexplicablement les rongeurs adoraient), des cudonias à la sporulation abondante, disait-on, près de l'immeuble des renards, des entolomes albâtres dont les plus-que-blancs, par fierté, avaient préempté la distribution, des gyromitres prisés pour leurs effets hallucinatoires, des galerinas et des tricholomes blancs et bruns qui avaient l'avantage de pousser aux pieds des vastes peupliers du Praspect (et dispensaient, en cas de disette, les enfants de puissants de se rendre à la Montagne pour y faire leurs emplettes), des lépiotes qui poussaient en abondance dans les taillis des plaines et autour des Blindés, enfin des amanites, des bolets et des russules si rouges qu'on les disait toutes issues du bois éponyme (ce qui n'était pas le cas, mais en augmentait la valeur). Il y en avait pour tous les goûts, tous les besoins, tous les vices. Certains, qu'on se procurait aisément (avec quelques graines ou, si le donneur était carnivore, une patte de lapin ou un pilon de poule), n'avaient que des vertus apaisantes. D'autres, à l'inverse, stimulaient le rut et pouvaient ressusciter les ardeurs d'animaux cacochymes. D'autres (légaux) soignaient, dont les serpents ratiers faisaient des onguents dans la marmite de Ganna. D'autres enfin, que prisaient les enfants d'éminents, provoquaient des rêves éveillés, des hallucinations, ou bien, croyait-on, ouvraient un accès direct aux intentions de Nebo. La consommation du fongus diabolique était aussi répandue que sa consensuelle détestation ; la Sobtchtchestva était sous l'emprise du champignon tout en célébrant son rejet.

Mirko n'avait aucun besoin, comme Vladimir, de donner à son peuple des gages de fermeté ; aussi décida-t-il d'adapter la loi sur les champignons, d'en diminuer la rigueur afin d'en faciliter l'application. Tout animal surpris en train de rouziguer un fongus serait immédiatement sommé de déposer le poids de sa patte en graines dans la piscine et d'accomplir lui-même, dans la mesure de ses capacités, une série de travaux utiles à tous qui pouvaient aller de la traction d'une charrue (si c'était un cheval) à la construction d'un terrier (si c'était un fouisseur, un renard ou un blaireau).

La nouvelle loi fut très mal accueillie.

Les animalistes la trouvaient trop laxiste, y voyaient un encouragement à la débauche et se promettaient de l'abroger quand ils seraient au pouvoir. Les amateurs de champignons trouvaient malhonnête la démarche de l'Animat qui, en atténuant la sanction, donnait aux dogues les moyens de la rendre effective. D'autant que la punition tombait en cas de petites quantités de champignons. Pour des délits plus graves, la loi demeurait d'une sévérité nebique. Comme le tonnerre.

Un lapin plus-que-blanc fut un soir arrêté dans le tunnel qui reliait la Montagne au Praspect, en chemin vers le second, avec tant de champignons dans son sac de jute que, craignant de passer le reste de sa vie dans les caves de la Doma si les dogues mettaient la patte sur son butin, il avait tenté de tout avaler d'un coup et était mort l'instant d'après, devant les canidés impuissants.

Comme nul ne connaissait d'abord les circonstances de son décès, Douraka s'empara de l'affaire et ordonna aux hirondelles – qui allaient rarement dans les tunnels et n'avaient pu assister à la scène – de raconter que les dogues s'étaient une fois de plus (collectivement) rendus coupables d'un assassinat. Elle en profita aussi pour rappeler que la moitié des coups de croc touchaient les albinos qui, eux-mêmes, au dernier recensement, ne représentaient qu'un cinquième de la population. Ce qu'elle n'expliquait que par l'indémontrable (et donc, irréfutable) « albinophobie globale ».

Istcheïka (puis les juges) eussent été sans pitié pour les dogues animicides si leur culpabilité avait été avérée.

Malheureusement pour Douraka, le lapin avait vomi avant de mourir et les ratiers dépêchés sur place trouvèrent des champignons pas même digérés en immense quantité dans ses régurgitations. Les taupes (que de mauvaises langues soupçonnaient d'être, à la différence des hirondelles, les émissaires de l'Animat parce qu'elles rapportaient des faits qui ne correspondaient pas toujours au désir qu'on en avait) s'en firent aussitôt l'écho. De victime, le donneur devint coupable aux yeux des animaux, et Douraka l'hirondelle, dont les certitudes étaient subordonnées au sens de l'opinion, cessa de parler du lapin. Sa mère éplorée (qui n'était pas même plus-que-blanche), que l'activiste avait assurée de son éternel soutien au lendemain de la mort de son fils, trouva soudain porte close à l'entrée du nid spacieux. Quand la mère insista, une oiselle répondit à la place de sa maîtresse que son fils n'était pas non plus le centre du monde, qu'il y avait d'autres victimes à défendre – et qu'elle était d'ailleurs la bienvenue, si elle le souhaitait, à leurs côtés, dans ce combat courageux pour une Sobchtchestva moins injuste. D'autant que Dinia s'était évidemment lancée dans des diatribes sans fin sur le fait que, puisque tant d'albinos étaient donneurs, les animaux étaient fondés à penser que « tous l'étaient », et que les exceptions à cette règle, une fois de plus, en avéraient la pertinence.

Est-on libre de nuire à sa santé ?

Chaque animal avait en matière de champignons une manière originale de se mentir à lui-même.

Les blindistes invoquaient la faim et l'ennui pour digérer leur péché, les sans-yeux invoquaient le drame de leur cécité pour planer dans les tunnels, les hirondelles feignaient de ne pas y toucher tout en traquant discrètement les champignons qui poussaient en altitude, les renards enragés vitupéraient officiellement contre leur ingestion tout en quérant de redoutables gyromitres connus pour supprimer la peur, les rongeurs diniarques s'en gavaient pour creuser plus vite, les éminents (qui prétextaient des raisons de santé chaque fois qu'on les prenait sur le fait) mandataient l'aîné des familles redevables pour se rendre à la Montagne où l'on en trouvait de toutes les tailles et de tous les effets. On vit, sans trop s'en émouvoir, des dogues écouler à proximité du hangar dont ils avaient la garde, durant la nuit, les quantités énormes de champignons qu'ils avaient saisies le matin-même… aux animaux qu'ils avaient dépouillés au nom de la loi. Quant à Lavka, dont les partisans voulaient punir la consommation de champignons à hauteur de leur détention, elle n'arrivait plus à s'en passer pour elle-même depuis son humiliation dans la piscine le jour du combat.

D'aucuns (dont Mechtat qui adorait les champignons, ce qui expliquait son excessive propension, même pour un chat, à s'étaler sur les murets en posant sur les autres un œil narquois) s'époumonaient contre l'hypocrisie spectaculaire d'une Communauté qui conchiait les champignons sans lesquels elle n'eût pas pu vivre, appelaient au pardon immédiat des donneurs et à la légalisation des étals, quitte à fermer les yeux sur des crimes qu'ils imputaient à une loi absurde qui n'était, évidemment, jamais appliquée. Ils avaient raison. Le dogue qui arrêtait un consommateur n'allait pas encombrer les caves de la Doma pour un forfait si répandu. Autrement dit, expliquait le chat, au lieu de se rendre utile, d'éviter l'agression d'une belette par un renard (ou l'inverse), le saccage d'un hangar ou l'irrespect des règles du rut, la moitié des dogues passaient le plus clair de leur temps à courir après des animaux qui eussent honnêtement prospéré si les faits, et non les principes, avaient, à Krasnaïa, dicté la loi, et qu'ils relâchaient aussitôt après leur avoir confisqué, souvent pour eux-mêmes, quelques délicieux fongissimes. À quoi s'ajoutait que l'Animat se privait des considérables ressources de ceux dont la fortune, mal obtenue, restait à l'abri des regards au lieu de grossir la piscine commune. De tous les animaux, seuls les donneurs échappaient au Don… Alors ?

Mais convaincre les animaux ne sert à rien, tant qu'ils sont persuadés du contraire. Et les animaux seraient persuadés du contraire tant que leur addiction aux champignons leur imposerait, pour la bonne conscience, d'y être publiquement tout à fait hostiles.

Le fait qu'aucun d'eux ne pût contredire Mechtat sur cette question ne changeait rien à l'attachement viscéral des bêtes à la criminalisation du fongus.

« Quelle liberté ? disaient les contradicteurs du chat, chacun sait que manger des champignons est nocif : faut-il, au nom de la liberté, autoriser ce qui nous fait du mal ? Et les animaux, les enfants parfois, qui ne peuvent plus se passer de champignons et qui arpentent les allées de Krasnaïa avec les yeux plus rouges que ceux des albinos, sont-ils libres, eux aussi ?

— Mais à quoi servent mes leçons ? pestait le discuteur qui avait tendance à descendre des murets depuis le changement d'Animat, pour se mêler aux animaux et débattre plus vigoureusement avec chacun. N'avez-vous donc rien appris ? La liberté n'est pas le fait de décider pour soi-même en toute indépendance ! Aucun animal ne décide librement pour lui-même ! Chacune de vos décisions est le résultat d'un rapport de forces entre votre groupe, votre éducation, vos convictions, votre alimentation… Vous dites que certains animaux ne sont pas libres de consommer ou non des champignons car ils en ont besoin : c'est vrai. Mais combien de nos choix sont dictés par nos besoins ? Tous ! Et le fait qu'un mangeur de champignons soit soumis au besoin d'en prendre, le fait que lui-même (croyez-moi) vive sa passion comme un esclavage… tout cela ne change rien à la liberté qu'il doit avoir de le faire !

— Tu défends donc la liberté de se soumettre ?

— Pas davantage que ceux qui défendent le droit, pour les renardes, de vivre la queue basse ! La liberté est un risque : le mauvais usage qu'on peut en faire n'est pas un argument contre elle. »

La réplique du chat, cinglante, avait jeté un sujet de débats plus vif encore que la question des champignons.

Surprises par l'analogie qu'elles n'avaient pas vu venir, les femellistes queue baissée du troisième genre qui se trouvaient là commencèrent à vociférer et à réclamer qu'on castrât le chat. Lequel, n'ayant rien à redouter de quelques renardes et trois horripilantes ragondines, étaya sa démonstration :

« Il y a deux libertés : la première s'arrête là où commence celle des autres animaux. C'est en vertu de cette règle que la loi peut imposer à des prédateurs de s'abstenir de toute dévoration pendant un certain temps. Direz-vous qu'une telle restriction est une entrave à la liberté collective ? Au contraire ! Et même les prédateurs en conviennent, qui savent que s'ils pouvaient manger toute l'année, il n'y aurait bientôt plus rien à manger… Sans elle, sans cette restriction, chaque animal de Krasnaïa serait un loup pour l'autre (à cette image, les animaux frissonnèrent) : si tout le monde était absolument libre, personne ne le serait !

— Et quelle est l'autre liberté ? miaula la voix familière de Zamitchatel.

— L'autre liberté, mon chat, c'est l'intime liberté de chacun, la liberté de penser ou d'éprouver ce qu'on veut, la liberté qui ne vient pas du choix, mais, au contraire, de l'attention qu'on porte à tout ce qui se décide en nous, à notre insu, et de la connaissance des mécanismes qui nous conduisent à vouloir une chose plutôt qu'une autre. Une telle liberté, qu'aucun tyran ne peut soumettre, ne s'arrête pas, mais *commence*, là où commence celle de l'autre. C'est à cette liberté-là, cette carcasse de nuit, que j'en appelle pour défendre le droit de manger des champignons. Au-delà de tous les avantages que la Communauté retirerait de leur légalisation, elle renoncerait enfin, en le faisant, à se soucier de la vie intérieure de chacun.

— Et de notre santé ? interrogea Zamitchatel.

— À moins qu'une maladie coûteuse n'oblige la Sobchtchestva à consacrer une partie du Don au soin de ta personne, la santé de chacun n'est pas le problème de la loi. Le pouvoir n'a pas le droit de se soucier du bien ou du mal qu'un animal se fait volontairement à lui-même. Il y a plus dangereux qu'un monde où les champignons sont autorisés malgré leurs méfaits, c'est un monde où ils sont prohibés parce que la liberté passe après la santé. Et ce monde-là, jusqu'à nouvel ordre, c'est le nôtre ! Vois-tu, mon fils, ce n'est pas pour que tu te fasses du mal, mais, au contraire, parce que je tiens à toi et que ta liberté compte plus, à mes yeux, que l'excellence de tes choix, que je refuse à jamais que tu grandisses dans un monde où il est interdit de se nuire ! »

Les guerres du feu

Lorsque le grand froid arriva et que la dévoration fut légalement interrompue, Mirko mit à profit, comme promis, les leçons de Ganna et, pour la première fois, grâce au feu, Krasnaïa passa l'hiver au chaud.

Ce fut, naturellement, une révolution.

Des ratiers se rendaient en charrue d'une habitation à l'autre pour y allumer des brasiers et nantir soudain tous les animaux d'un pouvoir qu'auparavant les plus puissants d'entre eux n'attribuaient qu'au ciel. Avec le feu, sous les conseils de Ganna, les animaux découvrirent la cuisson. Au cœur de larges bûches disposées à la verticale et fendues en leur sommet, on glissait une feuille enflammée qui mettait de longues minutes à consumer le bois fendu, pendant lesquelles, posant un récipient d'argile, les herbivores faisaient des soupes, et les carnivores, des grillades.

Et l'on vit à la Montagne s'élever des flammes gigantesques autour d'animaux ravis qui, pour la première fois, ne se contentaient pas d'avoir les pattes tièdes.

Le feu dont, jusqu'alors, on jouissait par hasard, et collectivement, était presque devenu le fait d'une décision.

Mais la nature animale est ainsi faite qu'à l'instant où chacun put légalement en profiter (et qu'il ne fut plus nécessaire d'attendre en hiver un orage providentiel pour se réunir autour d'un feu géant qu'on entretenait autant que possible) le feu fut perçu comme un droit par l'ensemble des bêtes, et le plaisir nouveau d'avoir chaud à volonté disparut sous la revendication de ne plus jamais manquer de feu et les cris d'orfraie quand, par négligence, un brasier s'éteignait et condamnait une famille entière à vivre dans le froid jusqu'au passage d'un prochain ratier. Ce qui était la norme jusqu'à l'animat précédent (le froid) était rapidement devenu l'exception, et ce qui était vu comme un privilège (le chaud) était rapidement devenu la norme.

Ganna ne se contenta pas de transmettre l'art de créer du feu. Elle transmit également celui de le conserver en bougies et surtout en torches, en montrant aux humains comment prélever la résine du pin et comment en enduire des pans de coton (qu'elle-même avait filés en immense quantité, comme si elle avait prévu ce changement d'ère) après les avoir enroulés à l'extrémité d'une branche.

Mirko employa aussitôt le tiers du Don à l'élagage du Bois Rouge – non qu'il fallût rémunérer les humains qui s'en chargèrent, mais la surveillance des esclaves, le port du bois, le recueil de la résine dans de vastes carapaces étaient des tâches à la fois trop difficiles pour qu'on se passât de leurs services et trop importantes pour qu'on les leur confiât exclusivement. Des éminents offrirent à l'Animat de mettre, en plus, leurs familles dévouées au service de la Communauté dans l'espoir d'obtenir en retour la gestion d'un hangar supplémentaire, ou quelques carapaces de résine ; Mirko refusa poliment, qui entrevoyait le péril à devoir quoi que ce soit, en qualité d'Animat, à l'un des puissants, si bien intentionné fût-il.

Par décret, donc, les résineux du Bois Rouge, dont les ratiers avaient observé lors de l'incendie de la Loug qu'ils produisaient une flamme plus intense et une lumière plus durable, furent tous privés de leurs branches, à l'exception des arbustes.

Pourquoi tous, dites-vous ?

Parce que la végétation était si abondante à Krasnaïa qu'on s'en apercevrait à peine, et parce Mirko ne souhaitait pas que quiconque, hormis les garants de la loi, mît la patte sur un objet si volatile et dangereux. Nombre d'animaux reprochèrent à l'Animat d'entreprendre des travaux si volumineux alors qu'il y avait plus urgent à leurs yeux, comme la réparation des hangars dont l'hiver avait congelé les portes, ou l'aménagement d'espaces voués aux inordinaires ; mais l'Animat ne voulut rien entendre. Et l'on commença à fabriquer des torches, qui illuminèrent d'abord les vastes avenues du Praspect, puis, rapidement, toute concentration d'habitats sur le territoire de Krasnaïa, des Blindés aux Écuries, à l'exception de la Montagne, qui baignait déjà dans les feux follets. La Doma (que les humains et les fourmis – qui travaillaient ensemble – avaient non seulement réparée, mais embellie depuis l'assaut qui avait interrompu le combat final juste avant la victoire de Mirko) fut désormais constamment éclairée, et l'on vit des animaux inconnus se réunir, goûter ensemble la chaleur du foyer, torturer gentiment un humain dévoué, comme aux heures paisibles de la Guerre civile, quand les ennemis cédaient, chez Ganna, aux joies de la trêve.

Mais comme la vie, la loi du plus fort trouvait toujours son chemin à Krasnaïa, et comme le progrès technique n'est pas un progrès moral, l'on vit aussi certains animaux se procurer des torches et soudoyer des ratiers pour enflammer l'habitation du voisin, non seulement dans les plaines, où le feu servait quotidiennement à déloger un importun pour lui piquer son terrier, mais aussi – chose nouvelle – aux Blindés ou au Praspect, c'est-à-dire dans les zones d'extrême densité, où il n'était pas rare qu'un petit incendie détruisît soudain une cabane ou fragilisât l'étage d'un immeuble. Comme il était loin, désormais, le temps où les animaux s'étonnaient que l'un d'eux pût délibérément incendier une prairie ! Nul ne doutait plus, depuis qu'il avait bien fallu l'admettre, que ses congénères fussent capables du pire. On s'habitue à tout.

Les faibles sont bons, les forts sont méchants

Ce dont les animaux commencèrent à douter, en revanche, c'est de la bonne volonté de Nebo, voire, chez les plus malheureux (ou les plus instruits), de son existence-même.

Car contrairement aux feux de forêt qui, intentionnels ou non, étaient systématiquement éteints par une libellule et son eau rouge, les petits incendies qui endeuillaient une seule famille, qui ne touchaient qu'un tank ou deux, ou qui noircissaient uniquement l'étage d'un seul immeuble, n'étaient pas éteints par Nebo, alors qu'ils faisaient des morts.

Ce fut le cas, notamment, de l'incendie de la Niche, c'est-à-dire la bâtisse qui servait autrefois de cantine aux outilleurs, où les Animats carnivores (à l'exception de Mirko) préféraient élire domicile plutôt qu'aux Écuries. Quand elle n'abritait pas les officiels, la Niche était la maison des dogues, qui y passaient leurs journées, avec Istcheïka, à la disposition de l'Animat.

Au crépuscule, un soir d'hiver, un troupeau d'orignaux y lança l'assaut. L'attaque fut aisément repoussée, mais elle ne servait, en vérité, qu'à détourner l'attention des chiens, car pendant ce temps trois porcs-épics plus-que-blancs (dont on retrouvera les cadavres calcinés) armés d'une petite torche enflammaient discrètement la base du bouleau qui avait poussé à l'intérieur. Porté par le tronc, le feu avait rapidement gagné les étages du bâtiment et ce sont les humains, qui eussent été mal employés à contenir la charge des orignaux, qui sauvèrent les animaux en faisant une chaîne gigantesque depuis l'étang et en se sacrifiant, pour deux d'entre eux.

Un ragondin, qui avait grandi au Praspect dans une famille éminente et qui faisait profession de fraternisme – sans voir que c'était, d'une certaine manière, l'aveu de ses origines et de sa culpabilité de classe –, déclara un jour au Cirque, en pleine leçon de Mechtat, que l'incendie de la Niche (dont on connaissait tous les détails, qui avait horrifié les animaux et éveillé chez eux un sentiment inédit de sympathie à la fois pour les dogues et, chose plus rare encore, pour les outilleurs) n'était qu'une « conséquence » dont les animaux ne devaient pas être dupes. Car si la Niche avait été incendiée, la faute n'en revenait pas, disait-il, aux incendiaires, mais aux incendiés eux-mêmes dont les brûlures étaient la sanction des morsures. Nous étions victimes, à ses yeux, de la façon dont les choses étaient présentées. En cantonnant leur récit aux détails du sinistre, les hirondelles et les taupes (qui se partageaient la transmission des nouvelles) manquaient l'essentiel, c'est-à-dire les raisons pour lesquelles on avait mis le feu : la pauvreté bien sûr, l'animalisme (comme le prouvait la présence d'albinos parmi les coupables), la violence des dogues et l'incurie des Animats. Une plus honnête présentation des faits se se fût pas limitée à l'exposé de leurs conséquences c'est-à-dire de l'incendie lui-même, pour s'attarder sur toutes ces causes, et soigner le mal « en profondeur ». En vertu du précepte dourakiste (« Les faibles sont bons, les forts sont méchants »), l'hyper-compréhensivisme de Kératine (c'était son nom) allait jusqu'à justifier l'animalisme qui sévissait chez les animaux des Blindés (« Les faibles sont bons, disait-il, même quand ils sont méchants »).

« Leur haine, ajouta le ragondin ce jour-là, est la patte tendue que nous n'avons pas saisie, et qui, par son outrance, nous griffe, et par ses crimes, nous condamne.

— Et donc, dis-moi, feula alors Mechtat, à partir de quelle situation, de quelle fortune est-on coupable d'être idiot ? Tu dis que si l'animal qui cède à l'animalisme est un démuni, alors il n'est pas responsable de son choix ; mais à quelle hauteur veux-tu situer sa responsabilité ? Un animal de la Belle Étoile qui vend sa croupe pour quelques champignons entre les Blindés et la Montagne n'est pas responsable de sa tendance à l'animalisme, soit. Mais qu'en est-il de celui qui, sans être un éminent, se satisfait de manger à sa faim ? S'il a le ventre plein, est-il responsable de ce qu'il croit ? Combien de feuilles ou de lambeaux séchés faut-il avoir dans son terrier pour que la haine te paraisse un choix ? »

Mechtat fulminait contre cet imposteur dont il aurait bien fait son déjeuner, et qui prenait les animaux pauvres pour des imbéciles en leur donnant le droit d'être bêtes. Qui plus est, le ragondin (qui ne répondait à aucune objection) n'allait jamais au bout de son raisonnement : après avoir dit que les coupables étaient non seulement innocents, mais victimes, et que leur crime témoignait d'abord de ce qu'ils avaient subi, Kératine ne réclamait pourtant qu'une modération de la sentence prévue. Tout comme la meute vindicative qui avait menacé Vladimir devant la prairie calcinée n'avait pas vraiment voulu lyncher l'Animat, mais juste montrer les crocs, on eût dit que les considérations subtiles du ragondin servaient non pas à inverser le cours de la justice, mais, tout en la laissant agir à sa guise, à augmenter sa propre audience en faisant peser sur les douze juges le soupçon d'être eux-mêmes, uniquement, les pantins du pouvoir.

Le dilemme des droits humains

Les fantaisies proto-révolutionnaires d'un ragondin occupaient moins les esprits de la meute agglutinée au Cirque que le sacrifice des deux humains, dont la mort s'ajoutait, dans la conscience collective, à celle de ceux qui avaient payé de leur vie l'installation du jeu de miroirs au-dessus de la piscine.

Car si les nombreux humains étaient, au grand regret de Mechtat, unanimement méprisés et traités comme des esclaves, ils n'étaient pas pour autant quantité dispensable.

Leurs conditions de vie (les nombreux qui n'avaient pas la chance d'avoir été offerts à une famille éminente pour le legs d'un immeuble à la Communauté étaient, on l'a vu, parqués au sous-sol de la Doma et nourris de restes) ne favorisaient guère la reproduction, contrairement aux prédictions des chevaux qui avaient affirmé, au lendemain de la

Guerre civile, quand il fut question des humains qui avaient choisi de rester à Krasnaïa, que l'obligation de vivre à quatre pattes augmenteraient la fornication et donc le renouvellement d'une population corvéable à merci. Mais quelques naissances n'y changeaient rien, le troupeau des humains diminuait. Victimes de ruades et de morsures, les esclaves perdaient en tonus. À tel point que l'Animat Sémionoff, en sanglier dont les élans de générosité tranchaient avec les sermons animalistes, avait ordonné qu'on les nourrît à leur faim, qu'on les soignât au besoin, et qu'on assurât une paillasse à chacun d'eux. C'était un début. La Communauté s'en tint là.

À l'exception de quelques porcs-épics dont les étonnantes capacités préhensiles leur valaient sinon le respect de tous, du moins l'hypocrisie générale, et des ratiers qui, de leur queue, parvenaient à se saisir de tout objet, aucun animal ne savait accomplir les mêmes gestes que les humains. Une telle évidence fut longtemps un casse-tête pour des bêtes avides de montrer à leurs congénères que leurs anciens maîtres étaient en tout point inférieurs à elles. L'envie d'humilier les outilleurs et de les écraser se heurtait au constat de leurs talents et à l'impérieux besoin qu'on pouvait en avoir. Car la Sobchtchestva ne pouvait pas se passer des humains : qui, sans eux, eût confectionné les nœuds, fabriqué torches, baluchons et cataplasmes, réparé les bâtisses endommagées, aiguisé (aux dépens de leurs doigts) les dents des dogues, ou conçu des pavois ? N'était-ce pas à l'habileté des humains que l'on devait, sous la direction de Mechtat, la construction du système si ingénieux qui permettait aux animaux d'assister directement au combat final et à tous les événements qui, durant l'animat, étaient organisés dans la piscine ? Et comment concilier l'évidence du génie humain avec le goût de les tenir pour des sous-animaux ?

Mechtat parut un jour trouver la solution.

« Si les humains (qui courent moins vite et se battent si mal) ont en certains domaines plus de capacités que nous, dit-il, cela tient non pas à leur supériorité, mais à leur infériorité.

— Que veux-tu dire, papa ?

— C'est évident, mon souriceau : s'ils avaient couru aussi vite que nous, eussent-ils appris à monter les chevaux ? S'ils avaient eu nos griffes, eussent-ils forgé des armes ? S'ils avaient eu une fourrure, eussent-ils conçu les habitations dont nous profitons maintenant ? D'où leur vient, crois-tu, le surnom d'outilleurs ? Les humains n'ont développé des talents que parce qu'en eux-mêmes ils sont imparfaits, indécis, susceptibles de changer de goûts comme nous changeons d'opinion. Nous avons tort d'être embarrassés par les capacités humaines. Leur existence ne prouve que leurs défauts.

— Est-ce que ça veut dire qu'on a le droit de les maltraiter ?

— Jamais de la vie ! D'abord, c'est illégal et surtout, c'est indigne. L'infériorité des humains n'est pas une raison de leur nuire. Au contraire. Ce sont les humains qui, avant la Table Rase, nous écrasaient de leurs outils. L'honneur des animaux serait de ne pas en faire autant. Malheureusement, tant que les animaux auront un doute sur leur propre supériorité, ils éprouveront le besoin de torturer leurs anciens maîtres. »

De fait, les humains supplantaient les hermines dans le rôle de souffre-douleur favoris des animaux. Les familles éminentes organisaient notamment de grandes chasses à l'homme, pour la distraction de leurs invités. On lâchait des humains de toute taille (qu'on s'était procurés à la Montagne) dans la Loug à l'heure de l'ombre la plus courte, avant de lancer à leur poursuite, sous la supervision d'une hirondelle arbitrale, un carnivore (le plus souvent lynx ou loup) et un herbivore (orignal ou bison). Celui des deux qui en blessait le plus était déclaré gagnant par son propre adversaire qui s'engageait, avant la course, à reconnaître son éventuelle défaite. Ces petits plaisirs faisaient non seulement les délices de la haute société du Praspect, mais contribuaient, au-delà du divertissement, à la pacification de la Communauté tout entière qui, depuis que Mirko gouvernait, ne voulait plus de la haine entre herbivores et carnivores et saluait toute tentative de remplacer un affrontement vieux comme le monde par une compétition loyale. Dès qu'il s'agissait de faire saigner les hommes, tout le monde se réconciliait.

Bien qu'elles fussent illégales, les dogues avaient tendance à fermer les yeux sur ces cérémonies onéreuses. Istcheïka elle-même, si soucieuse de respecter et de faire respecter les règles communes, feignait toujours de découvrir après coup la tenue des chasses. Ce qui peut se comprendre : ses propres parents avaient été, comme tant de chiens, massacrés sous ses yeux par des chasseurs humains lors de l'hécatombe qui avait suivi la Table Rase.

C'est dire combien les dogues furent embarrassés par le sacrifice des deux humains auquel nombre d'entre eux devaient la vie, et qui semblait leur dire que, si malheureuse fût-elle à Krasnaïa depuis la Table Rase, la vie méritait encore d'être vécue.

Fallait-il récompenser les humains ?

Et comment le faire sans se couvrir de ridicule ?

Qu'importe. Mirko y tenait.

On mit donc en rang dans la Niche les humains rescapés de l'incendie, et les dogues, malgré leur répugnance, léchèrent leurs plaies en signe de reconnaissance. Puis on leur permit de se tenir droit – ce qu'aucun d'eux n'osa faire – avant de leur donner l'équivalent de leur poids en viande et un seau de résine pour la faire cuire.

Croyance et impiété

En jouant avec le feu, Mirko avait donc également donné le jour à une question brûlante : comment comprendre – à moins qu'Il ne soit vexé ou qu'Il n'ait rien vu – que Nebo ne diligentât pas Ses libellules pour éteindre les feux urbains qu'Il n'avait pas Lui-même déclenchés ? Fallait-il attribuer un caractère à Nebo, ou bien limiter Sa puissance ?

La mauvaise humeur du ciel était l'hypothèse favorite d'un nombre toujours croissant d'animaux qui tiraient, néanmoins, des conclusions différentes de ce constat commun.

Pris entre le malheur (qui les laissait impuissants) et le progrès (qui leur donnait le pouvoir, sinon le sentiment, pour certains, d'égaler Nebo), de nombreux animaux se détournèrent du ciel qui les laissait brûler, tandis que d'autres étaient saisis, soudain, de dévotion pour l'instance frivole qui, ne les protégeant que de temps en temps, leur demandait manifestement de gagner Sa faveur à coup de comportements souhaitables ou de sacrifices opportuns.

C'est ainsi que Nebo, qui ne suscitait aucune passion tant que Son existence ne faisait aucun doute, commença à faire l'objet d'une multitude de cultes jaloux (tantôt pour le « Régent du ciel » tantôt pour le « Maître des orages ») tandis que d'autres animaux, tentés par l'antinebisme (qui n'était jusque-là que la fantaisie de quelques hérissons et de quelques pourceaux, lesquels n'ayant jamais levé les yeux au ciel, ne croyaient à rien), n'hésitaient plus à dire que Nebo avait un sale caractère et qu'Il eût mieux valu ne pas exister qu'être un souverain si susceptible.

D'autres encore voyaient une sombre menace dans le fait que Nebo ne plût pas ou n'envoyât personne éteindre les flammes, et imputaient Ses abstentions aux crimes des animaux dont Nebo, qui était toute bonté, devait être mécontent. Seulement, les victimes d'incendies volontaires (qui avaient certainement, comme tous, des choses à se reprocher, mais qui, en l'occurrence, n'avaient transgressé aucune loi) faisaient difficilement figure de coupables.

Mechtat qui, hormis les enfants que leurs parents obligeaient à s'instruire, avait d'habitude peu de spectateurs aux discussions qu'il animait au Cirque, se trouvait cerné, désormais, par des animaux qui mettaient leur foi (ou leur incrédulité) à l'épreuve du réel.

Le chat était à la fois content de sentir que, depuis l'arrivée du feu à Krasnaïa, les animaux avaient entre eux des débats nouveaux dont, comme un chef d'orchestre, il veillait à l'égalité des prises de parole, et inquiet de constater qu'ils étaient capables de se battre au sang pour des questions aussi absurdes que la taille de Nebo ou bien la forme de Sa gueule… Une seule question et quatre hypothèses obsédaient les bêtes : Nebo était-Il amical, sévère, indulgent ou indifférent ?

À ceux qui voyaient une faveur ou un châtiment dans les signes du ciel, Mechtat répondait par une question : « Si Nebo est bon, pourquoi hésite-t-Il à sauver les innocentes victimes d'un voisin brutal ? — C'est que, répondait-on, la bonté de Nebo est d'inviter les animaux à s'apercevoir par eux-mêmes du mauvais chemin qu'ils empruntent. — Mais alors, si les criminels ne sont pas punis, comment vont-ils comprendre que ce chemin n'est pas le bon ? » Certains, qui se voulaient fidèles à l'ancienne façon d'adorer Nebo, disaient qu'il valait mieux se taire, car Lui prêter des qualités, si flatteuses fussent-elles, c'était déjà trop en dire : « Lui attribuer un caractère, un courroux, c'est Le prendre pour soi (et donc, à terme, se prendre pour Lui). — Mais ne pas le faire, suggérait alors Mechtat (qui refusait de laisser un animal s'endormir sur une certitude, même quand il la partageait), c'est dire que Nebo ne se soucie pas de nous et qu'Il récompense indifféremment les vices et les vertus ! — Mais d'où nous est venue l'idée que Nebo devait récompenser qui que ce soit ? D'où nous est venue l'idée que nous étions l'objet de

Ses préoccupations ? — Voilà une bonne question… mais comment expliquer, si ce n'est pas le cas, qu'Il nous adresse Ses libellules pour nous sauver, chaque fois que la forêt flambe ? N'est-ce pas que Nebo a une intention ? — Mais pourquoi fait-Il flamber les arbres ? Drôle d'intention ! Et puis comment expliquer, si Ses intentions sont bonnes, qu'Il laisse brûler des animaux innocents ? — Mais si Nebo n'a aucune intention, s'Il n'a rien prévu pour nous, à quoi bon vivre et prospérer ? — Mais avons-nous vraiment besoin de Nebo pour trouver la force de vivre et de prospérer ? » Etc.

Certains animaux cessaient de croire pour se mettre à penser. D'autres suivaient le chemin inverse, ce qui désespérait Mechtat. Qu'on en vînt à réfléchir lui paraissait une victoire, mais qu'on abjurât la réflexion pour retourner à la croyance lui donnait le sentiment que sa propre existence était plus qu'une autre inutile.

Parfois, les échanges se crispaient.

En particulier quand des animaux moins intelligents se mettaient à attribuer des formes à Nebo, au nom de la belle idée qu'ils avaient d'eux-mêmes.

Certains loups Le voyaient en canidé dentu dont les nuages étaient les mâchoires, les tortues commentaient l'épaisseur de Sa carapace dont la voûte céleste était l'intérieur, les fourmiliers vantaient la longueur de Sa trompe qui, de temps en temps, jaillissait d'un nuage immense pour aspirer tout ce qui était sur Son passage, les bisons saluaient la largeur de l'encolure céleste et les lynx célébraient la finesse de Ses moustaches, Ses griffes en éclair et la puissance de Ses grondements. À l'exception notable des hermines et des renards, qui avaient en commun, tous les deux, de considérer que Nebo n'était pas représentable et que c'était, on l'a dit, trop en dire que d'en dire quoi que ce soit, chacun voyait Nebo à son terrier. En cette matière comme en d'autres, la loi du plus fort trouvait un nouvel exutoire.

Tout en disant que Nebo était au-dessus des préoccupations animales, les hermines et les renards passaient leur temps à interpréter les volontés du ciel et, au besoin, à contribuer activement aux intentions qu'ils étaient seuls à lui attribuer. Ainsi, le Nebo des hermines était-Il vengeur, et Celui des renards extrêmement susceptible et pudibond. Nul n'avait le droit, disaient-ils, de se moquer de Lui, et encore moins de Lui attribuer une forme. Ceux qui professaient cela – et qui n'étaient pas en train d'écouter Podzemlya, hantaient les leçons de Mechtat et les perturbaient à l'envi.

Quant aux sangliers, c'étaient de loin les plus étranges. De l'unique marcassin qui avait brûlé vif lors de l'incendie de la Loug et du geste désespéré de sa mère qui était morte en essayant de faire barrage de son grand corps, ils avaient conçu une sorte de symbole à trois entrées : le feu était l'émissaire de Nebo Lui-même, la mère était Krasnaïa en personne, et le Petit, dont le martyre avait ému la Communauté, incarnait et endossait par son calvaire les douleurs de tous les animaux. « Il s'est sacrifié pour nous », disaient les sangliers, qui trouvaient au passage un certain réconfort dans le fait de donner un sens à cette tragédie. Enfin – et de tous les chemins par lesquels la loi du plus fort reprenait ses droits, c'était le plus inattendu – les sangliers se convainquirent que manger certaines écorces à la lumière de Draga était une façon d'ingérer le corps du marcassin carbonisé. Mechtat ne savait que penser de ces drôles d'animaux, qui n'étaient pas méchants. Juste fous.

Les discussions ne s'achevaient pas avec le crépuscule, mais elles prenaient spontanément, comme toujours, un tour moins vif quand Svetavoï s'estompait et que la Communauté était réduite à ses oiseaux de nuit.

À la belle étoile

Un soir à la Montagne, alors qu'il flânait, le sang doux, entre les étals de champignons colorés et le marché aux humains, Mechtat était tombé sur Irena dont l'humain de compagnie portait sur son dos quantité de graines, de plantes médicinales et de tranches de viande, et qui, comme le chat, cherchait l'exquise russule ou l'entolome divin dont, depuis l'arrivée du feu, elle faisait des décoctions.

Liés par une admiration mutuelle, partisans obstinés des institutions comme de la loi, compagnons de la même cause, ennemis des mêmes fourbes, Mechtat et Irena (que Zamitchatel admirait, et qui lui paraissait tenir le juste milieu entre son père et Dinia) ne s'étaient pourtant jamais vraiment rencontrés. Le chat connaissait le caractère légendaire d'Irena, et son talent pour châtrer ses semblables d'un coup de croc entre les cuisses. Il faut dire qu'Irena n'avait pas toujours vécu dans un somptueux terrier du Praspect, ostensiblement bétonné, mais elle avait grandi, entre violence et mauvais conseils, dans l'immeuble des canidés, longtemps avant que Podzemlya n'y prît le pouvoir, à l'époque où l'immeuble accueillait toutes sortes de bêtes. C'est là qu'au contact d'animaux différents, Irena avait appris à penser. C'est là, au milieu de bêtes vindicatives, qu'elle avait appris à se battre. Et c'est là, encore aujourd'hui, malgré une vie confortable, qu'elle s'aventurait comme une vigilante, bravement, avide d'émasculer ceux de ses congénères qui infligeaient aux femelles de mauvais traitements. Telle était Irena, éternellement en guerre contre l'injustice et les vilaines habitudes et dont le respect de l'autorité n'entamait guère le goût pour la morsure. Était-elle à la Montagne en filature ? Traquait-elle un renard aux sales façons ? Ou bien cherchait-elle tout simplement à acheter des champignons ? Mechtat s'en fichait, qui se satisfaisait de la contempler tandis qu'elle humait et choisissait à la truffe tel fongus plutôt que tel autre.

Irena chérissait et défendait les dogues, tout en se réjouissant de ne pas les croiser lors de ses emplettes, avec, sur elle, suffisamment de champignons pour un mois de décoctions. Mechtat, de son côté, eût aimé qu'en toutes circonstances on obéît aux règles, tout en fustigeant la règle qui, dix fois par jour, faisait de lui un délinquant… Le soin extrême que ces deux légalistes mettaient eux-mêmes à transgresser la loi achevaient de les rendre aimables l'un à l'autre… Mais entre eux, l'essentiel était ailleurs. À la lumière des bougies, le sombre museau de la renarde avait été comme une apparition pour le grand chat qui adorait le corps des renards et la façon si particulière dont ils se *félinisaient* sous la caresse.

« Que prendras-tu, ce soir, vieux matou ? demanda Manioc, un vénérable hibou donneur, dont Mechtat prisait la conversation autant que la marchandise.

— Que me conseilles-tu, vieille proie ?

— J'ai des lépiotes, pour le plaisir… Mais si j'en crois l'heure qu'il est, tu n'en es plus là, et c'est un cordial qu'il te faut, pas un remontant.

— Tu lis dans mes pensées.

— Je lis dans tes mouvements. Quand tu viens de forniquer, tu te déplaces différemment.

— C'est-à-dire ?

— Tes gestes sont plus lents, ta patte est plus lourde, ta voix a baissé d'une octave.

— Qui te dit que c'est l'effet de la fornication ?

— Ma propre expérience ! Oublies-tu que je suis un oiseau de nuit et que, dans ma folle jeunesse, j'ai même attrapé des chats ? (Mechtat avait entendu parler, dans la chronique des bas-fonds de Krasnaïa, de ces agressions nocturnes de chats par des oiseaux hurlants, mais ça lui avait toujours paru un mythe et c'est ainsi qu'il s'en servait quand il évoquait l'histoire au cours d'une discussion.) Je vous connais par cœur, vous, les félins, car vous êtes aussi des oiseaux de nuit. Quand la lumière s'estompe, vos yeux s'aiguisent… Je vous connais, oui, pour avoir craint vos crocs et croqué vos croupes !

— Tu te vantes, grand bec. D'ailleurs, donne-moi quelques lépiotes.

— Es-tu certain de ne pas préférer des cortinaires pour les nerfs ? ou des galerinas toutes fraîches, purpurescentes ? ou des russules du crépuscule ?

— Tu as raison.

— Toujours cette manie de prendre le dessus sur l'autre en lui donnant raison… intervint gaiement la renarde.

— Ne te moque pas, Irena !

— Et pourquoi pas ? Dérision n'est pas raison.

— C'est vrai. Mais ce n'est pas une raison pour imiter Vladimir et sa manie des proverbes.

— À ton tour, tu as raison…

— Tu le dis par dérision… »

La renarde et le chat, ravis de ce hasard, s'éloignèrent de l'étal à pas lents, une besace de champignons autour du cou, pour s'étendre à distance des boutiquiers, au milieu des marguerites et des capitules, sur la terre éternellement fleurie, moelleuse et tiède de la Montagne.

— Toi et moi n'avons, au fond, que deux sortes d'ennemis.

— Lesquels ?

— Ceux qui respectent la loi et ceux qui la transgressent.

— Très juste.

— Regardes-tu les étoiles ?

— Jamais.

— Pourquoi ?

— Le ciel ne m'intéresse pas.

— Comment est-ce possible ?

— Je n'ai pas le dos pour ça. J'ai besoin de me dresser pour lever les yeux. C'est trop compliqué. Alors, j'ai laissé tomber le ciel. »

Insensiblement, sans cesser de l'écouter, à force de s'étirer à l'infini, le chat s'était approché de la renarde et la couvait d'un œil attendri. Irena l'avait vu venir et, pour cette raison, ne bougeait pas. Mais elle relança tout de même la discussion.

« Si je savais m'endormir comme vous, les chats géants, en équilibre sur le dos et les pattes en l'air, les étoiles sous les yeux, peut-être les choses seraient-elles différentes… »

La renarde avait dit ces derniers mots en frottant son museau pointu contre l'épaule du sphinx. Mechtat répondit à sa caresse en ouvrant une large patte à l'intention de son amie qui, confiante, sans jamais le quitter des yeux, s'étendit à l'envers, sur le dos, la tête au repos sur les vastes coussinets. Avec une infinie douceur, le chat maintenait la tête d'Irena tout en formant de sa patte restée libre un monticule d'humus tiède où, délicatement il la posa ensuite. Puis en assurant son équilibre d'une lourde patte sur son torse blanc, le chat, en expert, couvrit lentement, méticuleusement, le bas-ventre de sa langue rapeuse, comme s'il voulait la laver plusieurs fois, tandis qu'Irena, qui grognait avec douceur, contemplait enfin les étoiles.

Ce fut la première nuit (sinon la dernière) que la renarde passa sur le dos.

Le discuteur et l'Animat

Mirko l'Animat n'avait pas prévu qu'en adoptant le feu, c'est la Sobchtchestva qu'il embraserait. Mais le loup était partisan de laisser vivre ces débats. Chacun est libre de prêter à Nebo le visage qui lui convient, disait le canidé tolérant. Comme à son habitude (et parce qu'il avait depuis longtemps déserté son muret pour se mêler aux bêtes, rendre argument pour argument et, au besoin, coup pour coup) Mechtat était plus circonspect et le dit à l'Animat :

« On ne peut pas laisser les animaux se raconter toutes ces sottises, sinon ils vont finir par s'entretuer !

— Mais je croyais que tu étais heureux de les entendre se poser des questions.

— Bien sûr. Mais une chose est de s'interroger sur les intentions de Nebo. Tout autre est de Le prendre pour soi.

— Quelle différence ?

— C'est toute la différence qu'il y a entre une question et une réponse, miaula le chat. Tant qu'ils se posent des questions, tout va bien, le débat est possible. Ceux qui n'ont que des questions sont pacifiques. Les autres, c'est moins sûr. Les as-tu entendus affirmer successivement que Nebo leur ressemblait ?

— Oui, et alors ? Tous les animaux ne croient pas cela. Et, encore une fois, en quoi est-ce mon problème ? Quel mal font-ils à croire que le ciel leur ressemble ? Ce que les animaux croient n'est pas l'affaire de la loi, tant qu'ils n'empêchent pas leurs frères de croire autre chose.

— Justement. Quand on commence à croire que le ciel est bâti à son image, on finit par empêcher les autres de croire ce qu'ils veulent. Tu dis que c'est à moi qu'il appartient de leur apprendre qu'ils se trompent et que tu t'en laves les pattes… Mais que diras-tu le jour où les animaux se mettront à en tuer d'autres au nom de ce qu'ils croient… Ce jour-là, ce sera ton problème et ton problème uniquement !

— Est-ce déjà arrivé ?

— Pas encore. Mais ça arrivera.

— Pourquoi dis-tu cela ?

— Parce qu'on ne peut pas se persuader que le ciel nous ressemble sans finir par s'en prendre à celui qui lui donne une autre gueule ! Parce que, quand on prend Nebo pour soi-même, il faut y croire de tout son cœur, et quand on croit de tout son cœur à quelque chose, on est dangereux pour celui qui croit autre chose.

— Raison de plus pour que les enfants de Krasnaïa assistent nombreux à tes leçons ! C'est à toi, à vous les chats, qu'il appartient de leur expliquer ça !

— Mais quels enfants, Mirko ? Les enfants du Praspect assistent aux leçons depuis toujours. Ce sont les enfants des Blindés ou de l'immeuble des renards qui ne veulent plus venir depuis que leurs parents leur ont mis dans la tête qu'ils étaient les favoris de Nebo… Et ceux qui viennent sont si insolents, si agressifs que je suis obligé de les exclure.

— Tu les renvoies trop facilement. C'est ce qu'on me rapporte de partout.

— Et que dois-je faire quand un élève interrompt une discussion pour m'accuser de haïr les renards ? ou les hermines ? Que dois-je faire quand un élève me traite de chat domestique parce que je lui dis que Nebo ne le considère pas plus qu'un autre ? Sourire et trouver ça intéressant ? Faut-il que j'accepte dans mes classes une renarde (ou plusieurs) qui se cache le fondement et ne prend jamais la parole, sous prétexte de pudeur ? Non, non et non ! Ici, c'est Krasnaïa. Les animaux sont libres et égaux, et ils ont le droit de se regarder et de se sentir le cul ! Je n'ai pas de temps à perdre avec des renards mal élevés. Autant enseigner à des souris ou à des hirondelles. Je me fiche que les insolents soient renards. S'ils m'interrompent, je les renvoie. S'ils se cachent le fondement, je les renvoie. Et s'ils viennent m'expliquer que Nebo est un renard, je les renvoie, même si Douraka doit me traiter d'animaliste pendant trois animats ! »

Mirko riait de bon cœur. Ce qui était plutôt rare pour un loup et prenait la forme de ces petits hululements qui touchent les humains, en fin d'esclaffade. Hou, hou…

« Où allons-nous si notre discuteur en chef perd son calme ?

— D'où tiens-tu que j'aie jamais été calme ? Je suis drogué, c'est différent.

— Écoute, Mechtat. Trouvons un compromis. Il le faut. Veux-tu que nous tombions d'accord pour dire que chacune et chacun de tes élèves est libre de croire ce qu'elle ou il veut, sous réserve que ses croyances n'entravent pas ton enseignement ?

— C'est impossible.

— Comment ça ?

— C'est impossible que tu dises tout le temps "chacune et chacun" ! Et que tu le dises tellement que tu en viennes à le dire même quand nous sommes tous les deux ! Tu dois cesser de parler comme ça.

— Tu me donnes un ordre ?

— Non, excuse-moi, je suis en colère. Mais je ne supporte pas de t'entendre dire "celles et ceux" ou "chacune et chacun". Chaque fois que tu prends ces précautions oratoires qui n'engagent à rien, mes poils se hérissent, mes oreilles se mettent en arrière, mes pupilles, dit-on, rétrécissent et mes griffes pourraient briser des pierres. »

Le loup ne riait plus. Mechtat se demanda pour la première fois de sa vie s'il n'était pas allé trop loin.

« Revenons à nos moutons. Est-on d'accord ? Chacune et chacun peut croire ce qu'il veut, tant qu'il ne t'empêche pas de parler ?

— Ça ne suffira pas.

— Pourquoi ?

— Parce que je n'accepterai jamais au Cirque de renarde ou d'hermine queue baissée.

— Tu n'es pas le propriétaire du Cirque ! Et fais un effort, Mechtat ! Je ne peux pas interdire aux animaux qui le souhaitent de se soumettre.

— Et pourquoi ?

— Tu l'as dit toi-même, je m'en souviens : la liberté est un risque. Et le mauvais usage qu'on en fait n'est pas une raison de la restreindre. Comment peux-tu dire que les animaux doivent avoir le droit de manger des champignons, tout en les privant du droit de vivre la queue baissée ? Est-ce à dire qu'une liberté te paraît préférable à une autre ?

— Tu as raison.

— Ah ! »

Le loup grogna de ravissement, tandis que le chat essayait vainement, de toute la force de son esprit, de contourner l'argument de son interlocuteur.

Pour finir, Mechtat concéda.

« Je ne peux pas empêcher les élèves de venir la queue basse, s'ils le souhaitent. Mais je te préviens que je n'en laisserai aucun menacer les autres ou interrompre mes leçons. Et je me moque que les enfants aillent ensuite écouter les sottises de Podzemlya ou de Douraka. Ce n'est pas ma responsabilité. C'est la leur.

— D'accord.

— Reste que c'est un problème.

— Quoi donc, encore ?

— Pour entendre ce que j'ai à dire, un élève doit douter de sa propre croyance, au lieu de la brandir fièrement en s'abritant derrière le droit que la loi lui en donne.

— Tu voudrais que tes élèves soient déjà éduqués et instruits, avant d'aller écouter tes leçons !

— C'est possible.

— Les seuls élèves instruits sont les enfants du Praspect…

— Est-ce de ma faute ?

— Non, mais tu es en charge de tous, pas seulement des éminents.

— Je suis en charge des bien élevés ! D'où qu'ils viennent !

— Bon. Veux-tu qu'on dise que toi-même tu ne parles jamais de Nebo, et que les élèves n'ont le droit d'en parler entre eux que s'ils le font hors des leçons ?

— C'est exactement le contraire de ce qu'il faut faire. Je dois parler de Nebo aux élèves, et leur montrer qu'ils se trompent en Lui donnant forme animale.

— Mais qu'en sais-tu ? Connais-tu le visage de Nebo, toi ?

— Non, mais je connais les faux raisonnements. Ce n'est pas en brandissant une autre vérité qu'on sort les enfants de l'erreur (car personne ne connaît la vérité), mais c'est en leur montrant qu'ils pensent de travers et que, si jamais ils avaient raison d'attribuer une gueule d'animal au ciel, ce serait par hasard.

— Apprends-leur à penser, et laisse-les croire.

— Ça ne marche pas ensemble.

— Ne sois pas si pessimiste.

— Ce n'est pas du pessimisme. Je dois pouvoir leur montrer que Nebo, s'Il existe, n'a aucune intention particulière en ce qui les concerne, qu'Il ne leur ressemble en rien et que leur existence est le dernier de Ses soucis. Si les animaux ne doutent pas de Nebo, ils ne laisseront jamais d'autres animaux L'aimer différemment.

— C'est contradictoire : pour leur permettre d'aimer Nebo comme ils le souhaitent, tu vas leur montrer qu'il n'y a aucun sens à aimer Nebo ?

— Exactement. Il faut abattre la folie pour en venir à la tolérer ! Si les animaux ne doutent pas de ce qu'ils ont envie de croire, ils croiront bien agir en privant les autres du même droit. S'ils savent, en revanche, que leur façon d'aimer Nebo vaut bien toutes les autres (car, au fond, personne ne sait rien du ciel), alors on a une chance de permettre à chaque animal d'aimer (ou non) Nebo comme ça lui chante. Aucun d'eux ne doit penser qu'il détient la vérité en pensant ce qu'il pense, sinon c'est la fin de la Sobchtchestva ! Sais-tu que certains renards sont persuadés que s'ils égorgent une hermine (ou tout rongeur) qui doute des intentions du ciel, Nebo les envoie dans un monde d'abondance où pullulent les musaraignes et les souris, les lièvres et les lapins, les truites, les castors et les reptiles, et où des renardes indéfiniment offertes ne montrent leur fondement qu'à eux !

— Ce n'est pas si différent de notre monde ! ria Mirko, décidément joyeux.

— Tu plaisantes et tu as tort. Mais j'ai une prise sur eux. Je peux leur montrer que ce qu'ils imaginent est de nature à combler leurs désirs de renards vivants, et qu'un renard mort, s'il survit à sa mort sous une autre forme, ne peut avoir les mêmes souhaits. Mais pour ça, il faut qu'ils m'écoutent. Or les hirondelles passent leur temps à leur dire que je suis un soutien du pouvoir et des éminents.

— Tu n'es pas non plus leur ennemi, non ?

— Je ne suis l'ennemi de personne, et je ne défends pas l'Animat en place, mais le principe-même de l'animature, sans lequel la Sobchtchestva disparaîtra.

— Donc, l'antinebisme est au principe du droit que chacun peut avoir d'adorer Nebo comme il souhaite ? c'est ça que tu penses ?

— Pas l'antinebisme, non. Il ne s'agit pas d'être hostile à Nebo. L'hostilité envers le ciel n'a pas davantage de sens que l'adoration du ciel. C'est encore une façon de se soumettre à Lui. Mais l'anebisme. Je ne veux pas que les animaux détestent Nebo. Je veux juste qu'ils apprennent à penser loin de Lui, sans Lui, à distance des intentions que les enragés Lui prêtent. Je veux que les bêtes apprennent à penser sans croire. La raison doit l'emporter sur la croyance comme la loi commune doit l'emporter sur les traditions. Sinon, toutes les croyances se menaceront entre elles et

Krasnaïa retournera, sous le prétexte de laisser parler chacun (même les plus haineux) à l'état de nature où régnait la loi du plus fort, et chaque animal était un loup pour l'autre.

— Si tu étais un loup, répondit Mirko, tu saurais que les loups ne se mangent pas entre eux. »

Père et fils

Zamitchatel attendait son père devant la tanière de l'Animat, où lui-même avait passé l'enfance.

Né au lendemain de la Guerre civile – de l'union de Mechtat, encore jeune, et de Maria, une éminente Savannah qui, quand Mechtat avait quitté la datcha où ils vivaient pour se vouer aux discussions, avait refait sa vie avec Avtoran en personne, qui venait d'être désigné Animat à l'issue d'un combat sans péril face à Gudrun, une grosse jument sans morale et pleine de principes, que Vladimir avait maintes fois engrossée –, Zamitchatel était hybride.

Son pelage était plus tacheté et moins long que celui de son père, qu'il surpassait en grâce et que, désormais, il égalait en taille et en force. Ses oreilles, aussi lisses que celles de Mechtat étaient touffues, lui donnaient un air de serval et se dressaient en permanence sur une gueule si longue, aux moustaches si délicates et aux prunelles si fendues, qu'à l'image de sa mère on eût dit une figure, posée sur un corps souple et puissant.

Après avoir passé les premiers animats avec ses deux parents, Zamitchatel vécut donc chez sa mère qui, elle-même, avait déménagé aux Écuries adaptées par l'énergique Avtoran à ses besoins de lynx.

C'est là, sous la double influence d'un père qu'il adorait et d'un beau-père qu'il n'aimait pas moins, que Zamitchatel continua de grandir.

Pris entre les feux tantôt convergents, tantôt contradictoires, du chat Mechtat et du lynx Avtoran, Zamitchatel s'était sagement mis à la recherche d'animaux qui lui tinssent des discours inédits. C'est ainsi qu'après avoir soutenu Bagato et suivi son pavois lors de la campagne électorale, Zamitchatel s'était temporairement entiché de Îaïtska, l'étrange ornythorinque érudit dont le seul but dans l'existence était d'obtenir, pour le salut de tous, le morcellement de Krasnaïa en entités autonomes. Puis il s'était détaché de l'entiché quand l'ornythorinque fut convaincu, en pleine affaire Vladimir, d'avoir lui-même tenté d'abuser des canards de l'étang. Mais Zamitchatel avait gardé de cette dilection infantile la fantaisie d'estimer que Krasnaïa devait être découpée en distincts districts pour éviter la fin de la Communauté. Se diviser soi-même pour mieux régner sur soi-même. Et pourquoi pas.

Avec l'âge adulte, une telle conviction faiblissait un peu en l'excellent bambin dont l'intelligence combattait victorieusement le désir de croire, mais elle était toujours là. Enfin, Zami, comme l'appelait son père, s'était plus récemment énamouré de Dinia, dont il n'approuvait pas tous les diagnostics, mais qui lui paraissait faire preuve de bravoure et dont il aimait l'outrance.

Heureusement, Zamitchatel était encore plus épris des lois que son père, et il avait très tôt compris que le véritable danger à Krasnaïa n'était pas la soumission des raïoni à l'insolente tutelle de la Doma, mais le gouvernement des pleutres et le mélange de fraternisme et d'animalisme qui faisait le fond du discours de Douraka, qui menaçait les institutions de la Sobchtchestva (en qui Zamitchatel, contrairement à Dinia, voyait une condition de la liberté) et qui plaisait tant aux animaux les moins instruits.

Qui plus est, malgré l'éducation qu'il avait lui-même reçue d'un carnivore (en l'occurrence Avtoran) qui, tout en s'en défendant publiquement, adhérait en profondeur à la loi du plus fort, Zamitchatel était temporairement immunisé contre l'animalisme par l'enseignement de son père, et consacrait lui-même ses propres qualités d'orateur à la déconstruction de l'essentialisme hiérarchique dont Lavka faisait son miel. De sorte que Zamitchatel et son père (qui redoutait peut-être à tort l'influence d'Avtoran sur les certitudes de son fils) faisaient désormais très souvent cause commune dans le combat qui opposait les légalistes à la horde disparate et faussement homogène des mécontents de toute espèce, des renards enragés, des plus-que-blancs plaintifs et des arracheuses qui, comme les hyènes, donnaient l'impression de rire quand elles claquaient des mâchoires. Ou peut-être était-ce l'inverse.

« Tu viens, Zami, on s'en va ? lança tendrement Mechtat à son fils qui devisait avec les cygnes d'Ozero qu'il n'avait pas revus depuis un animat et demi et dont, quand il habitait sur place, il était, avec sa mère, le seul confident.

— Oh, non, tu sais, mon papa, je crois que je vais rester un peu. Avec les cygnes, on a tant de choses à se dire. Je ne leur ai pas parlé depuis notre départ des Écuries.

— Ah… »

Mechtat – dont on prisait partout l'opinion, dont les pattes étaient aussi larges que celles d'un lynx, qu'on écoutait comme un tuteur, dont les façons de penser avaient irrigué la Communauté depuis tant d'années, dont des familles éminentes rémunéraient la discussion en monticules de souris grillées et en gelée de ragondin, se trouvait démuni comme un enfant quand son propre fils étalait ingénument devant lui, avec la candeur des princes, le détail de ses privilèges et les expériences qu'à son jeune âge il avait déjà faites. Car Mechtat lui-même avait grandi dans la légende – dont il n'était pas dupe, mais qui en disait long sur la paix qui régnait aux Écuries – selon laquelle les cygnes ne parlaient pas aux simples animaux et composaient une vivante relique de Nebo, un morceau de ciel au sol, l'hybridation divine d'un canard et d'un serpent, dont le chant, pour cette raison, était à la fois un appel et une oraison, et dont la discussion était réservée aux mandataires célestes. D'un pas de velours, Mechtat approcha de l'étang :

« Crois-tu que je puisse… »

Le grand chat n'avait pas terminé sa phrase que les deux cygnes qui s'entretenaient chaleureusement avec son fils étaient déjà repartis, ailes bouffantes et cous repliés, comme s'ils défendaient leur territoire. Zamitchatel, indulgent, contint poliment le dépit qui lui venait, et s'éloigna de la berge.

« Comment ça s'est passé avec Mirko ?

— Bien. Il m'a donné tort.

— À quel sujet ?

— Au sujet des renards qui vivent la queue basse.

— Et ?

— Je suis contraint de les tolérer dans mes leçons.

— Mais, papa, tu m'as toujours dit que c'était impossible de discuter avec un public pareil ! Et que si les animaux ne se débarrassaient pas de leur croyance à l'entrée du Cirque, il était inutile de s'adresser à eux !

— C'est vrai. Mais je ne peux pas défendre la liberté de se nuire et de manger des champignons, tout en déniant la liberté de se soumettre et de vivre en se cachant le fondement.

— Ou bien tu aurais pu lui répondre (comme tu me l'as si souvent fait comprendre, chaque fois que je m'indignais d'un ordre) que la liberté d'un enfant n'est pas exactement comme la liberté d'un adulte.

L'adulte est fini, l'enfant est en construction, et si à l'âge adulte toute suspension de la liberté est à prendre avec méfiance, l'enfance exige à la fois plus de soin et d'indiscrétion, car enfin, à quoi servent les discussions entre enfants, sinon à les rendre capables d'exercer la pleine liberté à laquelle ils auront accès plus tard ? Suspendre leurs libertés, c'est étayer leurs libertés. On ne traite pas une chenille avec les critères du papillon. Non ?

— Oui. Effectivement. J'aurais pu lui répondre ça… J'aurais dû répondre ça… De toute façon, je n'ai pas le choix. Si je défends le droit de chacun de dire ce qui lui plaît, on m'accuse de promouvoir l'animalisme. Si j'insiste sur la possibilité contre nature, pour les animaux, de changer d'habitudes, on m'accuse de parler des nôtres comme s'ils étaient humains. Si je dis que la Table Rase n'en est pas une et que nous sommes à maints égards les héritiers des humains, on m'accuse de domesticisme. Et si je dis que l'animalisme n'est pas plus excusable chez les démunis des Blindés que chez les nantis du Praspect, on m'accuse de mépris de classe. Il faut s'y résoudre… » ajouta Mechtat, vaguement déçu que son fils ne commentât pas son éloquente énumération.

Svetavoï rasait la surface de l'étang et le couvrait de langues de feu dont la lumière répondait à celle des torches que les humains avaient disposées au mur des Écuries, à intervalles réguliers. Les félins géants longeaient Ozero d'un pas serein, jouant de leurs ombres dans un silence surnaturel à peine fendu par la trompette plaintive d'un cygne et le hululement d'une chouette auxquels, dans ce havre de paix, répondaient les coassements. La nuit était tout à fait tombée, ce qui ne changeait pas grand-chose pour les matous.

« Avez-vous parlé des humains ?

— Non.

— C'est étrange. Tu m'avais dit que tu lui demanderais une amélioration de leur sort.

— J'ai oublié. Je pense trop à cette histoire de Nebo farfelu.

— En même temps, ce ne sont que des humains.

— Ne méprise pas les humains.

— Mais, papa, tu as dit toi-même qu'ils nous étaient inférieurs en toute chose.

— Pas exactement. Ou alors, si je l'ai dit comme ça, j'ai eu tort. "Inférieur" n'est pas exact. Disons qu'ils sont imparfaits, contrairement à nous.

— Au sens où ils peuvent changer de goût ?

— Ne dis pas "au sens où", c'est trop laid.

— Dans le sens où ?

— Si tu ne peux pas faire mieux.

— Dans le sens où ils peuvent changer de goût ?

— Changer de goût, changer d'habitude, changer d'opinion…

— Nous aussi !

— Oui, mais chez eux, c'est naturel.

— Que veux-tu dire ?

— Que la nature des humains est de ne pas avoir de nature précisément.

— Je ne comprends pas.

— Écoute. Nous naissons lynx, fourmi, tortue, ragondin, mouton, serpent ou chat… Alors que quand les humains naissent, ils ne sont… rien.

— Comment ça, rien ?

— Non, ils ne sont rien. Ils n'ont pas de poils, pas d'écailles, pas de griffes. La seule chose qui les distingue, ce sont des tailles et des couleurs, mais pour le reste ils sont tous identiques, c'est-à-dire qu'ils ne sont rien, ou plutôt : ils sont ce qu'ils deviendront. As-tu déjà assisté à la naissance d'un humain ?

— Non ?

— C'est abject. On dirait qu'une libellule sans ailes leur sort du ventre. Et le produit des efforts démesurés de la femelle est pourtant une créature sans force, que la mère est incapable de lécher elle-même… Mais c'est dans l'avenir que leurs racines se trouvent. Dans le projet qu'ils se donnent, et pas dans leurs origines.

— Qu'est-ce que ça veut dire ?

— Qu'ils sont ce qu'ils deviennent.

— Alors que nous ?

— Nous, les animaux, avons tendance à devenir ce que nous sommes. Chat, tu nais, chat, tu deviens. C'est pour ça qu'on a inventé les lois.

— Pour devenir ce que nous sommes ?

— Au contraire ! Pour donner aux animaux moins forts une chance de devenir plus que ce qu'ils sont.

— Aux dépens des plus forts ?

— Oui.

— Et tu trouves ça juste ? Moi, je trouve bizarre qu'on sépare la force de ce dont elle est capable.

— Tu parles comme Dinia.

— Non, je parle comme moi-même !

— Excuse-moi. Tu dis que tu trouves bizarre de séparer la force de ce qu'elle peut ? Même si la force fait des victimes en se déployant tout entière ?

— Non !

— Donc, que préfères-tu ? Qu'on laisse chacun devenir ce qu'il est, les lynx devenir lynx et les belettes, belettes, de manière à ce que jamais le moindre parent de belette ne puisse se plaindre du lynx qui aura mangé sa sœur, sa mère ou sa cousine, ou bien que, sans séparer la force de ce qu'elle peut (car nul n'est coupable d'être ce qu'il est), on s'interpose entre une force et sa victime, et on pose des limites à la première ?

— La seconde. Mais alors, il faut limiter la limite elle-même.

— C'est-à-dire ?

— Tu l'as dit toi-même : nul n'est coupable d'être ce qu'il est. Pourquoi serait-on coupable des comportements que ça implique ?

— Coupable, non ! Un carnivore n'est pas coupable de dévorer un herbivore (qui n'est pas coupable de s'y soustraire). Mais il est coupable de le dévorer hors-dévoration. Est-ce qu'une telle limite te convient ?

— Ça dépend.

— Dis-moi.

— Pour quelle raison est-il interdit de manger un herbivore quand la dévoration est suspendue ?

— Parce que ça risquerait de déséquilibrer la Communauté en réduisant la population herbivore.

— Alors, ça va.

— Que craignais-tu ?

— Que tu me dises qu'il faut s'abstenir de manger des herbivores parce que c'est mal.

— Jamais je ne te dirai une chose pareille ! La loi se moque énormément du Bien et du Mal. Son rôle est seulement de permettre aux animaux de vivre ensemble et, pour vivre ensemble, il faut des limites communes.

— Mais est-ce que ces limites ne sont pas déjà fournies par la différence des groupes ? Après tout, si chacun fait ce qu'il veut, ou si chacun devient ce qu'il est, qu'est-ce qui nous dit que nous n'obtiendrons pas un équilibre ? C'était bien le cas, avant que Zosime n'invente les lois, non ?

— Oui.

— Et alors ?

— Alors, c'était la guerre.

— C'est vrai.

— De chacun contre chacun. Puis d'un groupe contre un autre.

— Soit.

— Et ce n'était pas seulement (crois-moi) la guerre des herbivores contre les carnivores, non !

— Mais de qui contre qui, alors ?

— De l'idée-même de loi (portée par les herbivores) contre son refus radical, au nom de la liberté des carnivores de manger ce qu'ils veulent.

— Mais les herbivores ne sont-ils pas plutôt méprisables, en général ?

— Ils le sont souvent, ce n'est pas la question. Car si les carnivores l'avaient emporté, la Sobtchtchestva n'existerait pas.

— Pourquoi dis-tu cela ?

— Parce qu'il fallait la victoire de ceux qui trouvent leur intérêt dans la loi. Les carnivores n'auraient pas eu besoin de lois ! La force nue leur eût suffi.

— Sauf pour les carnivores plus faibles…

— Exactement ! C'est la bonne objection ! S'ils sont faibles, ils seront les victimes de leur propre système. Et même s'ils sont forts, ils trouveront toujours plus fort qu'eux. S'il n'y a pas de loi, c'est la force qui fait la loi, et personne, au bout du compte, n'y trouve son bénéfice.

— Donc, la justice n'est pas le Bien ?

— Non, c'est la garantie, par la loi, que chacun est aussi libre qu'il peut l'être – et aussi la contribution tendancielle, par le Don, à l'égalisation des chances.

— Pourquoi dis-tu "égalisation" et pas "égalité" ?

— Parce que les loups restent des loups et les souris des souris. L'égalité est introuvable chez les animaux. Je ne te parle pas seulement de l'abîme entre carnivores et herbivores, ou entre éminents et démunis, mais de la différence entre tout animal. Nous sommes trop singuliers pour être égaux. Seulement on peut égaliser les chances autant que possible, à condition de ne pas croire qu'on y arrivera complètement. C'est le problème des affaires publiques.

— Quoi ?

— Le renoncement. Il faut pratiquer le renoncement. Sinon, pas de compromis. Et sans compromis, rien n'arrive, ou le pire.

— Et si je ne renonce à rien et que je veux quand même gouverner ?

— Alors, tu seras dangereux et je devrai te combattre.

— Mais quand même, toi qui dis que la liberté est, d'une certaine manière, la seule chose que la loi doive défendre…

— J'aime quand tu dis “d'une certaine manière”.

— Pourquoi ?

— Peu importe.

— Toi qui dis, donc, que la liberté est, d'une certaine manière, la seule chose que la loi doive défendre…

— Oui ?

— Est-ce qu'en privant les animaux de devenir tout ce qu'ils peuvent, c'est-à-dire de faire tout ce qu'ils veulent, on ne les prive pas de liberté ? Je comprends bien que “la liberté des uns s'arrête là où commence celle des autres” (c'était le second aphorisme favori de Vladimir) et qu'il faut mettre des limites entre nous, sous peine qu'on s'entre-dévore. Mais pourquoi ne pas tenir ces limites pour ce qu'elles sont : des privations de liberté ?

— La liberté de manger l'autre n'est pas la même liberté que la liberté d'être mangé par l'autre.

— Tu n'as pas d'autre argument ?

— Si ! Ce n'est pas être libre que de devenir ce qu'on est. C'est juste avoir un destin.

— Qu'est-ce que c'est, le destin ?

— C'est le nom qu'on donne à tout ce dont on ne décide pas et qui nous détermine. Certains y voient la volonté du ciel.

— Mais je croyais que le ciel ne voulait rien ?

— Tu as raison. C'est pour ça qu'il n'y a aucun sens à voir un destin dans le hasard qui te fait naître brebis, renard, lynx ou albinos. En vérité, "destin" est une autre façon de dire que tu n'as pas le choix d'être ce que tu es. Malgré tous ses efforts, un chat ne cessera jamais d'être un chat. On en revient toujours là.

— Un humain non plus ne cessera jamais d'être un humain.

— Mais un humain peut ne pas être humain.

— Comment ça ?

— Je te l'ai dit ! L'humanité n'est pas seulement leur condition, c'est aussi leur but. Comme ils ne sont rien à la naissance, ils ont tout à devenir.

— Encore une fois, je ne comprends pas.

— J'adore quand tu dis ça, mon souriceau. Mais concentre-toi un peu, s'il te plaît. Un humain n'est rien quand il naît ; ce qu'il est n'est que ce qu'il sera. Or, parmi les humains, certains choisissent d'être monstrueux. Ceux-là, les humains eux-mêmes en parlent comme s'ils étaient inhumains. En quoi les humains se trompent, d'ailleurs. Car leur humanité est aussi faite de ceux qui se conduisent de manière inhumaine. Et qui en sont responsables.

— C'est en ce sens que tu disais de Xenos qu'il était animal avant d'être renard ?

— Exactement ! D'abord parce que la sanction devait être infligée au nom de tous les animaux et non pas seulement des victimes, mais surtout parce que l'animalité – ce que nous avons en commun, tous, malgré nos différences – inclut aussi la possibilité d'être monstrueux, et que ce serait trop facile de dire "ce renard n'est pas un animal".

— Tu as dit que les humains étaient des animaux imparfaits.

— Oui.

— Dirais-tu que les animaux sont des humains imparfaits ?

— Oui.

— Mais en quoi est-ce qu'on leur ressemble ?

— En tout, mon crapaud ! Hormis le fait qu'on mette plus de temps à changer d'habitudes. Mais qu'est-ce que le désir des herbivores de "vaincre la loi de la nature" comme ils le disaient après avoir gagné la Guerre civile, sinon l'équivalent de la capacité humaine à s'arracher aux conditions de sa naissance ? Les promoteurs des archi-principes de Krasnaïa sont tous issus de la Domesticité. Et tout en parlant de "Table Rase", ils ont emprunté aux humains chacune des règles qu'ils ont imposées aux animaux. D'où nous vient l'égalité ? Et le femellisme ? Et l'idée que la liberté n'est pas simplement de faire ce qu'on veut ? Crois-tu qu'on a trouvé ça tout seuls ?

— Mais l'histoire du renard dans le clapier ?

— Avant d'être une histoire vraie, c'était une parabole humaine.

— Ah, bon ?

— Oui. Les humains s'en servaient pour démontrer que, dans un monde où chacun fait ce qu'il veut, c'est la loi du plus fort qui l'emporte !

— C'était le premier discours de Zosime !

— Au lendemain de la Guerre civile, je sais ! C'est moi qui le lui ai soufflé. Les humains ne sont pas nos ennemis. Ce sont nos ancêtres. D'ailleurs, ils adorent se représenter leurs propres histoires sous la forme de récits d'animaux. Ils le font depuis toujours.

— Mais comment accepter, alors, qu'on les traite si mal ?

— C'est un scandale, comme dirait l'autre.

— Mais pourquoi ne fais-tu rien pour changer ça ?

— Je ne sais pas. Je crois que je n'ai plus la force.

— Ou que ça t'arrange ?

— Ce serait le cas si je possédais un humain.

— Si tu possédais un humain, tu lui apprendrais à te désobéir ! »

Le père et le fils miaulèrent de rire. Mechtat sentait bien que Zamitchatel était tenté par l'animalisme, mais il sentait aussi que, formé à la meilleure école, il en était immunisé par la capacité (dont il était si fier) de reconnaître qu'il avait tort. Zosime voyait si juste : le respect des formes de la discussion est une meilleure garantie que la morale contre les discours de haine.

« Écoute, mon grand, cette histoire : tu connais la légende que Ganna raconte les soirs d'éclipse sans élection sur le chat qui n'a pas dévoré son maître et se serait laissé mourir de faim s'il n'avait réussi finalement à ouvrir la porte et quitter l'appartement ?

— Oui.

— C'était moi, le chat.

— Toi, mon papa ?

— Quand j'avais ton âge, exactement. Mon maître (car c'était ainsi) était le meilleur des humains, et probablement le plus instruit. Il travaillait à la Montagne qu'à l'époque, avant Vzryv, comme tu sais, on appelait "la Centrale". Je crois même qu'il occupait de hautes fonctions dans le système des humains. On l'appelait "contremaître" et je n'ai jamais su ce que ça voulait dire. Je crois que c'était une sorte de dogue... Quoi qu'il en soit, c'est lui qui m'a appris tout ce que je sais sur ses congénères, et qui m'a lu des centaines de livres au coin du feu de métal.

— Le feu de métal ?

— Un feu invisible, qui émane d'un morceau de métal taillé qui, quand on le raccorde à un trou dans le mur, produit une chaleur supérieure au foyer de Ganna. Les animaux sont à des centaines d'animats de fabriquer une chose pareille... Bref, au lendemain de l'explosion, Alexandre (comme il s'appelait) est revenu extrêmement inquiet et, au lieu de me prendre dans ses bras, s'est éloigné de moi comme s'il voulait me protéger. Je l'entendais, depuis la terrasse où je contemplais la future Doma, parler furieusement, et en toussant. Au bout de quelques jours, il se mit à vomir. Il fut bientôt si faible que je pus de nouveau m'approcher de lui et lui donner les petits coups de gueule sur le menton qu'il aimait tant. De grosses larmes roulaient sur ses joues mauves tandis qu'il chantonnait l'histoire d'une jeune fille au milieu des pommiers, qui garde l'amour quand le soldat s'en va… Depuis plusieurs jours déjà, il ne me nourrissait plus et j'en étais réduit à laper ses glaires. Le jour du départ, Alexandre était trop faible pour quitter son lit quand des humains tambourinèrent à sa porte. On l'abandonna. Lorsqu'il mourut, j'étais coincé avec lui, et je mourais moi-même de faim. Mais l'idée de le manger m'écœurait davantage encore. L'idée de dévorer mon maître et de produire des excréments avec sa chair était insupportable. Alors, après avoir léché toutes les parcelles du sol souillé, j'ai attendu, près de son cadavre, résigné à mourir avec lui.

— Et comment es-tu sorti ?

— En me souvenant de l'histoire qu'Alexandre m'avait racontée d'un homme qui, pour sortir de l'île où il vivait seul, consacra la moitié de sa vie à construire un beau bateau, avant de s'apercevoir qu'il l'avait construit au milieu d'une plaine, et qu'à moins de percer la montagne à mains nues, jamais le bateau ne verrait la mer.

— Je ne comprends pas.

— Comme l'homme qui pense à tout sauf à mettre son navire à l'eau, j'avais tout envisagé sauf la possibilité que sa porte ne fût pas fermée. Or, c'était le cas. D'un simple coup de patte, je baissai la poignée et je me suis retrouvé dans le couloir où grouillaient les divines petites souris que je t'apprenais à attraper quand tu étais petit, tu te souviens ?

— En fait, tu t'es conduit en humain.

— Exactement !

— Mais pourquoi ?

— Parce que je l'aimais.

— Qu'est-ce que ça veut dire ?

— Si je mourais, pourrais-tu me manger et me déféquer ensuite, ou ferais-tu en sorte que mon cadavre nourrisse les cygnes et reçoive les hommages de la Communauté, et que mon souvenir me survive ?

— Mais, papa, la question ne se pose pas.

— Pourquoi ?

— Parce que je t'aime ?

— Tu as compris. Et c'est pour ça que tu dois comprendre qu'il ne faut pas détester les humains, et que… »

Mechtat s'interrompit. Zamitchatel s'était figé, griffes dehors. Un bison se dressait devant eux, cornes basses, entouré par une cohorte de renards et de rats manifestement enragés, au-dessus desquels s'ébattaient quelques chauves-souris plus-que-blanches dont il était difficile de savoir si elles accompagnaient les agresseurs ou si elles avaient juste croisé leur route.

Soudain, dans l'obscurité, deux yeux rubis scintillèrent intensément, comme s'ils s'étaient allumés, et la petite voix de Douraka se fit clairement entendre :

« On rapporte de partout que tu m'insultes ?

— C'est faux.

— Comment oses-tu mentir ? s'étrangla l'hirondelle.

— C'est un scandale, n'est-ce pas ?

— C'est…

— Honteux ? Ignoble ? Atroce ? Insupportable ? Tais-toi, demi-tête. Les mots que tu prends pour des crachats ne sont que des constats. Si je dis que tu es une imbécile aussi venimeuse qu'une lépiote purpurescente, et que tu recouvres de bons sentiments un discours haïssable et haineux, je ne t'insulte pas, je te décris. Tu es sotte, méchante, animaliste et menteuse. Tes indignations sont feintes, tes enthousiasmes sont faux, ton seul talent est de semer la discorde, et tu aurais largement mérité de finir dans l'estomac d'un renard animicide. Où est l'offense, s'il te plaît ? »

À ce monologue, l'hirondelle ne répondit pas et les animaux devinrent tout à fait menaçants, grognant et montrant des crocs aiguisés qui rutilaient à la lumière de Draga.

La meilleure défense, c'est l'attaque

Les chats savaient que la victoire se décide en partie dans les instants qui précèdent l'affrontement. Car les animaux sont ainsi faits qu'ils reviennent rarement sur une première impression. Celui des combattants qui ferait peur à l'autre serait gagnant avant même de se battre.

Zamitchatel, formé par les dogues au combat rapproché lors de son séjour aux Écuries, se jeta sur un renard dont il fendit la joue d'un coup de griffe.

À son signal, Mechtat ouvrit une gueule haineuse, ses oreilles s'aplatirent au point de disparaître sous les poils, et il bondit sur les assaillants, toutes griffes dehors, éborgnant un renard, brisant le cou d'un rat tandis qu'il attrapait au vol une chauve-souris.

Zamitchatel, qui était plus fort que son père, mais qui s'était battu moins souvent, attendit que le bison, dont la présence l'inquiétait plus que celle des rongeurs hyper-dentus, tournât sa grosse tête vers Mechtat et s'apprêtât à charger pour se jeter lui-même à son cou et y planter les griffes comme s'il s'était agi d'une petite féline de la Montagne avec qui l'adolescent eût appris à copuler.

Si souples fussent-ils, les renards et les rats ne pouvaient pas atteindre le chat, et si épaisse fût la peau du bison, les griffes de Zamitchatel s'y enfonçaient comme dans de la mousse et il ôtait à l'envi de vastes quartiers de chair du puissant bovidé qui, découvrant la douleur, gesticulait comme ces bovins noirs et cornus dont Mechtat avait entendu dire que certains hommes parvenaient à les dompter en se maintenant sur leur dos ou en les énervant avec un chiffon rouge.

En tournant sur lui-même, le bison écrasait les rats et les renards au milieu desquels Mechtat distribuait ses coups de griffe. La chauve-souris géante dont Mechtat avait vainement tenté de manger la tête se jeta alors sur le jeune chat, et tenta de l'emporter, mais Zamitchatel réussit à se retourner sur lui-même et de sa gueule décapita brillamment le chiroptère. Enfin, les chats furent rejoints par trois dogues en faction devant les Écuries, et les assaillants reculèrent, malgré leur nombre. Zamitchatel sauta du bison qui partit en boitant, sous l'œil admiratif de son père qui, d'une patte, nonchalamment, attrapa une souris qui tentait de fuir et la croqua d'un coup.

« Tu nous as agressés ! C'est un crime et un scandale ! vociféra Douraka. Et tu as mangé une souris alors que la dévoration n'est pas ouverte !

— C'est vrai. J'ai croqué la souris pour le plaisir, sans avoir faim.

— Les dogues en sont témoins !

— Tant mieux ! Et devant témoins, je l'affirme. Rien ne vaut une petite albinos. »

Mechtat assortit sa réponse d'un regard complice vers son fils, qui était occupé à lécher les larges entailles que la chauve-souris avait faites sur ses flancs. Aussitôt, son père vint en aide au chaton géant, lécha ses plaies, sur lesquelles un ratier, dépêché depuis les Écuries, déposa bientôt l'onguent libérateur.

Mechtat était inquiet.

La chauve-souris était-elle enragée comme les renards ? Avait-elle pu contaminer son fils ? La rage, d'ailleurs, était-elle une maladie ? Et transmissible ? On disait souvent – et peut-être à juste titre – d'un animal qu'il était « enragé », mais, hormis l'écume qui venait aux canidés et qu'on eût pu imputer à la colère autant qu'à la rage, aucun diagnostic étayé par des signes précis ne certifiait la chose. Le terme était passé dans le langage courant sans qu'on sût s'il correspondait véritablement à une pathologie.

La rage était-elle une maladie, donc ? Et la rage était-elle contagieuse ?

N'avait-on pas vu des animaux (lors de la Guerre civile) se conduire comme des enragés alors qu'ils avaient le sang-froid ? Fallait-il trouver cela rassurant ?

L'animal enragé souffrait-il de quelque chose ou était-il seulement en colère ? La rage était-elle de ces artifices forgés par l'ancienne culture de l'excuse pour disculper les criminels en diluant leur responsabilité ?

Mechtat pensa à Xenos, dont tout le monde eût accepté de dire qu'il avait la rage, sans avoir pris la peine de le vérifier.

Comment eussent-ils fait, d'ailleurs ?

Telle était la rage, évasive et précise à la fois, dont l'invocation relevait de l'incantation autant que du diagnostic. Et dont le grand chat, si soucieux de responsabilité individuelle, était soudain tenté de penser qu'elle était déjà à l'œuvre quand son fils lui dit brutalement : « Papa, c'est bon maintenant, assez de me lécher les plaies ! »

Palets

L'attaque de Mechtat et Zamitchatel ne fit pas grand bruit. Pour cause. Les grands chats n'avaient aucun goût pour la plainte, et Douraka, bizarrement, ne se vanta pas de l'agression scandaleuse des félins. Mechtat, néanmoins, se dit à regret qu'une fois de plus il avait eu raison avant les autres et que la Communauté n'était pas loin de basculer dans la violence générale.

Étaient-ce les premiers symptômes de la rage ?

Ou bien l'effet d'une colère bien compréhensible après l'agression des chats ?

Zamitchatel était plus radical que son père, et allait jusqu'à dire parfois, comme Irena, qu'il faudrait, un jour, une nouvelle guerre civile entre les partisans de la loi commune et les animalistes pervers ou les baisseurs de queue comme Podzemlya, Gavariat et Douraka. À l'image de la vaillante renarde que Zamitchatel admirait plus encore que son père, le fils de Mechtat ne voyait même aucun inconvénient à faire cause commune, le cas échéant, dans ce combat, avec des animalistes avérés. « Si tu redis ça, je te déshérite, mon chaton ! — Mais tu ne possèdes rien du tout, mon papa ! — Peu importe ! C'est l'intention qui compte ! »

Et ils miaulaient encore.

Père et fils prirent la mesure du mal qui rongeait la Sobchtchestva quand une grenouille de la Vodka, qui sortait en femelle de l'hibernation où elle était entrée en mâle, manqua d'être déchiquetée par un renard affamé quelques jours avant l'ouverture de la dévoration, alors qu'elle reprenait ingénument des forces en gobant ses premiers insectes depuis le début de l'hiver.

Palets – c'était le nom de la batracienne – conçut une telle colère à l'endroit du renard animicide auquel elle n'avait échappé qu'en plongeant de nouveau dans la rivière glacée, qu'elle hurla, depuis le tronc où elle s'était réfugiée, que certains renards étaient des giclures de rongeurs.

Bizarrement, le renard qui avait tenté de tuer une batracienne fut tout à fait vexé de cette imputation collective et menaça la grenouille (et les têtards qu'elle venait d'expulser) de mille morts subtiles depuis la berge dont, guidé par le courant, le tronc se rapprochait dangereusement. Quand elle fut à quelques centimètres de son agresseur, Palets sauta dans la rivière de nouveau, sous la truffe qu'elle éclaboussa. Ivre de rage et de faim, le renard voulut alors, d'un coup de dents, saisir la grenouille sous l'eau, mais il manqua sa proie et, déséquilibré par la fureur, tomba tout entier dans la Vodka qui dégelait à peine. Le renard en sortit honteux et pestant, et s'enfuit sous les quolibets de Palets.

L'histoire aurait pu – et dû – en rester là.

Seulement Palets, que son changement de sexe avait rendue vivement femelliste, crut bon de réunir, dans le tunnel des mineurs, à la chaleur des flammes, des animaux qui, comme elle, avaient changé de sexe (auxquels s'était ajoutée une cohorte de reptiles et de batraciens, albinos en partie) pour leur dire que certains renards étaient vraiment des fils de hyènes (nul n'avait jamais vu de hyènes à Krasnaïa, mais c'était, à en croire Ganna, des animaux détestables), que leur façon d'adorer Nebo était grotesque et que si le Nebo des renards était une renarde et avait Lui-même la queue basse, alors il faudrait, pour Son bien, qu'un ratier Lui explore le fondement…

Palets ne doutait guère, en partageant sa colère avec les siens, enfants des Blindés, changeants, albinos ou démunis, d'y trouver un écho rieur et enthousiaste, mais la grenouille eut la désagréable surprise de constater qu'à son discours les animaux qui vivaient comme elle sous la menace de renards sans vergogne, loin de la soutenir, l'accablèrent de reproches et, pour certains, de menaces. Du temps de Vladimir, avant que les animaux ne se missent à donner une gueule à Nebo, l'intention d'explorer le fondement du ciel eût prêté à sourire. Mais désormais certains animaux s'identifiaient tant à leur façon de croire qu'ils tenaient tout opposant à leur adoration pour l'ennemi de leur identité-même. Récusation fondamentale qui justifiait en retour violence et compréhension à l'égard de la violence. De la horde qu'elle avait conviée, seuls les animalistes (qui n'étaient pas vraiment invités) apportèrent un soutien bruyant à des diatribes qui, pourtant, ne visaient pas les renards dans leur ensemble, mais les plus agressifs d'entre eux.

Mechtat avait discrètement assisté, stupéfait, aux vociférations contre Palets à qui des chevaux craintifs et de tremblantes belettes faisaient la morale tandis que les trois renards qui avaient assisté à son discours s'étaient évaporés dans le tunnel – sans doute pour faire leur rapport à Podzemlya.

Pour finir, le chat qui avait escorté la grenouille jusqu'à l'endroit de la berge où elle avait ses habitudes vit, en arrivant près du monticule d'écorces où la rainette aimait dormir, qu'elle était attendue par une dizaine de renards écumants. Mechtat, qui enrageait lui-même de plus en plus, s'apprêtait à leur bondir dessus quand Istcheïka en personne, avertie par des taupes de l'initiative de Palets et craignant pour la vie des animaux qui, en hibernant, n'avaient pas pris la mesure des changements à l'œuvre depuis le début de l'animat de Mirko, s'interposa avec deux dogues entre les belligérants.

Les renards rebroussèrent chemin, mais – chose remarquable – les aboiements des canidés n'avaient pas suffi à les chasser ; les dogues durent mordre et montrer les crocs pour que les enragé s'enfuient à regret. Or, que l'on tentât d'assassiner une grenouille parce qu'elle s'était moquée des renards, passe encore. Mais qu'on résistât aux crocs et qu'on obéît à contrecœur à des sommations, cela inquiétait Istcheïka, qui voyait dans la perte d'autorité des dogues un danger plus grave que les autres. La molosse ordonna que Palets fût protégée en permanence et délégua, pour cette tâche, les deux pitbulls aguerris qui l'avaient accompagnée.

Ce qui ne changeait rien au problème.

Où l'on découvre qu'une grenouille peut être protégée sans être défendue

Au contraire.

Au lieu de défendre Palets, d'anciens éminents, dont Gudrun, la jument vaincue par Avtoran et qui cherchait, depuis ce jour, à reconquérir la faveur des animaux, fustigèrent l'irrespect qu'elle témoignait à de légitimes adorateurs de Nebo – qui leur paraissait plus délétère, pour d'obscures raisons, que les menaces dont elle faisait l'objet.

Tant qu'elle ne parlait pas des renards dans leur ensemble – ce qui eût relevé de l'animalisme –, Palets avait parfaitement le droit de prêter à des renards enragés l'ascendance et l'atavisme des hyènes, et puisque aucune loi n'avait jamais prévu l'étrange situation où des animaux en viendraient aux pattes sur des questions comme le fondement de Nebo, Palets n'avait transgressé aucune règle en suggérant qu'un ratier explorât de son museau le trou du ciel et ses entrailles – ce qui, en vérité, ne voulait rien dire. Mais au lieu de s'indigner qu'une des leurs fût agressée pour avoir dit ce qu'elle pensait, la plupart des changeants, mais aussi la totalité des partisans de Gavariat et Douraka, et enfin l'ensemble des domistes du raïon où elle vivait, n'avaient pas de mots assez durs pour qualifier l'irrespectueuse batracienne qui n'avait, redisons-le, rien commis d'illégal.

D'une certaine manière, comme il était aisé de déduire de l'anus nebique que Palets avait cédé, à l'image de la Communauté elle-même, à la tentation de donner une forme et un corps à Nebo, le propos de la grenouille relevait, en toute rigueur, du même animalocentrisme que celui de tout animal prêtant à Nebo les traits de son espèce. Mais peu importait aux enragés épaulés par les totalo-unionistes qui, vivant d'abolir toute nuance, s'évertuaient à démontrer, à grand renfort d'hirondelles, que Palets avait bien insulté les renards dans leur ensemble. Ils en voulaient pour preuve le fait qu'elle recevait le soutien d'animalistes et de diniarques qui, faisant à l'inverse de Palets le symbole de leur combat, considéraient eux aussi, mais pour s'en réjouir, qu'elle était menacée pour avoir fustigé tout un groupe. Comme toujours à Krasnaïa, l'animalisme et le colorisme se tenaient la patte et s'alimentaient mutuellement en préjugés avérés.

Au milieu de cette danse haineuse, perdue dans ce tango des antipodes, une petite grenouille à peine sortie de l'hibernation devait vivre terrée sans avoir commis le moindre crime, tandis que ses agresseurs pavoisaient, et l'étroite protection qu'elle reçut des dogues (comme tout animal en eût bénéficié dans une situation comme la sienne) augmenta le sentiment d'une haine institutionnelle à l'encontre des renards – comme si le fait qu'elle les insultât eût dû lui valoir, ainsi qu'au temps des lynchages, l'indifférence des violents légitimes tandis que des familles offensées se feraient justice.

Les espaces extraordinaires

Le postulat dourakiste d'une haine en haut lieu à l'encontre des renards (et des plus-que-blancs) fut l'un des innombrables chemins par lesquels, à Krasnaïa, la loi du plus fort, une fois de plus, retrouvait au galop les animaux qui l'en avaient chassée.

Car en réponse à l'indémontrable détestation dont renards et albinos faisaient les frais, en réaction – disaient-ils – à la « consolidation des privilèges ordinaires par des lois injustes », chaque groupe de Krasnaïa fut sommé par Douraka de défendre le droit (nullement contesté) d'être et de devenir ce qu'il était. Autrement dit, pour donner à leur projet les contours d'une réaction, c'est, dirent-ils, en réponse à la tutelle présumée des ordinaires que les changeants, les inordinaires, les plus-que-blancs, les femellistes, les renards et tous ceux qui n'étaient rien de tout ça, mais trouvaient leur intérêt dans l'adoption de cette cause, furent invités à se constituer en cénacles homogènes qui se toléraient entre eux et célébraient ensemble le refus de se mélanger.

À dire vrai, Douraka ne se contentait pas d'éveiller l'animalisme d'animaux placides en se plaignant partout d'offenses sporadiques, elle validait l'animalisme et les hiérarchies arbitraires en reprenant sans s'en apercevoir les mêmes dispositifs. On vit ainsi se former, au mépris de la loi et aux antipodes des principes fondateurs, à l'image de l'immeuble des renards dont on avait trop longtemps toléré qu'il fût implicitement inaccessible à quiconque n'était pas de leur clan, des espaces dits « extraordinaires », où tout inordinaire était le bienvenu selon la couleur de son pelage ou bien « la nature de son instinct », et d'où tout ordinaire était banni au nom des opinions attachées à son apparence. La parole, disaient les promoteurs de ces zones franches, était plus libre quand elle échappait au regard des ordinaires, c'est-à-dire les oppresseurs de Krasnaïa.

Pour justifier l'existence de ces espaces (parfaitement illégaux puisque, hormis l'habitation de chacun, les murets implicitement réservés aux discuteurs et les alentours des Écuries pour des raisons de sécurité, l'ensemble du territoire était, en théorie, accessible à la totalité des animaux), les dourakistes expliquèrent qu'il s'agissait de lieux temporaires, dont la nécessité était dictée par « l'animalisme des ordinaires et des puissants » et dont l'existence était suspendue à la disparition totale de la haine. Évidemment, ce n'était pas demain la veille.

Mechtat (à qui Douraka refusait de répondre depuis qu'il s'était moqué de sa proposition que tous les chiens s'inclinassent devant le peuple des animaux) disait et répétait qu'on se jouait des bêtes avec de telles promesses.

Subordonner la suppression de ces espaces (qui augmentaient l'intolérance puisqu'on y triait les animaux selon la couleur) à la dissipation de l'intolérance elle-même était aussi absurde que de soigner un animal avec du poison. Qui plus est, il y aurait toujours à Krasnaïa suffisamment de violence et d'animalisme pour justifier qu'en retour de tels espaces continuassent d'exister. Les zones « extraordinaires » se présentaient aux animaux comme des dispositifs provisoires et l'un des outils pour construire un monde moins haineux, alors qu'ils étaient une fin en soi… Mais comment expliquer une chose aussi simple à des animaux convaincus de combattre l'intolérance en triant leurs frères sur fond de pelage ? Comment leur dire que de telles zones reprenaient, à s'y méprendre, l'antique projet animaliste de territorialiser les espèces ? Peine perdue. D'autant que les chevaux, abjurant le principe d'égalité pour quelques cacahuètes, se mirent eux-mêmes à justifier l'existence de ces zones homogènes, et à dédramatiser l'idée bizarre selon laquelle les animaux d'un même groupe devaient se rapprocher pour cette seule raison.

Plus efficace, en revanche, que les raisonnements du chat était le fait que les blindistes ordinaires et tous ceux qui, sans être albinos ni changeants, n'en avaient pas moins souffert de la faim, de la violence et de l'inéquité de lois apparemment justes, virent d'un drôle d'œil l'initiative qui, au titre de leur ordinariat, les présentait eux-mêmes (peut-être un peu rapidement) comme des privilégiés.

Dans un premier temps, les légalistes comme Mechtat (qui combattaient l'existence de telles zones) reçurent le soutien inattendu d'ennemis historiques, anciennement fraternistes, qui se voyaient abandonnés par leurs propres représentants au profit des albinos et de leurs endroits extraordinaires, dans la défense de leurs intérêts. Qui plus est, les ordinaires démunis gardaient des sermons fraternistes le sentiment qu'à s'énamourer d'un Nebo de fantaisie et à se soucier uniquement que chacun respectât la fantaisie de l'autre, les animaux perdaient leur temps, s'éloignaient des seuls vrais combats, et qu'en somme le culte de Nebo était, selon l'heureuse formule d'un fraterniste éloquent, « le champignon de la masse » qui les détournait de lutter pour l'amélioration de leurs conditions de vie.

Douraka vomissait ces penseurs, ces nostalgiques, ces fraternistes vieillissants qui l'empêchaient d'installer l'albinos à l'endroit où eux-mêmes autrefois avaient assis le démuni, et la privaient de dire des plus-que-blancs qu'à l'image des petites pattes de Krasnaïa leur souffrance autorisait qu'ils réclamassent le titre « d'animalité tout entière ».

Mais les hirondelles elles-mêmes ne savaient quel message relayer, car les fraternistes étaient officiellement sinon les alliés de Douraka, du moins des références pour l'hirondelle, qui reprenait souvent leur lexique en l'adaptant à sa propre conception du martyre social. Que dire, dès lors ? Les hirondelles ne parvenaient à transmettre qu'un message simplifié, or il était impossible de simplifier l'idée selon laquelle les fraternistes étaient des références pour les unionistes tout en s'égarant dans la résurrection de vieux combats. De sorte que, pour la seconde fois, Douraka manqua de relais.

Malheureusement, les légalistes apportèrent à leur tour un soutien si bruyant aux fraternistes, qu'ils avaient auparavant tant combattus, que les démunis eux-mêmes, dont l'héréditaire détestation des légalistes n'attendait qu'une étincelle pour ressusciter, pratiquant le déshonneur par association, se détournèrent à nouveau des fraternistes si mal alliés pour apporter, en définitive, leur soutien à l'éminente Lavka qui avait sur tous les autres l'avantage de n'avoir rien dit du tout…

Les dérives des incontinents

Le temps était loin où Mechtat, posté sur un muret ou au sommet de la cabane du Cirque, devait laborieusement inviter quelques animaux de passage à discuter de tout et de rien.

Désormais, de l'aube au soir – au grand déplaisir des habitants du Praspect qui se méfiaient de cette horde pensante à proximité de leurs appartements, de leurs terriers secondaires et surtout de leurs hangars – des milliers d'animaux piaillaient, vitupéraient, s'insultaient ou devisaient posément, d'un coin à l'autre de la grand-place, à l'abri des vieilles fontaines, à l'ombre des manèges ou bien, quand ils n'avaient pas peur du désaccord, à deux dans la même tamponneuse.

On eût pu croire – c'était, dans un premier temps, l'espoir du chat – que l'expression libre des opinions de chacun eût eu pour vertu d'apaiser les tensions ; elle leur donna le jour. Maints sujets de discorde spontanément évités revinrent sur la place. En Mechtat, le bonheur de constater que les animaux aimaient le débat l'avait cédé depuis longtemps au découragement devant la mauvaise foi renouvelée des participants et le fait que les animaux les plus actifs – les tribuns et les partisans – étaient aussi ceux qui, au lieu de nourrir la discussion, l'écrasaient de leur éloquence, de leurs raisonnements idiots ou, parfois, de leurs menaces. Avec eux, le Cirque donnait l'impression de bouillonner, mais il fermentait.

Auparavant, les animaux se rendaient au Cirque pour apprendre ce qu'ils ignoraient, mettre en partage ce qu'ils croyaient ou bien trouver une cause physique à l'événement que, sans cela, ils interprétaient comme une décision céleste. Et Mechtat, qu'on rémunérait d'une souris vivante, les y aidait sans ménager sa peine. Désormais, les animaux se rendaient au Cirque pour dire haut et fort ce qu'ils avaient dans le cœur, affirmer leur croyance au nom du droit qu'elle fût vraie, brandir leur destin comme une compétence et brailler, en somme, comme on défèque, la mélasse d'identités et de certitudes qu'ils tenaient pour l'essentiel.

Au lieu d'attendre posément que chacun eût fini de parler, des incontinents verbeux et incultes s'interrompaient, s'invectivaient, crachaient, feulaient, hennissaient, bêlaient. Même les moutons étaient agressifs. L'épisode de l'orange autophage et des renards s'entretuant devant la prairie calcinée aurait dû les mettre en garde contre la tentation de trouver la paix au sein des leurs, mais il n'en fut rien : au lieu de se mélanger pacifiquement, les animaux se répartissaient spontanément en des ensembles qui tendaient vers l'uniformité, comme si l'appartenance commune, voire la consanguinité, étaient de nature à apaiser des tensions. Diniarques et totalo-coloristes se disputaient constamment tout en luttant pour la même chose : la constitution de groupes homogènes et distincts. Cette répartition (dont l'idée leur venait de la disposition du public lors du procès de Xenos, où le prudent Vladimir, ne sachant comment pisser sur les braises, avait exigé qu'elle se fît par famille d'animaux) eut pour seul effet d'augmenter le chaos, suscitant de petites guerres civiles au sein des groupes (surtout celui des renards) et donnant à tout animal qui coupait la parole d'un autre la force bêlante d'un groupe entier. En somme, les animaux se disputaient, à l'intérieur comme à l'extérieur, et ne se mélangeaient plus. C'en était fini du spectacle pittoresque de l'hermine juchée sur l'encolure d'un bœuf pour apostropher des rongeurs agressifs et les contraindre au débat en énumérant les principes fondateurs de la Communauté, ou de la tortue sur la carapace de laquelle les petits renardeaux aimaient à glisser tandis que leurs parents devisaient gentiment avec des herbivores. Désormais, la plupart des enfants n'étaient plus conviés au Cirque, mais livrés à eux-mêmes, tandis que les parents ferraillaient en place publique pour défendre une chimère au détriment d'une autre.

Il faut dire que l'image d'adultes vindicatifs et d'animaux méfiants n'était pas pour les yeux des bambins.

Les raisonnables n'étaient plus ceux qui tentaient, comme auparavant, de faire en toutes circonstances usage de la rationalité, mais ceux qui parvenaient, comme on passe entre les gouttes, à ne vexer personne en esquivant les sujets qui fâchent. « *Il faut raison garder* », disaient les chevaux surtout, ces petits Vladimir qui excellaient à tous les exercices de souplesse dorsale. Quand ils parlaient à un coloriste, les chevaux approuvaient discrètement, d'un hochement compréhensif, des considérations enflammées sur l'universelle albinophobie des « gouvernants ordinaires » (dont eux-mêmes), quand c'était à un légaliste, ils célébraient les vertus de la loi commune et le besoin renouvelé de donner à comprendre aux animaux que la loi n'était pas le contraire de la liberté… Terrorisés à l'idée de fâcher qui que ce soit, soucieux de plaire à tous, les chevaux finirent, à l'image de l'ancien chef sans couilles qui ramassait les baies à quelques arpents de là, par devenir complètement invisibles. La peur du combat avait définitivement ôté toute aspérité de leur discours, et malgré leur grand corps crotté (sur lequel une armée de rongeurs habiles et de fourmis nomades adoraient se vautrer) nul ne les remarquait plus.

En ce bordel belliqueux, le dourakisme l'emportait sur tout le reste, et les incontinents concurrençaient les discuteurs. Autrement dit, la victoire était acquise à celui qui exhibait le plus de blessures.

Chacun s'offensait à l'envi, non qu'une parole tenue fût blessante, mais l'offense était un pas vers la victoire dans le duel à quoi toute discussion, dorénavant, se résumait. Quand Mechtat faisait une objection à un animal, au lieu d'écouter sa réponse (et, à l'occasion, de la compléter), dix gueules agressives répondaient à sa place et faisaient valoir que la raison dont il faisait usage était l'arme des oppresseurs et, qu'à ce titre, aucune de ces observations n'était recevable (à moins d'être favorable, et encore).

L'équivalence des compétences et des droits qui avait tant indigné Mechtat le jour de l'incendie (et qui n'était qu'un dévoiement de l'espoir qu'un jour les animaux fussent véritablement égaux) régnait désormais partout.

Chacun arrivait au Cirque nanti du sentiment qu'il pouvait dire vrai puisque la loi lui en donnait le droit.

Chaque animal n'est-il pas la mesure de toute chose ?

Seulement, pour qu'une discussion existât, chacun eût dû se présenter non avec ses certitudes, mais avec ses doutes.

Les uns, prenant leur expérience pour une vérité, disaient « moi qui ai vu, je peux vous dire que… », et Mechtat les interrompait pour leur dire que s'ils avaient « vu », alors d'une certaine manière ils étaient mal placés pour en parler.

D'autres albinos, hyper-dourakistes, arboraient leurs blessures ou bien le récit des blessures de leurs ancêtres comme une sorte de carapace magique qui leur permettait de devancer toute objection par un définitif « tu n'as pas le droit d'en parler, tu n'es pas concerné ». Mechtat répondait inlassablement à ces rentiers de la douleur que si chacun devait ne parler que de lui-même, il serait impossible aux albinos de parler des ordinaires, ou pire : à tout autre que les hermines de parler d'elles-mêmes. Mais rien n'y faisait. Les animaux qui retiraient auparavant un enseignement des objections du discuteur voyaient désormais dans son invitation à réfléchir l'expression d'un pouvoir qui grimait sa puissance en débat. Le sentiment qu'il fallait mettre à distance les émotions pour produire une pensée leur passait au-dessus de la tête et ne pesait guère à côté du droit qu'ils se donnaient de tenir leurs douleurs pour un blanc-seing.

Dans cette jungle, dans ce gouvernement par la blessure où la faiblesse était une bonté, ce n'étaient pas les plus sincères, mais les plus forts qui l'emportaient, c'est-à-dire les renards et les albinos qui avaient contraint la moitié des animaux présents à tenir pour acquis que leurs souffrances excédaient en horreur tout ce qu'un animal imaginait, et qu'ils avaient, en cette qualité, un accès privilégié à la parole. C'est de cette manière qu'on vit, nous l'avons vu, des renards réclamer par dizaines, impunément, comme on eût demandé autre chose, l'éviscération publique de Palets la grenouille nebophobe, et considérer le refus qu'on la leur livrât comme une preuve supplémentaire d'intolérance, tandis que Gudrun, l'hyperjument vaincue par Avtoran, seulement soucieuse de plaire à des animaux qui avaient oublié son existence, dénonçait le comportement indigne d'une grenouille qu'on avait tort de protéger. Malheureusement, seules Irena, Lavka et Dinia défendaient Palets et juraient de mourir pour elle.

Des femellistes (elles-mêmes ouvertement indifférentes au sort d'une jeune grenouille, dont le soutien leur eût coûté trop cher), à qui Mechtat expliquait, à la demande de Natalia, qu'on pouvait être femelliste tout en étant un mâle, furent tellement scandalisées qu'il osât prendre la parole sur un tel sujet qu'elles demandèrent des excuses publiques à Natalia elle-même, avant de promettre une réponse cinglante et collective au chat phallocrate. Qui ne vint jamais. Car les animaux avaient la mémoire courte. Ils étaient colériques sans être rancuniers. Comme s'ils pressentaient aussi qu'en ce jeu sans fin, le but n'était pas d'achever l'ennemi, mais de l'indigner suffisamment pour qu'il revînt au combat le lendemain.

Comment se défendre de griefs indémontrés ?

L'accusation, sotte entre toutes, selon laquelle le raisonnement était l'arme des puissants frappait Mechtat d'autant plus injustement que le chat lui-même était sceptique sur les vertus de la rationalité.

Il avait trop souvent croisé, dans sa carrière de discuteur urbain, des éminents pervers utilisant le raisonnement afin de se soustraire au Don ou justifier l'exploitation de l'animal par l'animal, pour se faire le porte-parole des beaux discours ; et le rôle dans lequel ses ennemis l'avaient enfermé, qui lui imposaient de défendre la raison au lieu de s'en servir (ou non), exaspérait sa patience et décourageait son vieil enthousiasme.

Mechtat (confronté aussi à l'accusation d'animalisme, que des coloristes lui avaient accolée depuis qu'il défendait Palets contre les renards et leurs avocats zélés) n'avait jamais eu à se battre contre un adversaire qui récusât le choix des armes lui-même. S'il avait toujours vaincu les rhéteurs, il était impuissant face à l'animal de mauvaise foi qui, confondant et récusant à la fois les gouvernants et les institutions, faisait au discuteur et à ses raisonnements le procès constant d'être les sentinelles du pouvoir en place.

Limites légales de l'égoïsme

Le remplacement du démuni par l'albinos comme victime favorite de la Sobchtchestva et la substitution du « respect » à l'égalité des chances comme valeur cardinale eurent également pour effet de grossir encore les rangs animalistes.

En effet, c'est à Lavka, et seulement à elle, que bénéficiait tout ce désordre : après avoir été exclus, au mépris de la loi, des espaces « extraordinaires » (où ils imaginaient, de loin, des choses merveilleuses), les démunis esseulés qui n'avaient aucun handicap ni aucune singularité à faire valoir, délaissés par les coloristes et les combattants généraux, s'unirent en haïssant tous ceux qui les avaient exclus sur fond de leur pelage, et déposèrent durablement, faute d'instruction, en l'ourse ouvertement démuniste, qui savait les écouter, le fardeau de leur désespérance. Ce qui n'excusait rien, pensait Mechtat qui, parfois, manquait de cœur : aucune souffrance ne donne le droit d'être idiot.

Le lecteur se souvient aussi qu'à l'exception de ceux qui ne possédaient rien du tout, la totalité des animaux était, par décision de Zosime, assujettis au Don.

Les plus pauvres déposaient à contrecœur, dans la piscine de la Doma, deux fois par animat, une infime parcelle du peu qu'ils avaient, et les éminents portaient par charrues entières le montant de leur propre contribution. Les anciennes indications humaines sur la profondeur des bassins servaient de mesure à la fortune collective. À l'issue des disettes, en période de grands travaux, ou bien durant l'hiver, la quantité disponible descendait parfois jusqu'au redoutable « 3 m » inscrit près du fond de la piscine. Mais quand chacun avait déposé son obole et que le printemps revenu dispensait les animaux insoucieux de mendier leur nourriture, le Don pouvait atteindre la marque « 0,75 m », racines, carrottes, navets et betteraves compris.

Une petite partie de rien du tout étant autant qu'un tiers de beaucoup, le cérémonial du Don mécontentait les pauvres (à qui la Communauté prenait l'équivalent de deux repas) et les grandes fortunes (qui étaient pourtant seules à pleurer sur l'inéquité de ce système et, à l'exception des éminents soucieux de briguer les suffrages des démunis, voyaient dans l'obligation de se dépouiller annuellement du tiers de ce qu'ils avaient gagné une inqualifiable violence faite à la loi du plus fort).

Ce qui paraissait injuste aux puissants du Praspect n'était pas le principe du Don, mais ses proportions. Les éminents se fussent volontiers acquittés d'une taxe qui eût représenté l'équivalent de deux repas pour les démunis. Mais avec l'augmentation des biens augmentait aussi la part de ces derniers qui revenait de plein droit à l'ensemble des animaux, et servait à entretenir la Doma, les tunnels, les chemins, les élagages, la confection de torches, comme à nourrir les dogues, les ratiers, les tireurs de charrue et les improductifs si nombreux dans ce monde où l'on mourait si peu. Payer plus, pourquoi pas ? disaient les éminents. Mais être amputé d'une part supérieure ? Injustice ! Rupture égalitaire du principe d'égalité !

Mechtat abhorrait ces riches sophistes qui mettaient à profit les leçons que lui-même leur avait données (contre maintes souris et végétaux purgatifs) pour justifier de se soustraire autant que possible à l'obligation de donner, et de dissimuler à cette fin l'essentiel de leurs avoirs. Quand Istcheïka – qui, ne pouvant surveiller tout le monde, élisait au hasard les familles dont elle vérifiait les possessions – découvrait que l'une d'elles avait caché ce qu'elle avait acquis, la sanction était sans appel et l'ensemble des biens lui était confisqué. On vit ainsi, dans la Communauté où la fortune changeait peu de propriétaires, des éminents vivre soudain comme des démunis, sans s'être jamais souciés d'acquérir les moyens de subvenir tout seuls à leurs besoins. Et qui mouraient bientôt de faim, dans l'indifférence satisfaite de ceux qu'ils avaient eux-mêmes longtemps affamés.

Mais au lieu de donner aux animaux le sentiment que la loi était la même pour tous, les condamnations des éminents pour dissimulation de biens augmentaient le préjugé attisé par les démunistes selon lequel toute grande fortune était tentée de se soustraire au Don et recevait, à cette fin, des coups de patte en haut lieu. De sorte que, loin d'accroître le constat qu'une loi commune était garante de liberté, chaque arrestation, chaque propriétaire emprisonné, dont la fortune, soudain mise à la disposition de tous, servait d'abord à soigner les plus souffrants, augmentait la haine des puissants et le sentiment que tous voulaient se soustraire à la loi.

À ce malentendu s'ajoutait le fait que le moment du Don n'était pas la seule façon « d'engraisser les régents » (selon l'expression que les réfractaires aimaient à employer), car les animaux étaient également soumis à une série de prélèvements discrets qu'ils vivaient comme autant de rapines. Ainsi, l'élagage de l'ensemble du Bois Rouge, et la confection des torches sous la direction de Ganna, furent-ils rendus possibles par l'instauration d'un Don obligatoire à l'entrée des tunnels, que devaient acquitter, entre autres, les familles contraintes de se rendre au Praspect pour y travailler pendant l'hiver.

Les réfractaires

Une belette ordinaire qui officiait quatre mois par animat dans une famille de lynx refusa un jour d'acquitter le droit de passage qui s'élevait, en ce qui la concerne, au don de quelques glands. Bien qu'albinos et blindiste lui-même, le dogue qui surveillait les entrées refusa, comme c'était son devoir, de la laisser passer.

Face à cette double peine, les blindistes scandalisés choisirent de s'organiser et, soudoyant quelques ratiers (qui, bien souvent, étaient leurs voisins), obtinrent qu'on les reconnût malades et qu'en vertu de la loi (peu utilisée) selon laquelle, en cas de maladie durant l'hiver, un animal insoucieux serait rémunéré sans accomplir le travail qu'on attendait de lui, demeurèrent dans leurs masures ou leurs terriers de fortune, à la chaleur d'un feu illégal.

Istcheïka n'était pas dupe de cette opportune pandémie. Et savait bien que la plupart des diagnostics étaient dictés non par l'observation, mais par l'appât du gain chez des serpents qui, de cette façon, se rendaient populaires en faisant fortune. Mais que pouvait-elle faire ? Arrêter les ratiers ? Qui poserait les torches, porterait les onguents et soignerait les démunis pour une pomme de pin ? La molosse choisit de ne rien en dire à Mirko, qu'elle savait occupé, depuis les Écuries, à accorder les membres de sa cour qui désapprouvaient Palets et ceux qui s'indignaient que la grenouille dût quitter son habitat tandis que ses agresseurs exhibaient leurs muscles. Et leurs dents.

Au bout de quelques jours, les « malades » étaient si nombreux que, faute d'entretien, quelques hangars durent fermer temporairement. Or, si l'Animat pouvait fermer les yeux sur des diagnostics de complaisance, il était difficile d'ignorer un mouvement de fond qui ne se cachait plus de soudoyer les serpents pour échapper au coût du tunnel, et dont les effets étaient considérables.

Mirko leva donc le Don sur le passage, afin de rétablir le travail et la circulation. Mais au lieu d'emprunter le tunnel pour se rendre au travail, les « réfractaires » (qui s'étaient donné ce nom en référence aux fraternistes que des carnivores avaient décapités sur la Loug pendant la Guerre civile, mais qui croyaient à tort, sous l'influence de leur maître Gromyko dont l'érudition vacillait parfois, que « réfractaire » venait de « réfraction ») en profitèrent non pour pointer aux hangars, mais pour envahir les allées du Praspect en criant des phrases hostiles à l'Animat.

C'était au Praspect comme un jour d'élection, mais sans élection, où la horde hétéroclite qui bondait les avenues n'était pas mue par la curiosité, mais par la colère. Du tunnel comme de la bouche d'un gouffre sortaient des centaines de daims, de rats, de sangliers, de renards, d'orignaux que des hermines audacieuses guidaient depuis les bois palmés des mâles où elles étaient juchées, de bisons et de chevreuils, de chevaux qui portaient des tortues, des crapauds, des fourmis… Tous apparemment unis, réconciliés par une détestation commune, et avides de souiller le raïon où étaient concentrés, disaient-ils, affameurs et représentants.

Que voulaient-ils ?

Eux-mêmes l'ignoraient.

Étaient-ils sincèrement mécontents ?

La carapace était-elle pleine ?

Ou bien l'écho donné par les hirondelles ou les taupes au moindre mécontentement avait-il galvanisé des animaux indolents ?

Nul ne savait.

Mais tous – à commencer par Mechtat – furent surpris par l'ampleur et la diversité considérables que prit cette sorte de sédition.

Animalistes, coloristes et fraternistes, bagatistes et dourakistes, plus-que-blancs et albinophiles, changeants et ordinaires tout simplement démunis, besogneux squelettiques, bisons anémiés, tortues impécunieuses (il en existait), loups insolvables et serpents nécessiteux grossissaient les rangs disparates d'une horde dont la fureur – certains disaient la rage – était le seul point commun.

La présence en leur sein d'animaux tout simplement pauvres valait aux mécontents la bienveillance de Zamitchatel qui, depuis l'inégalable datcha sise au cœur des immeubles à l'ombre d'un camphrier où Maria et Avtoran avaient élu domicile, voyait, dans cet exercice du cœur, une façon comme une autre de contredire son père. Lequel – Mechtat – ne décolérait pas contre la meute indécise qui lui rappelait les furieux de l'incendie, dont les doléances s'étaient noyées dans la haine.

Pris au dépourvu, Mirko crut éteindre ce nouvel incendie en cédant davantage et en garantissant aux blindistes une plus large compensation en cas de maladie. Mais la maladie n'était qu'un prétexte. Comme tous les habitants de Krasnaïa, les blindistes avaient une santé de fer, et cette fausse concession exaspéra la fureur en leur faisant sentir que le pouvoir était prêt à leur accorder n'importe quoi. C'est ainsi qu'ils empruntèrent le tunnel à intervalles réguliers, pour se rendre au Praspect et y détruire ce qu'ils y trouvaient. Un jour, ce fut la demeure du membre de la cour qui était en charge de la gestion du Don (comme Mirko l'avait été en son temps), un jour, ce fut l'entrée de la Doma, un jour, les insurgés tentèrent de parvenir au dernier étage d'un immeuble cossu, un jour, ils saccagèrent un à un les terriers secondaires de nantis apeurés.

Les dogues répondirent à la violence par la violence, et aux agressions par des morsures. Ils ne faisaient en cela qu'appliquer la loi. Mais tous n'étaient pas irréprochables et, au fil des offensives, certains commencèrent à mordre avant d'avertir.

Or, à Krasnaïa, sous l'influence de Douraka, chaque blessure était, comme chaque offense, une sorte de trésor de guerre. Les réfractaires allaient au combat dans l'espoir qu'un des leurs (mais pas eux-mêmes) fût blessé, et de pouvoir en imputer la seule responsabilité à la violence des dogues. Chaque fois que l'un d'eux perdait un œil ou (mieux) une patte, ils le portaient en triomphe comme le martyr d'un pouvoir abject, on le comparait aux hermines égorgées dans les abattoirs de la Domesticité, et les hirondelles lui faisaient aussitôt une corolle, tandis que des ratiers, mandatés par le pouvoir, se frayaient un sentier jusqu'à l'animal blessé pour lui apporter les premiers soins. Mais, malgré de louables efforts, les réfractaires n'arrivaient pas à obtenir un mort. Aucun dogue ne cédait au plaisir de trancher la jugulaire d'un séditieux. Alors, furieux de n'avoir pas de tragédie à leur disposition, les réfractaires inventèrent la mort de l'un des leurs… Une hermine. À l'identité indécise. Dont ils ne s'accordaient pas sur le nom, mais qu'ils s'entendaient à pleurer d'une seule voix. Une pauvre hermine abattue par les dogues, alors qu'elle dénonçait pacifiquement l'injustice à laquelle ses comparses étaient réduites… La chose n'était pas impossible, hélas, et Mirko lui-même fut tenté de croire qu'un des dogues avait cédé, comme autrefois, au plaisir de tuer pour tuer. Seulement, voilà : on eut beau chercher, aucune hermine n'avait péri sous les crocs des dogues. Istcheïka mandata des limiers près de l'étang, aux Blindés, dans la plaine et sur les chemins de traverse où, d'un accord tacite, on abandonnait les cadavres aux fourmis rouges, mais on ne trouva rien. Aucune famille n'était en deuil. Nulle catastrophe à recenser. Les taupes se firent le relais du démenti qu'on crut bon d'édicter en haut lieu. Qu'à cela ne tînt, frustrés dans la quête d'une victime, les réfractaires firent trois nuits durant la siège de la Doma en réclamant à cor et à cri qu'on leur rendît enfin le cadavre de l'hermine dont les domistes avaient caché la disparition. Certains l'attendent encore.

Un rejet sans projet ne se donne aucun chef

Gavariat tentait de préempter le réfractariat, mettait ses orignaux au service de la horde et s'offrait aux révoltés comme leur porte-parole.

Malheureusement pour lui, il n'était pas le seul.

Bagato lui-même se hasarda à une résurrection à la faveur de l'insurrection, se montrant en équilibre instable sur un pavois de fortune au cœur des réfractaires, d'où il s'évertuait à donner de la voix. Mais le démuniste sans pouvoir, que ses manœuvres avaient largement disqualifié, avait aussi perdu son éloquence dans la bataille car, voulant se faire oublier tout en espérant renaître, il reprenait à contrecœur des slogans qu'il n'avait pas inventés. Loin d'y gagner des voix, Bagato y perdit la sienne.

L'ourse Lavka, dont les sensations la renseignaient moins sur le réel que sur son propre désir, se sentit d'abord pousser des ailes et emboîta le pas des réfractaires avec une cohorte de partisans avides de montrer qu'ils avaient un cœur et que l'animalisme présumé était compatible avec la défense des démunis. À première vue, elle avait tout à y gagner. Aussi, sans taire son animalisme, Lavka avait-elle soin de le mettre en sourdine, et pariant sur le fait que les animalistes considéraient également dans leur majorité que l'ordre valait mieux que la justice, avait-elle pris l'habitude d'être, à l'inverse, particulièrement véhémente sur les questions d'autorité et de répression. En somme, la défense des dogues lui permettait de ne pas trop insister sur le sentiment – populaire et impopulaire à la fois – que certains animaux, par essence, *devaient* gouverner et d'autres, obéir. Mais comment pouvait-elle, après avoir tant de fois plaidé la cause des limiers, tant de fois disculpé les plus violents d'entre eux (n'était-elle pas allée jusqu'à refuser de condamner celui qui avait abattu le sanglier albinos, en insistant à mauvais escient sur les anciens crimes de sa victime ?), comment pouvait-elle, donc, cautionner désormais ceux dont la stratégie était de présenter les dogues comme les bras armés d'une tyrannie, et leur violence comme la preuve que l'arbitraire était au pouvoir ? Prise entre deux traditions (historiquement, l'animalisme avait toujours oscillé entre la défense des institutions au nom du conservatisme, et l'accusation sans preuves que les institutions, gangrénées par des puissances délétères, devaient être détruites pour être purgées), Lavka aurait voulu se dédoubler pour défiler tantôt aux côtés des réfractaires contre la « dictature de Mirko » et ses séides canins, tantôt dans les rangs des dogues eux-mêmes contre ces réfractaires séditieux face auxquels il était urgent de rétablir l'autorité.

Et puis…

Hormis la belette qui avait refusé de donner les glands, les réfractaires se donnèrent non pas des chefs, mais des animaux charismatiques qui, successivement, incarnèrent leur colère avant de disparaître sous les jets d'urine.

Il y eut la laie plus-que-blanche dont ils aimaient l'éloquence, mais dont les plus animalistes d'entre eux ne supportaient pas la blancheur.

Puis le ragondin Kératine dont le discours innocentait les démunis, mais dont les manières éfemellées leur faisaient craindre des comportements anti-reproductifs (auxquels la loi ne trouvait rien à redire, mais que les réfractaires, tout en s'y livrant à l'ombre des tunnels, abhorraient majoritairement).

Il y eut aussi Cosinus, le seul rossignol de Krasnaïa, qui avait été un peu populaire au lendemain de la Guerre civile et qui ne l'était plus, dont les trilles fendaient les oreilles des blindistes et dont on racontait que le père était mort de rire en assistant à l'imitation de son fils par un sanglier. Grisé par l'once d'une popularité dont il n'espérait plus le retour, Cosinus se prit soudain pour un nouveau Zosime et intima à Mirko de venir en personne au cœur des Blindés déposer les symboles du pouvoir à ses pieds, avant de répondre, devant un tribunal impartial, des crimes de dévoration et d'exploitation de l'animal par l'animal. La réponse du pouvoir ne se fit guère attendre. Un duo de dogues appréhenda l'oiseau chantant, qu'ils enfermèrent dans une cage au cœur de la Doma, sans qu'aucun réfractaire ne s'en indignât, tant les insurgés eux-mêmes étaient reconnaissants qu'on les débarrassât du pensum-pinson.

En réalité, le problème des réfractaires était aussi ce qui faisait leur force. Mirko n'était pas menacé par un opposant, mais par des révolutionnaires qui, ne sachant pas ce qu'ils souhaitaient, revenaient régulièrement semer le chaos sans autre intention que celle de faire savoir qu'ils n'étaient pas contents.

Le mouvement ne voulait se donner aucun chef. Ni aucune perspective. Son but n'était pas d'instaurer quoi que ce soit, mais d'abattre l'ordre établi. « Il est facile, expliquait Mechtat à qui voulait l'entendre, de refuser quelque chose. Plus difficile est la tâche qui consiste à donner des contours et des limites à un dessein. Le rejet ne fait pas un projet. Les réfractaires n'auront jamais de chefs. — Est-ce à dire qu'il n'y a rien à craindre, papa ? — Au contraire. »

Le pavillon des démunis

Faute de chefs, les réfractaires avaient un théoricien. Et une avocate.

Cette dernière était une belette, Bianca, née au Praspect, élevée parmi les éminents, qui plaidait pour la suppression des avocats (quand l'accusé était un éminent), la décapitation des juges de Krasnaïa et la création, dans la foulée, d'un tribunal par district, dont les sentences, immédiatement applicables, seraient exécutées par le peuple des animaux lui-même, seul fondé à se rendre justice.

Le théoricien s'appelait Gromyko. C'était un carcajou bègue au pelage d'une douceur exceptionnelle, dont le timbre était aussi agréable que ses paroles étaient menaçantes. Gromyko habitait la petite forêt de conifères et de feuillus qui ornait la pointe méridionale d'Ozero, à équidistance de l'étang et des Blindés, dans une caverne creusée par ses soins au cœur d'une carrière, qui offrait le double avantage d'ouvrir sur une vaste perspective tout en se trouvant en contrebas. Des réfractaires aidés par les humains y avaient sculpté un escalier qui permettait au plantigrade d'accéder à sa tanière sans se rompre le cou.

C'est là, dans son antre, autour d'un large foyer qui projetait leurs ombres sur le mur, que les réfractaires venaient faire leurs classes et apprendre à penser. Chaque animal attendait respectueusement que l'autre eût fini de parler, mais tous commençaient leurs interventions par « Moi, je crois que… »

— Moi, je crois que Mirko est un loup domestique, un fils de hyène et le protecteur des éminents ! vociférait une belette qu'on invitait à donner son sentiment.

— Et le pantin des hermines ! crut bon d'ajouter un écureuil vexé d'avoir été le seul de son espèce à être contraint de mendier près des hangars pendant le grand froid, et qui avait tendance à imputer aux hermines la totalité des malheurs de Krasnaïa, tout en croyant être seul à le faire.

— Moi, je crois qu'il faut décapiter le loup, et seulement après nous serons libres !

— Es-tu certain-tain que cela soit si simple ? interrogeait Gromyko (dont on eût pu croire, à première vue, qu'il exerçait comme Mechtat la profession de discuteur) : s'il su-suffisait de couper la tête du tyran pour se libérer de la tyrannie, on serait libres depuis longtemps !

— Pourquoi ne deviendrais-tu pas notre Animat ?

— Le problème n'est pas l'A-l'Animat du moment. Mirko n'a aucune importance. Mirko ou un autre… On s'en moque ! Le problème, c'est l'animature en elle-même ! Peu importe qui incarne le pouvoir. Ce qu'il faut comprendre, c'est que tout exercice du pou-pou-pouvoir est un abus !

— Et tout abus mérite la sanction du peuple ! ajouta Bianca. Débarrassons-nous des juges et instaurons une justice véritable, une justice populaire garantie par un animal au cœur pur ! Si les réfractaires en sont d'accord, je serai cet animal. (Bianca fut blessée par l'accueil indifférent que reçut son offre de services, mais avala sa vexation.)

— Convenons en tout cas, reprit le carcajou, que l'Animat étant le mandataire de son peuple, son peu-peuple doit être en mesure de le renvoyer quand il le souhaite ! C'est la moindre des choses ! Pourquoi atten-tendre des dragatiques ? À quoi bon v-voter si, tout le temps de l'animat, les électeurs n'ont plus aucun droit de regard sur les décisions qu'on prend en leur nom ?

— Mais alors, Gromyko, que faire ? Ne plus voter ? Moi, je crois qu'il faut supprimer la Doma.

— Au con-contraire ! Il faut tout voter ! Mais il ne faut plus élire des re-représentants qui nous privent de choisir ce qui est bon pour chacun. Cessons de donner à des animaux corrompus le soin de nous dire quoi faire ! Dé-décidons pour nous-mêmes, soyons libres, enfin !

Les animaux étaient fascinés, grisés, enchantés par l'orateur dont l'éloquence tenait paradoxalement au bégaiement qui l'obligeait à dire le moins de mots possible, et faisait de chaque phrase complète une victoire sur l'adversité, une conquête du courage. Son bégaiement, c'étaient eux. Tous l'écoutaient dans l'espoir de donner corps à une colère, de trouver un sens à leur dépit et de voir une ambition collective dans le rejet pur et simple du pouvoir et de ses défenseurs.

Même s'il peinait à en tracer le contour, Gromyko offrait un horizon à la colère, il élevait les insurgés en fournissant des justifications bancales à une action chaotique. Il recyclait la culture de l'excuse – que des années de mansuétude légale avaient gravée dans les consciences – en la mettant au service non d'un crime, mais d'une révolution confuse qui se cherchait une origine avant même de se donner un but. Les réfractaires n'avaient besoin ni de juges ni d'avocats. Ils avaient un penseur. Dont les codes et le lexique rappelaient le Praspect (où lui-même avait fait ses classes), mais dont le discours promettait une nouvelle Table Rase. Face à ces perspectives d'affrontement qui s'étaient trouvé tant de raisons, les animaux étaient paisibles comme aux belles heures de la trêve chez Ganna, à cette nuance près que la trêve ne se voulait pas temporaire ici, mais, entre eux, définitive.

Les animaux prisaient la douceur du foyer (le feu auquel, faute d'un toit, nombre d'entre eux n'avaient pas droit) et l'aménité nouvelle de leurs manières plus encore que l'exercice de réflexion auquel le vieux carcajou les invitait. Animalistes qui se cherchaient des coupables à leur malheur, coloristes qui voyaient dans ces défilés un moment nécessaire de l'union totale, anciens légalistes contraints de quitter le Praspect et dont le déclassement avait altéré l'opinion, herbivores sensibles à la demande d'égalité, carnivores aux dents creuses qui voulaient penser que c'était l'Animat et ses lois (et non leur caractère ou leur physiologie) qui les privaient d'être puissants et craints… tous communiaient dans la quiétude. Même les humains, qui pour certains étaient allongés sur le dos et paressaient à la chaleur des flammes, semblaient les bienvenus. En particulier celui dont deux ratiers pansaient longuement la fesse droite, qu'il avait offerte aux réfractaires, dans un élan d'altruisme.

Autour du feu, au milieu d'ombres géantes, tout en buvant les paroles de Gromyko et en prenant la parole eux-mêmes, des serpents s'attardaient sur la profonde blessure qu'un orignal avait reçu d'un dogue, taupes et chats s'étendaient et plaisantaient côte à côte, un couple de ratiers devisait affectueusement… avec des rats, et des grenouilles changeantes (qui étaient sorties jaunes et sans têtards de la dernière hibernation) présentaient leurs excuses aux rares moustiques qu'elles avalaient ensuite… Une impression générale de douceur et de bonté émanait de ce tableau doré.

Les réfractaires pansaient leurs plaies. Celles du corps en répandant des onguents. Celles de l'âme en écoutant un maître à croire. Celles du cœur en se tenant chaud.

Leurs échanges étaient d'une qualité variable, mais l'attention et la diligence qu'ils témoignaient les uns aux autres n'étaient, elles, pas douteuses. Daims et taupes rouziguaient des entolomes, sous l'œil avide d'un mastiff en qui Mechtat reconnut un ancien violent légitime, exclu de la Niche pour n'avoir pas cessé de distribuer des champignons.

Le chat, qui avait suivi les réfractaires à distance à l'issue de leur dernier défilé dans les allées cossues, et qui se tenait discrètement au bord de la grotte, se demandait à les écouter si, à tout prendre, les bénéfices d'une paix retrouvée ne l'emportaient pas sur l'inconvénient d'un lavage de cerveaux par un carcajou à l'érudition bancale. Les discussions dont il avait la charge depuis toujours avaient-elles un autre but que de pacifier Krasnaïa en transformant les rixes en débats ? Mechtat n'avait jamais imaginé qu'on pût obtenir le même résultat en abreuvant les animaux de certitudes et non de doutes, mais il était bien obligé, en honnête chat, d'admettre que les animaux malléables, à qui l'on racontait n'importe quoi, adoptaient spontanément l'abnégation dont tout Animat eût rêvé pour ses frères. Puisque personne ne détient la vérité, se disait le discuteur, pourquoi ne pas tenir le discours le plus apaisant ?

Le légaliste et le maître à croire

Puis Gromyko, de la même voix si douce, s'était mis à parler des hermines. Qui avaient inventé leur martyre, disait-il, dans le seul but d'exercer discrètement une influence délétère sur les consciences animales. C'étaient elles, à en croire le carcajou, qui étaient à l'origine de tous les incendies de Krasnaïa – ceux qu'elles causaient comme ceux dont elles-mêmes étaient parfois victimes, mais dont, à n'en pas douter, elles avaient soufflé l'idée à l'animal influençable, aux dépens duquel elles prospéraient ou sur la condamnation duquel elles pariaient pour s'approprier ses biens. Sournoises, rusées, fielleuses, fortunées, les hermines travaillaient en secret à désunir les animaux pour mieux régner sur eux :

« Avez-vous vu ces abattoirs dont on nous parle tant depuis toujours ? Et ces costumes de pelage dont, à en croire ces menteuses, les humains aimaient à se protéger du froid ? Moi non plus ! Combien de temps serons-nous les dupes de ces animaux haineux ?

— Mais toutes les hermines ? hasarda une belette qui avait les meilleures relations avec sa voisine.

— Bien sûr que non, se reprit Gromyko, un ton en-dessous. Je ne dé-déteste pas toutes les hermines, ce serait injuste. L'hermino-nophobie est un animalisme aussi affreux que les autres même si c'est une opinion qu'on a le droit d'avoir. Mais je ne po-porte pas dans mon cœur les hermines qui nous gouvernent en secret. »

Rassurée par cet exercice de pondération, la belette s'assit de nouveau, en jetant sur le maître un œil tendre et reconnaissant.

« Et qui sont ces hermines, dis-moi, qui nous gouvernent en secret ?… »

Mechtat ratait rarement ses entrées.

Le chat pariait sur le fait qu'à cette heure tardive, après l'ingestion massive de champignons et devant leur maître, les animaux n'oseraient pas, du moins dans un premier temps, le menacer ou se jeter sur lui. De fait, c'est dans un silence complet, d'un pas feutré et lent, qu'il contourna le cercle des réfractaires autour du vaste foyer pour s'approcher de Gromyko qui était lui-même assis à côté de Gavariat.

« Alors ? Qui sont ces hermines qui nous manipulent ?

— Sois le bienvenu, Me-mechtat, et prends place ! »

Mechtat s'assit en sphinx à côté de Gromyko, de manière à ce que tout le monde les vît côte à côte.

« Une petite russule ?

— Avec plaisir. Merci. »

Les réfractaires n'en revenaient pas.

Le porte-parole des éminents, le défenseur des lois iniques, le gardien organique du pouvoir et de ses serviteurs rouziguait paisiblement au milieu de tous une russule parfumée, à côté de leur maître à croire. Ce qui s'annonçait comme une soirée paisible, un répit pour leurs corps blessés, un soulagement pour leurs esprits avides de conviction, allait prendre la forme inattendue d'un pancrace courtois entre leur théoricien et celui qu'ils haïssaient par principe.

« Tu me demandes qui sont les hermines qui nous manipulent ?

— Oui.

— C'est plutôt à toi qu'il faudrait po-poser la question. (Ricanements entendus.) C'est toi qui les côtoies. Moi, je vis dans-dans ma caverne.

— Mais alors, comment sais-tu depuis ta caverne qu'elles nous gouvernent en secret ?

— Tout le monde le sait ici.

— Ah ! Voilà une preuve.

— Tu plaisantes, alors que tu devrais t'indigner que des animaux fourbes se déguisent en martyrs pour exercer le pouvoir.

— Mais pourquoi dire qu'ils se déguisent en martyrs ?

— Parce que nous avons plus souffert que les hermines, nous, les réfractaires, et pourtant il n'y en a que pour elles !

— Tu veux dire que ce qui te semble injuste, ce n'est pas que les hermines racontent leurs souffrances, mais c'est que vos souffrances sont moins prises en compte que les leurs, alors qu'elles sont comparables ?

— Exactement !

— Mais tu viens de dire que les hermines n'avaient pas souffert autant qu'elles le disent. Comment réclamer que vos souffrances soient prises en compte comme les leurs, tout en affirmant que leurs souffrances sont largement imaginaires ? Comment exiger d'avoir été aussi malheureux qu'elles, tout en leur déniant le malheur ?

— Parlons d'autre chose, veux-tu ? »

Le chat hocha la moustache.

La haine des hermines n'était pas le propre des réfractaires (qui, tous, n'y souscrivaient pas, d'ailleurs), la discussion n'eût rien donné, et il y avait bien d'autres choses à examiner.

« Qu'es-tu venu nous dire ?

— Tu dis qu'il faudrait pouvoir révoquer l'Animat à tout instant ?

— C'est évident ! Comment dire que nous sommes libres si celui à qui nous avons re-remis notre liberté décide de tout à notre place, sans qu'on puisse rien en dire ?

— Autrement dit, il suffirait à l'Animat d'être impopulaire pour devoir s'en aller ?

— Non seulement s'en-s'en aller, mais rendre des comptes ! Comment imaginer qu'on laisse impuni celui qui nous vole après s'être fait dési-signer par nous comme le manda-dataire de *notre* volonté !

— La justice, après. D'abord, le système. Pardonne-moi de te poser encore une fois la question, mais ce que tu dis, c'est que l'Animat doit partir à l'instant où il cesse de recevoir la faveur du peuple ?

— Oui, car il n'est à sa place que grâce à nous.

— Sur ce dernier point, nous sommes d'accord. Sur le précédent, pas du tout.

— Et pourquoi ?

— Parce que si l'Animat était expulsable au moment où les animaux cessent de l'approuver, si le pouvoir menaçait à chaque instant de changer de main, alors l'Animat passerait son temps à tenter de plaire à tous.

— En quoi serait-ce un mal ?

— Ce serait merveilleux, mais c'est impossible.

— Et pou-pourquoi ?

— Comment veux-tu plaire en même temps aux carnivores et aux herbivores ? Pour plaire aux herbivores, il faut réduire la dévoration. Pour plaire aux carnivores, il faut l'augmenter. Comment proposer l'un et l'autre en même temps ? (Gromyko frissonna sous son pelage, un humain préposé à cet usage vint aussitôt le couvrir d'une pelisse en fronçant les yeux à l'endroit du chat – ce qui, ailleurs qu'en cette étrange caverne, était inimaginable.) Le rôle de l'Animat n'est pas de plaire, sinon il ne gouverne pas, mais de décider pour tous, dans les limites de la loi, tant que dure son mandat.

— Et donc, nous n'avons rien à dire ? Il nous faut subir et nous taire, sous prétexte que nous vo-votons toutes les deux éclipses pour un animal que nous n'avons jamais vu ! (De vives clameurs et des cris rassurés accompagnèrent la réponse de Gromyko, qui semblait reprendre vie.) Deux éclipses entières à se nourrir à nos dé-dépens, à nous prendre les souris ou les quelques pommes de pin que nous parvenons à accumuler, pour organiser des fêtes somptuaires avec les gestionnaires du Don qui qui-quittent la cour pour hériter d'un hangar entier ? Et on devrait les remercier ?

— Tu préfères avoir des Animats tellement soucieux de plaire qu'ils s'en aillent à l'instant où ils mécontentent une partie des animaux qui le fait savoir bruyamment ? Comment gouverner dans ces conditions ? L'Animat n'est pas un objet qu'on jette une fois qu'il ne sert plus, ni un frère de la Belle Étoile qui nous vend sa croupe parce qu'on paye le Don ! Gouverner, c'est assumer l'impopularité, tant que la loi nous donne les moyens d'agir. Toutes les deux éclipses, les animaux décident. Entre-temps, ils changent d'humeur et sont menés par leur bon plaisir. Veux-tu que leur bon plaisir l'emporte sur leur décision ? »

La question de Mechtat était trop précise pour que Gromyko y répondît, qui choisit plutôt l'esquive.

« Trouves-tu qu'on est mieux gou-gouverné quand l'Animat agit impunément pendant deux éclipses, pille tout ce qu'on a pour manger des anguilles et reçoit ensuite, pour récom-compense de ses propres prédations, une ré-rémunération jusqu'à sa mort ? »

Les animaux (que Mechtat privait tout de même d'une de ces nuits exquises qu'ils organisaient depuis le début de la Réfraction, pour leur imposer un débat dont ils avaient d'emblée décidé du vainqueur) commencèrent à manifester des signes d'impatience. Aux rares insultes qui ponctuaient, de loin, leurs échanges, succédèrent des feulements dont l'agressivité semblait autorisée, ou suggérée, par le ton légèrement vindicatif de Gromyko. Mais comme Mechtat était protégé par l'onction du maître à croire, les animaux se contentèrent d'ajouter du bois au feu qui, dépositaire involontaire de leur mécontentement, crépita avec rage.

« Une autre question, je peux ? demanda le chat qui, sans attendre, ajouta : Tu as dit, je te cite, que “l'Animat était le mandataire de notre volonté”.

— Oui.

— Mais comment ça, “notre” ? Il n'y a pas qu'une seule volonté dont l'Animat soit mandataire ?

— Bien sûr que si ! La volonté du peuple !

— Mais la volonté du peuple est plurielle ! Je te l'ai déjà dit ! Comment veux-tu que tous les animaux s'entendent sur un désir commun alors que leurs désirs sont dictés par des corps différents, des goûts différents, des lieux différents ? La seule chose sur laquelle les animaux puissent s'entendre, c'est de consentir à la tutelle du régent que la majorité d'entre eux se donnent toutes les deux éclipses !

— C'est faux ! Les animaux sont faits pour s'entendre et ils sont tous d'a-d'accord entre eux ! (Des hourrahs répondirent à l'appel du maître qui voyait une preuve de son unanimisme dans cet effet de manche devant une meute acquise à sa parole.)

— Si le peuple ne peut pas faire quelque chose, c'est qu'on l'en empêche ! enchérit Gavariat, l'orignal intra-cornu qui était resté silencieux jusque-là, vers qui Mechtat tourna les moustaches.

— Tu veux dire que ce qu'on ne peut pas faire tient uniquement au fait que des lois nous interdisent de le faire ?

— Bien sûr !

— Donc, ce qui est impossible n'est impossible que parce que c'est interdit ?

— Oui… (Gavariat était soudain plus hésitant.)

— Imaginons que tu doives soudain tirer une gigantesque charrue remplie de bois (Mechtat savait que Gavariat était faible pour un animal de son espèce et répugnait aux travaux physiques), est-ce la loi qui t'en empêche, ou bien ta propre faiblesse ? Certes, la loi t'empêche de prendre d'assaut la Doma (L'exemple n'était pas innocent ; l'assaut avait été mené par les orignaux qui, pour l'essentiel, obéissaient corps et âme au totaliste dont Istcheïka, néanmoins, n'avait pas réussi à démontrer la responsabilité), mais reconnais qu'une telle chose t'arrive moins souvent que de devoir tirer une charrue, même à toi ! Or, ce qui t'empêche de tirer la grosse charrue, ce n'est pas la loi. Ce qui t'est impossible vient de toi, pas de la loi ! En tout cas, la plupart du temps. »

Gavariat avait oublié que Gromyko prisait « le dialogue avant tout » et que son interpellation susciterait non pas une clameur laudative, mais une réfutation en bonne et due forme.

Mechtat se détourna de l'orignal obtus et revint à Gromyko, dans un climat d'exaspération muette.

« Tu veux donc dire qu'il n'y a qu'une seule volonté ? Celle du peuple ?

— Laquelle, si-sinon ?

— Et si, dans le peuple, tu croises des bêtes qui ne sont pas du même avis que les autres ? qui souhaitent autre chose ? Que fais-tu ? Est-ce que chaque animal n'est pas libre de son opinion ?

— Bien sûr que si ! Mais nous, vois-tu, nous sommes pour la liberté qui ra-rassemble, pas la liberté qui dé-désunit ! (*À ces* mots rassembleurs, les animaux, déjà levés pour montrer qu'ils étaient unanimes, commencèrent à s'approcher du couple en souriant à l'un et en grognant vers l'autre.)

— Donc, tu es pour la liberté de chacun, dans la mesure où chacun est d'accord avec ce que tu penses ?

— Je ne comprends pas ce-ce que tu dis.

— Prenons un exemple : considères-tu qu'un animal qui en tue un autre doit être condamné à mort ?

— Hors-dévo-voration ?

— Oui.

— Évidemment. Depuis quand la vie d'un coupable vaut-elle plus que celle de sa vi-victime ? (Rires enthousiastes.)

— Sais-tu qu'à Krasnaïa, de nos jours, si l'on en croit les taupes, les animaux sont hostiles, dans leur majorité, à la mise à mort des meurtriers ?

— Je le sais ! C'est une honte ! Quand je pense qu'il y a des puissants parmi ces meurtriers, qui échachappent à la loi commune !

— Ce n'est pas ma question ! Ma question est : comment imposes-tu la peine de mort aux meurtriers si la majorité des animaux n'est pas du même avis que toi ?

— C'est très simple. Si la ma-majorité n'est pas de cet avis, il n'y aura pas de peine de mort.

— Et comment vas-tu établir que tu reçois – ou non – le soutien de la majorité ?

— Rien de plus fa-facile. Les partisans de la peine de mort n'ont qu'à se présenter au Cirque et voter di-directement. Libre à ceux qui le souhaitent de s'y présenter et de voter dans un autre sens ! C'est la ma-majorité qui gagne !

— Mais ce n'est pas la majorité, ça ! Si tu souhaites ardemment qu'une loi soit votée, les animaux que tu entraînes dans ton sillage seront plus mobilisés et plus actifs que tous les autres qui n'y pensent pas, ou qui s'en fichent, ou qui, pour certains, sont d'accord avec vous ! Il n'est pas douteux, dans ces conditions, qu'un vote soit favorable à ton désir ! Et un vote auquel ne participerait qu'une infime partie des habitants de Krasnaïa peut-il s'imposer à tous ? Tu prétends qu'à cause de l'animature, nous sommes gouvernés d'en haut par des animaux qui s'assoient sur nos désirs. Mais si on gouvernait à ta manière, une infime partie de la Communauté, un seul groupe en somme, plus engagé que les autres, imposerait en toutes circonstances les lois qu'il souhaite ! »

« Carpette domestique ! Serviette à humains ! Moustaches de haine ! Gueule de traître ! Fils de souris ! Matou félon ! Sinistre plaideur ! Suceur de sang ! Courtisan d'éminents ! Avaleur de champignons !… » Mechtat sentit que l'ambiance s'était un peu refroidie et qu'il était temps de partir.

Gromyko en profita pour ne pas répondre et verser dans des civilités ironiques :

« Merci, Mechtat, d'être descendu jusque dans notre caverne pour y porter la lumière des torches qui réchauffent la Doma ! »

Le chat s'en alla sous des crachats que leurs expéditeurs prenaient soin d'envoyer loin de lui.

Un nouveau motif de traîner la patte ?

À l'arrivée du printemps – la faim se faisant plus rare et le besoin de chaleur aussi – la Réfraction, dont chacun avait pris son parti, s'estompa un peu, même si les réfractaires continuèrent de réunir chaque demi-lune, dans les allées du Praspect, une cohorte violente et indécise, qui détruisait sans savoir pourquoi et qui exigeait sans savoir ce qu'elle exigeait.

Faute d'une intention commune, les réfractaires s'en prenaient aux sceptiques avec virulence. Quiconque émettait des doutes sur les vertus de tout contester sans rien proposer (comme une hermine conservatrice et susceptible, qui avait depuis peu cessé d'exercer la fonction de discuteur, et fut un jour prise à partie par une meute de réfractaires qui l'avait croisée à la sortie d'une casbah) se voyait physiquement menacé par des animaux haineux qui, pour agresser sans se sentir coupables, se présentaient (aux autres et à eux-mêmes) comme des victimes de Krasnaïa animées par une juste vengeance.

Mais qu'on le voulût ou non, la colère s'essoufflait.

Après la crise du femellisme et l'épidémie de castration, les violences canines et la sainte alliance du colorisme et de l'animalisme dont les réfractaires n'étaient eux-mêmes, au fond, qu'un nouvel épisode, la seconde moitié de l'animat de Mirko s'annonçait sous de meilleurs auspices. Non que tout allât mieux. Mais on s'était habitué au désordre. Après avoir redouté les cohortes de réfractaires envahissant les avenues lustrées du Praspect, les éminents et leurs voisins avaient fini par s'amuser de ce rendez-vous avec la rage qui leur valait, de l'aube à la nuit, de fermer les hangars et les lieux de plaisir, mais leur donnait le sentiment, consolateur entre tous, d'être les témoins – sinon les protagonistes – d'événements importants.

C'est dans ce climat apaisé qu'on vit soudain, de nouveau, étonnamment, les défections se multiplier sous prétexte de maladie.

Craignant une résurrection des réfractaires (quoique le tunnel menant au Praspect, dont le prix du passage avait déclenché tant de colère, eût cessé de coûter quoi que ce soit aux animaux depuis longtemps), Mirko mandata Istcheïka en lui recommandant d'être intraitable, cette fois-ci, avec les animaux convaincus d'avoir feint une indisposition pour échapper au travail et profiter des berges de la Vodka, ou bien pour fomenter l'incendie d'une datcha.

Nantie du droit (nouveau pour elle) d'arrêter les animaux sur fond d'un soupçon, Istcheïka se rendit aux Blindés avec une escorte de cinq dogues aux dents aiguisés, bien décidée à mettre un terme aux fraudes qui avaient, par le passé, annoncé tant de désordres.

La seule hypothèse que la molosse et l'Animat n'avaient pas envisagée, c'était que les animaux fussent effectivement malades.

Complètement malades.

Le rapport du ratier

Quand ils arrivèrent sur place, dans les allées chaotiques des Blindés (fendues par d'humides crevasses ou par la chute d'un camion qu'aucune charrue de l'Animat n'avait emporté et qui avait modifié la géographie de la rue comme une tempête dont les arbres arrachés, restés sur place, altèrent à jamais le visage d'une forêt), ils eurent la surprise de voir des ratiers ramper avec une lenteur inhabituelle d'un tank à l'autre, portant péniblement au bout de leur queue vigoureuse un baluchon de cataplasmes ou un seau d'eau.

L'un d'eux, plus âgé, se traîna jusqu'à la molosse.

« Que se passe-t-il ?

— Les animaux sont malades.

— Malades ?

— Ils meurent de diarrhées.

— Tu veux parler d'ours qui ont mangé trop de viande ?

— Pas seulement !

— De rongeurs qui ont abusé des cortinaires ?

— Pas seulement !

— Mais qui meurt, alors ?

— Un peu tout le monde. Surtout les vieux.

— Quoi ?

— Dans les tanières, les terriers, les blindés, les clapiers, les buissons, toutes les familles ont un mourant, au moins.

— Au moins ?

— Les plus faibles meurent. Les autres présentent des symptômes moins graves. Certaines familles sont toutes malades. Sauf les enfants.

— Et que disent les malades ? De quoi se plaignent-ils ?

— Je te l'ai dit. Du ventre. Ils défèquent jusqu'à la mort et se plaignent de soif aussi. D'autres souffrent moins. D'autres ne souffrent pas, mais n'ont pas faim.

— Pas faim ?

— Juste soif. Terriblement soif. Et nous manquons d'eau. L'étang est trop loin, les puits sont secs, les animaux sont trop faibles.

— Chaque chose en son temps, répondit l'inspectrice pragmatique. D'abord, il faut une chaîne humaine qui relie les Blindés à l'étang…

— Impossible.

— Pourquoi ?

— Les humains sont malades aussi.

— Tous ?

— Non.

— Alors, rassemble les humains vaillants et dis-leur de former une chaîne jusqu'à l'étang.

— Impossible.

— Cesse de dire “impossible” ! et dépêche-toi !

— Je suis malade, moi aussi », dit le serpent qui se tortilla soudain, dans des spasmes avant de rendre en tonnerre, devant les chiens stupéfaits, le contenu à peine digéré de son déjeuner.

Un dogue porta le reptile épuisé jusqu'à la Ferme, où Ganna pourrait lui dispenser peut-être de meilleurs soins, et où, sous la recommandation d'Istcheïka, après avoir délégué à Natalia la supervision de la chaîne humaine destinée à abreuver le quartier des Blindés, Mirko ordonna qu'on réunît les ratiers.

Premières mesures

Ganna avait préparé une marmite de camomille et de fenouil bouilli, que les serpents proposaient délicatement au ratier malade devant Mirko et l'ensemble de sa cour. Le fenouil paraissait apaiser les douleurs du reptile.

« Il faut le laisser maintenant, dit Ganna. Sortons. Il a besoin de repos, et il y a trop de monde ici.

— Pourquoi dis-tu qu'il y a trop de monde ?

— Parce que le mal dont souffre le serpent est probablement contagieux.

— Tu veux dire que nous en sommes atteints ? demanda le loup (dont l'inquiétude ne portait pas tant sur sa propre santé que sur les mesures à prendre en cas d'inenvisageable vacance du pouvoir).

— Il est possible que toi ou moi ayons attrapé le mal du serpent en lui prodiguant des soins. Ce qu'il faut espérer, c'est, si c'est le cas, qu'il ne prenne pas chez nous une forme douloureuse.

— Que dois-je faire ?

— Tu dois protéger les animaux.

— Mais comment ?

— En les éloignant les uns des autres, en les empêchant de se réunir, en leur interdisant, au besoin, de sortir des terriers, tout en donnant en abondance de la décoction de fenouil. Sers-toi des tireurs, flatte les harnais, ordonne-leur d'apporter des charrues, mets les humains valides à ma disposition et déblaie les tunnels pour faciliter le passage des seaux.

— Peux-tu les guérir ?

— Je ne crois pas. Mais je peux les soigner.

— Que veux-tu dire ?

— Que je peux les aider à traverser la maladie et contribuer à la survie du plus grand nombre, mais ce que j'ai à t'offrir n'est pas un remède. Juste un baume. »

Tout le monde était désemparé.

Les ratiers, fiers d'être consultés, soudain loquaces, flanqués des porcs-épics qui se piquaient de compétences comparables, étaient intarissables sur les causes présumées et les antidotes possibles.

D'aucuns – plus conservateurs que des hermines décennaires – incriminaient les champignons.

D'autres y voyaient l'effet d'une mauvaise gestion du Don qui, déséquilibrant l'alimentation des plus forts, les exposant à la faim, les contraignait à ingérer des aliments qu'ils ne supportaient pas.

Les ratiers fraternistes imputaient l'épidémie, à l'inverse, à la condition générale des herbivores (« qu'on affame quand on ne les dévore pas »).

Certains serpents hypernebistes (dont les fantaisies métaphysiques n'entamaient pas les qualités de soigneurs) parlaient d'un châtiment céleste ; des congénères anebistes et pleins d'humour affirmaient à l'inverse que Nebo n'existant pas, Il ne saurait être tenu pour responsable de cette catastrophe, et qu'il fallait innocenter en somme le gentil ciel qui n'avait pas plus d'intention qu'une fleur ou un caillou.

La conversation s'envenimait et prenait un tour inutilement dangereux. Mirko – qui eût calmé tout le monde en montrant les crocs – ne voulait pas être craint, mais aimé. Aussi convoqua-t-il Mechtat (dont les compétences thérapeutiques étaient nulles) afin d'évaluer, non la vérité des discours, mais leur qualité.

Où l'on voit qu'il n'est pas nécessaire de connaître la vérité pour débusquer l'erreur

Auprès du serpent qui implorait Nebo d'épargner les animaux, le chat fit valoir que si Nebo était sensible à sa prière, alors Nebo était un animal Lui-même, et que si Nebo était un animal, alors Nebo n'était pas Nebo, et que si Nebo n'était pas Nebo, il était inutile d'espérer notre salut de Lui.

À tous ceux qui, plus-fortistes ou fraternistes, voyaient dans la maladie le résultat du traitement inéquitable des carnivores ou des herbivores, Mechtat répondait qu'un tel grief (à leurs yeux) ne datait pas d'hier et que si le « déséquilibre » (qui allait dans les deux sens) était la source du mal, les animaux seraient malades depuis toujours.

Et ainsi de suite.

Toute la nuit, le discuteur, au sommet de son art, et sans jamais exciper de la moindre fausse compétence, passa les théories des soigneurs au crible de l'argumentation. De ces heures de palabres, de la collection des témoignages et de toutes les hypothèses plus ou moins farfelues qui avaient germé dans l'esprit fécond des ratiers, survivaient deux certitudes : la maladie dont souffraient les animaux était contagieuse, soit par contact, soit par flatulence (sur ce dernier point, le débat avait été vif et nombre de ratiers s'étaient insurgés contre l'incrimination des pets où ils voyaient, étrangement, le signe d'une hostilité envers les démunis. Mechtat trancha le débat en s'asseyant au milieu des serpents indignés qu'on soupçonnât les flatulences d'être toxiques, et en pétant lui-même, ce qui déclencha un mouvement de panique chez ceux qui, l'instant d'avant, innocentaient la chose). Autre certitude : il fallait éviter les rassemblements et, compte tenu de son mode de transmission présumé, imposer qu'à l'extérieur de chez eux, les animaux qui disposaient d'une queue s'en servissent pour se cacher le fondement (les autres seraient assignés à résidence, à moins de se vêtir). Mechtat, dont la propre queue servait à dire tant de choses – de la tristesse à la curiosité en passant par l'irritation, l'anxiété, l'offense, la félicité, la détente, l'indifférence ou la soumission – fit observer qu'il serait difficile d'obtenir que les animaux maintinssent la queue basse à la seule force de leur volonté, car, chez tous les groupes, dresser la queue n'était pas plus volontaire que boire ou respirer. Qu'à cela ne tînt, Mirko ordonna qu'on distribuât quantité de fils de bambou et mandata les orgueilleux porcs-épics (heureux d'être enfin indispensables) à l'attachement des appendices rebelles.

Guérassim

C'est alors, au petit matin, au milieu d'une assemblée épuisée par l'effort d'une nuit (où les serpents avaient été gavés de champignons pour rester éveillés sans trop subir les atteintes du froid printanier), que Guérassim, le boa, soigneur fantaisiste et vaniteux, qui avait longtemps élu domicile autour du cou de Lavka et l'avait notamment (fort mal) conseillée avant son combat avec Mirko, fit son apparition, frais et dispos, frétillant de l'estomac, avide manifestement de partager avec ses congénères étiques le fruit de ses dernières intuitions.

« La maladie n'est rien ! Croyez-en mon expérience. Elle ne fera pas plus de morts qu'un accident de charrue.

— Comment le sais-tu ? osa un porc-épic, auquel Guérassim ne répondit pas.

— Écoute, Mirko : tu sais que je suis vieux et que j'ai tout vu ?

— Certes...

— J'ai tout vu ! J'ai soigné les animaux pendant la Guerre civile, j'ai sauvé la vie de dizaines d'herbivores et même de plusieurs carnivores qu'on avait laissés pour morts après la charge des bisons. Tu t'en souviens ? Non, bien sûr. Tu n'étais pas né. Enfin, j'ai tout vu, tout soigné, moi ! Zosime en personne m'appelait le Guérisseur !

— Je t'ai toujours entendu le dire.

— Je n'étais pas encore adulte quand le premier Animat de la Communauté m'a délégué aux soins des combattants.

— Tu parles du jour où tous les serpents ont été investis de la tâche de soigner les animaux ?

— Tous les serpents, tous les serpents, c'est vite dit... J'étais le seul boa, je te rappelle !

— Tu es le seul boa ! Depuis toujours. (Guérassim préféra changer de sujet car il devait son existence et sa présence à Krasnaïa à l'ancienne fantaisie d'un apparatchik herpétologue qui s'était fait livrer un bébé boa dans son appartement de fonction.)

— Écoute, c'est intéressant, ce que tu dis... Mais moi je te dis que la maladie ne durera pas !

— Et qu'est-ce qui te rend si confiant ?

— Confie-moi la charge des soins, donne-moi un étage de la Doma, et reviens me voir dans trente nuits... »

Les animaux étaient tellement désemparés, tellement pris au dépourvu qu'il avait suffi d'un boa présomptueux pour qu'ils reprissent espoir. Tous approuvèrent le consentement de Mirko. Par décret immédiatement effectif, Guérassim fut nanti d'une quantité considérable de blé, de chardons et de pommes pour s'offrir les services de tous les tireurs et les ratiers qu'il jugerait nécessaires, et on lui alloua la gigantesque salle des votes, qui entre deux scrutins servait généralement d'aire de jeux ou de lieu de réunion pour les délégués.

Une pandémie plus-fortiste ?

Confier l'espace des soins à Guérassim n'était pas une bonne idée. En revanche, créer un tel espace était une excellente initiative. Car les animaux n'avaient aucune expérience de la maladie à grande échelle. La mortalité était si faible à Krasnaïa, les bêtes si résistantes aux rigueurs du froid, aux pénuries comme aux chaleurs extrêmes de l'été, qu'aucun Animat juqu'à présent n'avait songé à concevoir un lieu dont c'eût été la seule fonction.

Ratiers et porcs-épics venaient en aide aux animaux souffrants – comme le jour de l'incendie de la Loug : on savait poser des cataplasmes, répandre des onguents, et les soigneurs avaient même récemment appris de Ganna l'art d'inciser les plaies, ce qui était utile. Mais ça n'allait pas plus loin, tant la nécessité, jamais, ne s'en était fait sentir.

Les animaux n'étant guère malades, les vieillards tardant à mourir et (depuis l'instauration, par Zosime, d'une suspension dévoratoire) les herbivores se reproduisant plus rapidement que les carnivores ne les mangeaient, Krasnaïa souffrait, depuis plusieurs animats, de surpopulation. Non que la nouriture manquât, mais on ne savait que faire des vieux qui, après avoir perdu leur vigueur, n'étaient bons qu'à surveiller les enfants et, pour ceux qui avaient appris à le faire, à leur raconter des histoires.

À tel point que certains candidats (tout à fait carnivores) à l'animature suprême avaient déjà, sans jamais l'emporter, défendu la nécessité, pour la survie de tous, de purger régulièrement la population, lors de journées exceptionnelles où la dévoration n'eût plus été autorisée mais obligatoire, et le suicide rémunéré. L'idée n'avait pas pris dans l'opinion car, nous l'avons dit, en valeur absolue, il y avait de quoi nourrir tout le monde, et les rares animaux qui mouraient de faim étaient les victimes d'une mauvaise administration du Don, non de la famine ou des pénuries localisées (le plus souvent consécutives aux incendies). Bref, aucun lieu dévolu aux soins n'existait à Krasnaïa, alors que les animaux, pour la première fois depuis la fin de la Domesticité, succombaient rapidement et en grand nombre.

La plupart, pourtant, ne périssaient pas de la maladie qu'ils avaient aussi contractée. Les seules victimes du mal (« Baliezn ») étaient les plus âgés, les plus faibles, les moins productifs et (souvent) les plus démunis. Ce qui ne déplaisait pas aux animalistes dont les théoriciens, Dinia en tête, étaient tentés de voir dans cette dilection de Baliezn pour des improductifs une sorte de ruse de la nature, destinée à nettoyer Krasnaïa des inutiles qui pullulaient depuis que des lois absurdes avaient affirmé, au mépris de l'évidence, que les animaux devaient être égaux entre eux. Les animalistes étaient-ils uniquement des plus-fortistes enragés ? Possible. Moins radicaux que les premiers, les partisans de la loi du plus fort n'osaient pas, eux, se réjouir d'un fléau qui tuait les animaux, mais faisaient valoir qu'en somme la loi du plus fort était de nouveau respectée, et que l'Animat eût été bien inspiré de s'en inspirer.

La nature

Les antinebistes, on l'a dit, virent dans la pandémie une preuve supplémentaire de l'inexistence ou de l'indifférence de Nebo, et les hypernebistes, au premier rang desquels des enragés de toutes espèces, tenaient la catastrophe pour le châtiment de toutes les libertés que les animaux avaient prises à l'endroit de la Nature – ce qui permettait de concilier le postulat de la bonté de Nebo avec le fait qu'Il s'en prît, manifestement, aux animaux les plus âgés ou les plus faibles.

Par « Nature », les animaux (qui aimaient y voir l'étalon de ce qu'il convient – ou non – de faire, et absolutisaient en conséquence le terme en l'affublant d'une majuscule) désignaient un fatras de traditions collectives, d'usages affermis par des disparités physiques, et de déterminations objectives comme le lieu de naissance, les convictions parentales ou l'identité du discuteur qui instruisait les enfants… Le tout faisait un tout, justement, un amalgame indistinct d'habitudes normatives et de physiologie, que les animaux brandissaient chaque fois qu'ils étaient mécontents, sans qu'aucun ne pût en donner une définition précise. La nature était ainsi invoquée à tout bout de champ, tantôt par les tenants de la loi du plus fort qui voyaient une injustice dans l'égalité de traitement où leur propre puissance était sacrifiée, tantôt par des dourakistes qui avaient tendance à inscrire dans la nature la bonté des faibles et la méchanceté des forts, tantôt par les carnivores pour justifier après coup une dévoration intempestive, tantôt par les herbivores comme un anti-modèle dont il fallait, au nom de la vie en commun, conjurer par la loi l'inégale répartition, tantôt par tous les animaux qui, tenant Nebo pour un animal Lui-même, voyaient dans les lois de la nature un effet de Sa bonté, dont la transgression était inévitablement sanctionnée par le Maître des orages, soit par un incendie, soit (nouvelle façon) par une épidémie de diarrhées.

Animalistes, coloristes et hypernebistes avaient donc en commun de donner un sens à l'épidémie qui, aux yeux des premiers, rétablissait la loi du plus fort, aux yeux des seconds, punissait les ordinaires (la plupart des mourants qui se vidaient de leurs entrailles jusqu'à la mort étant âgés, peu nombreux étaient les albinos parmi eux), et aux yeux des troisièmes, témoignait d'un juste courroux céleste. Douraka elle-même, qui avait adopté l'idée que les renards enragés se faisaient de Nebo, ne pouvait s'empêcher de voir un signe du ciel dans le mal qui rongeait les privilégiés de Krasnaïa, qui, pour la plupart, avaient connu (et en étaient certainement nostalgiques) l'affreuse époque de la Domesticité.

Mieux vaut hériter d'un geste que d'une fortune

Mirko ne partageait pas du tout ce fouillis de convictions.

Quoique loup (donc sensible au droit que chacun vécût autant que sa force le lui permettait, et attentif à ce que chaque animal de la Communauté rapportât autant qu'il coûtait), l'Animat ne voyait aucune raison de se réjouir dans l'hécatombe des plus âgés. Des membres de sa cour avaient beau lui expliquer que le soin des improductifs occupait une part croissante du Don, que les vieillards étaient déjà, pour des raisons de commodité, la cible favorite des carnivores durant la dévoration, qu'il n'y avait pas grande différence entre mourir des crocs et mourir de maladie, et qu'en cela l'épidémie n'était pas malvenue, le loup voulait bien écouter mais ne voulait rien entendre.

« Si nous n'y faisons pas attention, beaucoup de nos anciennes et de nos anciens mourront. J'entends certaines et certains me dire qu'il ne serait pas mauvais d'être enfin débarrassés de celles et ceux qui coûtent sans rapporter. Mais que signifient-ils par là ? Que le niveau de la piscine baissera moins vite quand nous aurons moins de vieillards à soigner ? Et alors ? Quel gain est-ce là ? À quoi bon préserver le Don si la dépense sauve des vies ?

Que léguons-nous ? ajoutait-il.

Que léguerons-nous à nos successeuses et nos successeurs ?

Une piscine vide ? Peut-être.

Est-ce irresponsable ?

En temps normal, je dirais oui.

Mais est-il injuste que les fonds de la piscine servent à sauver les moins forts d'entre nous ?

À quoi bon tant de blé si ce n'est, d'abord, pour venir en aide à celles et ceux qui souffrent et manquent de tout ?

À quoi bon le pouvoir, si ce n'est pour protéger les plus faibles ? Nos successeuses et successeurs hériteront non d'une fortune, mais d'un geste. Le geste antinaturel de sauver ceux qui ne servent à rien. Et de le faire quoi qu'il en coûte. L'heure est venue de savoir pour quelle raison les animaux ont, à l'issue de la Guerre civile, fait le choix de vivre ensemble, autant que possible, et sous une loi commune.

Était-ce pour sacrifier les improductives et les improductifs que nous avons uni nos forces ? Était-ce pour laisser mourir les plus faibles que nous avons contrarié les lois de la nature ?

À quoi bon tous ces efforts si, confrontés à la première catastrophe de cette ampleur, nous sommes incapables de défendre les autres avant de penser à nous-mêmes ?

Si la Communauté... »

Pola ou le naturisme

L'Animat fut interrompu par une jeune oie bicéphale – Pola – dont les deux têtes parlaient successivement et se contredisaient parfois.

« Et les plantes, alors ?

— Quoi, les plantes ?

— Les plantes, les épis, les feuilles, les graines, les tiges, les écorces, les miettes, les mousses… Tout ce qui remplit la piscine du Don, qui pense à toutes ces victimes-là ? – Sais-tu combien de buissons ne repoussent plus ? – Combien de roseraies disparaissent ? – Combien de chardons sont dévorés jusqu'à la racine ? – T'es-tu soucié de savoir de quelle façon les animaux s'acquittaient du Don ? – Pour donner ce qu'ils doivent, ils pillent les prairies, ils ravagent les arbres… et laissent des milliers de cadavres (Pola parlait des feuilles mortes) ! Les fleurs ont elles aussi le droit de vivre. – Quitte à ce que meurent les bêtes ! » hurla la tête droite, provoquant pour le coup la désapprobation de sa jumelle.

Pola n'avait pas tort de stigmatiser l'insouciance des animaux, et le fait qu'à l'heure de payer le Don, les bêtes ne se souciaient guère des conditions dans lesquelles ils récupéraient les végétaux dus. Et l'on avait vu, effectivement, dans le passé, des forêts entières rongées jusqu'aux rameaux par des blindistes qui avaient attendu la dernière journée pour se procurer ce qu'ils avaient à verser dans la piscine et le ranger dans les sacs de jute dont Ganna avait appris l'art du tissage aux rats et aux petites souris. Seulement, c'est en « naturiste » que s'exprimait l'oie bicéphale, et non en animale soucieuse de préserver les équilibres. La question des prairies ravagées par les insoucieux qui, faute d'avoir mis des graines de côté, détruisaient une steppe était secondaire aux yeux de l'oie qui incriminait, de façon générale, le fait-même de manger et, à plus forte raison, de manger trop. C'était la vie des plantes qui comptait pour elle. Leur vie en elle-même. Ainsi pensaient les naturistes qui, poussant à l'extrême la logique selon laquelle, pour vivre ensemble, les animaux devaient apprendre, aux dépens de toute tendance, à s'entre-dévorer selon des règles et dans un cadre précis, considéraient que l'effort de régulation qu'on imposait aux carnivores devait aussi concerner les herbivores car ils « n'étaient pas moins carnivores que les autres » dans la mesure où ils se repaissaient innocemment de végétaux qui n'étaient pas moins vivants que nous. Les herbivores, on s'en doute, avaient fraîchement accueilli ce dévoiement de leur ambition et la criminalisation du fait de bouffer des plantes, puis ils s'étaient adoucis à mesure que Pola et ses partisans convainquaient de nouveaux animaux (en particulier des carnivores) du bien-fondé de ses nouvelles restrictions. Quant aux chevaux, toujours à l'avant-garde des soumissions, ils se plaisaient à convoyer Pola, d'un raïon à l'autre, pour qu'elle y répandît une parole dont, en leur for intérieur, ils espéraient qu'elle n'eût jamais force de loi.

L'un des innombrables paradoxes du naturisme et de la sacralisation des vies végétales, qui valaient à Pola des débats byzantins avec elle-même, était donc qu'à force de vouloir, en herbivore, contrarier encore davantage les tendances de la nature, elle en venait à justifier, à l'image des fortistes et des animalistes les plus radicaux, qu'on laissât mourir les animaux les plus faibles. La tête gauche de Pola refusait en général d'aller si loin, et tout en s'indignant qu'on mangeât autant de feuilles et de graines, approuvait qu'on vouât une partie substantielle du Don au soin des vieillards. Mais la droite, plus cohérente, ne l'entendait pas de cette oreille, et considérait à la fois que la réduction de la consommation végétale imposait qu'on abandonnât à leur sort les animaux incapables de guérir tout seuls, et qu'à dire vrai, la consommation de viande (notamment celle des victimes) pourrait avantageusement compenser les carences induites par la préservation des plantes. En cela, la moitié de Pola raisonnait exactement comme Douraka, dont le femellisme acharné, qui traquait partout l'offense et l'humiliation, était à l'inverse étonnamment compréhensif avec la condition des renardes qui vivaient la queue basse et se vouaient à leur mâle enragé. Par un retournement de la tolérance dont les animaux eussent été avertis s'ils avaient mieux connu (et moins jugé) l'histoire des humains et l'époque de la Domesticité, naturistes et coloristes fourbissaient les armes, aiguisaient les dents et abreuvaient de prétextes les animaux sans cœur qui rêvaient uniquement d'exercer à jamais la loi du plus puissant.

Mirko n'eut guère besoin de répondre à Pola, qui s'en chargeait elle-même et dont les deux têtes en étaient venues aux dents quand la droite avait souhaité que la vie des plantes l'emportât sur celle des animaux.

L'Animat reprit tranquillement le fil de son allocution sur la préservation des vieillards.

« L'effort ! C'est le mot de la Sobchtchestva. La solution de ses problèmes, le havre de ses inquiétudes et, pour tout dire, la fin de ses soucis ! Nous nous sommes efforcés de l'emporter sur la nature et ses tendances ! Nous nous sommes efforcés de ne pas nous manger pendant de longs mois ! Et nous allons nous efforcer, maintenant, de sauver celles et ceux dont la nature ne veut plus, mais qui sont nos sœurs et frères et dont l'inutilité n'est pas un crime !

— Mais c'est un fardeau !

— Moins lourd que le sacrifice des innocentes et des innocents !

— Facile à dire pour toi qui n'as jamais faim ! hurla Gavariat, qui fut applaudi par la cohorte des réfractaires dont il ne se séparait jamais.

— Que dirais-tu de moi si je les sacrifiais ? Ma décision est prise, en concertation avec les ratiers. Chaque animal qui en dispose aura l'obligation de déféquer dans un baquet et de baisser la queue dans tout espace public, de manière à cacher son fondement et à retarder la diffusion du mal fétide. Et les réunions de plus de dix animaux sont proscrites jusqu'à nouvel ordre. »

Skromnost

Les mesures de Mirko furent d'abord accueillies avec bienveillance et scepticisme par la population.

Alors que la plupart des animaux excellaient à forger des idées et trouvaient normal qu'on mourût pour elles, les bêtes, souvent plus jeunes, avaient plus de mal à admettre l'existence d'une maladie qu'elles ne pouvaient pas voir. Les symptômes de Baliezn avaient beau être flagrants, ils laissaient de glace les animaux qui étaient exposés au mal sans être concernés par le danger – et qui ne doutaient pas de s'en tirer dans le pire des cas avec quelques crampes et une bonne diarrhée. Ce n'est pas tant la solidarité entre les animaux que le sentiment grisant de vivre collectivement quelque chose d'original qui stimula le civisme des bêtes et fit qu'on obtînt sans trop de peine qu'à l'exception d'animalistes diniarques et de naturistes irresponsables dont la sanction ne choquait personne, tout le monde respectât temporairement la loi.

C'était un drôle de spectacle, de voir les animaux dissimuler l'anus qu'ils avaient jusque-là fièrement arboré, et éviter autant que possible d'entrer en contact avec la truffe d'un congénère, car on eût dit que chacun se méfiait non des autres mais de lui-même quand, déféquant dans un baquet (selon les ordres de l'Animat), il s'éloignait ensuite, comme d'un vice, de ses propres déjections.

À force de se méfier de leur orifice, les plus nebistes et les plus domestiques d'entre eux (ou bien ceux qui, comme les orignaux, n'avaient qu'une trop petite queue pour se dissimuler le fondement), faisant un principe d'une nécessité et voyant dans la maladie l'occasion de retrouver un peu la faveur publique, réhabilitèrent soudain le port du vêtement, à l'intention d'abord des animaux sans queue qu'on pût attacher, puis de tous les animaux qui gagneraient, disait-il, à retrouver Skromnost !

Sous ce mot barbare, que « pudeur » peine à restituer, les domesticistes (et certains renards hypernebistes ou enragés) désignaient l'instauration arbitraire d'une hiérarchie entre les organes et les orifices, l'idée saugrenue, par exemple, que la bouche était plus digne que l'anus, puisque l'une accueillait des choses différentes que le second réduisait à une odorante identité. Ou bien l'idée que le cœur (siège de la force et du courage) était supérieur à l'estomac (où fermentait le produit de la nécessité). C'est aux rites des humains que les domesticistes avaient emprunté ces valorisations arbitraires et ce dualisme moral qui instauraient en chaque vivant un climat de guerre civile entre le noble et l'indigne. Reste que la convergence de leur drôle de point de vue avec le principe d'utilité générale valut une audience renouvelée aux hérauts, comme Dinia, de cette normativité ontologique. Et le port du vêtement, qui resta l'exception, devint la signature de leur opinion.

Les autres bénéficiaires de ces pudeurs sanitaires étaient les renards enragés dont les mœurs n'avaient rien à envier aux pires animalistes et qui, ayant de longue date imposé dans leur immeuble que les renardes se dissimulassent l'anus, apportèrent à Mirko un soutien incommode, en ponctuant ses interventions publiques d'éclats goguenards où des renardeaux vindicatifs faisaient valoir que leur mode de vie, s'il avait été adopté par tous, eût probablement préservé la Sobchtchestva du mal dont elle était rongée. Pourquoi ne pas reconnaître aux renards, demandaient-ils, le mérite d'avoir promu depuis longtemps des manies qui protégeaient autant de Baliezn que des agressions de femelles ?

Douraka elle-même avait pleinement adopté les préceptes du troisième femellisme, aux termes duquel la dissimulation systématique du fondement était présentée non comme une restriction des libertés, mais comme une mesure de protection, une sécurité qui était, disait-elle, la première des libertés et l'antidote à l'atroce impudeur qui tournait inévitablement à l'avantage des plus forts.

Aux animaux qui s'indignaient qu'on prétendît, hors épidémie, protéger les femelles en les empêchant de montrer leur anus, elle répondait que le corps des femelles dont le fondement était couvert n'était précisément pas à leur disposition. Mais comme la queue faiblement échancrée de Douraka ne permettait pas à l'hirondelle d'être pudique, une discutrice renarde qui travaillait aux Blindés lui dit alors par dérision qu'à en croire ses propres recommandations, Douraka était elle-même offerte aux mâles. L'hirondelle, qui vivait d'offenses et ne réagissait qu'au premier degré, affirma aussitôt que la renarde en voulait à sa dignité comme à sa vie, et déclencha une campagne de piaillements qui contraignit la discutrice à changer temporairement de muret.

Pendant ce temps, « soin et pudeur » était devenu le slogan des enragés. Et, tels des animaux en campagne avides de plaire à leurs semblables et de leur offrir le visage nouveau de la douceur, sortant de leur immeuble, les renards vindicatifs offrirent en masse leurs services à Guérassim qui, dans la Doma, travaillait depuis plus d'un mois à la quête d'un remède.

Le cudobaie

« Eurêka ! Viens ici ! »

Eurêka était un dogue qui, à la demande de Mirko, escortait Guérassim en tous lieux, assurait sa protection, rapportait tous ses gestes et lui servait, au besoin, de reposoir ou de moyen de transport bien que le paresseux boa pesât presque aussi lourd que son transporteur. Le serpent, qui ne devait jusqu'à présent sa flatteuse réputation qu'à lui-même, était émerveillé (bien qu'il s'en cachât et feignît de trouver ça « normal, sinon insuffisant ») de tous les privilèges qu'en une phrase Mirko lui avait accordés.

Il avait aménagé la salle des votes de manière à ce que tout animal malade reçût dès son arrivée une carapace de graines (ou de souris) baignant dans l'eau fraîche. Une fois restaurés, les animaux passaient à l'examen de leurs selles qui, quand elles étaient flasques, témoignaient de Baliezn. Alors, Guérassim, louche à la queue, leur versait dans le bec, la bouche, la gueule, un peu du mélange qui mitonnait dans une cuve, en recommandant à ses patients de le boire par petites goulées.

Il était en pleine distribution quand Mirko fit son entrée avec l'essentiel de sa cour, ainsi que Mechtat, Irena, leurs enfants et toute une cohorte d'éminents que ce statut dotait du droit ponctuel d'accompagner l'Animat toute une journée afin d'apprendre une fonction qui « peut-être serait un jour celle de leurs enfants ». Guérassim bondit sur Eurêka et se dirigea fièrement vers le Chef en gardant à la queue une louche pleine.

« Voici le remède ! annonça-t-il, triomphal.

— Mais de quoi s'agit-il ?

— Tu connais comme moi, ô Animat, les vertus purgatives des cudonias ?

— Oui.

— Et les propriétés apaisantes des baies sur les animaux affamés ? (Les baies poussaient en très grand nombre à Krasnaïa et offraient, avec les vers de terre, à tout nécessiteux un peu dégourdi la ressource d'une alimentation abondante.)

— En effet. Les baies coupent la faim et certains animaux s'en gavent.

— Eh bien, moi qui ai tant sauvé les animaux, moi qui connais par cœur leurs habitudes, moi que mes semblables (c'est un peu ridicule, d'ailleurs) appelaient le Grand Soigneur, j'affirme qu'en combinant les vertus des baies et des cudonias on parvient à traiter la maladie dès l'apparition des symptômes.

— Quelle preuve as-tu de cela ? demanda Zamitchatel, qui n'avait guère l'habitude, pourtant, de prendre la parole sans en référer d'abord à son père.

— Quelle preuve de quoi ?

— Quelle preuve que ton remède soigne ? Comment as-tu travaillé ?

— C'est intéressant, ta question. Pour ton information, mon chaton, tous les animaux qui ont pris du cudobaie (contraction de cudonia et de baie), et qui ne sont pas morts, ont guéri en moins de cinq jours ! Que dis-tu de cela ?

— Quelle est la durée moyenne de la guérison d'un animal qui ne meurt pas de ses diarrhées ? demanda alors Zamitchatel aux ratiers, avec l'autorité presque naturelle de celui qui, dans son enfance, avait vu à l'œuvre l'Animat Avtoran.

— Cinq jours, répondit l'un d'eux.

— Donc, ce que tu dis, Guérassim, reprit le chaton, c'est que, grâce à ton remède, tous les animaux qui ne meurent pas de la maladie guérissent aussi vite que ceux qui ne le prennent pas !

— Écoute… Je ne t'en veux pas. Tu ne peux pas comprendre ce que je raconte. Tu ne peux pas comprendre… Ce n'est pas de ta faute. Juste, abstiens-toi d'intervenir dans les discussions des grands et laisse-nous sauver la Communauté, tu seras gentil.

— Réponds à mon fils ! feula Mechtat. La question qu'il te pose est de bon sens. Comment peux-tu dire que tu détiens le remède alors que les animaux auxquels tu administres ton mélange mettent autant de temps à guérir que les autres ?

— Mais qui te prouve que parmi ceux-là, il n'y avait pas d'animaux gravement malades ? Qui te prouve que je n'ai pas sauvé de la mort tous ces animaux qui, soudain, guérissent autant que les autres ? Sais-tu qu'à l'endroit où tu te trouves, contrairement à tous les autres lieux publics de Krasnaïa, aucun animal n'est mort ?

— Où sont les animaux alités ? demanda Zamitchatel.

— Quels animaux alités ?

— Les animaux que tu soignes ! Qui passent la nuit ici, sous ta surveillance.

— Nous n'avons pas d'animaux alités ! C'est un lieu de soins, pas une maison ! Je ne suis pas le domestique des animaux, mais leur soigneur !

— Certainement, continua Zamitchatel. Mais il n'est pas étonnant, dans ces conditions, qu'aucun animal ne soit mort ici.

— Bon, allons-nous adopter mon remède ou écouter des chats incompétents ? demanda Guérassim à Mirko qui commençait à douter sérieusement du génie de son mandataire médical.

— Comment as-tu testé ton mélange ? », s'enquit l'Animat.

Guérissim prit soudain un air tout à fait sérieux et parla avec la lenteur de l'expert :

« Sur l'examen des déjections, et l'analyse de leur compacité, j'ai sélectionné trente animaux : dix malades légers, dix malades graves et dix qui ne présentaient aucun symptôme. Après leur avoir donné le cudobaie pendant cinq jours, par petites lampées, nous avons constaté une persistance très légère des symptômes chez ceux qui en avaient peu, la mort des animaux trop malades (ça, malheureusement, c'est inévitable), et une disparition totale des symptômes chez ceux qui n'en avaient aucun ! Mais comme une preuve ne me suffisait pas, et que la nouvelle est trop importante pour ne pas être plusieurs fois vérifiée, j'ai aussi testé le cudobaie sur des humains…

— Ce qui est illégal, interrompit Mechtat.

— Cas de force majeure ! Eh bien, là encore, sur les quinze humains que j'ai soumis à ma décoction, seuls ceux qui souffraient déjà de diarrhées graves sont morts ! Les autres ont guéri ! Complètement guéri ! »

Mirko n'était pas convaincu.

L'enfermement

Le remède de Guérassim, s'il guérissait autant qu'autre chose – c'est-à-dire pas du tout – avait au moins le mérite d'exister et de montrer que l'Animat, soucieux de son peuple, avait consacré les ressources du pouvoir au soin des malades, à défaut de les tirer d'affaire.

En revanche, bien que Guérassim affirmât qu'il en répondait, il était impensable de distribuer son placebo sans s'être assuré qu'il n'était pas dangereux. Et, dans l'intervalle, l'urgence était de contenir la maladie dont, malgré les précautions des animaux, la transmission ne faiblissait pas. Il fallait autoriser le mélange sous d'extrêmes réserves, et puis sévir davantage, introduire de nouvelles restrictions.

Au risque de verser durablement dans l'impopularité, Mirko décida de suspendre la distribution du remède à des examens complémentaires, et, pour quelques jours, d'enfermer complètement les animaux chez eux – sauf le temps nécessaire à la collection des aliments, et à l'exception de ceux qui n'avaient pas de maison et de ceux qui, préposés au soin des autres, avaient le devoir et le droit de se rendre dans les familles pour y distribuer tantôt de l'eau de fenouil, tantôt du cudobaie.

Les premiers guérissaient ou mouraient en cinq jours, mais ceux qui guérissaient voyaient leurs souffrances rapidement apaisées. Les seconds guérissaient ou mouraient en cinq jours, mais ceux qui guérissaient avaient des vertiges et, pour certains, devenaient fous.

Comme on pouvait le prévoir, la décision d'enfermer les animaux valut à Mirko l'accusation plusfortiste de sacrifier la jeunesse, les coloristes lui reprochèrent de favoriser les ordinaires, les fraternistes lui reprochèrent de favoriser les éminents (dont l'habitat était si vaste que certains pouvaient à bon droit considérer qu'ils vivaient dehors), et les éminents lui reprochèrent de sacrifier la vie, l'échange et la prospérité (la leur, d'abord) à l'absurde nécessité de sauver des inutiles.

Il faut dire que peu de souffrances égalaient, chez les animaux énergiques, le fait de ne pas sortir de chez eux. Les graines choisies et les délicieux rongeurs grillés que des serpents dévoués apportaient aux familles n'apaisaient pas les tensions, et il n'était pas rare que leurs bienfaiteurs, mandatés par Mirko, fussent agressés à ce titre ou, à tout le moins, fraîchement accueillis par des bêtes mécontentes. D'autant qu'un hérisson plus-que-blanc (qui avait développé de remarquables talents culinaires depuis la mise à disposition du feu) s'était vanté d'organiser dans sa cave des réunions inter-espèces entre éminents des deux groupes, auxquelles, disait-on, participaient des membres de la cour. Il n'en fallut pas davantage pour que les animaux exigeassent qu'on leur donnât les noms des privilégiés à fin de lynchage et de dépeçage égalitaires. Épouvanté par les conséquences de sa vantardise, le hérisson battit en retraite et déclara que tout ça n'était qu'une intense plaisanterie. Mais les animaux sont ainsi faits qu'une rumeur suffit à la vérité qui leur convient. Et, après avoir spontanément cru les élucubrations du hérisson, doutèrent unanimement de ses abjurations – non sans raison, d'ailleurs, car Istcheïka établit le jour-même, témoignages à l'appui, que les orgies avaient bien eu lieu, sans qu'on pût néanmoins identifier un seul membre de la cour parmi les jouisseurs illégaux.

Les bruits du silence

La queue fixée à la patte, Mechtat – qui avait le droit, comme tous les discuteurs, d'échapper à l'enfermement et de se rendre d'un raïon à l'autre pour débattre, jusqu'au plus profond des terriers, du bien-fondé (ou non) de mesures si coercitives – arpentait les avenues du Praspect, les ruelles des Blindés, les habitats épars des plaines et les travées désertes de la Montagne avec un sentiment mêlé de plaisir et de désolation.

Le vieux chat qui, depuis qu'il était descendu des murets, vivait au milieu de ses congénères et subissait tous les jours leur violence et le vacarme de leurs contradictions, jouissait comme d'un champignon magique du silence qu'il trouvait seulement auparavant – et encore – au cœur le plus sombre de la nuit, quand il rentrait de la Montagne, drogué jusqu'aux pattes, en passant par la forêt. En lui pourtant piaffait encore un amoureux des arguments, un amant des hordes contredites, dont les discussions privées, parfois stipendiées, ne comblaient pas la passion de la controverse.

Pour la première fois depuis le jour où, après un débat enflammé sur les qualités présomptives de Nebo (et la couleur de Son pelage), Mechtat avait décidé que les animaux étaient désormais trop bêtes pour penser, et qu'au lieu de les faire réfléchir il ne lui restait plus qu'à se moquer d'eux, le matou regrettait la compagnie de ses frères, leur mauvaise foi, l'honnêteté sporadique d'un des leurs, soudain convaincu, et même la violence des altercations qu'il parvenait, les jours de grande forme, à convertir en causeries pacifiées.

L'autre vertu du silence était ses petits bruits. Le souffle du vent et la houle des feuilles dans les allées vides. Le son des pattes affolées d'un rongeur venu chercher de quoi contenter ses enfants et qui fuyait à l'approche du grand félin. De temps à autre, un battement rapide, un clapotis, le rugissement d'un mâle ou bien le cri d'un rapace à qui nulle décision terrestre ne s'imposait, et qui, dilatant l'espace, densifiait le temps. Mechtat répondit au chant lointain par un long miaulement répercuté de façade en façade et qui se perdit dans les avenues verdoyantes. Non qu'il voulût communiquer avec les oiseaux qu'il n'avait pas vus depuis la fin de la Guerre civile et l'étrange alliance qu'en vertu de leur dimorphisme inversé les faucons avaient contractée avec les partisans de l'égalité, au contraire : pour une fois, son miaulement ne disait rien. Le chat, que des entolomes rouzigués depuis le matin avaient préparé à de telles expériences, goûtait le fait de miauler sans rien dire, de se joindre au cœur battant des choses sans le couvrir, pour une fois, de raisonnements, de pirouettes et de théories, de communiquer en somme, sans se parler, d'en revenir à la nature dont il adorait les lois (tout en haïssant qu'on en fît des décrets). Arpenter ce désert urbain était aussi agréable et intéressant, quoique différemment, que de se frotter contre les jambes de Ganna à la façon d'un chat domestique.

Suis-je un discuteur ou une bête à hommes ? D'où vient que j'aime les instants où je me perds dans des bruits sans signification ? Peut-on aimer les deux ? Peut-on redevenir, sans se perdre, un esclave, un objet vivant, l'enfant d'une intention ? Peut-on aimer à la fois l'existence d'un chaton modèle, et l'oubli du monde dans le silence retrouvé ? Quoi de commun entre ces deux expériences, sinon la perte de soi ? Est-ce la même façon de se défaire ? Qui suis-je quand on ne me veut rien ? Pourquoi sert-on mieux les animaux quand on les met à distance ? D'où vient que je trouve tant de force dans l'abandon ? Pourquoi tous ces mots, encore, en moi ? Le désert est difficile.

La liberté appelle la liberté

Le silence lui-même, qui disait tant de choses au chat, n'était qu'une apparence. Sous les façades éteintes et dans les terriers clos, la rage sommeillait. Les animaux pestaient d'être confinés comme aux sales heures de la Domesticité, dans des tanières ou des terriers qui leur rappelaient l'ère des enclos. Quant à l'Animat, soit il donnait l'exemple, restait aux Écuries, et les animaux raillaient sa forclusion dans un lieu spacieux qui ouvrait sur un étang où il pouvait, chaque jour, exercer ses muscles, soit il arpentait les raïoni et alors on n'avait pas de mots assez durs pour les puissants qui s'exonèrent eux-mêmes des contraintes qu'ils imposent.

Les animaux avaient consenti à se cacher le fondement, dans la mesure où une telle restriction leur permettait de quitter leur domicile, et l'injustice qui frappait ceux d'entre eux (des grenouilles aux capybaras, en passant par les biches) dont la queue, ou l'absence de queue, ne permettait pas de masquer l'anus, n'avait choqué que ses victimes, tant elles étaient minoritaires.

Mais comme il n'était pas obligatoire, naturellement, qu'on cachât le fondement à l'intérieur des terriers, la colère d'être enfermé était augmentée paradoxalement, à domicile, par l'absence de contrainte. On eût pu croire que les animaux se satisferaient de rester chez eux dans la mesure où cette restriction serait assortie du droit de tomber la ficelle et de redresser la queue. Pour tout dire, c'était même le calcul de Mirko. Seulement les passions animales n'ont que faire de la logique. La liberté dont elles disposaient chez elles, loin de les apaiser, excita la fureur des bêtes. Car la liberté appelle la liberté, et sous tous les cieux de la terre, croire qu'on apaise la colère en y cédant à moitié est une illusion renouvelable dont bien des gouvernants accommodants ont eu à se repentir.

Quoique chat (et concerné au premier chef par cette contrainte caudale), Mechtat répétait à l'envi, d'une maison à l'autre, que la fixation de la queue n'était attentatoire à nos libertés que dans un monde où régnait la loi du plus fort (ou du moins malade) et qu'en la circonstance il n'y avait rien de liberticide dans l'inconvénient temporaire qui sauvait des vies. Mais le mécontentement avait pris le dessus sur la raison depuis longtemps. « Comment peuvent-ils nous imposer de rester chez nous ? Pour sauver des vieillards que nous contaminons déjà par notre présence ? Pourquoi se cacher le fondement au lieu de prendre le remède de Guérassim qui guérit tous les animaux qui n'en meurent pas ? Que nous cachent les animaux qui préfèrent nous enfermer, plutôt que nous soigner ? »

De raisonnables, les animaux étaient devenus raisonneurs.

Les effets d'un faux remède

Plus grave : tous ou presque – parce qu'il leur était agréable de croire en ses vertus – se mirent comme un seul animal à réclamer le cudobaie.

La colère des animaux enfermés, dont l'inconfort dictait les convictions, était décuplée par des représentants irresponsables qui, pour se rendre aimables, dans la perspective de concourir à des postes locaux – délégué de raïon, gardien d'immeuble, représentant de groupe, etc. – se vantaient partout d'avoir été guéris par le cudobaie et se payaient de francs hourras quand ils s'étonnaient qu'on en privât les animaux, lors de rassemblements interdits sur des petites places ou dans les discrètes prairies qui étaient aux alentours de la Montagne et où, par habitude, par une tolérance qui ne disait pas son nom et faute de moyens, les dogues avaient renoncé à se rendre (du moins, dans l'exercice de leurs fonctions).

Il y avait aussi, du côté des mécontents, les chevaux, qui tisonnaient mollement le dépit collectif, dans l'espoir non seulement d'y échapper eux-mêmes (car on les prenait encore pour des membres de la cour), mais aussi, sur un malentendu – qui sait ? –, d'en bénéficier un peu. Inconsolables d'avoir été sortis des Écuries par le loup qu'ils avaient couvé, les canassons mettaient leur point d'honneur à accabler l'Animat sans proposer la moindre alternative. Ils dénonçaient tour à tour l'épuisement des ratiers et la surcharge des dogues, tout en reconnaissant qu'il était difficile de ne pas les solliciter en ce moment plus que d'habitude. Ils feignaient de fulminer contre les souffrances des animaux tout en admettant qu'on ne pouvait s'improviser soigneur et qu'ils n'eussent eux-mêmes offert aucune solution, exactement de la même manière qu'ils avaient discrètement soutenu l'initiative dourakiste des espaces « extraordinaires » (quoiqu'elle leur fît horreur) tout en réaffirmant leur attachement au principe d'égalité devant la loi. Bref, les chevaux vivaient en jetant de l'huile sur le feu. Mais pas trop. On ne sait jamais. Et quand Mechtat, ou n'importe quel discuteur, leur demandait comment ils pouvaient à la fois s'indigner qu'on nourrît les ratiers avec des pommes et non des rats, tout en plaidant pour la réduction tendancielle, quand c'était possible, du carnivorat, les chevaux souriaient de toutes leurs dents, haussaient la gueule, se cabraient fièrement, et changeaient de sujet.

Malheureusement, qu'on le voulût ou non, le cudobaie marchait autant qu'une soupe d'orties.

À vrai dire, il guérissait même moins, car l'eau bouillie d'une soupe d'orties réchauffait un peu les entrailles animales, tandis que les quantités considérables de cudonias que les bêtes avalèrent loin de toute surveillance, et les montagnes de baies qu'elles ingurgitèrent comme on s'immunise, eurent pour effet d'en tuer certains, et de rendre d'autres si dépendants aux champignons qu'on les voyait, sous prétexte de remède, longer les façades des immeubles à la recherche de fongus (en particulier l'immeuble des renards, qui avait perdu de sa mauvaise réputation depuis que les animaux vivaient enfermés et que les renards enragés avaient offert leur assistance aux travaux de Guérassim).

Au sommet de la bassesse discourait Gudrun, la grosse jument vaincue par Avtoran, qui se présentait aux animaux les plus jeunes comme « l'ancienne finaliste » et « l'espoir femelle d'une Communauté en mal de respect », dont les opinions étaient exclusivement dictées par le mécontentement qu'elle tentait de capter, et qui exigea à cor et à cri qu'on donnât en abondance du cudobaie, avant de s'apercevoir que, le « remède » étant non seulement inefficace mais dangereux, la prudence et le souci d'être populaire commandaient de n'avoir jamais dit tout cela. Gudrun effaça donc toute trace de ses premiers discours en faisant valoir qu'on l'avait mal comprise.

Parmi les zélotes du cudobaie, outre des tribuns en mal de reconnaissance et des animaux dépités de vivre les uns sur les autres, on trouvait tout ce que Krasnaïa comptait d'opposants. Gavariat et Bagato étaient depuis longtemps convaincus par les solutions du boa lavkiste qui avait le mérite de tant déplaire aux discuteurs, aux éminents et à bien d'autres ennemis de la horde des animaux (ou plutôt de ceux des animaux qui estimaient à eux seuls être la horde). La détestation des animaux qu'ils détestaient eux-mêmes paraissaient aux mécontents une raison suffisante d'apporter leur soutien.

Cela dit – et d'une certaine façon, c'est plutôt rassurant – aucun d'eux ne poussait le soutien à Guérassim jusqu'à consommer effectivement du cudobaie dont d'autres serpents leur avaient discrètement indiqué les effets délétères sur la santé. Tout comme les flatulences dont quelques ratiers s'indignaient, en début de maladie, qu'on les tînt pour la cause du mal, mais dont, d'instinct, ils fuyaient l'odeur à reptation prompte, les vertus du cudobaie faisaient l'objet d'une célébration arbitraire qui n'allait pas, chez les premiers communiants, jusqu'à la prise du remède.

À l'exception notable, il faut lui reconnaître cette cohérence, d'une vieille hermine éminente, Kacew, ancienne discuteuse, qui avait connu son heure de gloire sous les animats de Zosime et de Sémionoff, qui avait bénéficié, grâce aux lois d'Avtoran, de l'immense fortune de ses parents, qui possédait le plus bel immeuble du Praspect et vivait dans un terrier plus vaste qu'une caverne, et qui, malgré sa puissance et le fait que chacun la reconnût, n'était plus guère écoutée que de ses domestiques. La vieille hermine refusait de vieillir et disposait, à cette fin, de tout l'éventail des « remèdes » que chaque serpent avait pu lui suggérer. Comme elle avait longtemps souffert elle-même de diarrhées, qu'elle avait soignées avec des cudonias, ou plus exactement qu'elle avait traversées grâce aux cudonias qui apaisaient ses douleurs et lui procuraient « des idées », elle voyait dans son propre parcours la preuve de sa compétence et soutenait Guérassim de tout son cœur. C'était d'autant plus singulier de sa part que Kacew avait toujours combattu les démunistes, les tribuns, les menteurs, les fraternistes qui faisaient litière de la liberté, les coloristes où elle voyait des animalistes cachés, Lavka, naturellement, dont Guérassim avait été le conseiller, et les herminophobes, qui étaient si nombreux... Or, tous ces braves animaux défendaient Guérassim et ne juraient que par lui. C'est en héros qu'on accueillait le boa aux Blindés (où il habitait un très confortable autobus, abondammant garni de musaraignes), là même où Kacew, comme toute éminente, mais plus encore, eût été reçue par des crachats, des feulements et des jets d'urine. Kacew, que détestaient ceux qui, pour une fois, étaient du même avis, ne sut que faire, d'abord, d'un voisinage incommode, mais finit par s'y habituer, tant était encore vif en elle le désir d'être un peu entendue. Et surtout la crainte de tomber dans l'oubli. Qu'est-ce que d'antiques amitiés dictées par la géographie sociale, dont on a depuis longtemps épuisé le charme, à côté d'un public nouveau, qui offrait à celle dont le déni était à la hauteur de la disgrâce, l'occasion de ne plus pérorer dans le vide depuis le nid de haies, d'herbages et de cordons boisés qu'on avait apprêté pour ses vieux os ?

La langue au chat

Perdu dans ses pensées, Mechtat n'avait pas vu que ses pas l'avaient conduit à proximité de la Ferme. À l'idée de ronronner bientôt et de frotter sa large gueule contre les jambes de Ganna, son petit cœur félin bondit d'une joie qu'il n'avait pas connue depuis la naissance de Zamitchatel, et c'est d'un pas joyeux qu'il sautilla sur le muret… Quand un renard le bouscula violemment, le mordit à l'épaule, et l'envoya rouler dans le jardin fleuri où deux autres de ses congénères écumants se précipitèrent vers lui. Mechtat réussit à abattre le premier d'un coup de griffe, mais fut déchiré au sang par le second, lequel reçut l'instant d'après un formidable coup de bâton.

C'était Ganna. Qui frappait un animal pour la première fois.

Les deux premiers assaillants, dont celui que les griffes avaient défiguré, s'enfuirent. On laissa le troisième sur le carreau, qui gisait, le crane fendu.

« Ne bouge pas ! »

Mechtat avait l'épaule gauche ouverte par la seconde morsure de l'enragé, mais il ne laissa pas à Ganna le temps de prendre soin de lui, et détala ventre à terre, à la poursuite d'un objet invisible. Comme le matou aux sens aiguisés par l'âge, de meilleurs yeux eussent aperçu un petit point blanc battant éperdument des ailes en direction du sentier des mineurs, que gardaient les sbires de Podzemlya, où la fuyarde aurait trouvé un abri, une cachette et, au besoin, des animaux pour la défendre. Il fallait l'attraper avant. Malgré la plaie béante croissant à chaque foulée, laissant du sang sur les épis, le chat redoubla de vitesse, pliant les hautes herbes sur son passage, effaçant les pozzi des marécages, prenant appui sur les troncs des peupliers décharnés pour bondir sur sa proie. L'hirondelle albinos que poursuivait Mechtat (et dont les petites ailes familières commençaient à lui apparaître) n'avait manifestement pas l'habitude d'échapper aux prédateurs, car dans sa hâte à rejoindre le tunnel où elle voyait son salut, elle négligeait de voler en altitude. Elle était sur le point d'entrer dans le souterrain quand, d'un saut formidable, toutes griffes tendues, le matou (dont l'instinct de chasseur n'avait pas été entamé par des années de discussion publique) captura l'oiselle animicide *in extremis* et l'emprisonna de ses pattes.

Mechtat savait bien, sentait bien, qu'il tenait Douraka en personne entre ses griffes. Et que, cette fois-ci, elle ne s'échapperait pas. Mais, pour cette raison-même, il n'était pas pressé de s'en assurer. Comme on ajourne une déclaration d'amour, Mechtat retardait l'instant de vérifier que sa pire ennemie, la plus toxique, la plus virulente, la plus sotte et la plus maline, était à portée de ses dents, loin des regards... Le chat avait trop vécu pour ignorer qu'un plaisir succombe après son apogée, et qu'un bonheur incausé relève d'une qualité supérieure aux voluptés explicables. Mechtat savait tout, mais, pour une fois, voulait ne pas savoir et, par ce petit mensonge à lui-même, préserver en épicurien, quelques instants de plus, la félicité pressentie, de son apogée fatal.

Le chat jouait avec sa joie.

On peut le comprendre.

Rare est le déni qui vient de l'allégresse.

Mechtat, dont le sourire intérieur irradiait chacune des fibres, couvait tendrement sa prise de ses larges pattes, et mit de longues secondes à écarter enfin ses coussinets moites pour y jeter un œil.

L'hirondelle toute blanche, haletante, gisait sur le dos, les ailes en croix, son petit ventre comprimé par la patte féline. Silencieuse, terrifiée. À la vue de la têtelette honnie, au spectacle de la malfaisante qui implorait du regard celui qu'elle venait d'agresser pour la deuxième fois, le chat était si heureux que la tête lui tourna et il fut soudain presque saisi de tendresse pour cette petite caille.

« Ne me tue pas ! Tu n'en as pas le doit ! Ce serait un scandale ! »

C'était la phrase de trop. Et le mot de trop.

Mechtat saisit l'oiselle affolée dans sa gueule et sentit aussitôt contre son palais la tiédeur frémissante du corps tremblotant.

« *Un petit coup de dents,* se disait-il, *et tout est terminé. Terminés, les sermons, les sottises, les mensonges, la mauvaise foi… Disparue, Douraka !* » Il en rêvait comme un animal assoiffé rêve de l'eau macérée d'un étang.

« *Qui le saura ? Qui le verra ?*

M'aurait-elle épargné, cette fiente de hyène ?

Je suis certain qu'elle a bon goût.

Les hirondelles ont meilleur goût que les souris.

Ça vient des ailes. Sentir les ailes qui se brisent… Si petites. Si fragiles à côté des arêtes de poisson. Croquer les ailes, quel délice… Une coloriste morte et un chat repu, quoi de mieux ?

Pas une coloriste, non. La reine des coloristes, la prophétesse d'un fraternisme dévoyé, la semeuse de zizanie, la rentière de la haine… Je deviens lyrique, on dirait Vladimir… Un petit coup de dents… »

Elle était là. Vulnérable et coupable. Il avait le prétexte et la proie.

« *Ai-je le droit de priver la Communauté d'un de ses membres ? Non, bien sûr. Mais ai-je le devoir de le faire avec cette demi-tête ? Et de tuer celle qui veut ma mort ? À coup sûr.*

D'un coup de dents, je sauve Krasnaïa de son cauchemar.

Et puis je n'entendrai plus son piaillement. "C'est un scandale ! C'est un scandale !" Ah, ah !

Combien de souris ai-je mangées aujourd'hui ? Trois ? quatre ? dix ? Une petite bête de plus ou de moins... Un petit coup de dents... Juste un petit coup de dents, et tout le monde respire.

Ou est-ce moi, seulement ?

Les hirondelles sont si nombreuses... Les enragés sont si bêtes... Une de plus, une de moins... Si je la tue, je ne tue qu'elle... ça ne change rien. Mais alors, pourquoi le faire ? Quelle importance ? Pourquoi tout lui prendre, si sa mort ne compte pas ? Pourquoi tuer un animal, si son trépas ne sauve de rien ? Quand même, un petit coup de dents... »

Dans les profondeurs de sa conscience, un chaos de lois et de désirs contradictoires... Ce qu'il professait, ce qu'il défendait depuis qu'il était discuteur était en opposition frontale avec le geste qui le tentait tant. Peut-on suspendre, une fois, ses principes ? Douraka serait ensevelie. Il ne resterait d'elle qu'un peu d'excréments. Elle ferait la fortune des insectes. Un certain congrès de vers politiques. *Un petit coup de dents, allez.*

Mechtat savait qu'il ne croquerait pas l'hirondelle. Car on ne fait jamais assez de bien sur terre, mais toujours le mal une fois de trop. Seulement il voulait hésiter. Comme il avait ajourné le plaisir de vérifier qu'il avait bien capturé la hideuse dont les piaillements éveillaient en lui des pulsions animicides, il voulait peser le pour et le contre, donner à la décision qu'il savait avoir prise la saveur d'un doute et le temps d'une délibération, jouir de la sentir si apeurée tout en étant conduit, presque malgré lui, à la décision de ne pas la manger – non pour échapper à sa responsabilité, mais pour donner au fait de la laisser partir la petite facilité de se dire « Je n'ai pas eu le choix ».

Le chat n'était pas dupe de sa propre mauvaise foi ; il avait trop vécu pour ignorer que, dans la vie, l'hésitation vient après la décision, comme une excuse, un doux dilemme, une alternative de réconfort, mais il importait guère, si c'était son plaisir, au discuteur d'être aussi l'insincère félin qui faisait, pour un temps, comme si ses gestes lui étaient dictés.

Et puis, qui sait ?

Sur un malentendu ?

Un rêve éveillé un peu trop précis, trop grisant, on se laisse emporter, et hop ! Mechtat nourrissait sa fantaisie des images les plus délicieuses, de l'hirondelle rôtie jusqu'au calme retrouvé au Cirque, dans l'espoir d'éveiller en lui tant d'appétit que la chose lui échappe, dans l'attente indicible que, sur un malentendu dont lui-même eût pu ne pas se sentir complètement responsable, il goberait l'oiselle et on n'en parlerait plus. Il n'eut hélas pas plus de chance en confiant au hasard des rêveries le soin de susciter le geste auquel sa conscience répugnait.

Tout de même.

Les crocs du chat comprimaient encore, insensiblement, son merveilleux gibier. D'un seul claquement, Mechtat eût achevé ses ennuis et apaisé sa faim – ce qui était bien.

Le chat et l'hirondelle étaient silencieux. Comme il convient aux cérémonies.

Le temps jouait en faveur de Douraka qui, consciente des sentiments qu'elle inspirait à ses ennemis et pressentant le débat du chat entre son souhait et sa conviction, ne disait plus un mot, de crainte d'intervenir à ses dépens dans le pancrace interne dont sa vie dépendait.

Mechtat ouvrit enfin la gueule.

Stupéfaite, n'osant croire à son sort, Douraka, dont les ailes endolories n'étaient pas brisées, s'arrêta un instant devant la truffe du chat, juste à portée de lui, comme pour lui donner l'occasion de la reprendre.

Puis elle s'enfuit.

Mechtat retourna chez Ganna en boitant.

De l'importance d'avoir peur

Ganna avait rincé la plaie, déposé un onguent de capucines et d'anthyllides sur l'épaule béante, et le grand chat lappait dans une gamelle une décoction de fenouils anciennement tiède.

« Tu aurais dû la tuer.

— C'est toi qui dis ça ?

— Je le dis pour toi. Maintenant que l'as laissée partir, c'est toi qui es en danger.

— Je suis toujours en danger.

— Désormais, plus qu'avant. »

Le chat haussa vivement la queue tout en lui donnant, au dernier moment, la forme d'une courbe, signe à la fois d'arrogance et de perplexité, l'air de dire en somme « Que m'importe, apprends-moi ce que j'ignore. » À son propre geste, la mémoire lui revint et il redouta d'avoir mis Ganna en danger en l'exposant à d'éventuelles flatulences.

« Veux-tu m'attacher la queue ?

— Non, ce n'est pas nécessaire.

— Pourquoi ? Les ratiers sont formels, les flatulences…

— Je suis déjà malade.

— Mais…

— Ne t'inquiète pas. Je me soigne.

— Comment ?…

— Avec de l'eau bouillie. L'eau bouillie est meilleure.

— Mais c'est abject, objecta le chat.

— Inutile qu'elle soit encore chaude. Il suffit qu'elle ait bouilli. Guérassim met la Communauté en danger en distribuant de l'eau tiède.

— Et donc, tu es malade ?

— Manifestement.

— Tu souffres ?

— Non. »

Mechtat, qui se reprochait d'écouter Ganna tout en continuant de laper le fenouil fut enfin désaltéré et, se dressant comme un sphinx devant la Reine, posa la seule question qui vaille :

« Vas-tu mourir ?

— Plus tard. »

Les prunelles du chat qui, à l'annonce de Ganna, s'étaient agrandies démesurément pour lui donner l'air d'un chaton recueilli, retrouvèrent leur tranchant.

« C'est surtout toi qui vas mourir. Ce qui s'est passé aujourd'hui (et qui peut t'arriver partout) n'est qu'un avertissement supplémentaire. Ne fais pas le fier. Les renards veulent ta mort. Les chevaux ne feront rien pour te protéger. Mirko a d'autres chats à fouetter…

— Comment ça ?

— C'est une expression, mon chaton. Ça veut dire qu'il a mieux à faire…

— Que de me protéger ?

— Pourquoi le ferait-il ? Quand le lui as-tu demandé ? Parce que tu ne vieillis pas, que tu es fort comme un lynx, tu crois que tes griffes te préservent de tout, mais tu es aussi vulnérable qu'un autre.

— Et que dois-je faire, alors ? Vivre sur un muret, loin des regards ? Rouziguer des champignons en espérant que mon fils ne devienne pas animaliste ? Non, merci ! Donner la parole à des animaux qui vous interrompent ? Servir de proie à des hirondelles ? Flatter un puissant pour qu'il mette à ma disposition des dogues moins forts que moi, qui seraient mieux employés à surveiller Guérassim ? Non, merci ! Je mourrai peut-être, mais pas de mon vivant, comme tous ces vils animaux, ces graines de chevaux qui se couchent devant le mensonge et la haine comme ils s'étaient couchés devant l'existence du crime. Ma vie ne mérite pas que je lui sacrifie ma liberté. Que dirait mon fils, si je me couchais avant d'être mort ?

— Que *dira* ton fils.

— Pardon ?

— Que dira ton fils, le jour où tu *seras* mort. »

Mechtat n'avait jamais parlé de sa mort qu'au conditionnel, c'est-à-dire comme d'une hypothèse

– ce qui lui donnait du courage. Il savait bien, pour l'avoir souvent expliqué, qu'une chose est de dire que tous les animaux sont mortels, et tout autre est de sentir qu'on va mourir soi-même ; mais nul n'est prophète en son pays, et le chat qui, comme les autres, se mentait à lui-même, comprit d'instinct ce que Ganna tentait de lui dire avec cette brutalité qu'il enviait aux humains, qui leur permettait, d'un mot, de vous glacer le sang. Rappelé à la réalité, c'est-à-dire à l'évidence et l'imminence d'un risque, le chat eut enfin peur pour sa vie.

« Promets-moi d'être prudent.

— Je te le promets. Si tu me promets de mourir dans longtemps.

— Tu devrais rester encore un peu.

— Non, pardonne-moi. J'ai besoin d'amour. »

Ganna répondit d'un tendre coup de tête sur le front du chat léonin, qui caressa sa joue d'une patte aussi large qu'une main.

Les premières armes de Mechtat

« D'où vient que mon cœur brûle autant ? Et ma tête ? »

Mechtat était en chemin vers la Montagne, où il comptait passer le reste de la journée, puis la nuit, à lécher des chattes, bouffer sans remords des oisillons esseulés et rouziguer des entolomes en silence, ou en compagnie des hiboux – ce qui était presque pareil.

« Est-ce de ma blessure ?

La rage est-elle contagieuse, ou est-elle seulement de la colère ? » Mechtat savait qu'il n'aurait jamais de réponse définitive à cette question-là, tant les symptômes de la colère et de la rage étaient identiques (en lui comme en Zamitchatel). Et que, pour cette raison, malgré le progrès que représentait l'acceptation du crime, on verrait toujours renaître la tentation de diluer la responsabilité du criminel dans l'invocation d'un mal abstrait dont nul n'avait jamais prouvé l'existence. « *La rage a bon dos,* se disait le chat, *pour absoudre des animaux animicides. Le renard qui m'a ouvert l'épaule était enragé, mais… de son plein gré ! Un jour, la Communauté mourra de sa mansuétude.* »

Mechtat croyait cela du fond de son cœur, tant il est vrai que la colère révèle le fond des pensées plus qu'elle n'en produit qui nous échappent. Reste que le chat n'avait pas toujours raisonné comme ça.

D'abord c'est à contrecœur qu'il avait participé à la Guerre civile dans les rangs des herbivores, sous la direction de Zosime. Non qu'il détestât alors les herbivores ou l'herbivorat (lui-même, comme tous les carnivores qui avaient rejoint les rangs herbivores, faisait profession de manger le moins d'animaux possibles), mais il détestait la guerre. Par principe. Et il était, à l'époque, convaincu que la qualité d'un acte dépend d'abord de la qualité d'une intention, alors que les deux ne coïncident que par hasard, et rarement. Comment peut-on vouloir la paix tout en faisant la guerre ? s'était demandé le chat, qui ne s'était engagé que parce qu'il lui semblait encore plus contradictoire de parler de ce qu'on ignore. Mechtat avait fait la guerre pour se donner le droit d'en faire ensuite la critique.

De fait, tous les arguments qu'il avait déployés frappaient davantage ceux qui les entendaient puisque leur profératreur discourait en connaissance de cause. C'est même de cette façon qu'il établit son autorité de discuteur sur la Communauté et servit rapidement d'exemple et d'inspiration à maints amoureux des murets. « Mechtat a le droit, lui… » « Mechtat peut en parler… » La juxtaposition d'un comportement exemplaire durant l'affrontement (où il avait mené l'attaque contre le siège de la Doma aux côtés de Zosime et de Svetlana) et d'un discours hyper-critique à l'encontre de tout bellicisme à l'issue de la Concorde impressionnait les animaux qui, sans l'admettre, avaient toujours, on l'a vu, l'opinion qui convenait à leur intérêt particulier (à l'exception des faucons et des carnivores qui avaient embrassé la cause de la légalité aux dépens de leurs propres avantages).

À l'époque, le pacifisme de Mechtat le rapprochait des fraternistes, dont il se distinguait pourtant sur un point essentiel : Mechtat refusait de noyer la responsabilité dans la série des causes et des déterminations. Si malheureux soit-il, un criminel reste un criminel. Et ses actes lui sont imputables, quelle que soit sa situation.

La seule exception que Mechtat faisait à l'universalité de la responsabilité n'était pas la pauvreté, mais la folie, quoiqu'il trouvât déjà, comme avec la rage, qu'on se servait souvent de la folie pour se disculper soi-même (ce qui, n'étant pas fou du tout, montrait bien que la folie était un cache-sexe plus qu'une excuse véritable)…

Les fraternistes respectaient Mechtat en raison de sa bravoure, mais comme les opinions dictent les sentiments, le chat fut vite en disgrâce aux yeux de ces penseurs. Et on l'accusa de plus-fortisme, d'animalisme et de domesticisme acharnés, parce qu'il s'était contenté de dire, tout en faisant une large part aux circonstances atténuantes, que chaque animal devait être tenu pour criminel et responsable de ses crimes. C'est dire si le chat était familier de ces malédictions collectives. Des fraternistes voyant en lui l'ennemi des démunis (qui leur déniait l'absolution par la pauvreté) jusqu'aux totalo-coloristes qui, sous l'animat de Mirko, tentaient de neutraliser sa parole en feignant d'y entendre l'écho des discours officiels, Mechtat avait toujours été la cible des animaux dont il rêvait de faire ses interlocuteurs dans un monde en paix.

Confronté à l'abîme qui séparait la pureté des intentions de la bassesse des méthodes (et qui était, aux yeux du chat, parfaitement incarné par un ragondin dont le femellisme antique s'accommodait fort bien de la servitude de sa compagne et de sa fille), Mechtat revit ses ambitions à la baisse, et, au lieu de défendre une thèse, se fit le défenseur des animaux qui, quand ils avaient une thèse, parvenaient à penser contre elle. Le constat que les meilleures intentions masquaient souvent le pire et que, sous un herbivorat de façade et un femellisme de tribune, les tempéraments les plus veules se faisaient une place et un nom dans la Communauté naissante, acheva de le convaincre qu'il fallait défendre la Communauté contre elle-même et contre les ambitieux et les flatteurs et, pour ce faire, dire en toutes circonstances ce qu'on croit vrai et non ce que d'autres auraient plaisir à entendre. Bref, Mechtat, on l'a déjà dit, ne défendait pas l'Animat (et ne lui devait rien), mais l'animature (qu'il tenait pour le socle de toute liberté), et mettait son point d'honneur, quand il était question de la vie de la Communauté, à penser en se mettant toujours à la place de ceux qui régentent.

Cette ultime recommandation, que ses adversaires présentaient comme un pur domesticisme et un conservatisme échevelé, lui avait été maintes fois reprochée, sans que Mechtat modifiât en rien sa ligne de conduite, qui consistait à raisonner dans la limite de ce qu'il était possible de faire et, en toutes circonstances, d'élire le réel aux dépens du désirable.

Peu importait à ses détracteurs.

Jouant avec les mots, les tribuns de l'époque, les ancêtres de Bagato, l'avaient accusé de penser non pas *à la place*, mais *en faveur* du pouvoir en place. Et comme toute imputation indémontrable qui devient une vérité à force d'être dite et qu'on peut indéfiniment opposer à celui dont les questions vous dérangent, Mechtat fut installé par ceux dont il partageait les principes, mais dont il combattait les méthodes, dans le rôle ingrat de gardien des injustices.

« *En somme, j'ai toujours été plus-fortiste de cœur et fraterniste de tête*, se dit le chat en souriant et alors qu'il sentait enfin sous ses coussinets la chaleur de la montagne. *Mes ennemis n'ont pas tort. C'est vrai que j'aime les humains. Enfin, certains d'entre eux. Je sais ce qu'on leur doit. Et si nos rêves étaient, au moment de la Guerre civile, de changer la face du monde, notre seul espoir aujourd'hui est de sauver ce qui peut l'être. Krasnaïa pourrit sur place. Krasnaïa fermente. Krasnaïa n'a qu'elle-même à offrir. Les animaux sont nés trop tard, dans un monde trop juste. Ils s'ennuient. Leur liberté les pèse. La liberté qu'on gagne est légère. Celle dont on jouit nous écrase et nous habitue. Ils vont tout détruire pour se donner un but. Comment feront-ils ? En repeignant l'Animat aux couleurs d'un despote, comme les réfractaires ? En le déclarant plus animaliste que Lavka, comme Gavariat ? De quelle façon les animaux s'y prendront-ils pour favoriser le pire ? Je ne sais pas, mais le pire est certain. Et bientôt, je ne servirai plus à rien.* »

Bizarrement – ou non – cette prédiction le soulageait.

Inconvénients du Trichonia

Les animaux qui pestaient d'être enfermés ne parurent pas heureux, pour autant, de retrouver, au bout de quelques jours le droit de sortir – sous d'intenses réserves (comme l'interdiction de se toucher dans la rue). Au contraire. Comme purgeant des couches entières de mécontentement sédimenté, les bêtes n'avaient pas sitôt mis le nez dehors qu'elles vociféraient déjà, tantôt pour avoir été assignées à domicile (ce qui leur semblait inutile), tantôt pour ne plus l'être (ce qui leur paraissait dangereux). Chose étrange : c'étaient souvent les mêmes qui protestaient des deux façons.

Mechtat était las de ces discours contradictoires qui puisaient leur cohérence dans l'unicité de leur cible, et de ces animaux sans tête qui croyaient faire le bien en disant du mal des puissants. Ce n'était plus l'amour de la discussion, mais l'agacement pur et simple devant le désir des bêtes d'être si bêtes qui le faisait intervenir dans les palabres écumants.

Là, il se heurtait aux animalistes et aux diniarques qui réclamaient, au nom de la liberté, l'ouverture des étals et des hangars, et la reprise des grands rassemblements. Mechtat n'eût pas, en temps normal, prêté attention aux considérations irresponsables de ces pures bêtes. Mais en jouant sur le mécontentement, en exploitant la convergence d'intérêts entre la loi du plus fort et le retour à une vie normale, les animalistes s'assuraient une audience inédite qui bénéficiait à Lavka, à Dinia, et imposait au discuteur de leur donner tort. Ici, c'étaient des totalistes qui fulminaient contre le fait que toutes les décisions de l'Animat étaient destinées à la protection des vieillards au sein desquels on ne comptait quasiment aucun albinos. Il n'en fallait guère plus à Douraka pour interpréter les arbitrages de Mirko comme l'énième indice d'une intolérance en haut lieu. Mais il était aisé de répondre que les plus-que-blancs jugés malades avaient été aussi bien (ou aussi mal) soignés que les autres.

Une majorité d'animaux, enfin, continua de mendier du cudobaie et voyait dans le scepticisme du pouvoir envers un faux remède la preuve que Mirko trouvait (mais pourquoi ?) son intérêt dans leur mauvaise santé.

Les ratiers se méfiaient de Guérasssim depuis toujours, à qui ils reprochaient, dans le désordre, de manquer de rigueur, de se soucier de lui-même avant les autres et de se prendre pour plus gros qu'il n'était. Ce dernier vice est d'ailleurs un trait caractéristique des boas, mais les animaux ne pouvaient pas le savoir, qui n'avaient jamais connu de cette espèce que le médecin blindiste – lequel, de son côté, manquait d'insultes pour « ces limaces, ces faux soigneurs » soumis « à l'Animat et aux puissants de son entourage ».

L'extrême popularité de Guérassim imposait aux serpents d'étayer leurs reproches avant de s'en prendre à lui ou bien de multiplier les expériences avant de proposer une alternative thérapeutique à celui qui avait vendu sa fausse poudre sans aucune vérification recevable.

Le scepticisme de Mirko était tel à l'égard du cudobaie qu'il avait, dans la foulée de l'attribution de moyens considérables à Guérassim, promu la création d'un second espace plus discret, contigu aux Écuries, où les serpents pourraient sereinement travailler, sous la protection des dogues.

C'est là que, tandis que les animaux, excités par les tribuns (qui épousaient et alimentaient n'importe quel mécontentement), cherchaient la faille, la faute et la responsabilité de leurs gouvernants, les soigneurs tentaient d'élaborer un remède. Et qu'ils finirent, à force de tests sur les rongeurs (qu'on pouvait plus facilement sacrifier que les humains), par mettre au point une nouvelle décoction de champignons et d'excréments qui, à la différence du cudobaie, paraissait non seulement réduire les symptômes, mais surtout purger les animaux en profondeur et les laisser, certes épuisés, mais guéris et vivants ! Des ratiers ayant observé que les animaux survivants ne développaient plus ensuite de symptômes de Baliezn, ils eurent l'idée de donner à ingérer la maladie, sous la forme d'excréments, à des doses suffisamment ténues pour que les organismes animaux fussent en quelque sorte avertis du mal et réagissent en le rejetant d'emblée. Le principe en était audacieux, mais le résultat spectaculaire. Par apocope et aphérèse de « tricholome » et de « galerina », on obtint « Trichonia ». (Pourquoi « Trichonia » et non pas « Trichona » ? D'où vient ce « i » saugrenu ? C'est aux historiens de trancher.)

Seulement, tout était enjeu de pouvoir à Krasnaïa, à commencer par la connaissance et la médication, et, à l'ère où l'égalité des droits se grimait en équivalence des compétences, l'efficacité d'un soin passait après les conditions de sa fabrication. Au lieu de changer leurs désirs plutôt que l'ordre du monde, les animaux faisaient comparaître la réalité en personne au tribunal de leurs souhaits et condamnaient la première sans appel. Loin de se réjouir qu'on eût enfin mis la main sur un remède véritable, les animaux s'indignèrent de la « défiance du Praspect » envers des solutions où lui-même ne trouvait pas son intérêt, car les cudonias dont la découpe était aisée, la cuisson agréable et qu'on trouvait en abondance à peu près partout (pour peu qu'on eût une truffe ou un truffier à disposition), s'ils ne guérissaient personne, donnaient à tous l'irremplaçable sentiment de guérir, alors que les galerinas et les tricholomes nécessaires à la confection du Trichonia se trouvaient en quantité aux pieds des peupliers du raïon des éminents, ce qui suffisait à les disqualifier aux yeux des blindistes. « Comment se fait-il que les deux champignons servant à la confection de ce Trichonia se trouvent précisément là où vivent les puissants ? », s'étonnait Gavariat qui, tout comme il aimait à penser que l'inégalité des compétences n'était que l'alibi du *statu quo*, et tout comme il aimait à neutraliser la parole de son interlocuteur en excipant de son origine sociale, voyait dans la provenance d'un aliment le signe d'une qualité ou d'un vice intrinsèque. Dites-moi où vous avez ramassé cette russule et je vous dirai si sa consommation vous fera du bien. Un tel discours qui, en temps normal, ne comblait que les orignaux, les hirondelles et les limaces, bénéficiait, comme le domesticisme et le retour des pudeurs, de circonstances inédites et d'une faveur publique dont ses hérauts n'eussent osé rêver.

Enfin, Gavariat s'entendait à dénoncer, au diapason des animalistes qui faisaient passer, on l'a vu, la défense de la loi du plus fort pour une œuvre de liberté, « l'endoguement de l'Animat » qui, à l'en croire, n'était plus le commandant des dogues, mais leur féal, et le validateur des violences commises à l'abri de la loi. Que Gavariat dît cela n'avait rien d'étonnant. Que les animalistes, en revanche, fissent chorus avec le totaliste avait de quoi déconcerter, puisque les animalistes (aux yeux de qui l'injustice était systématiquement préférable au désordre) s'étaient toujours faits connaître comme les partisans d'une multiplication des dogues, au besoin par la contrainte. Mais avec le temps, instruits par les atermoiements de Lavka qui ne savait plus, durant la Réfraction, si elle devait défendre les dogues ou bien les insurgés, les animalistes étaient devenus des animaux politiques, qui savaient se faire plaindre eux aussi, se présenter en martyrs de l'opinion publique, en dissidents de l'animature et, à l'occasion, en défenseurs d'une insolence malmenée par le principe de précaution et l'obligation de solidarité. Défenseurs de la liberté d'expression, comme avec l'histoire de Palets (l'insolente batracienne qu'ils étaient presque seuls à soutenir). Défenseurs de la liberté de mouvement, comme avec l'enfermement obligatoire qu'ils avaient dénoncé dès son décret, en spéculant sur le fait qu'à défaut de les aimer, bien des animaux les approuveraient.

Le seul intérêt de toutes les controverses autour de Baliezn (et de la subordination collective du savoir au désir) est qu'elles avaient temporairement suspendu les débats sans fin sur la figure de Nebo, et (second mérite) que les réfractaires inapaisables, qu'aucune mesure ne dissuadait d'envahir le Praspect à intervalles réguliers, avaient trouvé leur maître en la maladie et s'étaient terrés comme tout le monde, par crainte des diarrhées, plus que des dogues.

À la Montagne

De mécontentements en retrouvailles, d'obsèques tardives et déchirantes en accouplements intempestifs, Krasnaïa reprenait vie.

Mais alors qu'auparavant, toute catastrophe, tout incendie, tout crime, toute élection, tout événement était consacré à la Montagne, dont le chaos constant était l'exutoire des animaux, c'est en divers endroits, et séparément, que bien des bêtes célébrèrent cette fois-ci le retour à des affaires plus normales.

En particulier les bêtes pieuses dont le nebisme avait été conforté par Baliezn, soit qu'elles y vissent une juste sanction, soit qu'elles l'interprétassent comme une mise à l'épreuve. Des loups aux tortues, des sangliers aux lynx, des hermines aux renards, de petites chapelles virent le jour en maints endroits, qui allaient de la cour d'un immeuble où des carnivores sacrifiaient un bison velu, au tapis moussu d'un camphrier où des herbivores lapaient du jus de fenouil en invoquant l'éclair et la pluie. Il y avait aussi les anébistes, les incrédules et les prévoyants, qui avaient pris goût à l'enfermement et préféraient consacrer la résurrection des libertés au caparaçonnage de leurs terriers ou à la fornication en groupe, entre espèces, à l'abri des regards.

Mais bon.

Il y avait du monde à la Montagne, quand même.

On n'abandonne pas si vite une excellente habitude.

L'humeur était cordiale, comme souvent durant la journée dans ce brasier chaleureux. Chacun avait plaisir à revoir des animaux longtemps égarés, ou partageait tristement, autour d'un entolome tiédi, le récit d'obsèques sans témoins et d'immersions sans hommages.

Canards et capybaras débattaient en spécialistes des abords de la Vodka, des ours en grand nombre étaient flanqués de carcajous, qu'on ne voyait jamais, et qui, de loin, comme les moineaux paraissent aux yeux des humains ingénus les enfants des pigeons, semblaient être les petits des plantigrades. En réalité, les deux groupes ne se côtoyaient guère. D'abord parce que les ours, ermites de nature, s'étaient progressivement constitués en groupe autour d'un lexique globalement animaliste et herminophobe, tandis que les carcajous, qui leur ressemblaient tant tout en présentant quelque similitude avec les ragondins, n'avaient jamais éprouvé le besoin de s'unir face à une adversité commune ou bien pour promouvoir une certaine vision du monde. Les seuls animaux avec lesquels les carcajous, dont personne ne s'était jamais soucié, avaient établi quelque lien étaient les orignaux, pour des raisons de voisinage (même si la notion de voisin n'avait pas grand sens dans les terres arides des plaines et de la toundra, qu'on appelait « le désert »), et les autres rongeurs, pour des raisons alimentaires. C'était vraiment un drôle de spectacle, aussi surprenant qu'un vol conjoint d'oiselles et de grues cendrées, que le groupe des ours augmentés de petits eux-mêmes, qui faisaient à Lavka une garde rapprochée et une sorte de paravent à l'abri duquel l'éternelle candidate à l'animat se gavait discrètement de bolets parfumés aux lépiotes.

Mechtat adorait la Montagne ; le seul culte auquel le vieux chat eût peut-être cédé eût été celui de l'éternelle dispensatrice de chaleur dont le sol était si doux, et dont la douceur, contaminant les animaux, les rendait presque aimables.

Quand il ne discutait pas avec des donneurs qui, pour se faire pardonner leur commerce et appâter le nécessiteux, multipliaient les prévenances, les civilités et – en présence du discuteur en chef – les conversations éthérées qui arrangeaient un peu l'image qu'ils avaient d'eux-mêmes, Mechtat glissait son immense silhouette des travées aux douves, et en tendant l'oreille, à l'affût d'une discussion qui ne portât ni sur les bénéfices et les risques du feu, ni sur les vertus et les vices du cudobaie, ni sur la taille ou l'humeur de Nebo… Nul ne voyait arriver Mechtat quand il intervenait dans un débat, soit qu'il parût sans qu'on l'eût entendu, soit qu'il s'y glissât si naturellement qu'à l'instant de prendre la parole il donnait l'impression de le faire de plein droit. Avare, désormais, de ses objurgations, le chat géant ne donnait de sa personne que lorsque la dispute en valait la peine et ne s'en tenait pas à la compétition belliqueuse de points de vue également intolérants. Mais force est de constater que c'était de moins en moins le cas. Et qu'au terme de l'enfermement, les bêtes étaient vraiment, résolument, devenues très bêtes.

Dépité par le niveau des débats, Mechtat obliqua sous une travée roussie, en direction d'une porte fendue d'où une lumière émanait en plein jour.

C'était la casbah de la Belle Étoile.

Elle était tenue par Dreyfus, l'antique papillonne géante, dont les ailes étaient si larges qu'un thysania de bonne taille eût à côté d'elle paru une miniature.

Tout en veillant au bien-être des animaux et en recueillant au gland près le coût de leurs divertissements, Dreyfus consacrait l'essentiel de ses journées à des travaux d'écriture dont nul ne savait rien. On la trouvait le plus souvent à l'entrée, penchée sur un parchemin où elle testait l'adhérence d'une nouvelle plume d'oie.

Mechtat et Dreyfus s'adoraient depuis la Domesticité, où ils avaient grandi dans des appartements mitoyens, comme les fantaisies respectives de deux employés de la Centrale. À la libération, quand le chat avait fini par s'extraire de l'appartement où il s'était sottement décidé à mourir, Dreyfus paraissait l'attendre en voletant dans le couloir. Et c'était vrai. Les miaulements du matou avaient tellement intrigué la papillonne têtue qu'elle avait refusé de sortir de l'immeuble avant d'avoir mis une gueule sur ce drôle de bruit.

Le chat et le papillon, que leur gigantisme rapprochait, furent ensuite inséparables. Quand ils jouaient à touche-museau, Dreyfus était si habile qu'elle échappait à ses pattes pour venir lui danser sur la truffe. C'est ensemble qu'ils allaient chez Ganna apprendre l'histoire des humains et les vertus de la douceur. Malgré ses ailes de faucon, la papillonne volait moins vite que le chat ne courait, et il arrivait à Dreyfus, pour s'amuser, de s'accrocher aux épaules du félin en écartant les ailes, jusqu'à ce que, sur quelques mêtres, grisés, ravis, portés par l'élan d'un saut, ils volent ensemble.

Et puis, chacun sa route.

Mechtat devint le discuteur qu'on sait.

Quant à Dreyfus, après avoir longtemps servi de confidente aux encagés de la Doma, après avoir inlassablement humilié Douraka en volant à des altitudes qu'aucune hirondelle ne savait atteindre, déçue de n'être pas reconnue par Vladimir à la hauteur de son engagement, elle décida de penser à elle avant de penser aux autres, et, faute d'être élue déléguée, de diriger, dans son seul intérêt, la plus fréquentable des cavernes closes – ou casbahs –, tout en rédigeant des chroniques à la lumière des bougies.

Casbahs ou débats, mon grand chat. Chacun son chemin.

La casbah de la Belle Étoile était le havre, le refuge – et l'usine – des animaux qui vivaient de leurs croupes et devaient, pour cette raison, maintenir leurs charmes malgré l'âpreté d'une vie sans terrier, sans ami, sans considération… Ceux qui, pour une contribution modique et sous réserve d'en respecter les règles, exerçaient leurs talents dans l'enceinte de la casbah recevaient en retour, outre la garantie d'une clientèle abondante, la promesse d'un toit, ou, s'ils préféraient le sol tiède de la Montagne, leur poids en paille, ou encore – et c'est ce que la plupart demandaient – d'exquises russules que Dreyfus leur apprêtait en y ajoutant des herbes connues d'elle seule pour leurs vertus post-coïtales.

En somme, Dreyfus n'avait jamais pleinement réussi à être égoïste, et même au cœur de la plus vénale des fonctions elle continuait de se soucier des autres avant de songer à son propre sort. Ce qui faisait d'elle la plus noble des infréquentables dont la vertu n'était pas soluble, aux yeux des bêtes, dans l'exercice d'une fonction qu'elle était la première à trouver douteuse.

On a dit que les animaux aimaient, en arrivant chez Ganna, se dépouiller de tout ce qui, en eux, défiait la nature depuis que la Montagne, en explosant, les avait livrés à eux-mêmes. Les dogues y redevenaient des toutous, les félins des matous ronronnants, les hirondelles de pacifiques oiselles dont le piaillement n'évoquait que la gaieté printanière.

Dans les casbahs, c'était encore autre chose.

L'inverse, même.

Tenues par des animales, les casbahs étaient un lieu de débauche et de raffinement à la fois. L'idée de leur existence avait été soufflée à Zosime par Svetlana en personne, qui ne supportait plus de voir, depuis le ciel où elle planait, des animaux de tous les sexes subir misérablement d'innombrables coups de rein en échange de quelques pommes de pin.

Outre la santé des féales, leur raison d'être était de modérer les excès du rut en y introduisant des finesses auxquelles les animaux n'étaient pas habitués : léchages, frottements liminaires et demandes de consentement… Les animaux s'y prêtaient de bonne grâce, et venaient prendre des cours de maintien chez les femelles qu'auparavant ils défonçaient sans ménagement avant de les laisser pour mortes – sous une travée ou dans une flaque.

Autrement dit, chez Ganna les animaux redevenaient des bêtes. Chez Dreyfus, les animaux devenaient des humains.

Ou bien ils jouaient, sans le savoir, à le devenir.

Le plaisir qu'ils prenaient à retarder le moment de s'accoupler, à le faire précéder de discussions courtoises, puis de soupirs vaguement contrefaits et enfin de mille caresses, était, à l'insu des bêtes, une œuvre du domesticisme, car c'étaient les humains, bien sûr, qui avaient transmis, sans le vouloir, ce genre de manies à leurs bêtes de compagnie.

Comme toute chose de valeur (hormis les discussions, qui étaient gratuites et auxquelles tout animal avait droit), les services de la casbah étaient fort onéreux, et l'on n'y voyait guère de blindistes – hormis le renardeau ou le raton à qui des parents démunis, mais dévoués et ouverts d'esprit, avaient offert une petite croupe pour sa quatorzième lune. Ceux des éminents qui, en revanche, étaient en capacité d'assumer une fréquentation assidue de la casbah, et versaient à Dreyfus des montagnes de glands ou des lambeaux entiers de bovins, voyaient, de la fornication en meute au meurtre consenti d'un animal triste, en allant, pour les plus excentriques et les plus fortunés, jusqu'au sexe avec des humains, tous leurs désirs exaucés.

Mechtat, qui chérissait ses propres contradictions et qui aimait autant la casbah qu'il en aimait la propriétaire, s'y rendait à la fois pour discuter avec Dreyfus des mœurs inconséquentes de la jeunesse de Krasnaïa, laper le minou familier de vieilles chattes expérimentées, ou bien pratiquer avec une renarde experte l'art subtil des caresses inter-espèces.

Insupportables martyrs

L'après-midi était bien avancé.

La Montagne baignait dans une lumière orangée et une douceur presque estivale.

Mechtat sortit de la casbah en s'ébrouant, et son attention fut happée, aussitôt, par une discussion apparemment cordiale entre deux hermines et un groupe de réfractaires sur les tortures respectivement subies par chaque espèce. Qui avait souffert le plus ? Et qui était, plus qu'un autre animal, fondé à se plaindre ? Qui avait le droit de brandir ses souffrances ? Qui ? Telles étaient les questions. Caché derrière la travée, le chat tendait l'oreille.

Les albinos parmi les réfractaires reprochaient aux hermines d'avoir préempté l'essentiel du martyrologe de Krasnaïa, sans aucun souci des autres bêtes et de leurs propres tragédies. À quoi les hermines répondaient qu'elles n'avaient pas choisi d'être exterminées en raison de la douceur de leur fourrure. Et que si elles avaient pu se passer d'abattoirs et ne pas pleurer encore aujourd'hui devant le souvenir de leurs ancêtres réduits en manteaux, elles l'eussent fait avec joie.

« Nous aussi, nous avons le droit d'avoir nos martyrs ! protesta un sanglier plus-que-blanc, à qui nul n'avait dénié un tel droit.

— Bien sûr ! Mais avez-vous été parqués dans des abattoirs et découpés à la chaîne après avoir assisté au dépeçage de vos enfants ?

— Non, mais on aurait très bien pu ! Les humains ont toujours haï les albinos.

— Pas plus que les autres animaux.

— Si, plus ! Étais-tu là pour en juger ?

— Non.

— Es-tu plus-que-blanche ?

— Non plus.

— Alors, qu'en sais-tu ? Vous, les hermines, vous avez toujours raconté l'histoire qui vous convenait. Vous nous avez écrasés de vos massacres, vous avez imposé le silence aux autres animaux au nom d'une haine supérieure, vous empêchez qu'on vous critique en brandissant votre histoire, c'est un scandale !

— Mais qu'y pouvons-nous, si les humains nous ont massacrées ?

— Ça, c'est ce que vous dites ! grognait le sanglier. Moi, je connais de vieux animaux qui ont vécu l'époque de la Domesticité et qui n'en ont eux-mêmes jamais entendu parler. Comment expliquez-vous ça ?

Comment expliquez-vous que des animaux qui ont vécu au moment de vos prétendus massacres n'en ait pas eu vent ? Comment se fait-il qu'il y ait plus d'animaux aujourd'hui pour parler de votre massacre qu'il n'y en avait à l'époque ? Comment ? »

Les albinos faisaient cercle autour des hermines, et hochaient la tête d'un air à la fois las et furieux, en répétant les questions insidieuses du cochon, auxquelles les hermines n'avaient pas le temps de répondre, ni même le droit de le faire puisqu'elles étaient chaque fois interrompues. Car les questions n'étaient pas des questions, mais des soupçons. Des soupçons qui n'étaient pas dictés par les faits, mais, comme souvent, par l'incurable tentation de tenir les souhaits pour des faits. Et si l'on peut répondre à une question, on ne peut, face au soupçon, que s'indigner sans autre preuve que sa bonne foi. Les hermines étaient soupçonnées de mentir et d'avoir toujours menti, et leurs accusateurs en voyaient l'aveu supplémentaire dans le fait qu'elles tentaient, comme par hasard, de s'en défendre. Jusque-là, c'était plutôt banal. Mais l'échange prit un tour plus désagréable quand la meute de réfractaires vindicatifs, à qui les hermines ne répondaient plus, reçut le renfort de Gavariat en personne, qui, interprétant leur silence comme un consentement, tenta de pousser l'avantage des réfractaires.

« Les hermines mentent ! Si ce n'était pas le cas, nous ne serions pas une majorité à le dire !

— Et pourquoi mentent-elles, papa ? demanda un jeune orignal.

— Pour se faire plaindre, fiston. Et pour accroître leur influence sur la Communauté ! »

Les bois atrophiés de Gavariat ressemblaient aux petits bras d'un pantin qui, renonçant à sa mission, eût tenté de lui sortir du crâne.

L'orignal était en verve :

« Le problème, ce ne sont pas les hermines menteuses ! Le problème, ce sont les manœuvres des éminents qui poussent la sournoiserie jusqu'à tenter de se faire plaindre ! Les hermines ne sont pas les seules à s'approprier l'histoire de la Communauté pour lui faire dire ce qui les arrange. Tous les puissants tentent d'en faire autant. (Il eût été facile de lui demander si Gavariat avait déjà entendu un lynx ou un faucon se plaindre, ou si les rares orignaux que comptaient les éminents tombaient sous le coup de ses accusations, mais c'eût été admettre, d'une certaine manière, que les hermines mentaient, et cela, Mechtat s'y refusait absolument, aussi resta-t-il encore un instant silencieux.) Les puissants nous dépouillent de nos biens comme ils nous dépouillent de notre passé. L'histoire de Krasnaïa leur appartient autant que les beaux immeubles et les vastes terriers du Praspect ! C'est-à-dire pas du tout ! »

Ce dernier cri fut accueilli dans une exultation vengeresse et rythmée (« C'est-à-dire / pas du tout ! / C'est-à-dire / pas du tout ! ») par le cercle des réfractaires qui, insensiblement, se resserrait autour des deux hermines inexcusables. Tout à leur colère contre la spoliation imaginaire d'un pan de leur histoire, les animaux n'avaient pas senti la présence du grand chat qui n'eut qu'à apparaître pour s'interposer et fendre le cercle haineux avant que les choses ne tournent mal.

« Et alors, que proposes-tu, tête à cornes ? De changer l'histoire de la Communauté ? D'en refaire le récit à l'avantage de tes partisans ? De flatter suffisamment les tiens pour qu'à force de répéter tes sottises, elles deviennent des vérités ?

— Les animaux vivent sous la contrainte, et tu es leur geôlier ! On leur a imposé une histoire dont ils ne veulent pas, un statut qu'ils n'ont pas le droit de changer, et un passé qu'il est interdit de remettre en cause ! Méfie-toi, Mechtat ! Un jour, nous briserons la cage où tu veux nous maintenir !

— J'en reviens à ma question : que proposes-tu ? Que veux-tu ? Que chaque animal se raconte l'histoire de son choix ?

— Tout animal est la mesure de toute chose ! Chacun doit avoir le droit de se donner l'histoire qu'il veut !

— Mais alors, c'est la fin de la Communauté !

— Au contraire ! Chacun y serait enfin reconnu à sa juste place.

— Et quelle est la juste place de chacun ?

— Législateur !

— Comment ?

— Régent, gouverneur, législateur ! Appelle ça comme tu veux.

— Mais ce serait la guerre permanente !

— Plutôt la guerre que l'écrasement des démunis par les puissants ! Plutôt la guerre que de fausses lois uniquement faites pour nous priver des privilèges dont TU jouis !

— Mais si chacun gouvernait, personne ne gouvernerait ! Ou plutôt, si : les plus forts !

— Parce que là, aujourd'hui, ce n'est pas le cas ? »

Cette ultime réplique parut une fulgurance aux partisans de Gavariat, et fut accueillie par des grognements réjouis.

Il n'y avait rien à faire. Mechtat se repentit d'avoir pu croire un instant que Gavariat accepterait de discuter. Le grand chat, qui venait de se vider les couilles, imputa au sang doux le fait d'avoir espéré un instant que la horde dont l'orignal était flanqué serait perméable à une objection. Les bêtes n'étaient pas là pour ça. Mechtat changea de stratégie et se fit plus onctueux.

« Sérieusement, Gavariat. Que proposes-tu ? Comment voudrais-tu faire en sorte que la loi protège au lieu d'écraser ?

— C'est simple : il suffit que tout ce qui choque soit puni !

— C'est-à-dire ?

— Tout ce qui choque, tout ce qui blesse, et qu'on autorise aujourd'hui, sous prétexte d'une "liberté" qui n'est que celle des puissants ! Toi, tu ne t'en rends pas compte, depuis le muret où tu rouzigues des entolomes ou dans les casbahs des éminents, mais nous, les démunis, on est blessés toute la journée ! Si la loi protégeait les démunis, elle empêcherait qu'on les blesse impunément ! Elle pardonnerait nos crimes en les expliquant ! Elle interdirait que le seul récit collectif auquel on a droit ne fasse pas plus de place aux démunis qui sont les vrais martyrs de Krasnaïa ! »

Comme à chaque discussion qu'il avait avec Gavariat, les bonnes résolutions et l'onctuosité stratégique de Mechtat disparurent à la vitesse d'une poussière dans le vent :

« Mais tu marches sur la tête, et c'est pour ça que tu boites ! Si la loi punissait tout ce qui choque, la moindre parole serait suspecte ! Choquer dépend du caractère de l'autre ! Si l'autre est susceptible, la loi doit-elle en tenir compte ? Comment être puni pour un crime dont la gravité dépend de l'humeur de sa victime ? Et comment ne pas être puni, s'il suffit de dire qu'on a été choqué pour que la loi sanctionne ? Et comment veux-tu remplacer une histoire par une autre ? Comment oses-tu soumettre le passé de la Communauté aux exigences du présent ? Ce qui s'est produit, les catastrophes qui ont eu lieu et qui se trouvent consignées par Ganna, ne sont la décision de personne, et sont, pour cette raison, l'affaire de tous !

— Faux ! C'est l'affaire de ceux que ça arrange ! Les hermines…

— Assez, avec les hermines ! Les hermines ne sont coupables d'aucun mensonge ni d'aucune fourberie ! et surtout pas d'avoir été massacrées ! Celles qui s'en vantent sont des imbéciles et elles ne sont pas nombreuses ! Les autres ne demandent rien et se conduisent en animaux exemplaires ! Je n'en dirais pas autant de certains albinos, ou des renards enragés qui passent leur temps à menacer les animaux en se faisant passer pour de meilleures victimes que les autres ! »

À son tour, et tout à sa colère, le chat ne s'était pas aperçu que les albinos, les réfractaires et les orignaux avaient été rejoints par une cohorte de renards enragés précisément, et d'hirondelles attentives. Mechtat s'aperçut en prononçant ses derniers mots qu'il était entouré de sicaires, dans un lieu de Krasnaïa où les dogues n'entraient jamais. Ce qui avait commencé comme une agréable controverse post-coïtale était insensiblement devenu un exercice de survie.

Le chat n'avait nulle part où aller.

D'un bond phénoménal, il se hissa sur la travée dont la forme cylindrique ne permettait guère à d'autres animaux que des chats d'y tenir en équilibre. Ses pattes tremblaient un peu, Mechtat regretta amèrement l'après-midi qu'il avait passé à forniquer, et dont les effets l'obligeaient à un surcroît de vigilance pour se maintenir sur le rond de fer depuis lequel il regardait ses agresseurs en feulant.

La mouche

Les animaux pestaient vers le chat qui, une fois de plus, échappait à leurs mâchoires. Ils s'apprêtaient, en toute inconstance, à changer de cible quand les quelques hirondelles qui ornaient la meute, bientôt rejointes par une noria, s'élevèrent en nuage jusqu'au cylindre ferreux où Mechtat était prudemment replié sur lui-même, et commencèrent à lui tourner autour en agaçant de leur petit bec tantôt son museau, tantôt son arrière-train. Comme il devait s'agripper, Mechtat n'avait qu'une seule griffe pour repousser les assauts des oiselles, et il ne pouvait pas non plus se dresser de toute sa hauteur ou faire des mouvements trop brusques, sous peine de perdre l'équilibre. Sous des airs de plaisanterie, les hirondelles essayaient tout simplement de le faire chuter, c'est-à-dire de le tuer. D'autres animaux, spectateurs plus lointains, croyaient à une énième discussion animée entre le chat et les dourakistes et souriaient de voir le chat horripilé gesticuler sur une travée cylindrique dans un nuage de piaillements, sans comprendre qu'il serait lynché s'il tombait.

Enfin Mechtat, qui se savait condamné, se dressa comme un sphinx et posa sur la Montagne scintillante un ultime regard, puis il sauta, de lui-même, toutes griffes dehors, au cœur de la meute animicide qui (tandis que Gavariat s'enfuyait pour n'être pas identifié parmi les assassins) se referma sur le chat comme une plante carnivore capture une mouche.

Le dernier vol du chat

Les obsèques de Mechtat furent l'un de ces moments trop rares où la Communauté entière, à l'exception de quelques brebis galeuses, communia dans le chagrin.

La charrette tirée par un percheron, sur laquelle reposaient les restes du grand félin (dont la tête avait été arrachée), était partie du lieu de son assassinat, sous la travée-même où la meute avait éviscéré le discuteur.

Puis, sous bonne garde des dogues, suivi par un grand papillon qui battait lentement des ailes et, quelques nuages plus haut, par un couple de faucons, le convoi mortuaire avait quitté le sol chaud de la Montagne pour se rendre au Praspect par la pointe septentrionale – ce qui le faisait passer devant la datcha de Bagato –, longer la Doma, traverser le terre-plein, faire halte devant le Cirque, fendre la Loug, pour arriver aux Écuries et enfin à l'étang, où l'attendaient les carpes et les cygnes.

Au passage de la charrette, le vieil ânon – qui, après quelques tentatives d'épouser la cause des réfractaires puis, de nouveau, celle des renards, avait enfin pris sa retraite et vivait plein d'amertume, mais agréablement, dans sa maison splendide – quitta son jardin, héla les hirondelles, les renards étiques et les serpents qui s'y trouvaient, pour s'incliner noblement devant son meilleur ennemi.

À dessein, la trajectoire du convoi incluait la brève traversée d'un tunnel, en l'occurrence une galerie qui débouchait sur le Praspect, creusée par les hommes, qu'on avait ornée de torches. Les taupes s'étaient mises en rang sur toute la longueur d'un côté du corridor. De l'autre, des humains munis de pelles se tenaient en rang également, mais à quatre pattes. Alors que le convoi atteignait la sortie du tunnel, l'un d'eux, soudain, se leva et, brandissant sa pelle, parut saluer le chat dans son langage. En temps normal, un tel geste eût coûté la vie à l'esclave, mais l'émotion était telle qu'on en sourit avec stupeur et tendresse.

À l'entrée du Praspect, le convoi fut salué par une horde compacte et calme dont aucun membre ne se vivait comme le représentant d'un groupe spécifique et dont tous les participants, puissants ou domestiques, éminents et féaux, s'étaient attaché la queue, en souvenir du jour où le chat leur avait expliqué qu'il n'était pas toujours attentatoire à la liberté de restreindre la liberté, surtout quand les vieux meurent.

Arrivé devant la Doma, le cheval déposa son harnais, et quatre lynx, à qui Mechtat ressemblait tant, se saisirent des lambeaux du géant qu'ils traînèrent jusqu'à la piscine où, par la grâce du dispositif que Mechtat lui-même avait conçu, un troupeau plus nombreux que le jour du combat final put acclamer son discuteur en chef. Même les souris, les hirondelles et les rats saluèrent, émus, celui qui, à sa façon, les aimait tant.

Au moment de poser à nouveau le défunt sur la charrette qui devait traverser le terre-plein et la Loug pour rejoindre les Écuries, Svetlana descendit du ciel et se saisit du cadavre qu'elle emporta à tire-d'aile – en hommage, peut-être, au jour où Mechtat avait émis l'hypothèse que si, aidés des humains, les animaux mettaient au point des outils volants sur le modèle des libellules, qui leur permissent, pour un temps, de poser sur le monde un œil de faucon, leur Nebo de fantaisie n'y survivrait pas. Le faucon s'envola, traversa le terre-plein et la Loug, sous l'œil affolé des ragondins protocolaires qui redoutaient la fureur de Mirko tout en s'émerveillant, comme les autres animaux, d'un tel départ.

De fait, Mirko, Avtoran, Zamitchatel et Maria – qui attendaient côte à côte la charrette avec la cour, l'ensemble des dogues et la totalité des discuteurs de Krasnaïa – furent un peu surpris de voir les restes de Mechtat tomber doucement du ciel et se poser devant eux, comme un nuage à peine plus lourd que les autres.

Le protocole imposait qu'après le discours de l'Animat on fît tomber le cadavre dans l'étang en inclinant la charrette. Or, c'était impossible puisque le cadavre était déjà au sol. La cheffe débonnaire du protocole, une taupe pateline qui en avait vu d'autres, n'avait néanmoins pas prévu cela, et se trouva pour la première fois de sa longue carrière au service des Écuries, fort embarrassée.

Mirko lui-même ne savait ce qu'il devait faire.

Les carpes et les cygnes attendaient, dociles et incrédules, et Svetlana s'était déjà envolée.

Heureusement, l'intelligent percheron qu'on avait frustré de son colis s'était harnaché lui-même et, prévoyant l'embarras des huiles, avait vaillamment cavalé jusqu'aux Écuries, ce qui manqua de lui coûter la vie car un vieux cheval de trait n'est pas fait pour ce genre d'efforts. Son apparition soulagea la tortue. Istcheïka délégua deux siamois qui, tous les quatre, déposèrent Mechtat délicatement sur la charrette, le cheval tourna sur lui-même, de manière à se rendre vers l'étang à reculons, et Mirko prit la parole :

« En te perdant, Mechtat, nous ne perdons pas que toi, mais une partie de nous-mêmes, un pan de nos vies et un morceau de notre histoire.

Quel animal n'a pas le souvenir ému d'une discussion avec toi où, selon ta formule, "il arrive avec des préjugés et il part avec des doutes" ? Quel animal n'a jamais mis ses certitudes à l'épreuve de tes questions ? Qui a oublié le jour où, pour la première fois, ses parents l'ont emmené au Cirque pour apprendre, en te regardant, l'art de réfléchir et de penser contre soi-même ? Qui n'a jamais pris à tes côtés quelques leçons de liberté ? Tu étais notre père spirituel et, depuis ta mort, nos esprits sont orphelins.

Tu étais aussi le père de Zamitchatel, à qui je veux dire qu'il est désormais l'enfant de tout le monde.

Enfin, tu étais le maître des discuteurs. Le légat de Zosime, dont la mission, selon l'intuition de notre premier Animat, était d'assurer la paix en permettant la dispute.

Tant de conflits ont trouvé grâce à toi leur solution dans l'échange ! Tant d'opinions péremptoires ont acquis, sous tes conseils, la valeur d'arguments. Tant d'animaux avides de se battre découvraient sous ta suggestion le bonheur d'un terrain commun. Tant d'idées antagonistes se sont aperçues, par ton entremise, qu'elles étaient complémentaires…

Il est juste de dire qu'en cela, aucun sommet n'arrive à la hauteur de la tâche qui était la tienne.

Ton œuvre ne tient qu'en un geste, en somme. Le geste de réconcilier par la discussion.

Mais elle ne mourra pas avec toi.

D'abord parce que Ganna est à l'œuvre, déjà, pour en fixer la légende. Et que tous les enfants de Krasnaïa entendront parler de ta silhouette et de tes exploits.

(Fidèle au souci de ne pas vous gouverner de loin, je laisse et délègue, à cet égard, aux représentants de tous les raïoni, une liberté totale dans le choix des initiatives destinées à saluer ta mémoire.)

Mais il ne suffit pas, il ne suffira pas, de faire de toi un animal idéal. Car tu ne l'étais pas, et ne voulais pas l'être, et tu aimais trop la vie, disais-tu, pour désirer la perfection. Tu aimais les champignons, pourquoi le taire ? Et les animaux de la Belle Étoile. Enfin les souris, passionnément, sous toutes les formes, vivantes, congelées, grillées… Il n'y pas là de quoi te juger, mais de quoi épargner à ta mémoire le fardeau d'un souvenir parfait. Et puis ce serait te trahir que de réduire ton image à tes phrases, tes défauts, tes vertus ou à ta démarche !

Mechtat, tu es vivant !

Pas un jour ne passe sans qu'un animal n'assume des actes qu'en d'autres temps il ou elle eût imputé à son lieu de naissance. Ces grands responsables sont aussi tes enfants !

Et tu vivras à travers les mille discussions que, chaque jour, depuis leur muret, tes suivants animeront.

Avons-nous perdu l'espoir que la discussion mène à la paix ? Non ! Car il y a encore beaucoup de discutrices et de discuteurs à Krasnaïa, des chattes et des chats, bien sûr, mais aussi des hermines, des renardes et des renards et même une tortue ! Et chaque discuteur, qui a appris sa fonction auprès de toi, est aujourd'hui conscient de la tâche qui lui revient.

Être fidèle à ta parole, ce n'est pas redire tes mots, mais douter de ce qu'on pense et voir en ce doute un bénéfice.

Être fidèle à ta parole, c'est faire en sorte que chacune et chacun, quelle que soit la façon dont il se représente Nebo, partage avec l'autre le constat d'un amour commun.

Alors, je vous le dis : n'ayez pas peur !
Et ne crains rien, Mechtat.
Ton existence ne sera pas oubliée.
Tu nous as montré le chemin.
Repose en paix, nous marchons dans tes pas. »

Le percheron se cabra et inclina la charrette dont, selon l'usage, le fond avait été enduit de savon noir pour que le cadavre glissât mieux. Ce qui restait de Mechtat tomba dans l'étang et les cygnes, dont le chat n'avait jamais osé s'approcher de son vivant, saisirent la dépouille et l'emmenèrent là où de larges bulles témoignaient, de loin, que les brochets, les carpes, les silures et les poissons-chats s'étaient mis à l'œuvre.

L'art de l'esquive

Mirko avait plus de courage que son peuple.

Et que ses représentants.

Et si nul – ou presque – n'avait manqué à l'appel pour assister aux obsèques de Mechtat, il fut autrement plus difficile d'obtenir des animaux qu'après les funérailles ils rendissent hommage au discuteur.

L'Animat avait laissé, nous l'avons entendu, toute latitude aux représentants pour décider, selon les particularités du raïon dont ils étaient les émissaires, des modalités du compliment posthume. Étrange erreur de Mirko (ou était-elle délibérée ?) car, depuis lors, les murs de la Doma bruissaient de débats infinis.

Ainsi, par exemple, à la proposition d'une belette mirkalienne du Praspect que la place du Cirque fût nommée *place Mechtat* – ce qui paraissait une évidence tant le discuteur s'était approprié ce lieu, et tout animal n'avait-il pas vu, au moins une fois, le grand chat orchestrer des controverses depuis le sommet de la cabane des tamponneuses ? – des naturistes du même groupe objectèrent que l'usage voulait qu'on attendît deux animats pour accorder un tel honneur.

Les chevaux qui, en toute chose, épousaient l'avis de la majorité, avaient d'abord abondé dans la déploration, jugeant naturellement « atroce, inqualifiable, infâme et indécent » le dépeçage et la décapitation du grand chat. Puis, s'apercevant que, dans les raïoni dont certains d'eux étaient encore les émissaires et voulaient le rester, le discuteur était beaucoup moins aimé qu'on ne le disait et tenu par maintes bêtes comme un anébiste sans morale qui corrompait la jeunesse, les serviles canassons freinèrent des quatre fers. « Certes, disaient-ils, Mechtat était une figure importante de la Communauté, mais c'était aussi – reconnaissons-le – une figure controversée ! Avez-vous écouté les témoignages de tous ceux qui se sont sentis embarrassés par ses questions ? Et parfois même offensés ? Il faut avoir l'audace de le dire ! Et d'écouter tout le monde ! Et nous osons, nous, les chevaux, dire à la Sobchtchestva que tous les avis sont les bienvenus, ce qui inclut l'opinion des adversaires de Mechtat ! — Et que ferez-vous de ces opinions ? — Nous allons les écouter ! — Et allez-vous en tenir compte ? — Bien sûr ! — Donc, vous êtes hostiles au fait de nommer place Mechtat la place du Cirque ? — Nous n'avons pas dit ça ! », répondaient les hippocampes qui avaient encore un doute sur le sens du vent.

Les mirkaliens eux-mêmes, quoique fidèles perroquets de la parole de l'Animat, étaient à peine plus pressés de célébrer le discuteur dans des raïoni où ils redoutaient qu'on leur reprochât une trop grande proximité avec le Praspect et les Écuries. « C'est bien beau, disaient-ils, de grandes promesses ! Et Mirko est dans son rôle quand il fait des phrases, mais nous sommes dans le nôtre quand nous disons : "Attention" ! La vie des raïoni n'est pas une affaire de principes, mais une pratique lente, attentive, délicate, sous la pesée des sentiments et des rapports de force… Oh, nous ne disons pas qu'il ne faut pas honorer Mechtat, au contraire ! Mais il faut trouver la meilleure façon de le faire, la plus pacifique, celle qui ne paraisse pas une provocation… »

Les nebistes de tous bords approuvèrent bruyamment les réserves hippiques – ce qui fit plaisir aux chevaux. Et la parole, enfin, se libéra. Car Mechtat ne les avait pas épargnés, et tous étaient fondés, disaient-ils, à se plaindre d'avoir été humiliés en public par le discuteur qui tournait en dérision le droit (pourtant garanti par la loi) de donner à Nebo la gueule de son choix. Les présumés enragés étaient, comme il se doit, plus virulents que les autres, qui présentaient Mechtat comme un censeur, un intolérant, un esprit fermé, un cœur sans foi dont l'anébisme était à l'origine des mœurs dissolues, de l'abandon de la jeunesse et de l'ironie sans respect.

Un vieux délégué ratier qui, cumulant les fonctions de soigneur et de représentant, échouait dans les deux tâches, fit doctement valoir que les faits s'étant déroulés à la Montagne, les meurtriers étaient vraisemblablement sous l'emprise des champignons, ce qui, sans les excuser, devait être pris en compte. De rares domistes s'indignèrent aussitôt qu'on ressuscitât la culture de l'excuse à propos du meurtre de celui qui, toute sa vie, avait célébré le principe de responsabilité. Ils furent hués, en particulier par les délégués coloristes qui estimaient urgent, à l'inverse, de conduire une enquête approfondie sur les conditions de vie des meurtriers (qu'on n'avait pas encore retrouvés), et affirmaient qu'un tel travail révèlerait comme par hasard une forte présence de renards et de démunis parmi les assassins. Les animalistes approuvèrent (en riant) la prédiction qui correspondait à leur sentiment depuis toujours ; les coloristes s'indignèrent, qui avaient dit cela non pour présenter les renards et les démunis comme des dangers publics, mais pour excuser leur geste en soulignant la dureté de leur environnement. Le ton monta, tandis qu'en parallèle à cette dispute, chevaux et ratiers débattaient vivement du droit pour tout animal d'émettre un doute sur les vertus du Trichonia. Leur dispute était une grossière esquive. Les bêtes se posaient d'autant plus la fausse question de savoir si l'on pouvait, sans rien y connaître, préférer un remède à un autre, qu'un tel débat les dispensait d'affronter la seule difficulté collective : honorer Mechtat, malgré la terreur.

Pour finir, on décida de reporter – mais pourquoi ? – au lendemain des prochaines dragatiques l'attribution éventuelle de place Mechtat à l'endroit où le discuteur assassiné avait, toute sa vie, loyalement exercé sa fonction.

La terreur

Il ne fallait pas s'y tromper.

Derrière les arguties, sous les atermoiements, au fil des concessions, c'était la terreur qui gouvernait les délégués.

Non seulement parce qu'ils étaient veules, et que, plus que de rendre hommage au chat qui leur avait tellement cassé les pattes, les animaux voulaient ne pas avoir d'ennuis et, plutôt que de se faire les pédagogues de leurs districts, tentaient frénétiquement d'en épouser les tendances, mais surtout parce qu'ils tremblaient devant les enragés et les dourakistes qui, depuis la mort du félin, se sentaient le droit de les menacer ouvertement.

Pour s'en protéger, certains représentants de tous bords, plus serviles que d'autres (et qui se savaient sous l'œil des hirondelles), en vinrent à dire qu'en toute rigueur et sans rien céder sur l'horreur de la chose et la solidarité sans ambages qu'on devait aux proches du défunt, il fallait courageusement reconnaître que Mechtat n'avait peut-être « pas tout à fait volé » ce qui lui arrivait…

Et puis, était-ce vraiment le moment, se demandaient-ils, la patte sur le cœur, de rendre hommage à une figure si dissensuelle ? Fallait-il jeter de la résine sur le feu ? N'y avait-il pas plus urgent ? À l'énoncé de ces questions certains animaux qui assistaient aux débats essayaient d'imaginer la façon dont Mechtat eût contré l'argument selon lequel « ce n'était pas le moment ». Quand est-ce que ce serait le moment, se disaient-ils ? Quand serait-on suffisamment en paix pour honorer la mémoire du chat qu'on adorait détester depuis qu'il était mort ? Mais ils se taisaient. Question de moment.

Les seuls représentants à exiger sans aucune équivoque que Mechtat fût honoré en tout lieu de Krasnaïa étaient les rares délégués animalistes qui siégeaient à la Doma. Non que l'animalisme souscrivît soudain aux paroles de celui qui, toute sa vie, en avait déconstruit l'argumentaire, mais le chat avait été assassiné par une horde de renards, d'albinos et (vraisemblablement) de démunis, or c'étaient les trois catégories auxquelles (tout en feignant de les représenter à la Doma mieux que d'autres) les animalistes déniaient le droit de régenter quoi que ce fût. En vérité, l'assassinat de Mechtat fut une aubaine pour le suprémacisme animalier qui, comme les renards enragés s'étaient appuyés sur les mesures sanitaires pour répandre leur mode de vie, profita de la veulerie générale pour maquiller en courage l'initiative que la haine avait inspirée. La convergence d'intérêts entre la détestation d'un groupe (ou de plusieurs) et la défense d'un discuteur fut la seule conséquence tangible de l'embarras des domistes.

Zamitchatel, qui assistait aux débats, était consterné. Fallait-il que les seuls à rendre hommage à son père fussent les animalistes qu'il avait toujours combattus ?

Zamitchatel ne comptait plus les représentants herbivores qui, entre deux séances, le saluaient aux mots de « J'ai bien connu ton père, c'était un chat admirable, mais je ne peux pas le dire comme ça. » Qu'y pouvait-il ? Mechtat n'était plus là. Mirko gouvernait, certes, mais la terreur avait bien pris le pouvoir. Que faire du courage quand on est seul ?

Les avances de la taupe

C'est la queue basse et plein d'idées sombres que Zamitchatel sortit de la Doma, sous un crachin printanier.

« Où te rends-tu, Zami ? lui demanda Dinia, d'un ton cordial, qui paraissait avoir attendu le chat.

— Zamitchatel, répondit-il sèchement. Seul mon père – et encore – avait le droit de m'appeler Zami.

— Excuse-moi. Je ne voulais pas te paraître familière. Juste amicale.

— J'ai bien compris. »

Ils se turent. Zamitchatel, qui voyait venir la taupe, ne fit aucun effort pour rompre le silence.

« Ce n'est pas le courage qui étouffe les domistes, n'est-ce pas ?

— Non. En effet.

— Pourtant, certains d'entre eux étaient les amis de ton père.

— Il avait fini par se fâcher avec eux.

— C'est la rançon de l'honnêteté.

— Vrai.

— Je n'ai pas toujours été d'accord avec ton père.

— Jamais.

— Si ! Nous nous entendions sur l'essentiel.

— Non. L'essentiel, pour toi, c'est Krasnaïa. L'essentiel, pour lui, c'était la liberté. On peut avoir les mêmes ennemis sans être alliés.

— Et pour toi ? L'essentiel, est-ce Krasnaïa ? Ou bien la liberté de tous ses membres ?

— Je ne sais pas. Les deux, peut-être.

— L'un peut aller sans l'autre.

— Peut-être.

— Quoi qu'il en soit, j'admirais beaucoup ton père.

— Tu ne le disais pas souvent.

— Il n'avait pas besoin de compliments. Et je le proclame maintenant, haut et fort, alors que ses anciens amis ont peur de leur ombre.

— C'est aussi parce que tu trouves ton intérêt dans la défense de sa mémoire. Si les domistes étaient moins lâches, tu aurais moins de succès. Tu prospères sur la faiblesse.

— Si tu veux le penser. En tout cas, tu es le bienvenu chez nous. Tu seras surpris de voir qu'on y discute souvent… En particulier depuis qu'il est question que je sois candidate à l'animature, on te l'a dit ?

— Je l'ai entendu. Merci. J'y penserai. »

La guerre des murets

Tandis que Dinia tentait de séduire Zamitchatel, et que les domistes s'écharpaient pour fuir leurs responsabilités, les murets, où officiaient les discuteurs, faisaient également à Krasnaïa l'objet d'une guerre ouverte depuis la mort de Mechtat.

Si le choix des murets – le lecteur s'en souvient – avait à l'origine été dicté par le bien-être des chats, seuls mandataires de Zosime pour animer les discussions, d'autres bêtes avec le temps (à qui la marche d'un escalier eût parfaitement suffi) s'étaient excellemment acquittées de la précieuse fonction, toujours depuis un muret, malgré l'incommodité. Quand le discuteur était une tortue, des ratiers la hissaient ou, si elle était trop lourde, on recourait aux humains. Quand c'était un papillon, ce qui était plus rare, il faisait un effort pour arpenter la pierre et ne plus battre des ailes.

Les murets étaient tellement associés, dans l'esprit des animaux, à l'animation des débats, qu'il était rare qu'on les occupât hors discussion. Il n'était pas interdit de s'en servir, mais le respect des discuteurs imposait, comme une loi non écrite, de s'en tenir à distance. Les rares bêtes à s'y promener après une leçon étaient des enfants à qui l'on en passait le droit sous réserve qu'ils se livrassent, pour l'agrément de leurs parents, à d'hilarantes imitations des discuteurs à l'œuvre.

Or l'on vit, soudain, à l'issue des discussions, les murets pris d'assaut par des totalo-coloristes qui, comme la loi ne l'interdisait pas, appelaient au débat l'ensemble de leurs partisans qui, comme par hasard, arrivaient en meutes aux cris de « discuteurs, dictateurs ! » Sous la férule de ces mécontents, les échanges entre animaux n'étaient plus que des votes à patte levée, des exercices anonymes de dénonciation et des hurlements sporadiques, mais unanimes. « Assez, disaient-ils sous les vivats, de ces discussions dont la fausse douceur couvre l'écrasement des démunis, l'humiliation des plus-que-blancs, le mépris des réfractaires et la détestation des renards ! Il est temps que Krasnaïa s'ouvre à des espaces plus respectueux des animaux qui souffrent, et qu'au lieu de pratiquer le raisonnement (cette arme des éminents) on en revienne aux émotions ! » Et les hirondelles, comme si elles avaient disposé du texte, reprenaient en chœur, aussitôt : « *L'émotion, oui ! La raison, non !* »

Ce genre d'initiatives laissait ordinairement les discuteurs indifférents, car elles se déroulaient à l'issue des débats. Les choses se compliquèrent un peu lorsque, enhardis par l'atonie des discuteurs, les nouveaux occupants des murets ne se contentèrent plus de s'y installer après, mais durant les débats, afin d'en chasser, disaient-ils, ces fauteurs de haine et ces discuteurs domestiques. Dès qu'un discuteur abordait la question de Nebo (ce qui arrivait souvent) et s'aventurait à dire que le ciel n'avait aucune forme connue, une nuée d'hirondelles, reprise par des bêlants, couvrait ses paroles de piaillements avant que, sous le prétexte d'apaiser les esprits et de le protéger d'une juste colère, un albinos ou un renard n'en chassât l'orateur et ne prît sa place.

On eût pu croire – ou espérer – que les discuteurs ne se laisseraient pas faire et préserveraient jalousement le privilège d'animer les débats au sein de la Communauté. Or, là non plus, il n'en fut rien. Soit qu'ils craignissent pour leur vie (ce qui pouvait se comprendre), soit qu'ils crussent, en cédant la place, se conduire en animaux tolérants, soit, enfin, qu'ils adhérassent en secret aux décrets des envahisseurs totalistes, à l'exception notable de quelques valeureux aussitôt dénoncés par leurs pairs comme des fauteurs de troubles, les discuteurs n'opposèrent à l'offensive sur les murets qu'une résistance de principe, aisément vincible à la première sommation.

Mirko eut alors l'idée d'envoyer les dogues. Et l'on vit Istcheïka se rendre d'un muret à l'autre pour vérifier que les discussions ne dégénéraient pas en coups de force. Peine perdue.

Les discuteurs (dont beaucoup avaient, comme Mechtat, grandi dans la haine de la haine et combattu pendant la Guerre civile aux côtés des herbivores) aimaient si peu les dogues qu'ils accueillirent leur protection avec plus de sévérité que les expropriations sans ménagement des dourakistes. Sur maints murets, des discuteurs prenaient fait et cause pour les animaux qui leur coupaient la parole, aux dépens des chiens venus les protéger.

C'est ainsi qu'en quelques lunes et partout, faute de courage, l'héritage de Mechtat devint l'exception, les discussions de Krasnaïa furent compromises par des fraterno-ragistes qui traitaient d'animaliste quiconque leur imputait ce syncrétisme et qui entendaient, au nom de la tolérance, priver tout discuteur du droit de les contredire.

*
* *

Les dragatiques approchaient.

N'étaient les chevaux qui avaient juré sa perte depuis la fin de leurs privilèges (et rêvaient d'animalisme au pouvoir afin de s'indigner avec tout le monde et de péter dans le sens du vent), les totalistes aux yeux de qui Mirko ne valait pas mieux que Lavka, les fraternistes dont le discours sans auditeurs n'était plus qu'une addition de griefs, Dinia dont les professions de haine recevaient toujours plus d'amour, les naturistes qui voyaient en l'Animat le plus ardent défenseur de la loi du plus fort, les réfractaires qui avaient décidé, pour se donner un but et une occupation, que Mirko était une sorte de tyran à abattre, et les plus-fortistes eux-mêmes qui avaient décrété, une fois pour toutes, que Mirko n'était que l'épigone de Vladimir, la réélection de l'Animat eût été assurée.

Ce n'était pas le cas.

Alors que Lavka était un repoussoir en elle-même et que son incompétence et sa paresse étaient notoires, l'ourse avait longtemps été l'émissaire la plus acceptable d'une colère irrationnelle et n'avait eu qu'à se taire pour engranger des voix. Désormais largement concurrencée par Dinia sur le terrain de la popularité, et contrainte tantôt à la mesure tantôt à la surenchère par l'adversaire qu'elle n'avait pas vu venir, Lavka perdait du terrain chaque fois qu'elle prenait la parole, mais demeurait dangereuse, tant elle était portée par ceux à qui l'animalisme paraissait un moindre mal par rapport au colorisme ou au fraterno-ragisme qui hantait les murets, polluait les débats et persécutait les discuteurs.

Pour se convaincre enfin de ne pas le soutenir, pour surmonter l'incurable sentiment d'avoir favorisé l'animalisme par simple calcul d'intérêt, les chevaux et les anciens rats de la cour, ces girouettes, inventaient des vices en bataille à l'Animat, exagéraient ses maladresses (appliquant en cela l'apophtegme apocryphe que les canassons attribuaient à Vladimir comme des élèves attribuent leur meilleure toile au maître : « *Qui veut tuer son loup l'accuse de la rage* ») et surtout s'indignaient de l'hommage à Mechtat, qui les avait mis dans une situation impossible et dont ils avaient dû, en délégués responsables, suspendre *sine die* les modalités.

Un univers s'effondre aisément, quand nul n'est prêt à mourir pour lui.

Tel fils

En maudissant les animaux qui négligeaient la mémoire de Mechtat et faisaient obstacle à ses vœux, Zamitchatel avait lui-même l'impression de trahir la parole de son père.

« *Le vrai problème,* se disait le jeune chat, *ce ne sont pas les enragés, mais ceux qui en ont peur. Mon père ne manquait pas de courage, mais il manquait d'alliés. Et d'ambition.*

Combien de fois m'a-t-il dit qu'il n'avait aucun espoir, mais que ce n'était pas une raison pour baisser la queue ?

Papa !

Les animaux sont lâches, les animaux sont de mauvaise foi. Tu le disais tout le temps. Les animaux sont trop veules, trop tendres, un rien les terrifie, ils ont peur des dogues, ils n'ont pas peur de la loi ; ils sont incapables de liberté. Ne m'as-tu pas toujours appris que, livrée à elle-même, la liberté serait vaincue par elle-même ? Et que, si les tyrans n'existaient pas, les animaux les inventeraient ?

Je suis si triste.

Non.

Plutôt l'injustice que le désordre.

Ou l'inverse.

Plutôt le désordre que l'injustice.

Je ne sais pas.

Que faire ?

Défendre la loi ?

Tuer les assassins ?

Devenir l'un d'eux ?

Dinia ? Pas Dinia ?

Libérer les animaux de la liberté elle-même, ou combattre en leur nom la loi du plus fort ?

Devenir discuteur ?

Abattre les murets puisque personne ne les défend ?

À quoi bon, les discuteurs ?

Mais que vaut un monde sans eux ?

Mon père était plus-fortiste de cœur et fraterniste de tête. Et moi ? Que suis-je ? Qui serai-je ? »

Zamitchatel hésitait.

À tous égards, qu'il en fût ou non conscient, l'avenir de Krasnaïa dépendait du choix de l'orphelin.

FIN

Labaume, août 2021

GLOSSAIRE DES DOCTRINES

ALBINISME : Particularité physiologique archi-répandue sous le ciel de Krasnaïa (dont un cinquième des animaux sont albinos) qui, sous l'influence de Douraka, est progressivement devenue une vertu en soi, et enfin une doctrine.

ANIMALISME : Doctrine selon laquelle certains animaux sont, par définition, voués à gouverner, et d'autres à obéir. Les discuteurs ont longtemps débattu de la question de savoir si l'animalisme était une radicalisation du plus-fortisme (comme se plaît à le penser Lavka) ou bien son dévoiement. Et les historiens n'ont jamais établi la primauté chronologique de l'un sur l'autre. Quoique les animalistes se présentent volontiers comme les héritiers cohérents des partisans de la loi du plus fort, il n'est pas exclu qu'on se trouve, en vérité, en présence de deux doctrines hétérogènes, voire concurrentes. Et pour une raison simple : l'animalisme est un fixisme, dont les décrets sont éternels. Le plus-fortisme est un mobilisme, qui change volontiers de chef, si la loi du plus fort l'exige. Reste que les deux s'entendent souvent à critiquer l'Animat, en particulier l'herbivore Vladimir et le bien-pensant Mirko.

Carnivorat : Ensemble des carnivores. Qui comprend la plupart des animalistes et des plus-fortistes, mais exclut les transfuges comme les dogues, qui ont fait le choix, aux côtés des herbivores, de renoncer à leurs privilèges de prédateurs.

Démunisme : Le démunisme n'est pas une doctrine à proprement parler, mais une attitude, une façon de s'adresser aux animaux, qui consiste à les flatter et à sanctifier leurs doléances avant de proposer quoi que ce soit. Le démunisme existe indifféremment chez les délégués mirkaliens, avides d'être bien vus de leur raïon, que chez les tribuns, dont l'éloquence repose moins sur le goût de la vérité que sur l'apparence du franc-parler. Bagato est le démuniste par excellence. Bientôt supplanté par Gavariat sur le terrain de la flatterie collective.

Femellisme : Doctrine apparue pendant la Guerre civile, lors du siège de la Doma, quand la fauconne Svetlana suspendit son alliance avec les herbivores à l'obtention d'une égalité réelle femelle-mâle malgré le dimorphisme qui, dans la plupart des cas, tournait au désavantage des femelles. Avec le temps, et après avoir obtenu satisfaction sur l'essentiel, une branche du femellisme animalier céda aux sirènes du totalisme, au point de faire passer la défense des renards enragés avant l'égalité devant la loi des femelles et des mâles. Puis un troisième femellisme vit le jour, stricte émanation du mode de vie dans l'immeuble des renards, qui revendiquait le droit de se soumettre en toute liberté.

Herbivorat : Ensemble des herbivores. Il est à noter que l'herbivorat et le carnivorat ont évolué avec le temps pour endosser la valeur de doctrines, alors que les termes ne désignaient au départ que des groupes d'animaux. La cause en est simple. Tandis qu'au début de la Guerre civile les opinions étaient distribuées selon les physiologies (les carnivores ne voulaient d'autres lois que celles de la nature, tandis que les herbivores réclamaient des contraintes légales), on vit, au cours du conflit, des herbivores embrasser la cause de leurs prédateurs et, à l'inverse, des carnivores, comme les dogues ou les faucons, devenir de précieux alliés des légalistes. Dès lors, les ensembles ne recoupant plus les alimentations, le carnivorat et l'herbivorat devinrent des idées, des visions du monde, et l'on commença de voir, sans s'en étonner, des carnivores revendiquer l'appartenance à l'herbivorat. L'inverse était quand même plus rare.

Légalisme : Attachement viscéral aux institutions et aux décrets de Krasnaïa, que les légalistes tiennent (à tort ou à raison) pour les conditions de la vie en commun. Le légalisme revendique le paradoxe selon lequel une contrainte dont le but est de permettre aux animaux de coexister n'est pas une contrainte, mais une liberté. Il est à noter que, de tous temps, hormis les deux animats de Zosime, le légalisme a été une opinion minoritaire à Krasnaïa… tout en régnant puisque c'est à lui qu'on doit les lois.

Naturisme : Extrémisme herbivore qui, considérant que les plantes sont des êtres vivants, rêve d'étendre aux végétaux les restrictions alimentaires imposées aux carnivores. Ce faisant, les naturistes conspirent, à leur corps défendant peut-être, au déclin des herbivores qu'ils accusent du pire, tout en voulant les affamer, au nom d'une très large définition du vivant.

Plus-fortisme : Discours selon lequel la loi du plus fort n'est pas une injustice, mais un fait. Les plus-fortistes tendent à voir autant d'injustices dans les nombreuses lois qui restreignent l'exercice légitime de leur puissance. Leur croyance tient en peu de mots : on ne sépare pas la force de ce qu'elle peut. C'est à la défaite du plus-fortisme (après le siège de la Doma) qu'on doit l'instauration des premières (et immuables) lois et préceptes collectifs, sous la férule de Zosime. Depuis son échec et la fondation de Krasnaïa, le plus-fortisme est entaché de bellicisme ou d'agressivité. Or, paradoxalement, la loi du plus fort trouve maintes façons de s'imposer à nouveau dans un univers où la loi, censément, protège les animaux et contrarie l'animicide. Le plus-fortisme est-il une doctrine ou un fait ? C'est indécidable. Le fait est que nul animal n'a eu besoin de l'inventer.

Totalisme (ou unionisme, ou totalo-colorisme) : Syncrétisme idéologique porté par les hirondelles, les orignaux et certains renards, né de l'alliance stratégique entre Douraka, Gavariat et Podzemlya, qui, sous l'idée que l'égalité des droits est aussi une égalité des compétences, mêle à l'activisme albiniste les revendications des blindistes et la défense des renards enragés.

Fraterno-ragisme : Émanation directe du totalisme au moment de la guerre des murets, sous la forme d'animaux qui prirent d'assaut les lieux de discussion pour imposer le silence, au nom de la tolérance, à tous les discuteurs légalistes.

Sobchtchestva : C'est le nom historique que la « communauté » des animaux s'est donné à elle-même le jour de la Concorde, à l'issue de la Guerre civile entre herbivores et carnivores. Est-ce un synonyme de Krasnaïa, ou bien l'autre nom de la horde ? Nul ne sait. Mais les témoins s'acordent à dire que le premier animat de Krasnaïa parlait déjà de « Sobchtchestva » pour désigner l'ensemble des bêtes alors même que les carnivores faisaient le siège de la Doma.

INDEX DES PERSONNAGES

Avtoran : Puissant lynx désœuvré. Huitième Animat de Krasnaïa, vainqueur de Gudrun, battu par Vladimir. Compagnon de Maria. Beau-père de Zamitchatel.

Bagato : Vieil ânon éminent, dont les organes ont mystérieusement cessé de croître durant l'enfance (hormis les sabots et, peut-être, les cordes vocales). Excellent orateur. Candidat démuniste à l'animat. Mauvais perdant.

Dinia : Éloquente petite taupe, qui professe un animalisme forcené dans un lexique classique. Exerce son magistère sur les innombrables qui pensent comme elle et sur les diniarques dévoués. Alors que ses paroles sont plus violentes que celles de Lavka, Dinia bénéficie du soutien des plus-fortistes qui, pour ne pas avoir à commenter ce qu'elle dit, s'indignent à l'envi qu'elle soit condamnée.

Douraka : Hirondelle albinos, activiste, totalo-coloriste, ennemie jurée de Mechtat, redoutable oratrice, excelle à se faire plaindre, constamment nantie d'une armée d'oiselles dont elle se sert pour lancer des rumeurs ou détruire une réputation.

Dreyfus : Géante papillone, graphomane. Tenancière de la meilleure casbah de la Montagne. Amie d'enfance de Mechtat.

Ganna : Seule humaine à conserver le droit de marcher debout et à vivre comme avant. Chérie des animaux. Maîtresse des écritures et des calendriers. Réside à la Ferme. C'est dans son jardinet que les animaux se plaisent, pour un instant, à redevenir des bêtes.

Gavariat : Orignal intra-cornu. Confond délibérément l'égalité des droits et l'équivalence des compétences, ce qui lui permet de réclamer qu'on élise un coupable ou qu'on vote en faveur d'un remède.

Gromyko : Carcajou bègue. Maître à croire des réfractaires.

Guérassim : Unique boa de Krasnaïa. Méprise les soigneurs ratiers de toute son âme. Se prend pour un sauveur. Met au point le cudobaie, dont les vertus curatives restent encore à démontrer.

Irena : Renarde légaliste, tentée par l'animalisme depuis la tragédie du clapier. Redoutable émasculatrice. Adorée de Mechtat.

Istcheïka : Molosse au flair et à l'instinct redoutables. N'agit et n'interpelle (à l'exception des chasses à l'homme) que dans le cadre de la loi. Mandatée par l'Animat pour toute enquête.

Lavka : Grizzli aux intestins délicats. Éternelle candidate animaliste à l'animat. Dont la paresse et les trop longues hibernations compromettent l'ambition dévorante.

MECHTAT : Chat géant. Premier discuteur de Krasnaïa. Ancien combattant légaliste, d'une force inouïe, constamment drogué aux champignons.

MIRKO : Jeune loup des steppes. Dixième Animat de Krasnaïa. Successeur de Vladimir.

NEBO : Lui-même.

PALETS : Grenouille transsexuelle, coupable aux yeux des changeants et des herbivores d'avoir insulté le renard qui voulait manger ses enfants. Soutenue par Mechtat et, à son grand regret, par les animalistes et notamment Dinia.

PAMAGUI : Père de Lavka. N'apparaît pas dans ce récit. Vieil ours accidentellement parvenu en finale de l'animature et privé de combat contre Sémionoff, un sanglier pusillanime, proclamé vainqueur par acclamation.

PODZEMLYA : Renard enragé et dominateur. Passionnément herminophobe. Règne sans partage sur l'immeuble des canidés (dont il est le représentant à la Doma). Allié de Douraka. Soupçonné par Istcheïka d'avoir fomenté l'incendie de la Loug.

POLA : Oie bicéphale naturiste, dont la tête gauche s'indigne de l'animalisme à front renversé de la tête droite. Il n'est pas rare que les deux têtes en viennent aux dents.

SVETLANA : Fauconne éminente, première femelliste de Krasnaïa, soutien inattendu des herbivores lors de la Guerre civile, amie de Mechtat.

VLADIMIR : Cheval de Przewalski. Animat de Krasnaï de la dix-huitième à la vingtième éclipse. Vainqueur d'Avtoran. Pusillanime, priapique et calculateur.

XENOS : Renard albinos incendiaire.

Zamitchatel : Chat géant. Fils de Mechtat et de Maria. Élevé par son père dans le légalisme, par son beau-père dans le plus-fortisme, tenté par l'animalisme, orateur éloquent, expert en combat rapproché.

Zosime : Premier Animat de Krasnaïa. Auteur des lois fondamentales, votées le jour de la Concorde, et toujours en vigueur.

INDEX DES LIEUX

LOUG : Prairie fertile dont l'incendie volontaire est à l'origine, entre autres, de la disgrâce de Vladimir.

BLINDÉS (RAÏON DES) : Invraisemblable amoncellement de tanks, de libellules célestes et de camions, où quantité d'animaux ont trouvé à peu de frais un habitat rudimentaire au lendemain de la Guerre civile. Ceux qui s'en sont contentés ont fini par animaliser cet endroit, et donner à certaines de ses allées les contours pittoresques d'un monde à la fois bruyant et pacifique. Mais la réalité des Blindés est tout autre. Contraints de vivre ensemble, les animaux s'y livrent à des conflits sans fin auxquels répondent des accommodements sans nombre. C'est des Blindés que partit la Réfraction.

BOIS ROUGE : Forêt de bouleaux et de conifères au tronc rouge, qui sépare la Loug des Écuries.

CIRQUE : Le nom ne désignait au départ que la cabane et la piste des anciennes autos tamponneuses, où Mechtat organisait ses premières discussions. Puis, par extension, le

Cirque a désigné l'ensemble du terre-plein, de ses murets et des anciennes installations domestiques à l'entour. Les animaux qui élisent domicile dans la grande roue peuvent dire à bon droit qu'ils « dorment au Cirque ».

DOMA : Ancien hôtel de police. Gigantesque bâtisse, où les délégués se réunissent à l'occasion d'un différend, où se déroulent les dragatiques, où l'on dépose le Don, où s'organisent les soins, et où tout animal peut trouver le gite pour une durée indéterminée, dans la limite des places disponibles.

ÉCURIES : Anciennes véritables écuries, face à l'étang somptueux. Idéalement situées et adaptables aux desiderata de tout nouvel élu, les Écuries sont, à de rares exceptions, l'habitat des Animats.

IMMEUBLE DES CANIDÉS (OU RAÏON DES RENARDS) : Ancienne école où, sous l'influence de quelques enragés, une partie des renards, convaincus d'être maltraités, pestant contre des lois qu'ils interprètent comme des offenses, choisirent de vivre et de prospérer en suivant les précepts de la plus extrême pudeur.

MONTAGNE : Cœur battant de Krasnaïa. Colosse blanc de forme oblongue, qu'on peut voir de tous les lieux et autour duquel le sol est toujours chaud. C'est à la Montagne que l'ensemble des animaux, du plus démuni au fils du plus éminent, se retrouvent et refont le monde.

OZERO : Étang gigantesque, entouré de conifères, allant des Écuries jusqu'au sud des Blindés, où les animaux immergent les morts éminents.

PRASPECT : Raïon des éminents, qui s'étend du Cirque jusqu'au début de la toundra.

Sentier des mineurs (ancien) : Tunnel périlleux, truffé d'échappatoires, qui relie l'étang à la plaine des orignaux, et qu'il faut emprunter pour rejoindre l'immeuble des renards sans être vu. Ses recoins et son obscurité (à peine entamée par l'arrivée des torches) font du « sentier » un véritable coupe-gorge où même les dogues hésitent à s'aventurer.

Toundra (que les historiens appellent aussi « le désert ») : Vaste et endémique formation végétale, qui s'étend de la pointe septentrionale du Praspect jusqu'à l'extrême sud, au pied des Blindés, et où, sur un sol de lichens, de mousses et de graminées, les orignaux gambadent loin des lois, entre d'immenses camphriers.

TABLE DES MATIÈRES

Composition et mise en pages
Nord Compo à Villeneuve-d'Ascq

Imprimé en France par
CPI Bussière
en décembre 2022
N° d'impression : 2068669